押沙龙，押沙龙！

【美】威廉·福克纳　著

李文俊　译

中国出版集团

现代出版社

图书在版编目(CIP)数据

押沙龙，押沙龙！ / （美）威廉·福克纳著；李文俊译. —北京：现代出版社，2017.5

ISBN 978-7-5143-6135-3

Ⅰ. ①押… Ⅱ. ①威… ②李… Ⅲ. ①长篇小说－美国－现代 Ⅳ. ①I712.45

中国版本图书馆CIP数据核字（2017）第094909号

押沙龙，押沙龙！

译　　者	李文俊
责任编辑	庞俭克
出版发行	现代出版社
地　　址	北京市安定门外安华里504号
邮政编码	100011
电　　话	010-64267325　010-64245264（兼传真）
网　　址	www.1980xd.com
电子邮箱	xiandai@cnpitc.com.cn
印　　刷	三河市宏盛印务有限公司
开　　本	710mm×1000mm　1/16
印　　张	18.75
版　　次	2017年7月第1版　2017年7月第1次印刷
书　　号	ISBN 978-7-5143-6135-3
定　　价	39.80元

作者像

目　录

译　序 …………………………………………………………… 李文俊 001

押沙龙，押沙龙！ ……………………………………………………… 001

附　录：

年　表 ……………………………………………………………………… 284

人物谱系 …………………………………………………………………… 286

福克纳绘制的约克纳帕塔法县地图 ……………………………………… 289

译　序

《押沙龙，押沙龙！》（Absalom，Absalom！）是美国小说家威廉·福克纳（William Faulkner，1897—1962）的第九部长篇小说，出版于一九三六年。

我们从福克纳一九三四年二月左右写给他的出版者哈里森·史密斯的一封信里可以最早了解到他要写这部小说的计划与想法。福克纳是这样说的："我觉得这部小说我开头开得很顺利。斯诺普斯和修女那两本都被我搁到一边了。我目前正在写的这本将叫作《黑屋子》或类似的书名。它讲的是一个家族或者家庭从一八六〇年到一九一〇年左右所经历的多少可算是剧烈的分崩离析的故事。不过也并不像听起来的那么沉重。小说的主要情节发生在内战和战争刚结束的时期中；高潮是另一个发生在一九一〇年左右的情节，这个情节解释清了整个故事的来龙去脉。大致上，其主题是一个人蹂躏了土地，而土地反过来毁灭了这个人的家庭。《喧哗与骚动》中的昆丁·康普生讲述故事，或者说由他把事情串联起来；他是主角，因此故事就不像是全然不足凭信的了。我用他，因为那时正是他为了妹妹而自杀的前夕，我利用他的怨恨，他把怨恨针对南方，以对南方和南方人的憎恨的形式出现，这就使故事更有深意，比一部历史小说更有深度。你可以说，避免了写穿衬裙子与戴高顶礼帽的那个老套。我相信到秋天我准可以交稿。"当然，后来福克纳放弃了《黑屋子》这个书名，而且他也没能在一九三四年秋天完工。那年八月，他给哈里森·史密斯去信说："我春天写信时跟你说过到八月我会让你知道小说进展的具体情况。我此刻能告诉你唯一的确切消息是，我仍然不知道它何时可以写成。我相信这本书还不够成熟；也就是说还未到足月临盆的时候。我常常得放下它去挣些小钱，不过我想还有更重要的原因。我写倒是写了一大堆，但只有一章还比较满意；我现在考虑先把这本放一放，回过头去再捡起《修女安魂曲》，此书不长，与《我弥留之际》差不多，而手头的这本也许比《八月之光》还要长一些。顺便告诉你，我已经想出了一个我喜欢的书名:《押沙龙，押沙龙！》；故事是讲一个人出于骄傲想要个儿子，但儿子太多了，他们把他毁了……”

一九三五年二月，福克纳收到史密斯与哈斯公司预付《押沙龙，押沙龙！》的稿费两千元。在这之前，史密斯曾去福克纳处浏览过他的手稿。但是直到这一年的三月三十日，福克纳才寄出这部小说的第一章。六月底，出版社收到第二章。七月，收到第三章。八月，收到第四章。十月十五日，福克纳在完成的第五章上标上日期。十二月，他在给一个朋友的信里说:“原谅回信迟了，因为我此刻正在没日没夜地赶写。这部小说相当好，我想再有一个月就能见到它竣工了。”但此时的福克纳正沉浸在巨大的悲痛之中。十一月十日，他的小弟弟迪安在驾驶福克纳送给他的瓦科（Waco）飞机时失事身亡。福克纳认为弟弟的死是他这做哥哥的一手造成的，因为正是他鼓励迪安学飞行并且以自己的飞行爱好为弟弟树立了榜样。整整一夜，他帮助殡仪师把置放在浴缸里的弟弟尸体的脸弄得稍稍像样些，以致福克纳相信自己今后再也无法躺进一个浴缸洗澡了。他再次以威士忌浇愁。但他终于又振作起来，因为只有写作才能给他带来安慰。一九三六年一月三十一日，福克纳终于写完《押沙龙，押沙龙！》并在稿子上注明日期。此时，原来出版福克纳作品的史密斯与哈斯出版公司因经济困难已被兰登书屋收买。是年十月二十六日，兰登书屋出版《押沙龙，押沙龙！》，初版六千册，另外印了三百本特别版。

福克纳自己对《押沙龙，押沙龙！》是相当重视的。他曾对一个朋友说，这是“有史以来美国人所写的最好的小说”。他专门为此书编了一份大事记、一份家谱，并亲手绘制了一幅约克纳帕塔法县的地图，并且标明:“密西西比州约克纳帕塔法县杰弗生镇，面积：二千四百平方英里；人口：白人，6298，黑人，9313。威廉·福克纳，唯一的业主与产业所有者”，显然要给人以这是他的“约克纳帕塔法县宝鉴录”的压卷之作的印象。事实上，这并不是福克纳个人的看法。许多美国评论家、文学史家都认为这是福克纳作品中最重要，也是最复杂、深奥，最具史诗色彩的一部。

从表层意义上看，《押沙龙，押沙龙！》反映了美国南方十九世纪下半叶至二十世纪初的历史、社会面貌。但这还不是福克纳创作的全部用意。用他自己的话说，他要写的毋宁是“人的心灵与它自己相冲突的问题”，福克纳认为“只有这一点才能制造出优秀的作品，因为只有这个才值得写，值得为之痛苦与流汗。”（见其《诺贝尔奖受奖演说》）因此，我们应当领会到福克纳所写的并不是关于美国南方的一部历史小说，更不是以热闹的历史背景映衬的一出“情节剧”。

在《押沙龙，押沙龙！》中，福克纳通过约克纳帕塔法县又一个家族，萨德本家族的兴起与衰落，表现了人与人、人与自己内心的种种冲突。这里写的是一个穷小子白手起家的历史，与别的世家相比，有其特殊性。在家庭衰落中，种族因素起了决定性的作用，而此书与福克纳别的作品相比，又有其特殊性。《押沙龙，押沙龙！》一书，比同时代许多作家的作品，比福克纳的其他作品，更深入地触及与探讨了美国南方历史罪责与无辜者所受到的痛苦的问题。它归结到人与人之间应平等相待，不然，受到报应的仍是有罪者自身以及有关后代。这是美国南方的问题，也是与人类境遇有关的带普遍性的问题。由于这是一部充满悬念的作品，把关键性的“故事眼”在前言中一一交代将是多余并愚蠢的。译者想着重关照的仅仅是：读者阅读时得付出较多的耐心。书中长达几页的句子比比皆是，句中套插入句甚至长长一段、整整一个故事，结构错综复杂，真可谓“剪不断，理还乱”。在这里，沿用前辈翻译家的办法，把句子拆散打乱，按汉语习惯方式用短句表述，套用大致相当的成语来走捷径，好像都不可行。我不知道那将制造出一个如何不中不西、不伦不类的杂烩。译者想做到的仅仅是，在中文用心读可以读懂的极限内，尽可能多地保留原作的原汁原味。也许这仅仅是一个奢望。

还是回到原作本身上来，先介绍一下《押沙龙，押沙龙！》的叙事方式。如《哥伦比亚美国文学史》中所指出的，这“是一部纯属解释性的小说。几个人物——罗沙小姐、康普生先生、昆丁和施里夫——试图解释过去”。这几个人物，老小姐也好、乡绅律师也好、大学生也好，他们的表述方式都是繁复式的，而且各有其不同的繁复。他们所描述的人物的叙事方式也大多是繁复式的，也是各有自己的独特方式，例如托马斯·萨德本的模仿法庭用语。他们（讲述者与被讲述者）还都有一个通病——说话吞吞吐吐，欲说还休。是啊，他们也有自己的难处，有时是不知就里，有时是故意掩盖底细。这就给阅读者一种“神龙不见首尾”的感觉。但是精彩之处恰恰隐藏在这一段段冗长、繁缛、抽象、故作高深（书中有不少作者或作者让自己笔底的人物生造——英文中叫coinage，亦即“自己造币”——的词语）的文字之间，时不时，像一道强烈的电光从乌云的裂隙间显现。在读《押沙龙，押沙龙！》时，我们像是在聆听韩德尔、巴赫等大师的一首多声部的“康塔塔”（Cantata）。在此起彼伏或惊惧或哀叹或仇恨的男女各种声音的“耶稣死了”、“啊，他死了”、“他被钉上十字架”、“有人背叛了他”之间，自有一股隐藏的张力在那里流动。

《哥伦比亚美国文学史》中所说的“解释”，也就是演绎或阐释。同一件事，不同的人看到的是不同的层面或剖面（facet）。而看者的认识角度与主观感情色彩又各不相同。作者把这微妙处一一表现出来，还诱导读者一起，拼装成一个有史诗深度的悲剧故事，这里面，除了作者的天生才能之外，在艺术构思上所用的心力，恐怕也只有擅长作多层象牙透雕的中国艺人才能体会到。但即使是一个粗心大意、不求甚解的读者，在“飞掠”过那些抽象议论，读完全书后，有些东西是会留在他脑子里拂之不去的。那些令人难忘的人物形象，如托马斯·萨德本、查尔斯·邦这样复杂、多层次的主要人物不必说了，就连着墨不多的朱迪思（她的坚毅）、埃蒂尼·邦（他那受扭曲的种族自尊心）也都栩栩如生，异常鲜明；一些惊心动魄的场景，如罗沙小姐下乡，克莱蒂纵火等等，都是美国文学中的脍炙人口的段落（一如我国的“风雪山神庙”）。福克纳反复说这本书难写，绝不是偶然的。

感到艰难的不仅仅是作者与预料之中的读者，译者也何尝不是这样。查了工作日志，我动手翻译是一九九五年一月十二日。等到把这部篇幅不算大的书译完，已是一九九八年的二月九日了。那天下午四时四十五分，我将圆珠笔一掷，身子朝后一仰，长长地叹了一口气：总算是完成了。这是我译的第四部福著，我对得起这位大师了。今后我再也不钻这座自找的围城了。法国的福克纳专家莫里斯·库安德鲁译过多部福著，唯独未译《押沙龙，押沙龙！》。晚年，他捡起此书想译，已觉力不从心，终于未能如愿，他因此极为后悔，恨自己没有在较年轻时做这一件事。相比之下，即使我的译文还不理想，但我至少是完成了这件事的，我至少不会为没有做而感到遗憾。今后，我倘若还能拿出什么工作成果，可以说都是“白捡”的了。[①]

---

① 本书译者在译完《押沙龙，押沙龙！》后，又写成《福克纳评传》，对此书有较详细的述评，可以参考。

关于“押沙龙”的典故，这里亦应作一交代。据《圣经·旧约》，押沙龙是古代以色列国大卫王的儿子，事见《撒母耳记下》第十三到十八章，那里说：“大卫的儿子押沙龙有一个美貌的妹子，名叫他玛。大卫的儿子暗嫩[①]爱她。暗嫩为他妹子他玛忧急成病。他玛还是处女，暗嫩以为难向她行事。……”后来暗嫩设法玷污了他玛，又把她赶了出去。押沙龙知道后，一方面安慰妹妹，一方面伺机复仇。两年后，他借口让暗嫩帮他剪羊毛，吩咐仆人将暗嫩杀死。大卫王起先非常伤心，渐渐地心情平静下来，后来与押沙龙和解。但押沙龙设法笼络人心，为阴谋叛乱作准备。后来押沙龙叛乱，大卫王狼狈出逃，但逐渐稳住阵脚。两军展开激战。叛军大败。押沙龙骑骡逃走。当骡子从一棵大橡树下经过时，他的头发被浓密的树枝缠住，身体悬挂在半空中，最终被人刺死。当大卫王得知押沙龙死讯时，他“就心里伤恸，上城门楼去哀哭。一面走，一面说：‘我儿押沙龙啊，我儿，我儿押沙龙啊，我恨不得替你死。押沙龙啊，我儿，我儿。’”在英语中，“押沙龙”已成为“宠儿兼逆子”的代用语，犹如汉语中的“业障”。

从所引故事可以看出，福克纳笔下的故事结构与《圣经》出典不尽吻合，仅有某些隐约相似之处，但小说中亲子之间的爱与恨，兄妹之间的暧昧感情，的确具有《旧约》的原始色彩与悲剧格局。

本书开始翻译时，根据的是“美国文库”版的《福克纳集：小说一九三六——一九四〇》。不久后收到朋友高兴寄自美国印第安纳州布鲁明顿的 Vintage 版（the corrected text），字体稍大，翻阅亦方便得多，使眼睛稍少酸涩，特在此表示感激。另，翻译时除查阅各种有关福克纳与美国南方文化的书籍外，亦着重参阅了《〈押沙龙，押沙龙！〉注解》（ABSALOM, ABSALOM！ Annotated by David Paul Ragan［Garland, 1991］）一书，特此说明。另需说明的是，正文中所加注解均出自本书译者之手。

李文俊

一九九八年二月十八日于昌运宫

---

① 看来押沙龙和暗嫩同父异母，但《圣经》中并未交代。

一

在那个漫长安静炎热令人困倦死气沉沉的九月下午从两点刚过一直到太阳快下山他们一直坐在科德菲尔德小姐仍然称之为办公室的那个房间里因为当初她父亲就是那样叫的——那是个昏暗炎热不通风的房间四十三个夏季以来几扇百叶窗都是关紧插上的因为她是小姑娘时有人说光照和流通的空气会把热气带进来幽暗却总是比较凉快，而这房间里（随着房屋这一边太阳越晒越厉害）显现出一道道从百叶窗缝里漏进来的黄色光束其中充满了微尘在昆丁看来这是年久干枯的油漆本身的碎屑是从起了鳞片的百叶窗上刮进来的就好像是风把它们吹进来似的。有扇窗子外面的木格棚上，一棵紫藤正在开今夏的第二茬花，时不时会有一群麻雀随着不定吹来的风中在花枝上落下，飞走前总要发出一阵干巴巴的、叽叽啁啁、尘土气十足的声音：而在昆丁对面，科德菲尔德小姐穿一身永恒不变的黑衣服，她这样打扮到如今已有四十三年，究竟是为姐姐、父亲还是为“非丈夫”[①]，没人说得清楚。她身板笔挺，坐在那张直背硬椅里，椅子对她来说过于高了，以致她两条腿直僵僵地悬垂着仿佛她的胫骨和踝关节是铁打的，它们像小孩的双脚那样够不着地，透露出一股无奈和呆呆的怒气，她用阴郁、沙哑、带惊愕意味的嗓音说个不停，到后来你的耳朵会变得不听使唤，听觉也会自行变得混乱不灵，而她那份无可奈何却又是永不消解的气愤的早已消亡的对象，却会从那仍然留存、梦幻般、占着上风的尘土里悄然出现，漫不经心而并无恶意，仿佛是被充满反感的叙述召回人间的。

① 原文为“nothusband”，此处指与科德菲尔德小姐没有结成婚的托马斯·萨德本。

她的话音不愿陡然打住，它宁愿干脆渐渐消失。房间里会出现一片带淡淡的棺材味儿的昏暗，由残酷、阒寂的九月阳光所炙晒蒸发并高度蒸发，使外墙上二度开花的紫藤给这片昏暗添上甜味甚至变得太甜，而时不时传进来的是雀群那响亮的翅膀拍击声，这声音蛮像一个闲来无事的男孩在挥动一根有弹性的扁木条，透过来的还有一股长期设防禁欲的老处女的皮肉发出的酸臭，与此同时，从那把椅座太高使她看上去像个钉在十字架上的小孩的椅子上，在袖口和领口那一个个花边组成的白蒙蒙的三角形的上方，有一张苍白憔悴的脸在注视着他；那并没有陡然打住而是渐渐消失隔了段长时间又渐渐响起的话音，像一道溪流，一行细流从一摊干涸的沙砾流向另一摊，而那鬼魂则以微妙的温顺态度在沉思，仿佛这话音正是供它出没之处，换了好命点儿的鬼魂是可以有一幢凶宅来出没的。在一阵无声的惊雷中他（人－马－恶魔）会突然碰上一个场面，安详文雅得像一幅学校作为奖品颁发的水彩画，淡淡的硫黄气味还留存在他的头发、衣服和胡子上，而在他身后簇拥在一起的则是他那帮野性十足的黑鬼，像半驯化得能跟人一样直立行走的野兽，神态既狂野又镇定自若，在他们当中则是那个上了手铐脚镣的法国建筑师，神情严峻，面容憔悴，衣衫褴褛。那个坐在马背上的人一动不动，蓄有胡子，一只手手掌向上平举；在他后面那群野黑人和被俘的建筑师不声不响，挤作一团，在不流血的自我矛盾中扛着用于和平征服土地的铲子和铁锹和斧子。接着在长长的毫不惊异的状态中，昆丁仿佛在看他们突然占领了那一百平方英里平静、惊讶的土地并且狂暴地从那一无声息的“虚无”中拉扯出房屋与那些整齐的花园，用那只一动不动、专横的手心朝上的手掌把这些建筑像桌上搭起的纸牌那样啪的击倒，他们创造了萨德本百里地，说要有萨德本百里地，就像古时候说要有光[①]一样。接着听觉会自我调整，他此刻像是在谛听两个各不相关的昆丁在交谈——一个是正准备上哈佛大学的昆丁，康普生，他在南方，那个从一八六五年起[②]就死亡的南方腹地，那边挤满了喋喋不休怒气冲天大惑不解的鬼魂，他听着，不得不听着鬼魂中的一个[③]告诉他往昔鬼魂时代的事，这鬼魂比绝大多数鬼魂更加迟迟不肯安安分分地躺下来；还有另一

① 见《圣经·旧约·创世记》第1章第3节，“神说，要有光，就有了光。”
② 指南北战争结束起。
③ 指罗沙·科德菲尔德小姐。

个昆丁·康普生，他年纪太轻还没有资格当鬼魂，但尽管如此还是必须得当，因为他和她一样，也是在这南方腹地出生并长大的——这两个各不相关的昆丁如今正在"非人"的长期沉默中用"非语言"交谈着，谈的话如下：看来这个恶魔——他姓萨德本——（萨德本上校）——萨德本上校。他不知从什么地方，没有预先警告便来到这里，带来一帮陌生的黑鬼建起了一座庄园——（狂暴地拉扯出一座庄园，按照罗沙·科德菲尔德的说法）——狂暴地拉扯出。接着娶了她的姐姐埃伦产下一子一女，那是——（一点也不斯文地产下的，按照罗沙小姐的说法）——一点也不斯文。这些子女本该成为他引以为荣的宝贝和他老年时期的保障和安慰，可惜——（可惜他们毁了他或是诸如此类的事，或是他毁了他们或是诸如此类的事。后来死了）——后来死了。毫不遗憾，罗沙·科德菲尔德小姐说——（除了是她觉得遗憾）是的，除了是她。（还有昆丁·康普生）是的。还有昆丁·康普生。

"因为你即将离开此地去哈佛上大学，别人这样告诉我，"她说。"所以我琢磨你肯定是不会再回来安心留在杰弗生这样一个小地方当乡村律师的，既然北方人早就算计好不让南方留下多少供年轻人发展的余地。因此没准你会登上文坛，就像眼下有那么许多南方绅士也包括淑女在干这营生那样，而且也许有一天你会想到这件事打算写它。我寻思那时候你已经结了婚，没准你太太需要一袭新长裙，或者家里要添一把新椅子，那你就可以把它写下来投寄给杂志。也许你那时甚至会好心地记起有过一个老婆子，她在你想出去跟同龄的年轻朋友待在一起时让你在屋子里坐一整个下午，听她讲你本人有幸躲过的人与事。"

"是的，您老，"昆丁说。只不过这不是她的真意他想。那是因为她想把它说出来。当时天色还早。他衣兜里仍然揣着那张字条，那是中午前不久他从一个黑小子手里收到的，请他去拜访她，去看她——这古怪、僵硬、一本正经的请求，实际上却几乎等于来自另一个世界的一张传票——这张古色古香的旧时的讲究便笺上写满了娟秀的墨水褪了色的一行行挤得很紧的字迹，由于他好生惊讶，一个年纪是他三倍、他从小就认识却交谈不到一百句话的女人居然会来请他，而另一个原因也许是因为他当时才二十岁，他并没有从这字迹中看出一种冷酷、毫不宽容而且甚至是残忍的性格。午饭一吃完他就立即遵命前去，在九月初干燥多尘的炎热中走完从他家到她府上那半英里路，如是进入那幢房子（它不知怎的也显得比它的实际体积小一点——是幢二层楼房——没有上漆，有点破旧了，但是自有一种气派，一种阴沉沉的坚忍气质，似乎这房子也跟她人一样，是造来为了与另一个世界相配合并补充的，而这另一个世界在各个方面都比房子所坐落的世界小上一点）在百叶窗紧闭的门厅的晦暗里，空气甚至比外面的还要热，仿佛这儿像座坟墓，紧闭着整整四十三个炎热难当的悠悠岁月中所发出的全部叹息，那个一身黑的小小的人影甚至并不窸窣颤动一下，手腕与咽喉处的花边呈苍白的三角形，那张模糊不清的脸带着一种深思、紧迫和急切的表情在注视着他，这人影在等着请他进去。

那是因为她想把它说出来他想这样一来那些她永远见不着并且他们的名字她永远不知道的人还有那些从未听说过她名字或是见过她脸的人，就会读到这故事终于明白何以上帝让我们输掉这场战争：明白只有依靠我们的男子的鲜血和我们的女子的眼泪他[1]才能制住这恶魔并把其名字及后裔从地面上抹掉。可是几乎紧接着他便断定这两条都不是她所以要送这张字条，所以要单给他送字条的理由，因为如果只是为了要把事情说出来、写出来甚至印成文字，她是不必召唤任何人来的——这位女士即使在他（昆丁）的父亲年轻时即已建立了（即使还没有得到确认也罢）本镇与本县桂冠女诗人的声名，通过这样的方式：按名单向态度苛刻、为数不多的县报订户寄去诗歌，包括颂诗、赞歌与悼诗，出于某种刻骨铭心、无法消解的不服输感情；而这些诗乃是出之于这样一位女士的笔底，她家庭对战争的态度是镇上以及县里的人都了解的，其成员有她父亲，一个出于宗教原因的拒服兵役者，是在自己家的阁楼里饿死的，他躲在那里（有人说是砌起一堵墙把自己关在里面），免得被邦联宪兵司令的部下发现，也就由这个女儿夜晚偷偷地给他送饭，而这女儿同时正在为自己的第一部对开本[2]积累诗稿，在这卷手稿里这次失败战争中无法超生的被征服者按姓名为序一个个给涂上香膏进行防腐处理；还有她的外甥，他和自己妹妹的未婚夫在同一连队里当了四年兵，后来在婚礼前夕妹妹穿着结婚礼服在家里等候时他在宅子大门前开枪把这未婚夫打死，然后逃之夭夭，无人知道他身在何方。

---

① 原文“He”，大写，指上帝。

② 原指莎士比亚最早的剧本集，1623年出版。这里用来调侃这位“本县的桂冠女诗人”。

还得过三个小时他才能知道为什么她叫他去，因为事情的这一部分，开头的部分，昆丁已经知道。那是他二十年来的传统的一部分，在这期间他呼吸着同样的空气也常听父亲讲起这个男人的事；那也是这小镇——杰弗生镇——的同样空气里的八十年传统的一部分，那个男人本人呼吸过这里的空气，从一九〇九年这个九月的下午一直上推到一八三三年六月的那个星期日早晨，当时那人初次骑马进入本镇，他的过去无人看得透，他的土地怎么弄到手也无人知晓，他显然从虚无里建起自己的房屋、他的宅邸，并且和埃伦·科德菲尔德结了婚，生下两个孩子——那儿子使那女儿还未当新娘便做了寡妇——也因此使那规定好要她完成的事业走向惨烈的（至少，科德菲尔德小姐会说，是公平的）结局。昆丁是和这传统一起长大的；光是那些人的名字就是可以互相换过来换过去而且几乎是无穷无尽的。这些名字充塞了他的童年时代；他身体本身就是一座空荡荡的厅堂，回响着铿锵的战败者的名姓；他不是一个存在、一个独立体，而是一个政治实体。他是一座营房，里面挤满了倔强、怀旧的鬼魂，即使在四十三年后，这些鬼魂也仍然在从治愈那场疾病的高烧中恢复过来，从高烧中清醒过来却居然不清楚他们与之抗争的正是那高烧本身，而不是疾病，他们那执拗、倔强的眼光回头越过高烧去谛视疾病，并真的感到遗憾，高烧使他们虚弱，但是疾病却被摆脱了，他们甚至不明白这自由其实是一种无生殖力的自由。

（“可是为什么要告诉我这件事呢？”那天晚上他回到家后对他父亲这样说，而她在终于把他遣走前要他答应待会儿再坐轻便马车去接她；“为什么要告诉我这件事呢？这片土地或者这个大地或者管它是什么，终于厌倦了他，背弃并毁灭了他，这跟我有什么关系？它也毁掉了她的一家，那又怎么啦？它迟早会背弃并毁掉我们听有人的，不管我们的姓正好是萨德本或者科德菲尔德或者不是。”

“啊，”康普生先生说。“多年前我们南方人使自己的女眷变成淑女。然后那场战争来临，使淑女变成鬼魂。我们这些当爷们儿的除了听她们讲如何做鬼魂的故事，又有什么别的办法呢？”接着他说，“你想知道她之所以选上你的真正原因吗？”他们在晚餐后坐在游廊上，等待科德菲尔德小姐约定让昆丁去接她的那个时刻的到来。“那是因为她需要有个人陪她去——一个男人家，一个爷们儿，可是又得是年纪轻轻的，这样才能听她的摆布，按她想要的方式去做。她选上了你，还因为你的爷爷是萨德本这么多年来在县里唯一勉强可算是朋友的人，也许她估计萨德本没准跟你爷爷也说过些他自己的事还有她的事，关于那未能起到约束作用的婚约，未能开花结果的誓言的事。没准还告诉过你爷爷她最终不肯嫁给他的原因呢。没准你爷爷跟我说过，而我也说不定告诉过你。因此，在某种意义上，不管今天晚上那边会发生什么，这事情仍然是家庭内部的事情；这家丑（如果真是家丑的话）仍然没有外扬。说不定她认为若不是有你爷爷的那份交情，萨德本就压根儿不可能在此地站稳脚跟，而要是他没站稳脚跟，也就不会娶埃伦。因此说不定她认为，由于血统的关系，你对于他使她和她家遭到不幸，还负有一部分责任呢。”）

不管她选中他的原因是什么，真是这一点抑或不是，她做出这样的决定，昆丁想，却是用了很长时间的。同时，仿佛与她那正一点点消失的声音成反比似的，她既不能原谅又不能亲自去报复的那个男人的被招来的鬼魂，却开始显现出一种几乎是扎实恒久的素质。它本身扭扭弯弯，为它那地狱的恶臭、它那无法超生的气氛所包围，它沉思（沉思，盘算，仿佛是有感觉的，好像是，虽然被剥夺了平静——对于疲倦它倒至少没有什么感觉了——那是她拒绝给予的，但是那仍然是无可挽回地处在她的伤害或是报复的范围之外的）带着那份安宁、如今已无害甚至是不太专注的态度在沉思——随着科德菲尔德小姐的话音在絮絮叨叨地往下说，那吃人妖魔的形象却在昆丁眼前分裂出两个半人半妖的小孩，而这三者为第四个形成一个影影绰绰的背景。这就是那位做母亲的，那位已死去的姐姐埃伦：这个无泪的尼俄柏[1]，她在梦魇状态中怀上了那恶魔的孩子，她即使活着时也是身子在走动却没有生命，感到悲伤却并不哭泣，她如今具有一份安宁、并非有意做出的凄楚神情，不是仿佛她比别人活得长久或是她最先逝世，而是仿佛她从来就未曾活过。昆丁似乎看得见他们，这四个按当时的常规组成合家欢像上的模样，规矩得体，但一无生气，此刻看去就像是那张褪了色的旧照片本身，放大了挂在墙上，在那阵话音的后面与上面，而这话音的主人甚至都没注意到这照片的存在，好像她（科德菲尔德小姐）以前从未见到过这个房间——一张照片、一家人，即

---

① 古希腊神话中忒拜的王后，她以子女众多自豪，并嘲笑女神勒托只生两个。女神受了侮辱，让儿子用箭射死尼俄柏的全部儿子，又让女儿射死她的全部女儿。尼俄柏悲伤过度，请求宙斯把她化为故乡西皮罗斯山顶上的一块石头。人们可以看到这座山岩在流泪不止。

使在昆丁看来也有一种奇异、自相矛盾与怪诞的色彩；不太好理解，也不大（即使对二十岁的人）像样——一家人，其中最后那个成员去世也已二十五年，而第一个都有五十年了，如今被招来，从一幢死气沉沉房屋的一间不通风的晦暗里，在一位老太太的冷酷无情的毫不宽恕的心态和一个二十岁青年的被动的焦躁情绪之间，即使在这阵话声中他也在暗自嘀咕也许不管对什么人你都得了解得挺透才能爱他们可是当你恨某些人一直恨了四十三个年头你对他们准该了解得挺透了因此到那时也许更好了到那时也许没问题了因为在四十三年之后他们再也不会使你感到意外或者使你既不会非常满意也不会非常气恼了。而且说不定它（那话音，那讲述，那令人难信并无法容忍的惊愕）在往昔甚至曾是一声吼叫呢，昆丁想，那是很久以前，当时她还是个少女——是青春的、不屈不挠毫无遗憾的吼叫，是对走投无路的处境与狂暴的事件表示控诉的吼叫；如今可不再如此了：如今只有这副孤独地遭到挫折的老太太的躯体，它四十三年戒备森严，处在年深日久的侮辱和毫不宽恕的心态之中，这心态被那最后的最彻底的侮慢之举即萨德本的死所激怒并辜负：

“他不是个绅士。他甚至都不是个绅士。他来到这里，骑着一匹马，带来两把手枪以及一个姓氏，这姓氏以前谁也没听说过，也不知道是不是他的真姓氏，同样也不知道那匹马甚至那两把手枪是否真是他的，他要找个地方把自己藏起来，而约克纳帕塔法县正好给他提供了藏身之所。他要找些名声好的人给他当担保，来抵挡别的人和日后说不定会一个个来找他的陌生人，而杰弗生镇都给他提供了。接下去他需要好声誉了，需要一个品行端庄的女子的卫护，好让他的地位稳如磐石，这样他就连那些给过他保护的人也能抗衡了，因为必定会有那么一天，会有那么一个时刻，就连他们也会感到受到蔑视，会震惊和愤慨而不得不起来反对他；而给他这样一位女子的正是我和埃伦的父亲。唉，我不想为埃伦辩护：这盲目的罗曼蒂克傻瓜，即使那样，也只有以年轻无知来作借口；这盲目的罗曼蒂克傻瓜，后来变成个盲目的傻女人傻母亲，那时连年轻无知的借口都没有了，当时她垂死躺在那座房子里，而这是她用自尊心和平静的心境这两者为代价换得的，这时家中没有别人除了那女儿，而她还没当新娘便跟一个寡妇没什么两样，而在三年之后竟什么还没当便成了个货真价实的寡妇，还有那个儿子，他连自己在里面出生的家宅也抛弃了，但在永久消失之前他还会回来一次，不过是作为一个杀人犯和差不多算是兄长的谋杀者归来的；而他，这穷凶极恶的无赖和魔鬼，正在弗吉尼亚打仗，在那儿从地面上除掉他的机会是最最多的，可是埃伦和我都知道他会回来的，要等到咱们军队中所有的人全都死光才能轮到他挨枪子儿或是中炮弹呢；而只能向我这个孩子，当时我还是个小孩，你听着，比人家要我去保护的那个外甥女还小四岁，就是说埃伦只能向我求助，她说：‘要保护好她呀。至少要保护好朱迪思。’是的，这盲目的罗曼蒂克傻瓜，她甚至都没有那个显然打动了我们的父亲的方圆一百英里的庄园，也没有那幢大宅和白天黑夜脚底下踩有奴隶的概念，而正是这些安抚了，我不愿说是打动，她的小姨。不：只有一个男人的那一张脸，他即使是骑在马背上也不知怎的还存心装腔作势摆派头——此人人尽皆知（包括后来把一个女儿给他的那位父亲）不是毫无根底便是不敢告人——此人不知打从何方进入本镇，骑着一匹马，带来两把手枪和一群野兽，那是他独自猎获的，因为在他逃出来的那个什么鬼地方，他的恐惧[①]甚至比他们的还要强烈，还带着那个法国建筑师，一副被人俘获继而落在那帮黑人手里的倒霉相——此人逃到本地，躲在、隐藏在体面外表的后面，在一百英里地的后面，这是他从一个无知的印第安部落手里弄来的，无人知晓是使的什么伎俩，也隐藏在一所房子的后面，这房子大得像法院，他没安一扇窗、一扇门和一个床架就在里面住了三年，却依旧称它作‘萨德本百里地’，仿佛是得自国王赐封并从祖太公那里产权未曾中断地继承下来的——一座家宅、社会地位：一个妻子和家庭，为了必须隐蔽自己，跟其他体面事物一起，他把这些一一接受下来，就像如果密林能给他他所寻求的保护，他也会接受密林中荆棘与尖刺必定会带来的不适甚至痛苦一样。

“不：甚至都不是一个绅士。娶埃伦甚至娶上一万个埃伦也无法使他变成绅士。这不是说他想当绅士，甚至想冒充是个绅士。不。没有这个必要，因为他需要的仅仅是在结婚证书（或是在任何别的体面专利证书）上有埃伦和我们父亲的姓名，让别人可以看到可以读到，就像他需要在一张期票上有我们父亲的（或任何一个体面人的）签字一样，因为我们的父亲知道自己在田纳西州的父亲是什么人以及他在弗吉尼亚州的祖父又是何等样的人而我们的邻居们以及我们周围的人知道我们是知道的而我们也知道他们知道我们是知

① 从小说后面部分看，“鬼地方”当指海地，“恐惧”则指对黑奴起义的恐惧。

道的还有我们知道当我们说我们是什么人来自何方时他们是会相信我们的即使我们说了假话，正如任何一个人只消看过他一眼便可知道关于他自己是什么人来自何方为什么要来他是会说谎的，其根据是明摆着他是绝对得缄口不言的。而他必须选择用体面作挡箭牌这一点便足以证明（倘若还有人需要进一步证明的话）他逃离的处境肯定是体面的对立面，太黑暗了以致都说不出口。还因为他太年轻。他那时才二十五岁而一个二十五岁的人是不会仅仅为了钱自愿吃苦受穷去陌生地方开荒建农庄的；一八三三年在密西西比州的一个年轻人，没有任何自己公然愿意亮出的经历的年轻人，是会这样干的，这里有条满是火轮船的河，船上满载着醉醺醺的傻瓜，他们身上有的是钻石，一心想在船抵达新奥尔良之前把他们的棉花和奴隶们丢得一干二净[①]；——对这一个来说并非仅仅一个夜晚的艰苦航行，唯一的麻烦与障碍也决非别的一些无赖或是冒着被轰下船赶到一个沙洲上去的危险，而给一根麻绳勒死更是绝少可能。再说，他也不是从弗吉尼亚或卡罗来纳那类古老、宁静的地区带了多余的黑奴给打发来占取新土地的小儿子，因为任何人只消看一眼他那些黑人便很清楚他们可能来自（没准确实如此）一个远比弗吉尼亚或卡罗来纳更历史悠久但是并不宁静的地区。还有，任何人只消对他那张脸看上一眼便会看出，哪怕他明知道就在他买的那块地里能找到窖藏的金子而且正等着他去发掘，他也会宁愿选择下大河甚至肯定给麻绳勒死，而不愿继续做自己已经在做的事情的。

“不。我既不为埃伦辩护同样也不为自己辩护。我甚至更不愿为自己辩护，因为我观察他已经有二十年时间，而埃伦只有五年。那五年也并不真能好好观察而仅仅是间接从旁听说他在于什么，而听到的至多只有一半，因为他在五年里确实干下的事显然有一半别人根本不知道，而剩下的那一半则是没人会向一个做妻子的，更不用说向一个年纪轻轻的小姑娘去转述的；他来到此地，摆起一个拉洋片的玩意，一直维持了五年，而杰弗生人看了热闹，作为报答，至少得给他打打埋伏吧，于是在自己女眷面前对他的作为只字不提。可是我整整一辈子都在观察他，因为显然我的生命注定已在四十三年前四月的一个下午结束，什么原因老天爷觉得还不宜透露，因为任何一个像我那样

① 指在扑克赌局中输掉这一类事。

到那时为止竟然只有那么一点点东西可以称为生活的人，是不会把我那以后的那一段称作生活的。我看到了埃伦我姐姐的遭遇。我看到她几乎像个隐居的修女，眼看那两个苦命的孩子一点点长大，却无力挽救。我看到她为了那幢房子和为了那面子所付出的代价；她为了面子、心境平静与别的一切开了期票，那晚步入教堂时她在上面一一签字，我看到它们接二连三开始到期。我看到朱迪思的婚事被无缘无故、无可辩解地否定；我看到埃伦临死时只有我这个娃娃可以求助，她要我保护她剩下的那个孩子；我看到亨利抛弃了他的家和与生俱来的权利然后又回来，简直等于是把妹妹心上人那血淋淋的尸体扔向她婚服的裙边；我看到那男人归来——他是邪恶的源泉和来由，害了那么多人却比他们都活得长久——他生了两个孩子，不但让他们相互残杀使自己绝了后，而且也让我们家绝了后，但我还是答应嫁给他。

“不。我并不为自己辩护。我不以青春年少作辩解，因为一八六一年以来，南方哪有什么活物，男人女人黑人或是骡子，有时间与机会不但自己青春年少过，而且听到过那些青春年少过的人谈起青春年少是怎么一回事呢。我也并不用有机会接近来作辩解：不以这样的事实来做辩解，那就是，我当时是个妙龄少女，正当婚嫁之年，又赶上我在正常状况下能结识的青年男子大多已战死于失败的疆场，而我跟他在同一屋顶下生活了两年。我不以物质需要来做辩解：事实是，作为一个孤儿一个女人和一个穷人，我自然会向我唯一的亲戚：我已故姐姐的家人，不是乞求保护而是径直索取食物：虽然任何人若是要对我加以指责我都会不服的，我，一个二十岁的孤女，一个无钱无势的弱女子，被迫靠那男子的食物来活命，从而接受他正儿八经的求婚，不仅是想望摆正自己的位置而且还是为了维护一个家庭的荣誉，这个家庭中的女子的好名声是从未受过指摘的。而最最重要的是，我并不为自己辩护：一个浩劫余生的年轻女子，她的双亲、安全感以及别的一切都在这场浩劫中被夺走，她见到生活对她来说意味着的一切统统变成废墟，坍倒在某几个人物的脚下，他们外形像人却有着英雄的名声与地位；——我是说一个年轻的女子落入了这样的境地：每日每时都得与这样的男人中的一个接触，不管此人过去是怎样的一个人，不管她可能相信甚至清楚他是怎样的一个人，但他毕竟为这片她出生的地区的土地与传统征战了四个体体面面的年头（而这个完成了这样业绩的男人，虽说是个彻头彻尾的恶棍，却也会在她的眼里具有英雄的地位与形象，即使仅仅是因为跟英雄群体有关联而变得如此也罢）而这时他也从让她受难的同一场浩劫中得以幸存，一无所有地面对未来为南方安排的命运，只有自己的一双空手和一把他至少没有拱手交出的剑，还有他那位战败的总司令签发的英勇嘉奖令。啊他真勇敢。我从来没有否认过这一点。不过我们的事业、我们的生命本身以及将来的盼望与往昔的荣誉，竟得和这样的人抛在天平秤的同一边，以加重分量——这些人有勇气有力量却没有怜悯心和荣誉感。难怪上天感到失败对我们很合适了，对吗？”

“对，您老，”昆丁说。

“可是竟然是我们的父亲，我的和埃伦的父亲，在所有他认识的人当中，在所有那些过去常上他那儿去的人当中，他们去跟他一起喝酒、赌钱，看他和那些野蛮的黑人格斗，他们的女儿他甚至能从牌局中赢到手。竟然是我们的父亲。他是怎样接近爸爸的呢，在什么基础上呢；两个人，一个来历不明也不敢照实说明，另一个是我们的父亲，这两人除了在街上遇见客客气气打个招呼之外，还能有什么来往呢；这样的一个人和爸爸——卫理公会的执事，没什么钱的商人，不仅对开拓自己的产业与前景无能为力，而且连对于指望拥有什么东西哪怕是在路上捡到点儿什么都无法发挥想象力——他一无土地二无奴隶有的只是家里的两个佣人，他一得到他们，刚买到手，便给了他们自由，他不喝酒不打猎也不赌钱；——爸爸跟这样的一个人能有什么共同点呢，因为我知道得一清二楚，此人一辈子只进过杰弗生的教堂三回——初次见到埃伦是一回，两人预习婚礼是一回，举行婚礼是第三回；——此人谁正眼看一眼就能看出，就算眼下明摆着没钱，却是习惯于有钱也打算重新有钱并且为了弄到钱在手段上是不会有任何顾忌的——正是这样的一个人竟在一所教堂里发现了埃伦。听着，正是在教堂里，仿佛有份厄运和诅咒落到我们家头上而上帝在亲自监督着要看到它一丝不差地得到执行似的。是啊，对南方也是对我们家的厄运和诅咒，似乎是因为我们祖辈中的某个人选择了在一片充满厄运、已受诅咒的土地上繁殖后代，即使还不完全是我们家，不完全是我们的父亲的先人，多年前招来了诅咒并被上天强迫安置在一片已受诅咒的土地上与时代中繁殖后代。因此即使是我，一个年纪太小还不会懂那些事情的孩子，虽然埃伦是我亲姐姐而亨利和朱迪思是我的亲外甥亲外甥女，还是连去都不能去他们那儿的除非爸爸和我姑姑带我去而且我也绝对不能和亨利与朱迪思玩除非是在屋子里（这倒不是因为我比朱迪思小四岁比亨利小六岁：埃伦去世前不是求助于我叫我‘保护他们’的吗？）——即使是我也经常纳闷，在父亲娶我母亲之前，他或是他爹究竟干了什么，才使埃伦和我不得不为之赎罪而且我们俩当中有一个倒了霉还不够；究竟犯下了多大的罪孽，竟使我们一家命定成为不单是此人被毁灭而且也是我们自己被毁灭的工具呢。”

“是啊，您老，”昆丁说。

“是呀，”从幽暗的花边所组成的一动不动的三角形后面传来那严峻、平静的嗓音；此时，昆丁似乎在注视着那些沉思冥想、端庄得体的幻影当中显现出的一个小姑娘的身影，她穿着逝去的时代中的得体的长裙和宽松长裤，梳一对光洁、得体的辫子。她像是站在、躲在一小片古板的中产阶级院子或草坪的一排整齐的尖桩栅栏后面，朝那静静的乡村小街这不知何等可怕的妖魔世界看去，她是个太晚才进入父母生活，注定要通过成年人种种复杂和不必要的愚蠢行为来对种种人类行为进行思考的孩子，脸上就带着这种孩子会有的神情——是一种卡桑德拉[①]般、没有幽默感、深沉、严厉的预言家的神情，甚至与一个从未年轻过的孩子的实际年龄完全不相称。“因为我出生太晚。我出生晚了二十二年——从偶尔听到的大人谈话里我这孩子得出一个印象：我亲姐姐和她那两个孩子的脸变得像是食人妖魔故事里的那种脸，这种故事是晚饭后上床睡觉前常常听到的，当时我年纪或者说个子还不够大，大人还不让我跟他们一起玩，然而对于这个孩子，当那位姐姐最终弥留时还不得不向她求助，那时姐姐的孩子中的一个已不知去向而且命中注定要当上杀人凶手，而另一个则注定没做新娘就得先当寡妇，这姐姐说：‘保护她，至少是。至少要救救朱迪思。’我当时还是个孩子，然而我那天赐的儿童本能却做出了比我年长者的成熟智慧显然做不出的回答：‘保护她？提防谁，防备什么？他[②]已经给了他们生命：他没必要进一步伤害他们。他们倒是需要提防他们自己啊。’”

天色似乎应该相当晚了：应该挺晚了，可是一道道其中抖动着微尘的黄色阳光并未在幽冥筑成的无形的墙上升高多少，正是这道墙隔开了他们俩；太

---

① 希腊神话中特洛伊最后一个国王普里阿摩斯和其妻赫卡柏的女儿。阿波罗神爱上了她，赋予她预卜吉凶的本领，但公主不肯顺从其意，阿波罗又使她的预言不为人所信。特洛伊陷落后，她归阿伽门农所有。后死于阿伽门农之妻克吕泰涅斯特拉及其情夫埃癸斯托斯之手。

② 指托马斯·塞德本。

阳像是几乎没有移动似的。它（这场交谈，这番讲述）似乎（对于他，对于昆丁来说）具有一场梦的反逻辑与非理性的属性，那睡觉者知道这场夭折而却有头有尾的梦是必定在一秒钟里发生过的，可是能让做梦者信以为真的那个因素（也就是逼真性）——恐怖或是喜悦或是惊讶——却像音乐或是一篇印成文字的故事一样，全然得由已逝去和有待逝去的时间的正式承认与接受来加以肯定。“是啊。我出生太晚了。我记住那三张脸（还有他的脸）的那时刻还是个娃娃，当时他们的脸第一次出现在那辆马车里，在那第一个星期天的早晨，本镇的人终于明白他把从‘萨德本百里地庄园’通往教堂的那条路变成了一条赛马的跑道。我当时三岁，这之前我无疑是见到过他们的；我必定是见过的。可是我记不得了。在那个星期天之前我甚至都不记得曾见过埃伦。就像是我从未见过的那个姐姐，她在我出生之前就消失在吃人妖魔或是神怪盘踞的一座古堡里，而如今被特准有仅仅一天的时间可以回到她离开了的世界来，而我这个三岁的娃娃，为了这特定的时刻早早儿就醒了，穿着停当，卷好头发，就像要过圣诞节一样，为了这个甚至比圣诞节更加隆重的场合，因为这一天那个妖魔或是神怪终于同意为了她这做妻子的和孩子的缘故而可以上教堂了，允许他们至少可以靠近得救的边缘了，至少给予埃伦一个机会为了孩子们的灵魂去跟他搏斗，在一片战场上，这里她可以不仅得到上天的帮助而且还可以得到她娘家和跟她同类的人的支持；是啊，甚至在短时期内他使自己屈从于被救赎的地位，或许还没到这个程度，那也至少是在片刻之间表现出了骑士风度虽然依旧是毫不改悔的。这就是我当时指望的事。这就是我当时所见到的事，那时我正站在教堂前在爸爸和姑姑之间等候那辆马车赶十二英里的路来到。虽然我在这以前肯定是见到过埃伦和孩子们的，可是这却是我对他们的第一印象，这个情景我是会带进坟墓的：我这一瞥犹如龙卷风的前沿，一眼就扫见了那辆马车和车中埃伦那张高高、白白的脸以及她一边一个那两张跟他的一模一样只是具体而微的脸，还有前座赶车的那个野性十足的黑人的脸和一副牙齿，还有他，他的脸和那黑人的没什么不同除了牙齿（这无疑是因为他留了胡子）——这一切都在那些眼珠乱转的马、急驰与尘土造成的一片隆隆声与骚动之中。

“啊，那样的人可不少，怂恿他，帮助他，让这次出门变成一次赛马；星期天早上十点钟，马车两个轮子着地[1]急驰到教堂的大门口，上面坐着那个野性十足的黑人，穿一身基督徒衣服看去极像一头身披亚麻防尘外衣、头戴大礼帽在表演节目的老虎，还有埃伦，脸上没一点血色，搂住那两个孩子，他们并不在哭，其实是不需要搂抱的，他们坐在她两边，一动不动，脸上一副童稚的恶狠狠的表情，当时我们对这种表情不十分理解。啊，是的，帮助他怂恿他的人可真不少；即使是他，倘若没有对手也是无法举行一次赛马的。因为阻止他的甚至还不是公众舆论，甚至还不是那些原可能有老婆孩子在马车里被人赶上并给挤到路沟里去的人：而是那牧师本人，以杰弗生镇和约克纳帕塔法县妇女的名义说话的。于是他自己就从此再也不上教堂；如今便仅仅是埃伦和孩子们星期天早上坐马车到教堂来了，因此我们这时知道如今至少不会有打赌的事，因为无人能说这究竟是不是一场真正的赛马，因为如今，他的脸不再出现后，便只能见到那野性十足的黑人的纯粹像谜一样的脸，脸上的牙齿闪着微光，因此我们如今再也无从判明这是一次赛马还是一次脱缰狂奔，要是说有得意的脸色的话，那也是在十二英里外萨德本百里地庄园的那一张脸上，那甚至是无须来观看或是到场的。如今来的是那黑人，他驶过另一辆马车时既是对别人的那对马儿说话也是在对自己的马儿说话——有声音却听不出是什么言词，也许就根本不需要言词，用的是他们躺在那沼泽地的泥泞里时并且被他从不知何处幽暗的沼泽地中发现并带来此地时所用的语言：——在飞扬的尘土和隆隆声中，那辆马车风驰电掣来到教堂门口，这时女人孩子们尖叫着在车前四散奔逃，男人们攥紧另一组拉车的马匹的笼头。接着那黑人会在大门口让埃伦和孩子们下车，把马车掉头赶到拴马的树丛里去，把马儿揍上一顿因为它们乱跑；有一次居然有个傻瓜想出手干涉，于是那黑人转身向他举起赶马杖，牙齿稍稍外露，说：'老爷咋说；俺咋办。有话跟老爷说去。'

"是的。从他们那里；从他们自己那里。而这一回甚至都不是那牧师。那是埃伦。我们的姑姑和爸爸正在说话，我走进去，姑姑说'外面玩儿去'虽然隔了门我什么也听不见，（但他们说了什么）我照样能学说一遍：'你的女儿，你的亲生女儿'我姑姑说；于是爸爸说：'是的。她是我女儿。如果她要我干

[1] 马车有四个轮子，但是急驶中转弯时可使一边的两只轮子悬空。

涉她自己会跟我说的’。因为这个星期天当埃伦和孩子们走出前门时，等在那儿的不是原来的马车，而是埃伦那辆由一匹温顺的老母马拉的轻便马车，由她本人和一个由他买来替代那野性十足的黑人的马童来驾驶的。朱迪思对轻便马车看了一眼，明白是怎么回事，就开始尖叫，一边尖叫一边蹬踢，他们立即抱她回屋，让她上床。不，他当时不在场。我也不认为有一张得意扬扬的脸躲在一块窗帘的后面。也许他会像我们那样感到惊讶，因为这时我们全都明白我们遇到的不光是一个小孩子在发脾气甚至是歇斯底里发作：明白他那张脸始终在那辆马车里；明白正是朱迪思，这个六岁的小姑娘，在嗾使并命令那黑人催促那两匹马拼命跑掉。不是亨利，你听着；不是那男孩，他脾气会是够暴躁的；而是朱迪思，那女孩。那天下午，爸爸和我一进那院门开始顺着车道朝房子走去时，我就感觉到了。仿佛在那个星期天下午宁静平和的氛围的某处，那孩子的声声尖叫仍然存在，遣之不去，这时已不是嗓音而是让你的皮肤去听取，让你头上的头发去听取的某种东西。不过我没有立即提问。当时我才只四岁；我坐在单马拉的轻便马车里爸爸身旁，就像我在那第一个星期天站在教堂前他和姑姑当中一样，那回我穿得整整齐齐去第一次看我姐姐和外甥和甥女，看着那幢房子（当然，我以前也是进去过的，可是即使在确实记得的这第一次见到这房子时，我像是已经知道它会是什么模样，就如同我在初次见到，我记忆中的初次，埃伦和朱迪思和亨利之前就知道他们会是什么模样一样）。不，即使那时也没有提问，而仅仅是望着那巨大寂静的房子，说‘朱迪思是在哪个房间里养病，爸爸？’带着一个孩子在接受无法解释的事物时的那种无声的颖悟，尽管我现在知道即使在当时，我就纳闷，当朱迪思一出门发现停在那里的是辆轻便马车而不是那辆大马车；是那温顺的马童而不是那野性十足的黑人时，她眼睛里看到的究竟是什么；我们大家都觉得轻便马车挺安全，可她看出什么来了呢——或者更糟的是，当她看到轻便马车并开始尖叫起来时，她觉得有所失的又是什么。是啊，那是个仍然很炎热的安静的星期天下午，就跟今天下午一样；我至今还记得我们走进去时屋子里静极静极，从这气氛中我立即断定他不在家可是不知道他那会儿正在斯卡珀农葡萄[①]架下和沃许·琼斯一起喝酒。爸爸和我刚跨过门槛我只知道他不在家：仿

① 一种葡萄品种，最初在北卡罗来纳州斯卡珀农河流域种植，故名。

佛凭借某种几乎是无所不知的感觉（正是这同一种出于本能的认识使我能够告诉埃伦，朱迪思需要防御的并不是他）我知道他并不需要留下来目睹自己的胜利——而和以后要发生的事相比，这仅仅是件微不足道的小事，甚至我们也不值得加以注意。是啊，那个安静的遮得黑黑的房间，百叶窗关着，有个黑种女人坐在床边挥扇，枕头上是朱迪思那张苍白的脸，脸上盖着一块浸了樟脑液的巾帕，我当时以为她睡着了：也许真是睡着，或者勉强可以算是睡着了：埃伦的脸很苍白，很平静，于是爸爸说'出去找亨利，让他跟你一起玩儿，罗沙，于是我就在静静的二楼过厅那静静的门外面紧挨着门站着，因为我甚至都害怕离开这门因为在我耳朵里这房子里安息日下午的寂静比打雷还要响，甚至比扬扬得意的狂笑还要响。

"'就算是为孩子们着想吧，'爸爸说。

"'着想？'埃伦说。'我还干了别的什么？我整夜睁大眼睛躺着除了想他们的事我还干了什么？'不论是爸爸还是埃伦都没说回娘家去吧。不：这事发生的时候，还不时兴用别转身子走人的办法来修正你犯下的错误呢。仅仅是两个悄悄的嗓音在那扇朴素无华的门那边，像是在谈论杂志上登出的什么文章；而我，一个孩子，紧挨着那扇门站着，因为我一方面怕待在那儿然而另一方面更怕得离开它，只顾一动不动地站在门边仿佛在想让自己和这块黑黝黝的木头合成一体，变得隐而不见，像一条变色龙，倾听着那幢房子的活生生的精神或精灵，因为埃伦生命和气息的一部分如今已经融汇进这房子，他的一部分也这样，这房子在吁出一口长长的、没有特征的气息，声音里既有胜利与绝望，也有得意与恐惧。

"'你爱不爱这个——'爸爸说。

"'爸爸，'埃伦说。就说了这一声。可是当时我能像爸爸一样清清楚楚地看到她的脸，上面带着那头一个星期天和别的星期天坐在马车里时的那副表情。这时有个仆人前来说我们的轻便马车准备好了。

"是的。从他们自己那里。不是从他那里，也不是从任何人那里，就像无人能够拯救他们似的，甚至包括他自己。因为他如今向我们表明了为什么这一胜利他认为不值一顾。他是向埃伦表明的，事实上：不是向我。我当时不在场；如今已过去了六年，在此期间我很少见到他。我们的姑姑这时已经出走，是我在给爸爸管家。大约一年一次，爸爸和我会上那儿去吃上一顿饭，还有，大约一年四次，埃伦会带上两个孩子回娘家来和我们一起过上一天。他不来；就我所知，跟埃伦结婚后他再没进过这幢房子的门。我那时候还年轻；我太年轻了，竟然相信这是因为哪怕对他这样的人来说，良心上也有难以烧化的煤核，如果不好说是悔恨之情的话。可是现在我知道得更清楚了。我现在知道那不过是因为在爸爸通过把女儿嫁给他提供了社会地位之后他从爸爸那里再也不能得到他需要的什么了，因此即便是感激之情，更不要说是为了顾全面子，也无法迫使他违背自己的意愿去陪妻子娘家人一起吃顿饭了。因此我很少见到他们。当时我没时间玩儿，就算我有任何想玩的念头也罢。我从没学会怎么玩儿，当时也想不出有什么理由要努力去学，即使我有时间也罢。

“因此到这时已有六年了，虽然对埃伦来说那其实并不是秘密，因为在他把盖房子的最后一根钉子敲下去后，那事就明摆着一直在进行，此时和他当单身汉时的唯一区别是此刻来的人都会把拉车的马、套了鞍的马和骡子拴在厩房再过去的树丛里，这样，他们穿过草场走来就可以不让房子里的人看见。因为来的人仍然不少；好像是上帝或魔鬼利用了他的种种罪恶本身来提供证人，使我们能把我们的诅咒施加给人，这些证人中不仅有上等人，我们的同类人，还有真正的社会渣滓和不入流的瘪三，这号人在别的任何情况下都无法靠近这房子本身，哪怕打后面走也不行。不错，埃伦和那两个孩子孤单单地待在离镇市十二英里的这幢房子里，而在下面的厩房里，一盏马灯映照出人脸组成的一个空心方阵，三面是白脸，第四边则是黑脸，而在圈子当中，有他的两个野蛮的黑人在格斗，光着身子，并不像白人那样打，按照规则，手持武器，而是像黑人那样打，一心要迅速狠毒地伤害对方。埃伦知道这事实，或者自以为知道；其实并非如此。她接受了这事实——并没有勉强妥协：而是接受了——仿佛在义愤中有了个喘口气的机会，那一刻你简直能怀着感激的心情去接受，因为你能对自己说，*感谢上帝这就是一切；至少我现在知道全部情况了*——那天晚上她冲进厩房时是这样想，是仍然死死抱住这个想法的，当时倒是那些从房后溜进来的人从她身边退开去，他们多少还懂得点规矩，而埃伦见到的并不是她意料中的两个野兽般的黑鬼，而是一白一黑，两个都光着上身，都想把对方的眼珠抠出来，仿佛他们的皮肤不仅应该是同样颜色的而且那上面还应该长满了兽毛。是的。看来在某些情况下，也许在这一晚的终了，这幕场面作为压轴戏，或者也许压根儿就是事先安排好为了保持霸权，主宰别人，他会亲自进入赛场和一个黑人去搏斗的。是的。那就是埃伦所见到的：她的丈夫、她孩子的父亲，站在那里，光着上身，大口喘气，腰部以上一片血淋淋的，而那黑人明摆着刚刚倒下，躺在他脚边，也是血淋淋的，只不过在黑人身上这血迹看上去仅仅像是油污或是汗——埃伦冲出房子奔下小山，帽子也没戴，正赶上听到那声音[①]，那尖叫，当她仍然在黑暗里奔跑、并且那些看热闹的人还不知道她来到了此地时，她一直能听到，甚至在一个看热闹的人想起说话之前，那人说的是‘那是一匹马’然后说‘那是一个女人’接着说‘我的天哪，那是一个小孩’——她冲进去，看热闹的人往后退让她看到亨利正从扶住他的几个黑人的身体之间一头往外栽倒，边尖叫边呕吐——她没停下来，甚至也没看那些朝她身边飞快往后闪开的脸，这时她跪在厩房的污秽里把亨利抱起来，并不看亨利而是朝上方看着他[②]，这时他正站在那儿胡子下面的牙齿也露了出来，而另一个黑人正在用只黄麻布袋擦掉他身上的血。‘我知道你们会原谅我们的，先生们，’埃伦说。可是他们已经在拔脚走了，黑人还有白人，在悄悄溜走就像他们来时一样，而埃伦这时还是并不看着他们而是跪在泥地上，亨利则一边哭一边紧紧地抱着她，他则还是站在那儿这时有第三个黑人把他的衬衫或是外套捅给他仿佛那外套是根手杖而他是条关在笼子里的蛇似的。‘朱迪思在哪儿，托马斯？’埃伦说。

“‘朱迪思？’他说，啊，他并没有在说谎；他本人获得的胜利使他忘乎所以；在罪恶方面他甚至发展得更厉害，甚至超过了他所敢想的。‘朱迪思？她不是上床了吗？’

“‘别对我撒谎，托马斯，’埃伦说。‘你带亨利上这儿来看这个，要亨利看这个，这我能理解；我会努力去理解；是的，我会让自己设法去理解。可是朱迪思不行，托马斯。不能让我的女囡囡来，托马斯。’

“‘我并不指望你理解这事，’他说。‘因为你是个女人。可是我没有带朱迪思来这儿。我不会带她来的。我并不指望你相信，可是我发誓这是真的。’

“‘我希望我能相信你，’埃伦说。‘我是想相信你的。’这时她开始叫唤了。‘朱迪思！’她用一种平静和甜甜的和充满失望的嗓音喊道：‘朱迪思宝贝

---

① 指下文所述亨利的尖叫。
② 这个“他”和下面那个“他”都指埃伦的丈夫托马斯·萨德本。

儿！该上床了。’

“不过当时我不在那儿。这一回我没在那里透过正方形的厩房门洞朝厩楼[①]看那两张萨德本家人[②]的脸——有一次我看到朱迪思；另一次看到她身旁有个黑女孩。”

---

① 厩房上面的阁楼，一般用来贮藏干草。

② 指朱迪思与克吕泰涅斯特拉（小名“克莱蒂”）。当时埃伦找不到朱迪思，托马斯说没有带她来。其实是朱迪思自己和托马斯的混血女儿克莱蒂躲在厩楼上窥看。

二

那是个紫藤花盛开的夏季。晚饭后他们坐在前廊上等昆丁动身的时候到来，这当儿，暮色里充满了这种花的香气以及他父亲抽的雪茄的气味，而围廊下深远、蓬乱的草坪上，萤火虫轻盈而随意地飞过来又飘过去——五个月后，康普生先生[1]的信将把这股香味、这股气味，从密西西比州越过新英格兰那迤逦、铁一般硬的雪野带进昆丁在哈佛的起居室。那也是一个听人讲往事的日子——在一九〇九年听人讲陈年旧事，尽管大部分他都已经知道，因为他诞生在、而且仍然呼吸着一八三三年那个星期天早上教堂编钟在其中鸣响的同样的空气（而且，在每个星期天，甚至还能听到同一个尖塔中原来的三口钟里的一口所发出的声音，在那尖塔里，原来的鸽群的后代在高视阔步，在咕咕低叫，或是打着小圈子盘旋，好像柔和的夏季天空上的一摊摊颜色柔和的稀漆）；——六月里一个星期天的早晨，编钟鸣响着，平和，专横，也有点儿刺耳——各组声音和谐但音调不那么一致——这里有女士和儿童，有手里拿着遮阳伞和驱蝇掸子的黑人佣仆，甚至也有三四个男人（穿着箍裙的女士们在小男孩的微型毛葛礼服和小女孩裙子下露出了的有饰边的长裤之间走动着，女士们穿着不是在走而简直是在水上漂的时代的裙子）这时坐在霍尔斯顿旅社廊子上脚翘在栏杆上的另外那些男人抬眼一望，只见来了个陌生人。他们看到他时他已经穿过半个广场了，他骑了一匹经过长途跋涉的沙毛栗色大马，人和牲口直像是凭空出世的，拖着疲累的步子进入到这明媚的安息日阳光下停了步——那张脸和那匹马是他们谁也从没见到过的，那姓名是他们谁

① 指昆丁的父亲。

也从没听说过的，还有来历和来意也是他们中有些人永远弄不清的。因此在接下去的四个星期里（杰弗生当时还是个村镇：有霍尔斯顿旅社、法院、六家商店、一个设有铁匠铺的车马大店、一家牲口贩子和小商贩经常光顾的酒店、三座教堂以及大约三十座民宅）这个陌生人的姓氏反复响起在生意场、休闲处以及民宅之间，就像希腊古典戏剧中歌咏队来来回回的对唱：萨德本。萨德本。萨德本。萨德本。

那就是该镇在差不多一个月之内能知道的有关他的全部情况。他显然是从南面进入镇子的——大约二十五岁，这还是镇上人后来才知道的，因为当时别人猜不出他的年纪，因为他当时像个刚病过一场的人。可不像那种安安静静地躺在床上的病人，后来康复了，缺乏自信、犹犹豫豫、又惊又喜地重返世界，他原以为快要跟它告别了呢，而是像个孤单单地在熔炉里受过些许煎熬的人，那决不仅仅是像一个探险家所说的发几天烧的事儿，他不仅得面对自我选择的行当必然会带来的正常的艰辛，而且还被发烧造成的额外的、未曾料到的障碍所拖累，他算是熬过来了，付出了精神上的巨大代价甚至是肉体上的，他孤身一人，无人帮助，并不是凭着要挺过来、活下去的盲目的本能意志，而是为了要获得那物质上的战利品并保住了以便好好享受，正是为了这战利品他才接受了，那别出心裁的牺牲。他是个骨架大大的人，不过现在已消瘦得几乎可说是骨瘦如柴了，蓄着泛红色的短胡子，像是一种伪装，胡子上面有一双浅色的眼睛，在那张脸上显得既富幻想又很机警，既残酷无情又很安详，脸上的皮肉有一种陶器的外观，颜色像是被炉子的高温烧成的，不是心灵中的高温便是环境中的高温，在像上了釉的黏土那样死气沉沉、不透水的表皮底下，颜色比单靠太阳晒出来的要来得深。大伙儿见到的就是这样的一个景象，虽然要在多年之后镇上的人才知道这就是当时他所拥有的一切——那匹强壮的筋疲力尽的马、他那身衣服还有鞍上那个小褡裢，大得仅能勉强装下换洗的内衣裤、剃刀以及两把手枪，就是科德菲尔德小姐跟昆丁说起过的，枪托磨得跟镐把一样光滑，他使起来又灵又准，仿佛那是两根编结针似的；稍后昆丁的爷爷见他在二十英尺外围绕一棵小树骑马小跑，两发子弹都打中钉在树上的一张纸牌。他在霍尔斯顿旅社租了间房，但总是随身揣着钥匙，每天早晨天不亮就喂好马备上鞍骑马离去，镇上的人照样无从得知他去了哪儿，也许是因为在他来到的第三天作了那番射击表演的关系。因此他们只能靠问询来尽量打听，那势必只能在晚上进行，在霍尔斯顿旅社餐厅的晚餐桌上或是前堂休息室里，他吃完饭总是马上回自己房间，又锁上门，而要回房间就得穿过这休息室。那酒吧间也通向这休息室，照说那儿会是或应该是跟他攀谈甚至询问他的合适场所，只是酒吧间他是不去的。他根本就不喝酒，他跟他们说。他没有说他以前是喝的后来戒掉了，也没说从来不碰酒精。他仅仅说他不想来上一杯；要等到好多年之后连昆丁的爷爷（他那会儿也是个年轻人；要过好多年才成为康普生将军呢）也才知道萨德本当时不喝酒是因为他没钱，付不起自己那份也无法还请人家；正是康普生将军第一个明白当时萨德本不单单没钱喝酒和交朋友，而且也没有时间和这份心思：明白他当时完全是受到了驱使，被他那份暗藏在心的躁动不安，被他的信念，那是来自他新近的什么经历的——也就是精神或肉体上的那次高温——被一种迫切感，被在脚底下飞逝的时间，在接下去的五年里他一直受到驱使——这是康普生将军估算出来的，大致上一直延续到他儿子出生前九个月左右。

因此他们总是在晚餐桌和他那扇锁上的门之间，在休息室里堵住他，把他逼进死角[①]，给他机会告诉大家自己是何人来自何方来此有何公干，这一来他总是会慢腾腾、不间断地挪动直到他的背碰上某样东西——一根柱子或是一面墙——于是便站在那里什么也不告诉他们但态度很好，彬彬有礼得像个大饭店的接待员。他是跟那管契卡索印第安人的官员打交道或是通过他跟人打交道的，因此，直到那个星期六夜晚他拿了地契、许可证和那枚西班牙金币[②]去弄醒那位县档案管理员，镇上才知道他如今已拥有一百平方英里土地，那是本地最肥沃的未开垦的洼地中的一块，但是这消息来得晚了点，因为萨德本本人已经走了，去哪里他们又是一无所知。可是他如今是他们当中拥有土地的一员了，有些人便开始猜出康普生将军显然知道的事：他用来支付许可证登记费用的那枚西班牙硬币是他拥有的任何种类钱币中的最后一枚。因此他们现在拿准他出走是为了再去弄钱；有几个人甚至早就相信（他们甚至大声说出声来，因为反正他不在场）萨德本未来的那个当时尚未出生的小姨子在几乎八十年后要跟昆丁说的那番话：他在窝赃方面有些独特而实用的办

① 原文为“run him to earth”，这是一个猎狐用语。康普生先生和他的父亲康普生将军都酷爱打猎。

② 暗示萨德本有过在加勒比海那一带海岛上混过事的经历。

法，所以是潜回藏金秘窖去再次装满他的荷包的，就算他并没有确实揣上双枪回那大河[1]和轮船上去再次装满他的藏金秘窖，而船上有的是赌徒、棉花贩子和奴隶贩子。至少镇上有些人在互相传播这样的说法：他两个月后回来了，还是事先毫无动静，这回跟他一起来的是一辆大篷车，赶车的是个黑人，坐在这黑人旁边座位上的是个瘦小的人，显得顺从但却机警，长着张严峻、忧心忡忡的拉丁型的脸，穿了件双排扣的长外套、一件绣花背心，戴了顶帽子，这帽子若是出现在巴黎林荫大道上是不会引起轰动的，而这副打扮他在往后的两年里一直维持着——这套阴沉沉、舞台味十足的服装以及他那种听天由命、惊呆般豁出去的表情——与此同时，他那位白皮肤的雇主和那帮要他指点却不由他领导的黑人劳工却是赤条条除了一身干泥巴。这就是那位法国建筑师。多年之后，镇上的人得知他光听了萨德本一句口头承诺就大老远从马提尼克[2]来到此地，整整两年吃的是野营篝火上煮的鹿肉，睡的是大车篷改成的泥地帐篷，报酬则连一个小钱的颜色与样子都没见到。而且直到两年后打道回新奥尔良去时，他才再一次见到杰弗生镇；即便当萨德本在杰弗生为数不多的那几次露面时，这工程师不是不愿同去，就是萨德本不愿带他去，而在那第一天，由于大车不曾停下，他也没什么机会认真看看杰弗生。显然，那回纯粹是由于地理上的原因，萨德本才会穿过镇子，停留的时间也只够某人（不是康普生将军）朝大车篷底下望去，只见一条黑黑的隧道中满是一双双一动不动的眼珠子，还冒出一股狼窟的气味。

不过关于萨德本那帮野黑人的故事还不至于立即传开，因为大车又往前走了，仿佛连组成这大车的木材和铁，以及拉车的那些骡子，都已与主人熔成一体，只知苦苦不知疲倦地往前赶路，急煎煎的，单怕时间飞走；事后萨德本告诉昆丁的爷爷，大车路过杰弗生的那天下午，他们从头天晚上就断了炊，他是想快些抵达萨德本百里地和河洼，赶在天黑前猎杀一头鹿，好让他、建筑师和黑人们不致空腹度过又一个夜晚。因此关于野黑人的传说是一点点地传回到镇上来的，是由那些骑马下乡去看看发生了什么事的人传回来的，他们开始传说萨德本怎样手执双枪在猎物出没的小道旁守候，并且打发黑人像群猎狗似的进沼泽地去轰赶；正是这些人传说在那头一个夏季和秋季，那帮黑

---

① 指密西西比河。

② 拉丁美洲加勒比海地区的一个岛，于 1674 年沦为法国殖民地。

人睡觉时连毯子都没有（或者是不想用），后来，猎浣熊的艾克斯坚称他曾把一个像睡着的鳄鱼那样躺在深深泥淖里的黑人弄出来，那人总算及时尖叫了一声。黑人们那时还不会说英语，并且显然不但是艾克斯，还有别的一些人，都不知道他们和萨德本交谈的是某种法语而不是他们自己的某种神秘的注定要消亡的土语。

除了艾克斯之外还有许多人，不过那都是些责任重大的镇民和地主，因此不需要在夜晚埋伏在营地周围。事实上，正如科德菲尔德小姐告诉昆丁的，他们干脆组成打猎队，在霍尔斯顿旅社会合，骑马下乡，往往还带上午餐。萨德本已筑了个砖窑，还安好了大锯和刨机，这都是他在大车里带来的——还安下一台绞盘，往里插棵小树充当长杠，由拉车的骡子和黑人们轮换拉套——就像那些黑人真的是野人似的——而逢到转速慢下来时他自己也参加进去；还有，康普生将军告诉过他的儿子，也就是昆丁的父亲，黑人干活时萨德本从不对他们大声吆喝，反而带着头干，在心理上需要的那一瞬间以身作则，用宽容产生的某种优势来控制他们而不是用野蛮的吓唬。猎人们并不下马（萨德本通常对他们连头都不点，压根儿不打招呼，显然只当他们不在，仿佛那都是游移着的幽灵似的），他们总是好奇地、悄没声地坐在马上挤成一堆，像是寻求相互保护似的，看着他的大宅一点点筑高，看着一条条木板一块块砖头从黏土和木材备料所在的沼泽地里给搬来——搬的是那个有胡子的白人和二十个黑人，他们身上除了遍及周身[①]无处不在的一层湿泥之外别的啥都没有。这些来看热闹的都是男人，不会注意到萨德本初次骑马进入杰弗生时穿的那套衣服也就是他们所见到在他身上的唯一的一套，而县里见到过他的女人根本没有几个。不然的话，她们当中会有人在这个问题上提前和科德菲尔德小姐不谋而合的：也就是看出他是为了节省衣服，因为外表上合乎礼仪（先不说什么优雅）将是他可以用来向科德菲尔德小姐或许还有别人心目中的体面发动最后攻势的唯一武器（或者说，进身之阶），而照康普生将军的说法，在萨德本隐秘意识里，这体面的分量，比单为自己的宅子物色到一位女主人可要重得多。就这样，他和那二十个黑人一起干活，全身涂满了湿泥来防止蚊虫叮咬，而且正如科德菲尔德小姐告诉昆丁的，仅仅凭了他的胡子

---

① 此处原文为“croaching”，此词不见于英语词典，也许是指“encroaching”（侵蚀）。

跟眼睛才能把他和别人区分开来，并且只有那建筑师还像是个人，因为有那套法国服装，那是他死心塌地地始终穿在身上的，一直到房子完工（只剩窗玻璃与熟铁铸件没有安装因为他们无法靠手工制造）后的第一天，这建筑师才离去——他和那二十个黑人在烈日里和夏天的酷热里和冬季的泥泞与冰雪里一起干活，默默地怀着一股经久不衰的怒火。

这项工程他花了两年才得以告成，他和他那帮从外面带来的奴隶，对这帮黑人，他新结交的镇民们仍然认为比他在那一带地方能轰赶杀戮的任何野兽的危害性要大得多。他们从日出一直干到日落，与此同时，一伙伙骑士策马前来，静静地坐在马上观看，而那位身穿正式礼服头戴巴黎呢帽的建筑师一脸严峻、痛苦、大惑不解的表情，出入在这样的场景环境里，他的神态半似一个漫不经心、全然无兴趣的旁观者，半似一个受了诅咒在努力做苦工的鬼魂——他的大惑不解，康普生将军说，与其说是对别人和他们正在做的事还不如说是对他自己，对他自己在场这一无法解释与难以置信的事实。不过他可是个优秀的建筑师；昆丁知道这幢房子，离杰弗生十二英里，隐藏在雪松和橡树丛里，落成已有七十五个年头。按照康普生将军的说法，他不仅是个建筑师，而且还是位艺术家，因为只有艺术家才能吃两年苦，为了建造一幢自己无疑不仅不指望能而且也坚决不想再见到的房子。康普生将军说，让他受不了的还不是两年客居对肉体感官上的折磨和感情上的摧残，而是萨德本这个人：将军说也只有艺术家才能容忍萨德本的粗暴和催促而仍然能设法约束萨德本显然有意要盖成一座阴森森的、城堡般的华厦的梦想，因为倘若由着萨德本性子去做，那地方准得差不多跟当时的杰弗生镇本身一般大；将军还说，这瘦小、严峻、苦头吃足的外国人居然单枪匹马迎战而且战胜了萨德本那强烈、过于自信的虚荣心，或者是对华美或对证明自己有理或对鬼知道别的什么（康普生将军当时也心中无数）的追求，因而从萨德本的失败本身中创造出胜利，这是萨德本本人在征服中无法获得的。

房子后来就这样落成了，一直到铺上最后一块板，砌上最后一块砖，打进最后一根木钉[①]，这是他们自己能够做的。房子没有上漆，没有配备家具，里面没有安上一块窗玻璃，或一个门把手或一个铰链，离城十二英里，离任

① 铁钉须从远方运来，故而用木钉代替。须先在木料上打眼，木钉起到木榫或楔子的作用，相当坚固。美国有些木桥上至今仍有这样的木钉。

何一家邻居也几乎这么远，它又矗立了三年才给围上整整齐齐的花园、散步小道、奴隶住房区、厩房和熏房；野火鸡在房子周围一英里之内漫游，鹿轻盈地跑来，颜色像烟，在齐整的花床上留下纤巧的脚印，这些花床要在四年之后才会开出花来。此刻开创了一个时期，一个阶段，在这段时间内，镇上和县里的人以更加困惑不解的眼光注视着他。也许是因为朝向那个秘密目标——这目标是什么康普生将军自称他早就明白，但是镇上与县里的人仅仅依稀猜到一点儿或是完全不知道——朝向那目标的下一步如今需要耐心或无所作为的时间而不需要他那股已让大伙儿看惯的疯魔劲头了；这时节，倒是女人家首先猜出他需要什么，下一步棋会是什么。男人里竟没有一个，那些与他熟不拘礼的爷们显然也不例外，猜出他要娶太太了。爷们里肯定有几位，这里面既有结过婚的也有打光棍的，他们不仅拒绝往这上头想甚至是嗤之以鼻，因为接下去的三年他过的无疑是在他们看来神仙般的日子。他住在乡间，离任何一个邻居都有八英里远，光棍儿一个，住在可以算有男爵气派、半亩地大的猎具房里。他生活在全县最大一幢房子家徒四壁的空壳子里，就连法院也不如这房子大，全县妇女连它的门槛都没有见到过一眼，里面窗玻璃、门、床垫这类但凡能显示女性温柔的物件一概没有；在那里倘若他愿意让他那些狗进屋跟自己一起睡地铺，也不但不会有女人出来反对，而且他甚至都不需要狗来帮他杀死那些把足迹留在从厨房门口就能望见的地上的猎物，而是用那些全身心都归他所有的人来猎取，这些人，大家相信（或者那么传说）能偷偷潜到一只宿夜的猎物身边，不等它惊起就把它喉咙割断。

就在此期间，他开始邀请科德菲尔德小姐跟昆丁说到的那一伙伙人，下乡到萨德本百里地来，在他那尚处在胚胎状态中徒有其表的华宅那些空荡荡的房间里打地铺睡觉；他们打猎，晚上则玩牌、喝酒，有时候他肯定会挑动他的黑人互相搏斗，在这样的时候他没准偶尔也参加进去——这景象，按科德菲尔德小姐的说法，他儿子是看不下去的，可是他女儿却看着不动声色。萨德本本人如今也喝酒了，不过恐怕不只是昆丁爷爷一个人曾这么说：他喝得很有节制，除非这酒有一部分是他自己提供的。客人们一般自带威士忌，而他喝这酒时总很俭省，很有斟酌，按康普生将军的说法，仿佛要在心里把一杆秤打平，让自己接受了喝下肚去的威士忌和他供应给那些猎户的活物达到收支相抵。

他那样生活了三年。他如今有了一个种植园；没到两年就从蛮荒的沼泽地里把房屋和花园圈出来，犁耕他的土地，播下康普生将军贷给他的棉花种子。接着他似乎停顿下来了。他好像是在他眼看要完成的事业的中途干脆歇手了，并且在这样状态里一待就是三年，这期间，他甚至都并不显出还想做什么事想获得什么东西的样子。也许这是没什么好奇怪的：县里的人开始相信过现在这样的日子也就是他的夙愿；还是康普生将军像是对他了解得稍多一些，所以才提出借棉籽让他起个头，他总知道多一些，因为萨德本多少跟他说过些自己的往事。正是康普生将军最早知道萨德本那枚西班牙金币正是他最后的一枚，因为正是康普生（这是镇上后来才知道的）建议借钱给萨德本让他把房子造好，把内部装修好的，可是遭到了拒绝。因此毫无疑问，全县正是康普生将军第一个告诉自己萨德本不需要借钱来落成房子，配齐设备，因为他打算通过结婚来达到这目的。然而他并不是第一个人：仅仅是第一个男人，因为，按照七十五年后科德菲尔德小姐告诉昆丁的，县里的女人家早就在彼此相告而且还告诉她们的丈夫，萨德本不会就此止步的，他已经吃了那么多苦，受了那么多累，缺这少那，不会安顿下来，还像盖房子时那样过日子的，区别仅仅是如今睡在屋顶下面而不是在车篷下的光泥地上。没准那些妇女已经在此时能算是他朋友的爷们的家庭里拨拉过来拨拉过去，看看谁会是那未来的新娘子，她的陪嫁可以在外表和内容上使萨德本争取体面的社会地位得以大功告成，科德菲尔德小姐死活认定这正是他所追求的目的。因此，这第二个阶段结束时，在房子盖好，建筑师离去后的第三年上，这次又是在星期天早晨，还是一无征兆，镇上的人看见他穿过广场，这回是步行，不过仍然穿着五年前骑马进镇时穿的那套后来没人见到过的服装（他或是哪个黑人曾用烧热的砖将那外衣熨过，据康普生将军告诉昆丁的父亲说），他走进卫理公会的教堂，这时候只有一部分男人感到奇怪。妇女们仅仅说他在一块打猎、赌钱的狐朋狗友的家属里已滤了一遍也未能找到合适的妻子，这回要进城来找了，就跟他会上孟菲斯[1]市场去买牲口或奴隶一个样。可是当她们明白他进城显然想找的是谁并且走进教堂赋予对方以这个名义时，女人家的自信便融合到男人的惊讶里去了，紧接着更是往前发展了一步，成为大惊失色了。

① 田纳西州西南端一大城市，离奥克斯福（杰弗生镇的原型）只有 75 英里，是福克纳笔下的约克纳帕塔法人进城办事的首选之地。

这是因为镇上的人如今相信他们对他已很了解。足足两年他们注视着他像是咬着牙、怀着那么一股子始终旺盛的怒气，撑起了那幢房屋的外壳，规划好自己的农田，接着整整三年一点儿动静都没有，真像他是用电操作的，可是有个人来了，扯掉了电线或拆除了电动机，这期间县里的女人家逐渐让全县相信他仅仅是在等着找一位有陪嫁的太太，好让他把事情办完。因此那个星期天的早晨当他穿着熨平的外衣走进卫理公会教堂时，不少男人同样也有不少女人都相信只消环顾一下来做礼拜的会众就能猜出他的脚步会走向何方，结果发现他显然选中了科德菲尔德小姐的父亲，带着那副冷静、果断、冷酷无情的样子，当初他相中那位法国建筑师时想必也是这样的。大家目瞪口呆地注视着他怎样煞费心机地向镇上这唯一跟他根本不可能有什么共同点（尤其是钱）的人进逼——此人显然什么忙也帮不了他，除了能让他在一家十字路口的小铺赊点账，或是投他一票，万一他有意觊觎卫理公会牧师这个圣职的话——此人乃是卫理公会的一个执事，也是个商人，不仅地位不高，境况平平，而且已经有了家小，更不用说还有要他供养的老娘和妹子，全得依靠他十年前用一辆大车就全部拉来本镇的那点生财赢利养活——在一个可无法无天地发展的地方和时代里此人享有绝对、始终不渝、甚至是清教徒般正直的名声，他既不嗜酒也不赌博甚至连猎都不打。大伙儿在惊讶中全都忘了科德菲尔德先生有个待嫁的女儿。他们压根儿没把这个女儿考虑在内。他们也没有把爱情与萨德本联在一起考虑过。他们想到的是冷酷无情而不是正义，是恐惧而不是尊敬，反正没有想到怜悯或爱情：再说，他们正一门心思惊诧地琢磨着萨德本究竟要怎样或者能怎样利用科德菲尔德先生来达到他仍然怀着的什么秘密目的。他们至死也不会明白：就连罗沙·科德菲尔德小姐也一直没弄明白。因为从那一天起在萨德本百里地再没有举行过打猎集会，大家此时只是在城里看见他。不过并不是无所事事去闲逛的。那些曾和他一起在他屋子里打过地铺拼过酒量的人（其中有几个甚至都发展到直呼他萨德本而不加一本正经的“先生”二字）瞧着他在霍尔斯顿旅社前的街道上走过去，光是一本正经地碰碰帽檐便往前走，进入科德菲尔德先生的铺子，情况就是这样。

“这以后有一天，他再度离开杰弗生，”康普生先生告诉昆丁。“到这会儿，对这样的事镇上的人也应该司空见惯了。然而，他的地位微妙地起了变化，从镇民对这第二次回来的反应上可以看出来。因为这一次他回来后，在某种意义上他成了一名社会公敌。也许问题出在他这次带回来的东西上：他这次带回来的是具体的物资，而不像上次那样，光是一车野黑人。可是我倒不这么看。也就是说，我认为问题要比他的吊灯、红木[①]家具和地毯的价值本身稍稍复杂些。我想镇民感到受了侮辱是因为他们觉察到他正卷进了什么麻烦；而弄来红木和水晶物件的那罪行——还不知究竟是什么性质呢——他硬是要让镇民们不当它一回事。先前，在他进教堂的那个星期天之前，若说他曾亏待或损害了谁，那也无非是老伊凯摩塔勃，因为他的土地正是从这位酋长的手里得到的——这是他的良心与山姆大叔[②]以及上帝之间的事。不过现在他的地位起了变化，因为在他离去大约三个月后，当四辆大车从杰弗生出发到大河边去接他时，消息传来雇车派车去接的人竟是科德菲尔德先生。雇的是大号大车，用公牛拉的，等大车回来时镇上人一看就全明白了，管它车子里装的是什么，反正科德菲尔德先生即便抵押掉全部家当也是无法把这些大车装满的；毫无疑问，这回比起女人家来甚至有更多的男人猜想他不在本地期间准是用一块巾帕蒙住了脸让双枪枪筒在某条轮船酒吧间的吊灯底下闪闪发亮，即便不是更糟：不是什么躲在某个泥泞码头的暗处朝人背上扎一刀那类的事。人们看见他穿过镇子，骑了那匹栗色马走在他那四辆大车的旁边；这回看来连那些一贯吃他喝他射杀他的猎物甚至直呼他“萨德本”连“先生”都不加的人，也不去跟他搭话了。他们光是等待着，听传回城来的消息和流言，说他怎样和他那帮如今野性已稍退的黑人安装门窗，给厨房配备炙叉和炖锅，给一个个客厅装上水晶吊灯，以及家具、窗帘和地毯；正是五年前撞见那猫在湿泥里的黑人的那个艾克斯，有天晚上走进霍尔斯顿旅社的酒吧间，眼睛都有点发直，大张着嘴发呆，他说，‘哥们，这回他把整条轮船都偷来了呢！’

“因此，公众的义愤终于达到了极点。一天，包括县保安官在内的一行八到十人，出发去萨德本百里地。他们并没有走完全程，因为在离城大约六英里处他们遇上了萨德本本人。他骑着那匹栗色马，穿戴着他们熟悉的那件大氅和海狸皮帽，腿上裹着块防水帆布；他鞍头上搭了只手提包，臂弯里挎着只小篮子。他勒住栗色马（当时是四月，路上仍然一片泥泞）披着那块溅满了

① 指桃花心木。
② 此处指美国政府。

湿泥的帆布，端坐不动，对着一张张脸看过去；你爷爷说他那双眼睛看上去像破盘子的碎片，他的胡子又粗又硬像只马篦子。那可是爷爷的原话：又粗又硬像只马篦子。‘早上好，先生们，’他说。‘你们是在找我吗？’

“毫无疑问，当时发生的事不止这些，虽然就我所知，治安委员会①的任何一个成员都没说过什么。我所听说的就是，镇上的人，待在霍尔斯顿旅社廊子上的人怎样见到萨德本和委员们一起骑马来到广场上，萨德本稍稍领先，别的人簇拥在他身后——萨德本的腿脚由他那块帆布裹得密密实实，肩膀在那穿旧的毛葛外衣内端得很正，那顶刷干净的旧海狸皮帽子稍稍倾斜，他扭过头来和他们说话，即使在那时候，那双眼睛还是很严厉，冷冷的，狠巴巴的，说不定还是揶揄甚至是嘲弄的呢。他在门前勒住马儿，黑人马夫从门口窜出，拉住栗色马的头，于是萨德本下了马，带着他的手提包和篮子登上台阶，我还听说他如何在那里转过身子重新审视他们，而那些在马背上的人缩挤成一团，不知道究竟怎样才好。再说，他留着那部胡子也许是件好事，这样，他们就看不见他的嘴了。接着他把身子转回去，打量着那些坐在廊上把脚翘在栏杆上也在打量他的人，这些人以前常去他的庄园和他一起睡地铺一起打猎，他就用花梢、显摆的手势碰了碰帽子，算是给他们打招呼（是的，他没多少教养。你爷爷说，在和别人正式打交道时总这样暴露出来。这么说吧，他就像那位下苦功费劲自学肖蒂什轮舞②的约翰·劳·沙利文③，此人暗中独自练了又练，练了又练，一直到相信自己可以用不着再数乐曲的节拍了。他也许会相信你爷爷或是班鲍法官④做起事来能比他轻松些，但是决不会认为有谁能在知晓何时做、如何做上比自己高出一筹。况且，这种自信心是明明白白摆在他脸上的；这也正是他的力量所在，你爷爷说过：任何人只消看看他便会说，只要有机会和有需要，此人是什么事情都干得出来和乐于去干的）接着便走进旅社开了个房间。

“于是他们便坐在马背上等他。我寻思他们知道他迟早是必定会出来的：

---

① 19世纪美国西部、南部的一种自发性治安组织。

② 原意为苏格兰舞，一种类似波尔卡的轮舞，但节奏较慢。

③ 约翰·劳伦斯·沙利文（1858—1918），美国职业拳击运动员，曾获徒手拳击世界重量级冠军（1882）。

④ 福克纳的约克纳帕塔法世系中另一大家族的族长。班鲍一家在《沙多里斯》、《圣殿》和别的一些作品里出现过。

我寻思他们坐在那儿心里琢磨那两把枪。因为还没有拿到逮捕他的拘票呢，你明白吧：这仅仅是公众舆论在消化不良急性发作；此刻又有一些骑马的人进入广场，知道了事态，因此当他走出房间来到廊子上时，已经有好大一帮地方团队人员在等他了。他这时戴了顶新帽子，穿了件新的毛葛外衣，因此大家知道他那手提包里装的是什么了。他们这时连篮子里装的是什么也知道了，因为他现在手里也没拿篮子，不过当时这事无疑让他们更加摸不着头脑了。因为，你瞧，他们光是把脑子用在猜度他会怎样利用科德菲尔德先生上，而在他回来之后，他们火冒三丈，相信如今他们已见到结果，虽然用什么手段还是个谜，根本忘了还有埃伦小姐这么个人。

“因此他无疑再次站定，再次把那些人的脸逐个打量了一遍，无疑是想记住这些陌生面孔，他不慌不忙，那部胡子仍然掩盖住他的嘴可能会显露的任何表情。不过这一回他似乎什么也没说。他仅仅走下台阶穿越广场，那委员会的成员们（你爷爷说到这时已经增加到将近五十人）也在走动，跟随着他穿过广场。他们说他连头都没有扭过来看一看。他只顾往前走，身子挺直，新帽子斜翘着，如今托在手里，这在旁人看来该是极端无缘无故的拒斥甚至是侮辱，此时委员会的成员们在他身边骑着马一路朝前走，并不完全和他平行，而有些当时无马可骑的人也参加进来，跟随着委员会的成员们一路走，在这伙人经过时，路旁屋子里的女人、孩子和女黑奴纷纷拥到门口和窗前，看这班绷着脸的舞台活人造型经过，而萨德本仍然头也一次都不回，径直走进科德菲尔德先生家的院门，并迈开大步沿着砖砌走道朝宅门走去，抱着用报纸卷起的一束羊角形的鲜花。

“他们再一次等他。人群这时迅速扩大——来了些别的男人、几个男孩，甚至还有从邻近家宅来的一些黑人，他们集结在委员会原先那八名成员的后面，这八人坐在马背上注视着科德菲尔德先生的房门直到萨德本出来。等的时间不短，只见他手里的花没有了，当他重新来到院门口时他已经订婚了。不过他们不知道此事，因为一等他来到院门他们就逮捕了他。他们把他带回镇上，妇女、儿童和黑人家奴都躲在帘子后面、院子里的灌木丛后面和屋角、厨房角观看；那里在做的饭菜肯定已经开始焦煳，就这样，这一群人回到广场上，镇上余下的体轻脚健的人也纷纷离开办公室和店铺跟在后面，因此当萨德本来到法院时，跟随者一大片，倘若他真是个逃亡的黑奴，看热闹的也不会那么多。他们向一个法官控告他，可是这时候你爷爷和科德菲尔德先生赶到了。他们为他具保，那天黄昏时分，他由科德菲尔德先生陪着回家，又走在上午走过的那同一条街上，无疑还是同样的那些脸在窗帘后面观看着他，他来到订婚晚宴桌前，餐桌上没有葡萄酒，餐前餐后也没有威士忌。我听说那天他在那条街上先后走了三回却连姿势都没变一点点——总是同样不慌不忙的步子，那件新大氅一摇一摆正合着这步子，眼睛和胡子上方那顶新帽子也还是同样地歪戴着。你爷爷说五年前他来到镇上时脸上的皮肉的那种陶釉般的外观如今已不显著，倒是有了一层扎扎实实饱经日晒的红棕色。他也没有变得丰腴些；你爷爷说没有变得这样：只不过是他骨骼上包着的皮肉显得安分了些，仿佛在经过奔跑这样确实用胸膛冲击空气的运动之后，变得驯顺了，因此他如今把衣服撑满后确实仍然是那副大摇大摆的模样，但已经没有那份爱炫耀和好斗的派头了，尽管按照你爷爷的说法那始终也不能算是好斗，仅仅是警觉罢了。而如今这副神情也不复存在了，仿佛在经历了那样的三年之后他相信要警觉单靠他一双眼睛就足够了，无须让骨架上的肌肉也跟着站岗放哨的。两个月后，他和埃伦小姐结婚了。

“那是在一八三八年的六月，离他骑着栗色马进入镇子的那个星期日早上差不多正好五年。照罗沙小姐所说，那个仪式（也就是说婚礼）是在他头一次见到埃伦的同一个卫理公会教堂里举行的。那位姑姑甚至还硬逼或唠叨不已（可不是哄骗：那是成不了事的），使科德菲尔德先生同意让埃伦为这一场合在脸上扑了点粉。扑粉是为了掩盖泪痕。可是不等婚礼结束扑上的粉就结块并显出沟纹了。仿佛埃伦那天晚上泪水未干就走进教堂，像是从雨里出来的，等行礼如仪后退出教堂又流泪了，又是眼泪汪汪，甚至还是原来的眼泪，还是原来的雨。她钻进马车，在其中（指雨）离开那个地方，朝萨德本百里地驶去。

“使她流泪的是那次婚礼：而不是因为嫁给萨德本。为这事而流泪，不管是怎么样的泪水，如果泪水仍未流干，还在后头呢。那次婚礼原本没想大办。也就是说，科德菲尔德先生似乎不想把它弄得规模很大。在两个男人里（当然啦，我不是说埃伦：事实上，你会注意到，大多数的离婚都发生在这样的女人的身上，她们的婚礼是由嘴里嚼着烟草的治安法官在农村法院里主持的，或是由半夜过后给叫醒的牧师主持的，这牧师的背带还露出在外衣后摆下，硬领来不及戴，还临时拉上个头发里夹着卷发纸的牧师太太或老姑娘姐妹来当证人。因此，相信这些女人发展到要求离婚并非因为感到不够完美，而是确实觉得受到挫折，被人出卖，这看法难道太过分吗？而且尽管有了子女以及其他一切活生生的证据，她们脑子里至今保留着的自己的形象仍然是，在通过仪式放弃她们今后不再拥有的东西的那一整套象征性的礼服华饰与环境中，自己在音乐声中在扭过来的人头之间朝前行进，这有什么不对呢？还有，既然对于她们，这确实、真正的放弃只能是（也已经是）[①]一次如同为买火车票而找零一张钞票那样的仪式）——在这两个男人中，正是萨德本渴求（或者说希望：这是有一天我从你爷爷无意中说出的话里听出来的，而他无疑是听萨德本自己同样无意中脱口说出的，因为萨德本竟然从未告诉过埃伦他的打算，这件事——他在最后一分钟竟拒绝支持她坚决要这样做的意愿这一点——正是导致她流泪的部分原因）举行盛大的婚礼，渴求教堂里宾客盈门，要采取所有的仪式。科德菲尔德先生显然仅仅是想利用一下，使用一下教堂，并不需要它的精神上的含义，就跟他可能或是会去使用别的具体或抽象的物件一样，对这些物件，他付出过相当多的时间。对这教堂，他做出过一定的牺牲，无疑还有自我否定，当然还付出过具体的劳动与金钱，他似乎要让这教堂来偿还欠他的精神债务，正如若是他认为与一架轧棉机有利害关系，对它负有责任，他也会让它给自己、给他的家庭成员，血亲也好姻亲也好，所种的每一株棉花轧去棉籽的——如此而已，没有别的更多意义。他这样做，也许是因为有那同样乏味、不懈的俭省作风，这作风使他得以养活老母和妹子，娶妻育儿，就靠十年前用一辆大车就把全部生财运来的那家小店的进项；要不也许就是出于某种与生俱来的敏感和分寸感（顺便说一句，他妹妹和那个女儿可并不具有这种素质）这种感觉使他对未来的女婿有一个看法并且在两个月前出了力把此人从监狱里弄出来。不过并不是因为对女婿在镇上仍然不正常的地位不够放心。不管他们两人在那件事之前曾是什么关系，也不管他们未来的关系会是怎样，倘若科德菲尔德先生当时相信萨德本确实犯有任何罪行，他就不会出一点点力来保萨德本出狱的。他倒也不见得会格外使劲让萨德本出不了狱，但是毫无疑问，在萨德本乡邻们的眼里，科德菲

① 圆括弧中再用圆括弧，这是福克纳的独特用法。

尔德先生在萨德本的保释单上签字，就是萨德本能得到的最好不过的道德消毒了——这样的事倘若是为了拯救自己的良好声誉科德菲尔德是不会去做的，即便这逮捕是他本人和萨德本一次商业合作的直接后果也罢——这笔买卖在达到他良心认可的临界点时他退出了，让萨德本去捞取全部的利润，甚至还不让萨德本赔偿他因退出而遭受的损失，尽管他竟允许女儿去嫁给他良心上并不赞同其行为的这个人。他这是第二回做这一类的事。

“他们结婚时，在所邀请的一百位来宾中进教堂参加婚礼的，包括主人在内，总共才十人；虽然当他们走出教堂时（那是在夜晚：萨德本带来了他手下的六名野黑人，让他们打着点燃的松明候在门外），那剩下的九十人都在那儿，那是些半大小子、小青年和来自镇郊车马大店的汉子——牲口贩子、投宿的旅客加上没人邀请的一些人。这就是让埃伦流泪的另外一半原因了。正是那位姑姑劝说或哄骗科德菲尔德先生同意大操大办的。萨德本本人没有表态。不过他是想要这么办的。的确，罗沙小姐判断得再准确不过了：他确实要的是在他的执照、许可证上有那洁白无瑕的妻子与无可指摘的丈人的两个名字，而不是什么来历不明的老婆和来历不明的孩子。是的，许可证，还盖着金色的公章系着红色的绸带呢，如果那样做是可行的话。不过并非为了他自己。她（罗沙小姐）会说金印和红绸带是追求虚荣。要这么说，构想并盖成那幢房子也是追求虚荣了，而且还是在一个陌生的地方，除了赤手空拳外几乎一无所有，何况还会受到进一步的干扰，大凡社会各界对他们不能理解的任何事物总会一味反对，只要有机会和可能总会插上一杠子的。再就是骄傲：她对你承认他很勇敢；没准她甚至也会承认他是骄傲的：就是这种骄傲使他感到需要有这样一幢房子，这股傲气不愿接受稍差一些的东西，使他一往直前，不惜任何代价来得到它，然后住进去，独自一人，整整三年睡地铺，直到有能力按应有的规格把房屋装修摆设起来——而那张结婚证书正成为一件重要的摆设。她说得一点儿不错。他想望的不仅仅是一个遮风挡雨的处所，不仅仅是来历不明的老婆和几个小把戏，正如他要的不仅仅是凑凑合合的一次婚礼。可是他从未向埃伦透露，也没有告诉过任何人；事实上，等到女人家闹起来时，在埃伦和那姑姑想把他拉到自己一边以说服科德菲尔德先生举办一次盛大婚礼时，他却拒绝支持她们。他无疑比科德菲尔德更清楚地记得，两个月以前他给关进过监狱；他记得过去五年里曾容纳过他的公众舆论，虽则他在它肚子里从来不是安安生生躺着的，这公众舆论来了一次大翻脸，把他吐了出来，这原是人之常情，很激烈，也无法解释。公民中至少有两位原该在那张咬他的愤怒的大嘴中起到两颗利齿的作用，相反却当了不让大嘴闭上不让它咬人的支撑，但这一件事也未能对他起任何积极作用。

“埃伦和姑姑也记得这事儿。至少姑姑是记得的。既然生为女人，她无疑成为杰弗生的那个女界联合会的一员，和全体妇女一起，在五年前镇上人见到他的第二天，就一致同意永远不原谅他，因为他来历不明，并一直坚守这个立场。由于这门婚事如今已成定局，说不定她就把它看作是独一无二的机会，好把他重新推进那终于努力拒绝他的公众舆论的咽喉，这不仅对将要做他妻子的侄女儿的前途有利，而且可以证明她哥哥保他出狱是正确的，而自己显然认可、同意这场婚姻的立场是有道理的，而实际的情况是她当初没能阻止得了——其原因就像罗沙小姐告诉你的那样，是为了那幢大宅，以及他不仅早就意在必得而且眼看就要弄到手的地位和经济状况，这一点在爷们悟过来之前女人家早就一清二楚了。也说不定是女人家并没有那么多的心眼，只不过在她们看来，再差的婚礼也比不举行婚礼强，而嫁给恶棍的隆重婚礼也比嫁给圣徒的简陋婚礼强。

“于是那位姑姑甚至利用起埃伦的眼泪来了；而萨德本呢，也许因为很清楚即将发生什么事，随着时间逐渐临近变得越来越严肃了。倒不是忧虑：仅仅是很警觉，从他当初告别所熟悉的一切——一张张脸以及种种习俗——的那一天起，一定就是这样的（他当时才十四岁，这是他跟你爷爷说的。也就是亨利在厩房那晚的年纪，这件事罗沙小姐跟你也提到了，亨利可还是不大受得了），他告别后出发，进入一个他当时一无所知的世界，因为即便在理论上，凭一个普通的十四岁男孩通常掌握的地理知识，对这个世界只能是一无所知的，而且脑子里已经有了一个固定目标，那是绝大多数男人总要年届三十或要更大些，血液开始流得慢些了才会树立的，而且那时也只因为这前景代表着平静的心境和懒散的生活，或者至少是虚荣心能得到满足，而不是要靠一个儿子来洗雪过去身受的侮辱，这儿子的种至今未下，而且好多年也不会下呢。就是这份警惕性[①]他白天黑夜都得保持着，不能变换或抛弃，就

① 此处接本段前文中的“仅仅是很警觉”一语。

像他至少有一段时期身上那套衣服无疑是必须一直穿着连睡觉也不能脱下一样，而且是在异国他乡处在陌生人群之中，连语言他都得学起来，就因为这个原因他必然在那里犯下那个错误，要是他默认了倒也根本算不了一回事，可是既然他拒绝接受，或者不想让它妨碍自己的前程，这就成为他的劫数了；——那通夜不寐的警觉性[1]，它必定知道只能允许自己犯一次错误；那股机警劲儿，它在发生的事件与可能出现的结果之间，在环境与人性之间，在他自己容易出错的判断力、凡俗的躯体与不单是人的而且还是自然的力量之间作权衡和掂量，抉择着和摒弃着，跟自己的梦想与野心妥协，就像你骑着一匹马穿越荒野跨过树木[2]时必须和那匹坐骑互谅互让一样，而你所以能控制这马儿，完全是靠着你的这种能力：不让这畜生知道你其实并不能控制它，实际上它是较强的一方。

“他的地位如今颇为古怪。他成了孤家寡人。埃伦倒不是。她不仅有姑姑支持她，而且事实上女人家是从来不承认也不会声称自己感到孤独的，只有在遇到莫测高深、无法克服的情况时，她们才会被迫放弃一切希望，不去追求她们此时此刻正巧想望得到的华而不实的东西。科德菲尔德先生也并不孤立。他不仅有公众舆论而且有自己无意大操大办的想法来支持自己的立场，那是顺理成章、理直气壮的，就像埃伦有她姑姑撑腰又有自己愿意大办的想法支持自己，也是顺理成章、理直气壮的一样。萨德本虽说比埃伦更加需要盛大的婚典，或者说为了一个比她的更为深层的理由，然而他的判断力预先警告他镇上会怎样看待这件事，他们的反应显然会比科德菲尔德先生的更强烈。因此，当埃伦用自己的眼泪不仅向父亲施加压力而且想说服萨德本把砝码加到天平的她这一边来时，他只有一个敌人——科德菲尔德先生。可是当他拒绝了她，当他保持中立时，他却有了三个，如果把姑姑也算上的话。接着（眼泪还是取得了胜利；埃伦和姑姑写好了一百份请柬——萨德本带了个野黑人来，让他挨着门亲手投递——甚至还发出一打更亲切的请柬让人家来参加彩排），等他们在婚礼前夕来到教堂举行彩排时，他们发现教堂本身空荡荡的，门外的阴影里却站着十来个来自镇子边缘的汉子（其中有两个是老伊凯摩塔勃手底下的契卡索人），于是眼泪又流了下来。埃伦行礼如仪，完成了

---

① 这是第 35 页倒数第 1 行“这份警惕性”的同位语。
② 荒野树林里常有折断、枯死的树木横在地上，骑者必须跨越而过，这有一定的危险性。

彩排，可是事后姑姑带她回家时她几乎快歇斯底里发作了，虽然第二天又变成仅仅是断断续续的音量不大的啜泣了。甚至还有某种关于推迟婚礼的说法。我不清楚是从谁嘴里传出去的，也许是从萨德本那里吧。可是我知道是谁否决的。看来那位姑姑如今铁了心，不再光是坚决要强迫全镇人接受萨德本，而且要接受这场婚礼本身。她第二天用了整天的时间挨家拜访，手里捏着客人的名单，穿着便服，披块肩巾[①]，有个科德菲尔德家的黑奴（两个都是女的）跟着她，也许是为了保护她，也许光是被这女士受了侮辱默默发作的雌威像片叶子似的吸住了一起走的吧；是啊，姑姑来到我们家，其实你爷爷除了打算参加婚礼外根本没有过别的想法：而这位姑姑对父亲显然是拿得准的，因为父亲为萨德本出狱助过一臂之力嘛，只是到了这个份儿上她兴许再不敢想当然了；所以她也上我们家来了。父亲和你奶奶当时刚结婚，我母亲在杰弗生人生地不熟，我不知道她当时怎么想的，只是她从来不愿谈发生过什么事：关于这个她从未见过面的疯女人，一阵风似地闯进家来，不是来邀请她去参加婚礼，而是说谅她不敢去，说完又一阵风那样冲出去。母亲一开头甚至都弄不清她指的是什么婚礼，等父亲回到家，他发现母亲也歇斯底里发作了，甚至在二十年之后母亲仍然闹不清到底是怎么一回事。在她看来这里面没什么可笑的地方。父亲常拿这件事逗她，可是即便在那一天的二十年之后，当他逗她的时候，我看见她开始举起她的手（也许一只手指上还套着枚顶针呢）仿佛要保护自己，脸上还流露出埃伦姑姑离去时必定出现在她脸上的那种表情。

“那天上午这姑姑跑遍了整个镇子。倒没让她用去多少时间，但是一家都没漏；到天黑时分，事态的详细情况不但已传出镇子而且还深入到镇子底层，一直渗透到马车行和车马大店，这儿才是真会到场的客人的据点，等传到这儿便已经不光是通知而是全面的威胁与挑衅了。埃伦自然跟姑姑本人一样对此一无所知，否则她就会相信将要发生的事了，即使她具有特殊的洞察力，真能在事情发生前就预见到这演变。这不是说她姑姑会自以为不会受到这样的羞辱，她就是无法相信自己那天的意图和行为除了在当时不但丢尽科德菲尔德家的脸面并且失去女性的全部尊严之外还会带来别的什么结果。我寻思萨德本原可以告诉她，可是他肯定知道那姑姑是不会相信他的。也许他连试

---

① 这是从事家务劳动时的打扮。

都没试：他仅仅做了他唯一能做的事，那就是捎话去萨德本百里地再叫六七个黑人来，这是他可以依靠的人，也是仅有能依靠的人，发给他们点上的松明，叫他们等马车来到新人一行从车子里出来时在门口举在手里。眼泪是到了这儿才不流的，因为此时教堂前的街上已排满了大大小小的马车，虽然只有萨德本也许还有科德菲尔德先生注意到这些车子并没有赶到教堂门口出空乘客，却相反地停在对面街上，里面依然坐着人，而此刻教堂门前的人行道简直成了一个舞台，由黑人们高举在头顶上的冒着烟的火把照明，火把的光摇曳闪烁，照在两排人的脸上，新人一行要进教堂必得从这些脸中间穿过。这时还没有口哨声和嘲笑声；很显然，不管是埃伦还是姑姑都没察觉有任何不对头的地方。

"因为一时之间埃伦甚至都止住了啜泣和泪水，脱离那个状态，进入教堂。教堂里还是空荡荡的，只有你爷爷你奶奶，也许还有六七个别的人，他们也许是出于对科德菲尔德家的忠诚才来的，也许是要亲临现场免得漏掉任何细节，而由等在外面马车里的人作代表的全镇人，似乎都和萨德本一样，料到会有热闹可看的。等仪式开始并结束之后，教堂里仍然是空荡荡的。因为埃伦也多少有点儿自尊心，或者至少有那种虚荣心，它有时能起到骄傲与坚韧的作用；再说，还什么事都没发生呢。外面的人群仍是静悄悄的，也许是出于对教堂的敬重，出于盎格鲁－萨克逊人对杀人的棍棒、石块神秘地全盘接受的那种天赋与热情。她好像是步出了教堂，没有得到任何警告就进入这个局面的。也许她仍然在不愿让教堂里的人见到她啜泣的那种骄傲心态中行动着。她是一头扎进去的，也许急于进入马车这庇护所，到了车里就可以哭了；也许她感到的头一个暗示是那一声呼喊：'瞧着点儿！先别打这个女的！'接下去是一样东西——土块、脏物，反正是这类东西——从她身边飞过，说不定变动的是那光线本身，因为她转过身子时看见黑人里的一个正举起火把要往前扑向人群，扑向那些脸，此时萨德本向他说了句话，用的是即使时至今日县里好多人仍然不知道正是一种文明人的语言[①]。这是她所见到的，而路对面停着的马车里的其他人所见到的则是——新娘缩进他手臂的保护圈里，他把她拉到自己身后，就站在那里，一动不动，即使又有一样东西（他们扔

① 指法语。

的都是不会真伤着人的：仅仅是土块、菜帮、烂土豆之类）给扔过来把他帽子打飞。又飞来一块把他胸口打个正着——他站在那里一动不动，脸上的表情几乎像是微笑，他的牙齿透过胡子露了出来，在用那一个词儿管住了他那些狂野的黑人（人群中必定有人有手枪；有刀子是肯定的：而那黑人要是扑出去的话连十秒钟也活不了的）这时候在婚礼参加者周围，那一圈张大了嘴、眼睛里映着火把的光的脸庞，仿佛在这燃烧着的松明的冒着烟的亮光中前进、踟蹰、躲闪并消失。他退到马车跟前，用身子护卫住两位女士，发出另一个词儿命令黑人们跟着。可是人们再没扔任何东西。显然这是那种开初的感情迸发，虽然他们是带了武器来而且扔的东西是有心作了准备的。事实上，这事件仿佛就是两个月前那一天治安委员会成员们尾随他来到科德菲尔德先生家院门口达到顶点的那整个事情的一部分。因为组成乌合之众的那些人，那些商贩、赶牲口的和赶大车的，都回去了，像老鼠一样重新消失在他们为了这个场合才走出来的那个地区里；散开了，上乡野各处去了——那些脸埃伦甚至都不会记得，在沿着一条条没有名字的路上二十、五十以及一百英里以外的别的旅店里见到过，就那么一夜，或是吃上一顿也许仅仅是喝上一杯，接着又从那里再次出发；还有那些坐着大小马车来观赏一次罗马假日[①]的，他们后来驱车上萨德本百里地去拜访并且（那些男人）又捕猎他地里的猎物，吃他的食物，有时还在夜晚聚拢在他的厩房里，那时他会让手下的两个野黑人相斗，就像人们让公鸡格斗那样，而说不定他还会亲自上场呢。那件事就像被风吹散了，虽然并未从记忆中消失。他没有忘记那个夜晚，即使埃伦，我琢磨，已经忘记了，因为她用眼泪把它从自己的记忆中冲洗掉了。是的，她此刻又泪下如雨了；的确，结婚那晚是下雨来着。”

① 指那种以看别人受苦为乐的娱乐，如古罗马人观看残忍的人与兽、人与人的格斗。

三

假如他抛弃了她，我想她是不会愿意跟任何人讲起这件事的昆丁说。

啊康普生先生又开口了[①]科德菲尔德先生于一八六四年去世后，罗沙小姐搬到乡下萨德本百里地去和朱迪思一块儿过。她那时二十岁，比这外甥女还小四岁，听从了她姐姐临死时的请求，着手把这外甥女从家庭的没落中拯救出来，萨德本像是铁了心要把这没落推向终点，那么拯救的方式无非是嫁给他了。她（罗沙小姐）是一八四五年出生的，那时她姐姐已出嫁七年并成了两个孩子的母亲，而罗沙小姐是她父母中年所生（她母亲生她时至少有四十了吧，就死在那张产床上，为这件事罗沙小姐始终没有原谅她的父亲）而且是在这样一个时刻——假定罗沙小姐只不过是反映了她父母对女婿的态度的话——这个家庭需要的仅仅是安宁与平静，说不定并不指望甚至是根本不需要再添一个孩子。可是她还是生下来了，以她母亲的生命为代价，使她永远也无法忘掉这回事，她由同一位老小姐姑姑抚养，这姑姑曾试图硬让一个不愿接受的镇子接受埃伦的新郎连同那场婚礼，而罗沙小姐在那样的女性封闭环境里长大，通过自己活着这一事实，不仅看出这是母亲牺牲生命的唯一正当理由，不仅看出自己是对她父亲的时刻存在、紧随不舍的谴责，而且也看出这是对尘世上全部的男性至上原则（就是这原则使她姑姑三十五岁仍然是个处女）的活生生的控诉，全面而甚至是可以引申的控诉。就这样，在她一生的最初十六个年头里，她住在那所阴沉沉的窄小房子里，跟一个不自觉憎恨着的父亲一起生活——这个古怪、沉默的人，看来他唯一的伙伴和朋

① 本章仍然由昆丁与父亲的对话来叙述故事。

友就是他的良心，而他唯一关心的就是自己在乡邻间的正直名声——这人后来把自己关在他钉死的阁楼里并且宁愿饿死也不愿看到自己的家乡因抵抗一支入侵的军队而受熬煎——一起住的还有那姑姑，她即使事过十年还在为埃伦那门婚事的彻底失败而从事报复，以一条在蜕皮的蛇的盲目、无理性的狂怒，攻击全镇、整个人类，通过它的任何一个或是全体成员——兄长外甥女外甥女婿她本人全都在内；她曾教罗沙小姐该把姐姐看成是个这样的女人，她不但从家庭和房宅中消失而且也从生活中消失，却进入了一幢蓝胡子[①]公馆般的巨厦，在那里变成一个假面人，怀着消极无望的哀愁回顾那无可挽回的世界，给关在那里，倒并不是长期监禁而是处在一种嘲弄人的缓刑期中，被一个男人（他的脸跟科德菲尔德先生如今见到的和那一天以来所看到的并无不同，当时他这未来的女婿名义上跟他一同拉车事实上却是手执马鞭的，所以科德菲尔德先生在良心上扳下了闸，甚至放弃了他分内的那笔货物，和女婿分道扬镳）这男人在罗沙小姐出生前就进入了她的以及她家庭的生活，突如其来，像一阵龙卷风，造成了无法挽回、不可估量的损害，然后朝前卷去——那里有一种阴暗的陵墓般的气氛[②]；充满着清教徒的自以为是和被激怒的女性睚眦必报的情绪，就在这种气氛里，罗沙小姐的童年（那暮气沉沉、古老、没有时间色彩的无青春期，其内容是躲在关闭的门外作卡桑德拉[③]式的偷听，是蹲伏在幽暗的过厅里，那里充满了那种阴沉、复仇心切的长老会的恶臭，与此同时她等待着孩提时期与童年时期——大自然在这上头使她困惑、出卖了她——快点超越早熟，这早熟表现在对凡是男人尤其是她父亲带进这幢房子的任何、一切事物全都深深地不赞成，这种心理像是姑姑在她一出生时就连同襁褓一起施加给她的）逐渐逝去。

也许她从父亲的死里看到，看到死亡的后果使她不仅成为孤儿而且也变成一个乞丐，必须向最近的亲戚去寻求食物、庇身之处以及保护——而这个亲戚正是她的外甥女，偏偏又是要她拯救的对象——；也许她从这里看到，命运本身正向她提供机会来实现她姐姐临死时的愿望。也许她甚至把自己视作一个惩罚工具：倘若不是强大得能与那人抗衡的积极工具，也至少是一种消

---

① 法国民间传说中的一个人物，他一连杀害了六个妻子。

② 此句接第 40 页倒数第 2 行“她住在那所阴沉沉的窄小房子里”。

③ 见 12 页注①。

极的象征，无可回避地提醒人应从婚床这一石头祭坛上不流血不露形地逸去。因为直到一八六六年他从弗吉尼亚州回来发现她跟朱迪思还有克莱蒂住在一起时——（对了，克莱蒂也是他的女儿：全名为克吕泰涅斯特拉。他亲自给她起名的[①]。所有的名字都是他亲自起的：他自己的孩子还有他那帮野黑人的所有孩子，那是在这个国家开始同化这些野黑人之后的事了。罗沙小姐没告诉你那一天大车上的黑人里有两个是女的吗？

没有，爸爸昆丁说。

是啊。有两个女的。而且把她们带来不是出于偶然也不是因为疏忽。他是有意安排的，他无疑看得很远，远远超出两年，那是他盖房子实际用去的时间，也是他向乡邻们显示他的良好意愿的时间，这使他们允许他让他那帮野种和他们养驯的相互杂交，因为他那帮黑人与他们之间的语言差别要不了几星期甚至几天便不成其为障碍。他是有意把两个女人带来的；也许他挑选她们很用心很精明，一如他挑选别的牲口——那些马啦、骡子和牛啦——那是他后来带来的。他在乡间生活了差不多五年才跟县里的白人妇人说上几句客套话，情况和他屋子里空无家具一样，理由也一样：他那时没有东西去换，家具，女人，都一样。是的。他给克莱蒂起了名字，他们的名字都是他起的，克莱蒂前头的那一个以及亨利甚至还有朱迪思，以同样的那股粗野、讥诮的鲁莽劲儿，亲口命名他那些饶有讽刺意味的多产的龙齿[②]，这里面除了两个之外都是女孩。不过我一直倾向于相信他的本意是要叫她卡桑德拉[③]的，这是为某种纯粹戏剧性的经济眼光所驱使，不仅生下而且要指明这正是预言他将身受的灾难的主管占卜官，再说他本是个靠自学才识几个字的人，把名字起错也是件很自然的事）——等他一八六六年回到家中的时候[④]，她有生以来见到他还不满一百次呢。而她当时所见到的就是那张食人妖魔的脸，是她小时候有一回见到过的，后来隔一段时间偶或重新见到，次数有多少她没有计算也记不起来了，那张脸

---

① 这原是希腊神话里一个女人的名字，她是阿伽门农王的妻子，与情夫一起杀死了丈夫。

② 典出希腊神话中英雄卡德摩斯的故事。卡德摩斯为建造忒科城不得不与一条巨龙搏斗。他胜利后把龙齿拔下，播种在地里。从种下龙齿的地方长出许多武士。武士们为争夺卡德摩斯扔出的宝石互相厮杀，除五人外，全部战死。剩下的武士帮助卡德摩斯建造城堡：其中一个武士后来娶了卡德摩斯的女儿。这个故事与《押沙龙，押沙龙！》的情节有些相近。萨德本也是共有五个子女，包括查尔斯以及与米利·琼斯所生的女婴。

③ 详见 12 页注①。卡桑德拉原系希腊神话中预言灾难的女预言家。

④ 此句接本页第 2 行“因为直到一八六六年他从弗吉尼亚州回来……”。

就像是希腊悲剧里的面具，不仅是随着场景的变换而变换，而且随着演员而变换，而且面具一戴，事件与场合便不按时间或次序的先后发生，使她确实不可能说清她分别见过他多少次，因为姑姑教过她，不管是醒是睡，都别的什么也不要看。当她和姑姑下乡去萨德本百里地待上一天时，在那样的怀着戒心、气氛压抑甚至是一本正经的场合下，姑姑总是打发她去跟她的外甥、外甥女一块玩儿，就跟姑姑会命令她坐到钢琴前去给大家弹奏一支曲子那样，她即使在餐桌上也见不到他，因为姑姑往往将访问安排在正好是他出门去的时候；而且就算他在家，罗沙小姐没准也会故意避免见到他的。而遇到一年四五次埃伦带了孩子们回父亲家过上一天时，姑姑（这个性格坚强、笃好记仇、从不松劲的女人，比起科德菲尔德先生来仿佛男子汉气概要多上一倍，实际上不仅是罗沙小姐的母亲而且也是她的父亲）在这几次探望中也把同样阴森森、火药味十足、纵横捭阖的气氛笼罩在对立的双方头上，其中的一方——科德菲尔德先生——不管本来是否能守住自己的阵地，却早已撤回他的岗哨，解散他的炮兵，退进他消极的洁身自好这一坚不可破的堡垒：而另一方——萨德本——也许本来可以主动出击甚至使对方溃不成军，可是甚至都不清楚自己是个被严加提防的敌人呢。因为他甚至都不进屋来和大家共进午餐。他的理由可能是因为牵涉到他岳父的某个难言之隐，而他岳父和他本人建立起关系的真正原因与开始，那是无论姑姑还是埃伦还有罗沙小姐都始终不知道的，这件事萨德本只会向一个人透露——而且要他发誓在科德菲尔德先生健在时始终严守秘密——出于对科德菲尔德先生谨小慎微培养起来的白璧无瑕的名声的敬重——而这件事，你爷爷说，科德菲尔德先生本人出于同样的原因也从未透露过。或者说不定个中原因正是罗沙小姐告诉过你的那点，而这也是姑姑提供给她的：那就是，既然现在萨德本已经从岳父那里得到了科德菲尔德先生所拥有的对萨德本有用或所需的一切，他（萨德本）便既无勇气面对岳父也没有那样的风度与雅量来完成礼仪上的家庭团聚了，哪怕一年只需要四次。说不定个中理由正是萨德本自己所说的那样而那位姑姑根本不相信的，因为事情很简单：他并不是每天都进城的，等他进了城，他宁愿把时间花来（他现在进酒吧了）和每天中午在霍尔斯顿旅社碰头的那帮爷们相聚。

就是这张脸，当她真有机会看到时，正处在他自己餐桌上她的对面——那是张敌人的脸，虽然他竟然不知道自己正被严加提防。她这时十岁了，在姑姑擅离职守之后（现在由罗沙小姐给她父亲管家了，就像姑姑以前那样，直到有天晚上姑姑从窗口爬出去从此再也不见踪影）不但没有人让她在正式的节日或丧葬日上去和她的外甥、外甥女一块玩儿，她甚至都不用下乡去呼吸他呼吸着的同样空气了，在那里，即使外出办事去了，他却依然存在，半隐半现地处于她所说的嘲讽与警觉的胜利之中。她如今一年只去萨德本百里地一次，和她父亲穿了他们的星期天出客衣服，坐一辆由一对结实、矬个儿的牲口拉的结实、破旧的两轮马车，赶十二英里路上那儿去待上一天。现在是科德菲尔德先生坚持要去走动了，当初姑姑在的时候他从不陪她们一起去，现在去也许是出于一种责任感，这是他自己提供的原因，在这样的情况下甚至姑姑也是会相信的，没准恰恰是因为这不是真正的原因，至于真正的原因，那无疑连罗沙小姐也不会相信的：那就是科德菲尔德先生想见到他的外孙外孙女，他对他们怀有一种越来越强烈的不安感，怕有一天他们的父亲至少会告诉儿子关于早先他父亲和外祖父做过的那笔买卖，而科德菲尔德先生至今不能肯定他的女婿是否从没透露过。姑姑虽然走了，但她的影响还是能给每次这样的走亲戚投下并唤起一种阴森出击的古老气氛，比过去更有意识地去抗击一个敌人，而此人却不知道自己正处在交战状态呢。因为如今姑姑走了，埃伦便叛离了那三人小组，而罗沙小姐竭力要把它变成两人小组，尽管她本人没有意识到这一点。现在她完全孤身一人了，坐在餐桌对面，如今连埃伦的支持都得不到（埃伦此时经历了一次彻底的脱胎换骨，正进入她下一个年龄段[①]，为了追求真正的新生而怀着彻底决裂的精神）；——面对着餐桌另一边的敌人，而这人甚至都不知道自己坐在那儿不是作为主人与姐夫而是作为休战的另一方。比较起，对比起他自己的家人、孩子，他也许甚至都没有对她多看一眼——这姑娘矮小单薄，她的双脚甚至等她长大成人后，即使坐在自己的椅子上也绝对碰不到地板，这些椅子是她将继承的，坐别的椅子也同样不行，而那些椅子——那些物件——她将一点点攒起来，以配合并表现自己的个性，这也是人之常情，她反正与埃伦不同，而埃伦虽然也是小骨架，却是人们常说的体态丰满（要不是后来落到一个连男人也找不到多少食物的时代，要不是生命的最后时日乱七八糟，她真会是体态丰满的。不好算

① 指五年。此处原文用的是 Iustrnm，原意为古罗马五年一次的普查人口。普查后举行驱邪仪式。因此这个词带有神秘色彩。

胖：仅仅是圆滚滚的，哪儿也不缺肉，头发白了，眼睛却甚至还很年轻，在眼看要形成的松垂双下巴上甚至还留有一层淡淡的红晕，脸颊上是再不会有的了，那双戴着戒指的胖嘟嘟、保养得很好的小手叠在一起，安详地等待着饭菜端上来，双手搁在织花台布上哈维兰德[①]瓷器的前面，头顶上是枝状大吊灯，那是许多年前他用大车拉到镇上来的，还引起了镇民们的惊讶与公愤呢），而且她跟朱迪思也不同，朱迪思已经高过埃伦了，而十六岁的亨利虽然不如十四岁的朱迪思那么高，可是看苗头总有一天会和他父亲站在一起分不出高低的；——这小东西[②]，这张脸，一顿饭下来几乎没说一句话，眼睛长得（正如你所说的）像是塞在软面团里的两小块煤，头发一丝不苟，是老鼠毛皮的那种特里特别的颜色，像是不常晒到太阳，跟朱迪思与亨利过惯露天生活的脸一比反差很大：朱迪思头发像母亲眼睛像父亲，亨利的头发是父亲的红头发和埃伦的黑头发的中和，眼睛则像闪亮的黑榛子；——这个矮小的身躯，带着一股子好奇心十足而又别别扭扭的尴尬劲儿，就像是一袭为了参加化装舞会在最后一刻没别的办法才借来的服装，而这舞会正是她不想参加的：身上带着一种气氛，仿佛一个人精心选择了隐居生活，却仍然苦苦地被迫试图适应，而不是自愿甚至也不是默许自己脱离尘俗的——这个身不由己的婢女即使到这时还在期待解脱，凭借着写一种女学生水平的以同样是死者为题的诗歌——这张脸，在座所有人中最小的一张，正越过餐桌注视着他，带着沉静、好奇和高度的关注，仿佛她确实从与事件从中流逝的长河（亦即时间）打交道中得到了某些暗示，这是她躲在关紧的门后窃听所得或分析出来的，倒不是说她在那里真的听到了什么，而是说因此而她变得被动漠然，对发烧前的灾难性的热度既不能识别，又无法提出意见或表示怀疑，而是都能接受了，而正是这灾难造就出预言家并且有时使他们言不虚发，能道出未来的灾难，在这场灾难里她童年时所见到的那张妖魔面孔显然会消失，而且消失得那么彻底，以致她会同意嫁给这面孔的后继主人。

那回可能是她见他的最后一次了。因为他们再不去走亲戚了。科德菲尔

① 自 18 世纪起在法国利摩日出产的瓷器，多为餐具，大量出口到美国，在美国被称为哈维兰德瓷器。

② 此处接 44 页倒数第 6 行“这姑娘矮小单薄……”，中间都是插入语。下面的“这个矮小的身躯”还是同位语。

德先生不再去了。本来就压根儿没有定下哪一天去拜访。有一天早晨，科德菲尔德先生会出现在早餐桌上，穿着他那件讲究的厚料子黑上衣，这是他结婚时穿的，此后每年穿上五十二次，直到埃伦结婚，然后在姑姑出走后每年穿上五十三次，终于穿上了再也没有脱下，在那一天，他爬上阁楼把门钉死，将锤子从窗子里扔出来，就这样死在里面。随后罗沙小姐隐退了一个时期，再次露面时穿的是令人望而生畏的黑色或褐色的丝质衣服，那是多年前姑姑替她选购的，等到衣服都磨损了她竟然还继续在星期天和别的重要场合穿着，一直到有一天她父亲断定姑姑不会回来了，才允许罗沙小姐用姑姑私奔那晚留在家里的衣服。于是他们登上两轮马车出发[①]，科德菲尔德事先停开那两个黑人的那顿午饭，因为他们反正不需要做饭了，而且（镇上的人这样认为）还跟他们算饭钱，为了他们不得不吃的那些残羹剩饭。接着有一年他们不再去了。科德菲尔德先生不再穿着那件黑上衣来吃早餐了，这是确切无疑的，而且过了好些天他仍然不来，整个情况就是这样。也许是他认为，既然外孙外孙女已经长大，他良心上的负担也就放了下来，因为亨利去奥克斯福上了州立大学[②]，朱迪思呢，走得更远：——进入了童年与成年妇女之间的那段过渡期，这期间她与外公接触的机会更少了，而且她原本一生中见到外公的次数就极有限，至于关心看来就更谈不上了——在这样的过渡期间，年轻姑娘虽然人们仍然可以看见，但似乎是透过毛玻璃看到的，而别人说话的声音甚至都传不到她们耳里；在那里，她们生活在（倘若是假小子型的，那就能——也确实是——跑得爬得更欢，和兄弟一起骑马、打架或者一起跟别的人赛马、对打）一种带珍珠光辉的柔光里，没有影子，而且她们自己也投身在内；悬浮在星云里，诡奇而不可捉摸，连她们的形体本身也是流质般的，轻巧而没有实体；倒不是她们自身在浮动和寻求，而仅仅是在等待，那是寄生性的，很强劲也很安详，不费力气地把后所有格[③]吸引到自己身上，在那上面和周围形成，还流入背部和胸部；形成了胸脯、胁腹和大腿。

---

① 此句接本页第一行“有一天早晨，科德菲尔德先生会出现在早餐桌上，穿着他那件讲究的厚料子黑上衣”。

② 指密西西比大学。该校于1844年获准开办，1848年秋正式开学。亨利是1859年进校的。

③ 所有格，语法术语，指“我的”、“你的”，等等。“后所有格”，恐系叙述者杜撰。也许福克纳有意要表现康普生先生这位赋闲律师的演说癖。下文中的“;”，是不规范的用法。“胸脯、胁腹和大腿”只能是上句“形成”的补语，这里添加了“形成了”三字。

现在一个阶段开始了，这阶段在灾难中结束，而这灾难在罗沙小姐身上引起了一次彻底的逆转，竟使她同意嫁给自小就一直视为妖魔的那个男人。那倒不是性格走向反面的问题：这方面并没有变化。连她的举止也没有多大的变化。即使查尔斯·邦没有死，她也非常可能在她父亲死后或迟或早会搬到萨德本百里地去住的，而且一旦去了就很可能会在那里度过余生，在她搬去时无疑正是这么打算的。不过倘若邦活着，跟朱迪思结了婚，而亨利仍留在人们熟知的世界里，那她是只会在充分准备好的时候才搬去的（如果她当真搬去的话），而且她会仅仅以小姨的身份住在（如果她当真住下的话）她亡姐的家里，而她确实是小姨。那倒不是她的性格问题：尽管从她确实见到他起大约有六年，还有那确切无疑的四年，在这四年里她每晚偷偷送吃的给在阁楼里躲避邦联宪兵的父亲，同时写歌颂英雄的诗歌，而歌颂的正是他父亲避之唯恐不及的人们，他们倘使找到了他，肯定会不经审判就枪毙他或吊死他的——不妨顺带提一下，他小时印象中的那个妖魔偏偏是这些人中的一员，而且还（他带回来一张李[①]亲笔书写的英勇嘉奖令）是个好样儿的——她搬到那边去准备度过余生时带去的脸还是越过餐桌注视过他的那张脸[②]，对这张脸，他同样说不出看到过多少回，也说不出在何时何地，这并不是因为这张脸他无法忘却，而是因为他在目光转开去十分钟后便也许记不清也无法描摹它究竟是什么模样了，而如今曾是那小娃娃的那个女子正以和当初一样严峻、冷漠地专注凝视着他。

虽然她要在多年后才能重新见到萨德本，可是此时见到姐姐与外甥女的机会却比过去多了。埃伦如今正处在她姑姑会称之为“背叛”的高峰期。她似乎不仅对自己的生活与婚姻默认了，妥协了，而且确实为之感到骄傲。她变得容光焕发，仿佛命运之神把女人需要在六到八年中逐渐进入然后从容不迫地退出的正常的小阳春时期压缩到三四年之内，这不是为了补偿日后要出现的事，就是为了结清账目，替命运之神的夫人自然之神以他的名义签发的支票付款。她现在三十七、八岁，长得很丰满，脸上仍然一无瑕疵。仿佛一直到姑姑失踪为止这个世界留在这张脸上的所有痕迹都被清除了，至少被介乎其间的那些使肉体脱尽火气、不受骚扰的年月所抹去，从骨骼与皮肤之间，

---

① 罗伯特·埃·李（1807—1870），曾任南方邦联军总司令。

② 此句接本页第 9 行“尽管从她确实见到他起大约有六年……”。两句之间的都是插入语。

从全部经验与收容它的包装之间。如今她的举止、风度稍许有些王者气概了——她和朱迪思如今经常上镇，去拜访二十年前姑姑竭力强拉硬拽来参加婚礼的同一些女士，其中有几个如今当了奶奶或姥姥，两人还去买东西，尽管镇上可供挑选的好东西少得可怜——仿佛她不仅终于成功地摆脱了清教徒传统而且也从现实本身中游离出来；已经把残暴的丈夫与难以理解的孩子们祭杀，沦为鬼魂；终于逃进了一个纯幻想的世界，在这里她受不到任何伤害，很是安全，无论是出行还是家居，一举一动，莫不把最大城堡的女主人、首富的夫人、头号幸运儿的母亲的身份显摆显摆。她出去买东西时（如今杰弗生已有二十家店铺了），倒是很自在，连马车都不下，一副大家风范，富有自信，说的全是没有任何意义的废话，滔滔不绝，都是她为自己设计的角色该说的漂亮的陈词滥调，那角色是一位公爵夫人，四处巡视，在地无一垅、俯首帖耳的农民之间施汤送药——这个女人，要是坚韧不拔得能忍受悲哀与患难的话，原本可上升为一颗真正的明星，成为一位女族长；虽是个依偎在壁炉边的干瘪老太太，却能发号施令，决定着一家人的尊严与命运，而不致落到终于不得不去求那个最年轻的成员，请她来保护其他成员的地步。

往往每周两次，有时候三次，这母女俩上镇来到娘家——这愚蠢、不切实际、唠唠叨叨、与世隔绝的女人如今已有六年脱离外面的世界了——这女人曾泪人儿似的告别家庭与亲人，在一个阴森森的瘴气弥漫的地域，那儿宛如冥河[①]那一带的穷山恶水，生下两个孩子，接着便像沼泽里孵化的蝴蝶升腾而起，没有肚肠与所有那些主管痛苦和经验的沉重器官[②]的拖累，飞入迟迟不落的太阳那持续亮丽的真空之中——而那位年轻的女公子则是在自己全然遗世独立中做梦而不是生存，真是几乎处在听而不闻的聋子状态中。对于这母女俩，罗沙小姐现在准是等于根本算不上什么了：不是曾经作为出走的姑姑出于报复心理而无微不至地关怀与呵护的对象和牺牲品的那个孩子，甚至也不是那个和管家身份相称的女人，当然更不是那千真万确的小姨本人。而反过来讲，对于罗沙小姐，也很难说这两个人里，一个姐姐一个外甥女，哪一个更不真实——是那个逃避现实进入了一个里面全是玩偶的没有生气的世

① 指希腊神话中围绕冥土的那条河。

② 福克纳研究者卡尔文·S·布朗在其《福克纳的南方的词汇》一书中说：福克纳多次将埃伦比作蝴蝶，但福克纳没有弄清楚，蝴蝶是有与肚肠相当的器官的。

界的成年妇女，还是那个少女，她清醒地睡在某种悬浮状态中，那是完全具体得活像出生前娘胎里的状态，而且远离现实世界的另一极端，正如埃伦远离她那一极端一样，就这样母女俩一周两到三次上她家来，其中有一回，是朱迪思十七岁那年的夏天，她们半路上在她家停一下，为了走陆路去孟菲斯，给朱迪思买衣服；是的：办嫁妆。那是亨利进大学第一年后的那个夏天，这之前亨利曾带查尔斯·邦回家一起度圣诞节，后来放暑假时又带他来待了一个星期左右，这以后，邦骑马去大河①搭轮船回新奥尔良的家；那年夏天萨德本本人也出门了，是为了生意上的事，埃伦说，她这样告诉别人，无疑没有理会到，这是她当时的生活状况所造成的，没有理会到她都不知道自己丈夫去了什么地方，甚至都没察觉自己居然没有好奇心，而且竟然没有人，除了你爷爷或许还有克莱蒂，知道原来萨德本也去了新奥尔良。母女俩会进入那座阴暗、冷峻、窄小的房子，在那里，即使在四年后的今天，那位姑姑似乎仍然在不知哪扇门的背后，一只手已经按在门球上了，而埃伦总是让房子里充满十到十五分钟尖厉的喧闹声，接着便离去，带走她那处于梦幻状态中的、作不了一点儿主的女儿，这姑娘连一句话都没说过；而罗沙小姐，虽然事实上是姑娘的小姨，在实际年龄上却应该算是妹妹，而在实际经验、希望与机会上则该算是外甥女了，她不理会那个当母亲的，却跟随着那正在离去、不易接近的女儿，怀着一种紧迫而难以言喻的渴望，却没有一丝嫉妒，把自己注定失败、受到挫折的青春时期的全部破灭的梦想与幻想都寄托在朱迪思身上，想要把她有权支配的唯一的礼物（照说送新娘嫁妆才有必要，教新娘本事却大可不必；这事是埃伦说出来的，她边说边开心地又叫又笑，而且说了不止一回）献给朱迪思：她提出要教朱迪思怎样管家，怎样准备饭菜和清点换洗的衣服，得到的回报却是莫测高深的茫然瞪视，像是没听到“什么？你说什么来着？”这句话，而这时连埃伦也又惊又喜地尖叫起来。随后她们就走了——马车、大包小包的东西、埃伦孔雀般的扬扬得意，还有外甥女的无法看透的梦幻境地。而在下一回她们进城、马车停在科德菲尔德先生家门前时，家里的一个黑女奴出来说罗沙小姐不在家。

那年夏天她又见到亨利了。从上一年夏天以来，她就没见过他，虽然圣

---

① 指密西西比河。

诞节他是从大学里带了位朋友回家过的，而且她听说过假日期间萨德本百里地举行了几次舞会和社交聚会，不过她和她父亲没去。而当亨利和邦元旦后第一天回学校经过镇子来找小姨说话时，她倒确实是不在家。因此她直到来年夏天才再次见到他，那已是整整一年之后了。她上了大街，是去买东西的；她正站在街上跟你奶奶[①]聊天，这时他骑马经过。他没有看见小姨；他扬长而过，骑了一匹他父亲送给他的新买的母马，这时穿戴着成年人的外衣和帽子了；你奶奶说他此时跟他父亲一般高了，也让那母马一摇一摆走着同样的步子，尽管身子骨比萨德本的来得轻，似乎一副骨骼够条件摆谱了，但体重还是欠缺点儿，举止也不够稳重，所以派头还不够足。要知道，萨德本也是在扮演他的那个角色呢。他在不止一个方面败坏了埃伦。他如今是县里唯一最大的地主和棉花种植者了，这样的地位是用盖住宅时用的同样的策略取得的——同样一门心思、毫不松懈地干自己的，全然不顾镇上人对他的行为看在眼里会有什么看法，也不管大家对见不到的那些事儿显然会有什么看法。这就是说，镇上的有些居民此时仍然相信在哪个木材垛里藏着个黑鬼呢[②]，其中有人相信这庄园仅仅是他实际上所从事的不法活动的一种掩护，也有人相信连棉花市场本身他都有办法操纵，因此每大包棉花的卖价总要比老实人能得到的高，还有人显然相信他带来的那帮野黑人确有妖术，能让每英亩土地所收的棉花高于任何驯养的黑奴的出产。他不为人所喜欢（反正他本来就没有这个打算），却为人所畏惧，这似乎让他觉得好玩，如果不是确实觉得高兴的话。可是他还是被接受了；他如今显然钱多得别人再也无法抵制，甚至无法严重地打扰了。他做到了这一点——在结婚后十年内使他的庄园运转得很顺当（他如今有了一个监工；就是他订婚那天在他未婚妻家院门口逮捕他的那个保安官的儿子），如今他也正在扮演着自己的角色——一个游手好闲、傲慢自大的主儿，由于游手好闲而发福，都显得有点儿浮肿了。是啊，他把埃伦败坏得竟干出比背叛更坏的事来，不过，像她一样，他不清楚自己那份春风得意也同样是人为的繁荣，而且就在他仍然向着观众表演的同时，在他背后，命运、定数、报应、嘲弄——随你怎么叫那位舞台监督都行——已经在拆卸布

① 指昆丁的祖母。

② 意为“这里面有鬼”。当时黑奴逃亡者甚多，在途中常常躲在木材堆后面。故有此语。

景，在把下一幕的那班人工合成、弄虚作假的幻影和形象[1]拉上场了。——“瞧那边走的是——”你奶奶说。可是罗沙小姐已经见到他了，她当时站在你奶奶身边，头顶几乎还不及你奶奶的肩膀那么高，瘦瘦的，穿了件那位姑姑留在家里的衣服，罗沙小姐把它改小以适合自己的身材，没人教过她怎样缝制衣服，虽说她承担了家务还自告奋勇要教朱迪思怎样管家，其实从来没人教过她烹饪或是任何别的家务活，除了教她在关紧的门外偷听别人的谈话。她当时头上包了块肩巾站在那儿，仿佛已是五十岁而不是十五岁，目光追随着外甥的背影，说，“唷……他刮了胡子呢。”

这以后，她甚至都不去看埃伦了。也就是说，埃伦也不再回娘家了，不再打断每周例行的坐车购物活动踅进来看看了，当初来到一家家商号的门口时她并不下车，而是吩咐老板和伙计把衣料、不值钱的装饰品和小物件拿出来给她看，他们肚子里比她还明白她是不会买的，只不过摸摸捏捏，把东西弄得乱七八糟，然后说不想要，一边还聪明伶俐地挑点毛病，反正总有说头。倒没有瞧不起人的样子，甚至也不全是纡尊降贵，而是以一种直截了当甚至是孩子气的专横态度来对待这些男人，这些老板和伙计总是百依百顺或者态度很好要不就是纯然无可奈何；然后总算来到娘家，也让这儿充满了一阵毫无意义的虚荣心十足的喧闹声，那是对罗沙小姐、她父亲以及整个家庭的不切实际、毫无现实基础的训导，指点罗沙小姐该怎样穿衣服，家具该怎样布置，该吃什么，得怎样做，甚至连何时用餐也作了规定。因为现在时间临近了（那是一八六〇年，连科德菲尔德先生也怕会承认战争是不可避免的了），二十年来，萨德本家的命运变得像是一个湖，由条条静静的山泉汇成一个静静的河谷，并且漫延开去，几乎察觉不出地在往上涨水，一家四口人在明媚阳光下悬浮其中，感觉到那地下的潜流正开始把他们涌向那出口处，涌向那峡谷，这也将是这片土地的大灾难，于是这四个安详的游泳者突然转身彼此相对，还没有感到恐慌或相互不信任，仅仅是有点警惕，只感到大势不妙，任谁都还未达到下面的这个地步：人看看身边在受难的那些伙伴，心里琢磨我何时不再想办法帮助他们而只顾救自己呢？甚至还没有觉察这一时刻临近呢。因此罗沙小姐没有见到过他们中的任何人，她更是根本从没见到过查尔斯·邦

---

① 指演员、伶人。典出莎士比亚《麦克白斯》第五幕第五场：“人生不过是一个行走的影子，一个在舞台上指手画脚的拙劣的伶人，登场片刻，就在无声无息中悄然退下。”

（反正将始终见不到活着时的他）；那位来自新奥尔良的查尔斯·邦，亨利的朋友，他不仅比亨利大几岁而且作为还在念大学的人来说年纪确实是大了一些，而且在那边的确有点不得其所——那是密西西比州腹地甚至可说是荒野里的一所新成立的小规模大学，离他家乡那座充满尘嚣甚至很洋气的城市有三百英里之遥——是一位比他实际年龄显得更加优雅而见过世面、更加富有自信的青年，人很帅气，显然很富裕，而且有背景，那是个影影绰绰的法定保护人而不是父亲或母亲——这样一位人物在当时边远的密西西比州肯定几乎像是只火凤凰，他没有童年却羽毛丰满地蹦跳出来，不知是哪个女人生下的，不受时代的影响，后来消失了，没有在任何地方留下骨殖或骨灰——此人举止从容安详，气度傲慢豪侠，与他相比，萨德本的妄自尊大简直是拙劣的虚张声势，而亨利则全然是个笨手笨脚的毛小子了。罗沙小姐从没见到过他；这只是一幅图像，一个意象。这不是埃伦告诉她的：埃伦正处在她那花蝴蝶的夏日全盛时期，如今平添了一份慈爱、优雅的妩媚，因为她把青春心甘情愿地献给了自己的亲骨肉而且是女儿，以致产生了与订婚期同时存在的一种态度与行为，做母亲的如果高兴的话，简直可以凭着这种态度与行为，越俎代庖，自行充当女儿婚礼上的新娘。听埃伦讲起来，一个陌生人几乎会相信这场婚礼都确实举行过了，可是后来发生的事却说明在那些年轻人与父母之间连提都没有提起过这事呢。埃伦连一次也没有提到过朱迪思和邦之间的恋爱。她连有关的话也没暗示过。爱情对于他们来说，仅仅是一个早就结束、完全过时的问题，就像头一个孙儿都出生了还要去追究奶奶、姥姥的童贞问题一样。她说起邦时仿佛拿他当作连在一起的三件没生命的东西，或是一件没生命的东西，但对她和她的家庭来说能有三种相关的用途：可供朱迪思穿的一件外衣，就像她会穿的马装或舞会礼服；一件家具，可以补充她家的陈设，使之完备，品位也更高；再就是一位顾问兼榜样，用来纠正亨利土气的举止、言谈和着装。她似乎把时间囊括了起来。她假设了一段逝去的岁月，在这段时间里没有度蜜月的事也没有发生任何变化，从这段岁月里，五张脸（现在是五张了）以一种没有生气、持续开花的形式对外傻看，像挂在一片虚空中的几张着色人像，都是在事先得知的巅峰状态中拍摄的，一切思想与经验都被抹去，这些肖像的原型在很早以前生活并死去，连他们曾在上面昂首阔步、装模作样、大笑、大哭过的舞台本身如今也准已忘掉他们的欢乐与忧伤。

这个，当时罗沙小姐并没有听进去，她是从第一个词儿，也许是从那个名字，查尔斯·邦，得出这幅图景的；这个十六岁便注定要终生当老小姐的女人，坐在这由幻觉投下的灿烂光辉下，仿佛处在歌舞场那种彩色电光束底下，正是平生第一次来到这里，这电光束充满了虚无缥缈的微小的金属亮片的闪光，突然射在她身上，停留片刻，然后朝前移去。她并不嫉妒朱迪思。那种感情也不是自我怜悯，她坐在那里，穿了件改制得很拙劣的家常衣裙（这些衣服，有些是别人扔掉的，但往往还是新的，埃伦过一阵总要给她几件，当然都是丝绸的啦），那是姑姑跟那骡马贩子私奔时丢下的，没准希望或甚至坚定地相信今后再也不会穿这种衣服了，这时罗沙小姐在埃伦讲话时不断地对着她姐姐眨眼。这也许仅仅是最终彻底自我克制时带来的一种平静的绝望和解脱感，因为朱迪思眼看要把受挫折后得到的间接补偿加以扼杀，把它转化为现实生活中的童话了。等后来埃伦讲给你奶奶听的时候，听上去就真像是则童话了，不过那是为一家时髦女士的俱乐部写作并由她们演出的一出童话剧。然而对于罗沙小姐来说，它无疑是真实的，不仅貌似真实而且是经过确证的：所以才会有下面那句话，这话让埃伦（她也说起过这事，因为这笑话未免太幼稚了）觉得既有趣又惊讶得有点烦恼，不由尖叫。“我们是有资格得到他的，”罗沙小姐这样说。“有资格得到？他？”埃伦说，说不定又是尖叫着说的。“当然我们有资格得到他——要是你想这么说的话，我自然希望并且料想你能认识到，不论哪个人把多么显赫的荣誉通过婚配给予科德菲尔德家，科德菲尔德家都是有资格做出积极反应的。”

当然啦，听的人对这句话怎样应对，那是不得而知的。至少，就埃伦所说的话来看，罗沙小姐并没有打算说什么。她仅仅是送走埃伦，接着便着手在她力所能及的范围内给朱迪思准备第二件礼物，实在说她也只此两件。她现在有两种才能，这一种同样也是姑姑传给她的，这姑姑曾靠某个夜晚爬窗出走这一行动来教她如何管家和如何改衣服，尽管这第二种才能发展得很慢（你简直可以说是反应迟钝），原因是姑姑离去时，罗沙小姐个儿还不够大，即使改改小，也无法利用那些扔下的衣服。现在她着手偷偷地为朱迪思置办嫁妆中的服装。衣料是从她父亲的店里拿来的。她没法从别的地方弄到。你奶奶告诉过我当时罗沙小姐确实不会点钱、找钱，在道理上她知道钱币从小到大各有所值，可是显然从来没有机会去观察、触摸、试用并确证具体的现钱；一星期里有几天她会挎着只篮子上闹市去，在科德菲尔德先生早就指定的某几家铺子里买东西，但是并不用口或手拿零钱和整笔钱做交易，而等到当天晚些时候，科德菲尔德先生自会循迹而去，按纸上或墙上或柜台上草草记下的赊账把钱付清。因此她只能从父亲那里弄到衣料。由于他当初用一辆大车就把整爿店搬来杰弗生镇，而当时他得靠这份买卖养活老母妹子老婆和孩子们，不像现在，只需靠它负担一个孩子，加上对财富积累极度不感兴趣，所以才会让良心搅得他从当年那宗买卖中抽身退出，在这件事里，他的女婿使他不仅没拿到正当的利润而且连原来的投资也牺牲了，他的货物开始时仅仅是一套最简陋的生活必需品，从搁板上拿下的东西显然连养活自己和女儿都不行，后来数量上并未增加，品种的多样化更是谈不上。然而她就得从这儿去弄衣料来缝制少女的一套套可身的衣服，这些衣服是为她自己的替代婚礼所用的——你不难想象在罗沙小姐心目中这些衣服会占据什么地位，而且她是在没有人帮助下独自完成的，她会把它们想象成什么样子那就更不用说了。没人知道她怎样想方设法从父亲的店里弄到这些衣料。他没有给她。要是他的外孙女穿着得不像样，或者破破烂烂，不足以御寒，那他是会觉得有责任给予帮助的，但不会给她提供嫁衣。所以我相信她是偷来的。她肯定是偷的。她准是几乎从她父亲鼻子底下拿走的（那家店很小，他既是掌柜又是伙计，在店里哪一头都可以扫视所有的角落），她怀着那种超越道德标准的勇气，那种女人对掠夺行为的亲和倾向，不过更可能是，或者说我愿意设想的是，她使出了某种花招，是出于天真所炮制的毫不掩饰的不怕让人看透的花招，正因为如此简单才骗过了他。

因此她竟然再没见到埃伦。显然，埃伦已经完成了她的使命，度过了花蝴蝶的夏季的明媚而无所事事的中午和下午，就消失了，也许不是从杰弗生镇，反正是从她妹妹的生活中消失了，后来仅仅让人再见过一次，那是在她弥留时，躺在大房子一间黑屋子的床上，而致命的厄运已朝这幢大宅伸出魔掌，到了要把它立足的黑色基石加以粉碎的地步，并且抽走两根顶梁柱，就是那两个男人，丈夫和儿子——一个陷于战争的艰险与危难之中，另一个显然杳无音信。亨利就那么消失了。罗沙也听说这事了，那时她正把白天（加上晚上；她不得不等她父亲睡着了）用来为外甥女沉闷地、笨手笨脚地缝制嫁衣，而且不但得不让她父亲还得不让两名黑女佣看到，她们说不定会向科德菲尔德先生告密——她把旧藏的零碎线绳编成花边，镶在衣服上，就在这期间，传来林肯当选①和萨姆特②陷落的消息，但这些对她家乡无异于丧钟和催魂铃的消息她几乎没有听进去，却在一件衣服上乏味而笨拙地缝上的两针之间把它们抛在脑后，而这衣服她永远不会为一个活着时能让她看到的男人穿上并脱下。亨利就那么失踪了：她听到的情况跟全镇人听到的一样——亦即在那第二个圣诞节，亨利又带了邦回来度假，就是那个英俊、阔绰的新奥尔良人，他和那女儿订婚的事做娘的到现在已经往镇上人耳朵里灌了足足有六个月了。他们两人又来了，这时镇上的人都盼着宣布结婚的确切日期。但接着发生了一些事。谁也不清楚是什么事：到底是亨利和邦为一方，朱迪思为另一方之间的纠纷呢，还是这三个年轻人为一方跟父母亲为另一方闹矛盾。反正等到圣诞节来临，亨利和邦都走了。而埃伦干脆不露面了（她像是躲进了那间黑屋子，直到两年后去世没离开过）而且不管从萨德本或朱迪思的脸色、行为、态度上，谁都看不出什么来，因此这段情事还是从黑人那里透露出来的：讲到如何在圣诞节前夜发生了一场争吵，倒不是在邦和亨利之间或是邦和萨德本之间，而是在儿子与父亲之间，说什么亨利跟他父亲正式脱离关系，并且放弃了他的继承权和他出生的家，跟邦连夜骑马出走，而那个做娘的顿时垮了下来——但是镇上人相信，不是因为那次婚变而是因为遭到了活生生的现实的打击：这正是割断牲口喉管前那慈悲为怀的一斧子。当然埃伦对这一点也不知情。

这就是罗沙小姐所听说的。至于她怎么想那就没人知道了。镇民们相信亨利这样干无非是年轻人性子暴躁，更何况他是萨德本家的一员，不过时间自会治愈这毛病的。毫无疑问，萨德本和朱迪思对彼此的态度以及他们对镇民们的态度是对此起了一定作用的。他们会时不时一起坐着马车在镇上露面，仿佛至少在他们之间没有任何芥蒂，要是这争吵是在邦和他父亲之间发生的，情况当然不会是这样，而且要是在亨利跟他父亲之间发生过争吵，情况大概也不会是这样。因为镇民们知道，亨利和朱迪思之间竟有过比通常的兄妹的

① 1860年11月6日，在总共有四位候选人参加的选举中，林肯当选为总统。紧接着南卡罗来纳州宣布退出联邦。

② 萨姆特要塞，位于南卡罗来纳州查尔斯顿港口东南部一小岛上。1861年4月14日陷落于南军之手。此事成为美国内战的导火线。

忠诚之情更亲密的关系；这是种古怪的关系：有几分像一个优秀团队里的两名士官生之间那种激烈的、非个人的对抗，他们在一个盘子里吃饭，合盖一条毯子睡觉，冒同样的致命危险，而且甘愿为对方出生入死，倒并不是为了对方本人，而是为了团队自身不败的威名。这就是罗沙小姐所知道的一切。她不可能比镇民们多知道一点，因为那些知情人（萨德本或是朱迪思：可不会是埃伦，首先人家什么也不会告诉她，即使告诉了她，她也会忘掉，吸收不了——埃伦这只花蝴蝶，连她身子底下为太阳晒得轻飘飘的空气也事先没加警告地给抽走了，如今她只好躺在黑屋子里，一双胖嘟嘟的手交叠在床罩上，上面那双眼睛里也许连痛苦都没有，而仅仅充满了一副大惑不解的神情）是不会告诉她的，就像他们不会告诉杰弗生镇或任何别的地方的任何人那样。没准她上那边去过，没准去过一次后就再也不去了，而且她无疑没有问，甚至没去问朱迪思，也许是知道人家反正不会告诉她，也许是因为她在等人家开口说。而且她一定告诉过科德菲尔德先生没出什么不对头的事儿，她本人也显然相信这一点，因为她还在为朱迪思的婚礼缝制衣服。她一直在这么干，当时密西西比州脱离了联邦，第一批穿邦联制服的军人开始出现在杰弗生镇[①]，沙多里斯上校[②]和萨德本在镇上把一个团拉起来，该团于一八六一年开拔，萨德本这二把手策马走在沙多里斯上校的左边，骑着一匹黑牡马，以司各特[③]的名字命名，走在团旗底下，那是他跟沙多里斯设计的，由沙多里斯家的女眷用一件件绸衣拼缝成的。他人长结实了，不但比一八三三年第一次骑马进杰弗生镇时，而且比跟埃伦结婚时都个儿大了。他这时还不能算是肥胖，虽然当时快五十五岁了。那些脂肪、那个大肚子，要过些时候才会出现。他是突然一下子胖起来的，那是在他和罗沙小姐订婚那档子外人搞不清楚的事后的那一年里，紧接着她不再住在他屋顶下，回到镇上她父亲的房子里独自生活，就此再不跟他说话，只有一次例外，是在人家告诉她他快死了那回，当时她冲着他说了几句话。他那身肉是突然上身的，像黑人们和沃什·琼斯

---

① 密西西比州于1861年1月9日脱离联邦。紧接着，南方邦联的军队便在该州出现。

② 即约翰·沙多里斯，福克纳好几部小说里都提到过。他是当地的庄园主，好勇斗狠。内战一开始便在当地拉起一支队伍，自任上校团长，被降职后成为一支民团的首领。

③ 据福克纳说，内战前庄园主家庭藏书中大多有英国小说家瓦尔特·司各特（1771—1832）的作品。他从小就念了不少。在他的短篇小说《沃许》中，萨德本的坐骑名叫“罗伯·罗依”，那是司各特1817年出版的一部历史小说及其主人公的名字（中译本作《红酋罗伯》）。

所说的一个男人的好身板，达到了顶峰后还保持着那个水平，其实这之前那老底已经被掏空，在人们所知的他的外形和实际上的那副死死撑住的骨架之间的某种东西已变得液体化，并且附着在地面上，被它所显露的外衣遏制，像气球般形态不定，没有生气。

她没有去为团队送行，因为在部队离去前她父亲不让她出门，不许她跟别的妇女、姑娘一起参加送行仪式，甚至也不让她到场旁观，倒不是因为他女婿恰好是里面的一个成员。他从来也不是一个性情暴烈的人，在正式宣战和密西西比州分离之前，他抗议的行动、言论不仅仅是很平和，而且是很讲道理、很有理性的。可是在骰子掷下去[①]后他似乎一夜之间变成了另一个人，就跟他女儿埃伦几年前性格起了根本性变化一样。部队在杰弗生一出现，他就关闭了他的店铺，而且在征集士兵和操练期间一直关着，不仅当时如此，以后，在团队开拔后也还是这样，但凡有零星队伍路过要在此地宿营，他就关上店门，拒绝出售货物，不管对方出多大价钱，他不但不卖给部队，而且，据说只要是军人家属或是仅仅在言词、意见上支持与联邦分离的男人女人，他都一概不卖。他不仅不让妹妹回来住，因为她那贩卖骡马的丈夫去参了军，甚至还不允许罗沙小姐朝窗外向路过的军人看上一眼。他如今索性把店门永久关闭终日都不外出了。他和罗沙小姐住在房子后部，前门锁上，前面的窗板关上、销住，屋子里，这是邻居们说的，只有一扇窗板开了一条缝，他整日待在窗板后面，像一个哨兵在值勤，不过他的武器不是一支滑膛枪而是一部大开本的家庭圣经，上面，他的和他妹妹的生日，他结婚的日子，埃伦的生日与结婚的日子，他两个外孙的和罗沙小姐的生日，他妻子去世的日子（不过不包括姑姑结婚的日子，那是罗沙小姐添上去的，连同埃伦去世的日子，就在她记上科德菲尔德先生自己去世以及查尔斯·邦甚至还有萨德本去世日子的那天）都由他那手店员惯用的一丝不苟的笔迹一本正经地记载着，他在圣经旁边守望着，直到一小支军队走开：这时他就会打开圣经，用甚至比踩得山响的军靴还要响的粗嗄嗓音，恶狠狠地念一段激烈、复仇心切的古老而神秘的经文，他早已选定并划出一些段落，就像真正的哨兵在窗台上摆出一溜弹筒似的。接下去有一天早上他得知他的店被强行打开并遭抢劫了，这无疑

① 这原来是古罗马将领尤力乌斯·恺撒（公元前 102/100?—前 44）率兵渡过鲁比肯河时所说的一句话，意思是走了这一步就义无反顾，再没有退路了。

是一连驻扎在镇郊的外来士兵干的，也无疑是在他自己的乡邻唆使下干出来的，没准这些人光是嘴皮子动了几下。当天晚上他登上阁楼，带了他的锤子和一满把钉子，他关上门后便把门钉死然后把锤子从窗口扔出去。他不是胆小鬼。他是一个有坚定道德力量的人，他只带了少量的货物来到一个新的地方，用这些财货养活五个人，至少是让全家人感到舒适与安全。他靠了抠抠索索做买卖才做到这一点，这是明摆着的：若不是靠抠抠索索或是玩花招，他是做不到这一点的；而正如你爷爷所说的，在当时的密西西比州这样一个地方，一个人若是仅仅局限在卖草帽、轭绳和腌肉上玩花招，早就会被自己家里人当作一个盗窃癖患者锁起来了。不过他并不是胆小鬼，虽然他的良心所反对的，正如你爷爷所说的，倒还不是人的鲜血与生命的虚掷，而是物资上的浪费，不管为了什么目的白白地浪费衣装、食物和弹药，他都一概反对。

如今罗沙小姐的生活只有两个内容：让自己活下去，让自己的父亲活下去。在店铺被抢那个夜晚之前，他们是靠它维持生活的。她总是天黑后挎一个篮子进到里面，把够吃两三天的东西带出来。店里已有段时间没有进货了，因此，即使在挨抢前存货已大为减少；很快，她就自己做饭了，带大她的姑姑从未教过她任何实用的本领因为姑姑从小让她相信，她不仅身体很弱而且确实是非常娇贵，随着时间过去，食物越来越难弄到了，质地也越来越差了，她总是在晚上靠装在阁楼窗前的吊井水用的滑轮与绳子，把食物拉上去给她的父亲。她这样干了三年，在晚上偷偷摸摸地送饭，那分量几乎不够一个人吃的，送给一个她憎恨的人。在这以前她也许还没察觉自己恨父亲，说不定到这时她仍然没有察觉，不过，你爷爷在一八八五年见到的那个文件夹——那里面有一千首诗稿甚至不止——里面第一首就是献给南方士兵的颂歌，标明作于她父亲自我幽禁的第一个年头，而且是在清晨的两点钟。

这以后他死了。有一天早上，那只手没有伸出来拉篮子。原先的钉子仍然钉在门上，于是邻居们帮她用斧子把门砍开，他们看到他，他曾见到他唯一的生活来源遭到他事业的保卫者的掠夺，虽然他跟这事业跟这些人划清了界线，他们发现三天未吃的食物放在他那张简陋床的边上，仿佛他曾用这三天时间通过心算对他尘世的账目作了次结清，求得了结果也再次验证过，于是便把他眼底下的愚蠢、残暴、不公正的当代场景转化为死灭、永恒的冷漠，以此表示他冷冷的坚决不同意。此时，罗沙小姐不仅成了一个孤儿，而且也是一个乞丐了。店铺如今仅仅是个空壳，那幢荒凉的房子连老鼠都逃避一空，里面什么都没有，连温暖的回忆都没有，因为他已经用自己的行为无可挽回地把邻居、市镇和严阵以待的地方这三者全都疏远了。连那两个黑女奴如今也早走掉了——当初他刚得到她们的时候（顺便说一句，是因为债务的事抵偿给他的，而不是买的）他就给了她们自由，为她们写了自由文书，这她们是看不懂的，并给她们定了周薪，但他又全部扣住不发，他认为她们欠他的债，便让她们按市价抵偿——而她们的回报则是成为杰弗生镇第一批出走去追随北佬军队的黑人。因此当他死去时，他一无所有，没有省下的也没有积蓄。无疑他生平唯一的乐趣并不在于他的人生道路与未来的女婿的相交之前所积累的那点微不足道的简单的财物；——不在于金钱本身而在于它在某个精神上的审计事务所里意味着一种收支平衡，他相信总有一天他因为自我克制与坚韧不拔而能兑付他的那些即期汇票。无疑，在与萨德本合作的整个事情中最让他烦心的还不是银钱上的损失，而是他不得不牺牲掉他的积蓄——这可是坚韧不拔与自我克制的象征啊——以使精神上的偿还能力得以保持完整，他相信这是他已经建立起并且牢牢掌握住的。这就跟稍一不慎看花了日期或是签名他不得不为同一张票据付两次款一样。

因此罗沙小姐就成了既是乞丐又是孤儿，在世界上没有亲人，除非算上朱迪思还有那位姑姑，听到姑姑的消息还是两年前的事，说她那会儿正打算越过北佬的防线到伊利诺伊州去，以便跟在罗克艾兰[①]监狱的丈夫挨得近些，丈夫想为邦联骑兵补给团效劳，要在补充军马军骡上显显身手，结果给当场抓获，如今在大牢里蹲着。如今埃伦已经死去两年了——这只花蝴蝶，这只蛾子，被一阵强风刮在一面墙上，它紧攀不放，软弱无力地扑扇翅膀，倒也不特别执着于留恋生命，也不感到异常痛苦因为它太轻不致受到太重的撞击，甚至对变天前的明媚静谧也没有多少记忆，而仅仅是感到迷惘与大惑不解——那华丽纤巧的外壳甚至都没起任何大变化，尽管这年月没有好茶饭，因为所有萨德本的黑人也都跟着北军跑了；那些野种，他带回美国来原是想让他们跟本地驯养的杂交、融合，目的就像让种马和家里的母马交配一样，而态度上也是同样经心。而且也取得了同样的成功：仿佛他人在场这一点就迫使

---

① 伊利诺伊州西北部城市，濒密西西比河岸边，内战时为一军需品供应站并设有俘虏营。不少南方战俘死于该处。

宅子接受与保留人的生命；仿佛房舍确实是拥有一种知觉、个性与脾气的，并非得自在里面呼吸或曾在里面呼吸过的人，更多的倒是传自砖木本身或是构想与建造房舍的人把灵气传给了一砖一木——不过就这一幢来说，其个性是一种对空旷、荒凉的不容置疑的肯定；也是对被占住有一种无法克服的抵触情绪，除非是在无情、强暴者的赞许与保护之下。自然，她消瘦了一些，可是蝴蝶也是一点点萎缩而进入死亡期的，翅膀与身体的部位变小了些，花斑也挤紧了一点，但是还没有显示出什么皱纹——在枕头上的还是那张光滑的、几乎是小姑娘似的脸（虽然罗沙小姐现在发现埃伦染发显然已经有好几年了），在床单上摆放着的还同样是那双几乎胖嘟嘟、松噗噗的手（虽然现在不戴戒指了），而只有那双什么都不明白的黑眼睛里那种困惑神情才透露出当前生活的一些迹象，由此看出死亡正在临近，此时她请求十七岁的妹妹（亨利此时刚消失不见，自动放弃了一切权利，他回来最后演出家破人亡的时辰还未到呢——而这时辰，你爷爷说，也饶过了埃伦，倒不是因为打击将是致命的、最重的，而是因为打击她完全是白费力气，因为一只残存的蛾子，即使还活着，到此时也根本感觉不出风和暴力了）保护剩下的那个孩子。因此顺理成章，她得下乡去跟朱迪思一块过，这对她或任何一个南方女子，尤其是淑女来说，都是再自然不过的事。她都不用人家来请，也没谁指望她要等人家来请。因为这就是南方淑女的做派。不管实际情况是她不名一文而且也没有些微走向另一方面的迹象，自己也知道这一点所有知道她的人全都知道，然而却还是拎着一把阳伞、一尊个人专用的夜壶，带了三只衣箱搬进你的家而且住进你太太在里面只穿手绣内衣内裤的房间，不仅将全体佣仆都一把捏在自己手里，佣人们也同样有数从她那里是不会得到一文赏钱，因为他们跟白人一样清楚她永远也不会有钱赏给别人，而且还会闯进厨房轰开厨子把你快吃到嘴的饭菜乱加佐料以适合她自己的口味；——倒也不是，倒也不是说靠这个办法她使自己对付着活下去：而是说她像一个吸血鬼，是靠吸真正的人血过活的，也不是特别馋，绝不能算是贪得无厌，却是自以为是，带着鲜花般安谧、娇慵的艳丽，因为这艳丽在她血脉里原是很充盈的，它的营养来自古老的祖先，他们横越未经探明的海洋和陆地，与蛮荒中的艰辛、隐藏的环境和灾难做斗争，对闲暇甚至和平宁静麻木不仁，毫不萦系，其实保有这种追求能带来所谓时代的无往不屈的源泉，这源泉会设法使血管里原始的提供养分的血球变得足够充分与健康。

人们原来这样指望她会这样去做。可是她并没有。虽然朱迪思也是个孤儿，可是朱迪思仍有那些荒芜的田地多少能捡收一些，何况有克莱蒂可以帮助她，给她做伴，还有沃许·琼斯给她提供吃的，埃伦去世前对埃伦他也是这样做的。不过罗沙小姐没有立刻搬到那儿去。没准她永远也不会去的。虽说埃伦求过她要她保护朱迪思，也许是她觉得朱迪思还不需要保护吧，因为如果连耽搁的爱能给她提供生存的意志，使她活了那么久，那么这同一种爱情，即便是耽搁了的，必将而且一定会保全住邦直到男人的那股傻劲纯粹因力量耗尽而中止，于是他就会从他所在的天涯海角回来并且带上亨利——亨利，这同一桩蠢事与灾难的受害者。罗沙准是时不时能见到朱迪思，而朱迪思说不定会催促她快点到萨德本百里地来住，不过我相信这正是她不去的原因，虽然她不知道邦和亨利在何处而朱迪思显然也从未想到要告诉她。因为朱迪思是知道的。她可能已经知道有些日子了；说不定连埃伦也是知道的，只不过可能对当时的埃伦来说人不在并非什么实质性的问题，因不名誉的事不见踪影与情况不明失踪，这都是一回事，因此埃伦也没有想到应该告诉妹妹，没有想到在别人看来战斗中情况不明与必须忘掉此人可能是两回事。也说不定朱迪思压根儿也没告诉过她母亲。也许埃伦在去世前根本不知道亨利和邦如今是他们大学同学组织的连队的战士了。罗沙小姐也是完全不知道这回事。她四年里头一回得知她外甥还活着的确实信息是在一个下午，当时沃许·琼斯骑了萨德本剩留的骡子，停在房子前面，吆喝起她的名字。她以前见到过此人但是不认识他——这是个形容枯槁的、又瘦又高的人，患有疟疾因而眼睛无神，那张脸让人觉得说他二十五岁也行六十岁也可以，这之内任何年龄都行，他在大门前的街上骑着那匹没备鞍的骡子，嘴里嚷道："嗨。嗨。"过一阵喊上几句直到她来到门口；此时他稍稍压低他的嗓门但是也压不下去多少。"你是罗西[①]·科德菲尔德？"他说。

---

① 对罗沙的不正规称呼，说明此人粗野无礼。

四

即使把去那里得走十二英里回来也要走十二英里考虑在内，昆丁此时动身天还不够黑，至少科德菲尔德小姐不会喜欢他这么早就去。这昆丁是知道的。他几乎能见到她，见到她等候在那所阴森森小房子难以穿透的孤寂中，在某一个幽暗、不通风的房间里。她不会开灯的因为她快要出去了，而且告诉过她亮光与流通的空气会使热度升高的某个他的或是她的精神上的后辈或亲戚，没准也跟她说过，耗电多少还不在于开灯的确切时间，而是在于拨动开关时克服最初惯性所需的逆动能量：那才让电表飞快走字呢。她准是已经戴好那顶饰有煤晶镶片的黑软帽了；还披了块肩巾，坐在渐渐变浓、死气沉沉的暮色里；此刻她手里或是膝上甚至还会有一只小提包，内里装了整幢房子所有的钥匙，前后门壁柜碗橱的统统在内，她出门没准要六小时呢；还有一把遮阳伞，那也可以当雨伞，他琢磨，看来她是风雨无阻，下刀子下铁都要去的了，因为在今天下午以前他这一生没跟她说满过一百个字，他却知道，截至今天黄昏，她从来没有，也许整整四十三年里都没有，在天黑后离开过那幢房子，除了星期天和星期三晚上去参加祷告聚会。是的，她会带雨伞的。他喊她时她会带了伞出来的，其实连露水都不会有，但她却在这样气都透不过来的夜晚不屈不挠地带着伞，此刻唯一打破黑暗的是微微发光、频频出现的萤火虫群——在一连六十天不下雨一连四十二天连露水都没有之后，暮色里时而闪烁的萤火虫群显得更加繁密、更加厚实了——它们飞舞在廊子底下，昆丁正从廊子上的一把椅子里站起身，这时康普生先生拿了一封信从屋子里走出来，经过开关时顺手把前廊灯啪地扭亮。“看样子你得进屋去看信了，”康普生先生说。

“也许我在这里也能对付，”昆丁说。

“也许你说得对，”康普生先生说[1]。“没准即使在这样的天光下，何况还有这玩意儿——”他指了指孤零零的那个球形灯罩，漫长的夏季使它积满尘土与昆虫的污秽物，不过即使擦干净也没多大亮度——“人类为了自己的需要不得不发明它，因为，在解除了为生存必须流汗的负担之后，他们显然又倒退为（或者说进化为）一种黑夜活动的动物了，这样的光线对于这种动物，对于人类，已经是太亮了。是的，对于他们：属于当初和那个时代，一个已经死去的时代的人；也是人像我们一样，也是牺牲者像我们一样，不过是不同环境下的牺牲品，更单纯一些，因此，就整体对整体而言，更高大一些，更具英雄色彩，那时候的人物也因此更具英雄色彩，不那么侏儒化，不那么过于复杂而是个性突出，胸怀坦荡，有一种痛痛快快爱一回或死一回的天赋，而不是那种松松垮垮、散掉了架的家伙，让人闭上眼睛一只胳膊一条腿地从摸彩袋里摸出来、组装起来的，那时的人是一千次弑杀和一千次婚媾与离异的发起者同样也是受难者。也许你是对的。也许比这再亮反倒多余。”可是他没有马上把信给昆丁。他又坐了下来，昆丁也重新坐下，父亲从廊栏上拿起那支雪茄，烟头上的余烬又亮了起来，紫藤色的烟再次没有风吹地在昆丁面前飘过，这时，康普生先生再次把脚跷在围栏上，那封信捏在他手里，那只手衬在穿细布裤的腿上看上去简直像黑人的手。“因为亨利对邦有感情。他为了邦放弃了自己家庭权利与物质上的保障，为了邦，这个邦即使不能算是十足的恶棍至少也是个蓄意犯重婚罪的人，四年之后朱迪思将在他尸体上找到另外那女人和那孩子的相片。竟然到了这个地步，他（亨利）居然可以向他父亲谎称有这么一个声明，他必定明白倘若没有根据与证据，他的父亲是不可能也不愿意做出的。可他就是这样做了，亨利本人用他自己的手作了这样的打击，虽然他必然已经明白他父亲告诉他的那个女人和孩子的事是真的。他必定这样对他自己说，准是这样说的，在那个圣诞节的前夜，当他最后一次把书房的门在自己身后关上时，而且会重复再说，那是在他与邦并辔骑行在那个圣诞日凌晨铁一般的黑暗中时，这时他离开他出生的宅子，这宅子，他只会再见到一次，那时他双手沾满了此刻骑在他身边的这个人的鲜血。他准

① 由此开始到本章结束，都是康普生先生在昆丁出发去护送罗沙小姐前去萨德老宅办事之前，在廊下告诉昆丁的话。

是这么说的：*我会相信的；我会的。我会的。即使实情如此，即使我父亲告诉我的话是真的，而且，不管我自己愿意怎么想，我没法不知道那是真的，可是我仍然相信*。因为，除了那真实情况，除了父亲已告诉他而他否认与拒绝接受的真实情况，尽管他感情上有抵触但必定还是已经相信的真实情况，他还能指望在新奥尔良发现别的什么呢？可是一个人尽管吃足苦头，与所有健康肢体相比却会更加舍不得那条他明知必须截去的胳膊或腿，天知道又是为了什么呢？因为他爱邦。我能想象他和萨德本那个圣诞节前夜在书房里的情形，一边是父亲一边是哥哥，一声轰击与一声反响，就像一阵霹雳及其回声，而且也是挨得那么近；陈述与扯谎，在父亲与朋友之间做出迅速与无可挽回的选择，在二者之间，（亨利准是这样认为的）以荣誉与爱所系为一方，和以血统和利益所在为另一方之间，做出决定，虽然在扯谎的一瞬间他就知道其实那是真的。这就是为什么拖了四年，有那段缓刑的原因。即使在当时，在那个圣诞节前夜，他也准已知道，不管他在新奥尔良打听到什么，亲眼见到什么，那都是没有用的。他到这时候没准已经对邦有了那么深的了解，邦到那时并没有改变因此非常可能以后也不会改变；这样他（亨利）就不可能对他朋友说，*我当初是为了爱你而那样做的；你若是爱我就这样做吧*。他不可能说那样的话的，你明白吗——这个人，这个二十岁都还几乎没满的青年，他背弃了他所熟悉的一切，将自己的命运与自己唯一的朋友维系在一起，而这个朋友，即使在那个晚上他们骑马离去时亨利就准已知道，就像知道他父亲告诉他的话是真的一样，是命中注定一准要由他亲手杀死的。他准已经知道这一点正如他知道他的希望会落空一样，至于是什么希望为何要这样希望，他说不上来；是邦或局势方面起变化的什么希望与梦吧，是某一天他能从中醒来发现那原来是个梦的什么梦吧，正如在一个受伤的人发高烧时所做的梦里，可贵的受伤的胳膊或腿是健壮、正常的，唯独那些好的肢体却反而有毛病。

“那是亨利的拖延之计；亨利把三个人全都控制在手里，朱迪思对这样的做法在某种程度上是默许的。她不知道那天晚上在书房里发生了什么事情。我认为她是直到四年之后那个下午才知道，才猜出来的，那时候她又见到他们，人们把邦的尸体抬到宅子里来而她在他外衣口袋里发现了那张照片，照片上的不是她的脸，不是她的孩子；等她第二天早上醒来，他们已经走了，只留下那封信，那张字条，字条是亨利写的因为毫无疑问，他拒绝让邦来写——这是份休战宣言，是一种拖延，而朱迪思默许到这个程度，她会像亨利违抗父亲一样迅速地不去遵从父亲的任何禁令，然而在这件事情上却对亨利唯命是从——不是因为他是自己的男性亲属，是兄弟，而是因为他们之间的那种关系——具有同一种个性，却分属两个躯体，这两个躯体几乎同时受到一个人的蛊惑，当时朱迪思甚至都未见过此人——她和亨利两人都知道她会遵从这次拖延的安排，给他（亨利）从那个间隔所带来的好处，不过仅仅到此为止，这是相互默契的虽然未经明说也没有作过具体界定，双方无疑都清楚，一旦到达这一点她就会，以同样的镇静、同样对接受或是给予都加以拒绝的态度，由于传统的性别上的任何弱点，重提那休战声明，以一个敌人的身份面对他，不需要甚至也不希望邦到场来支持她，如果他有意干涉无疑还会遭到她的拒绝，她要像一个男人那样和亨利把这件事闹个水落石出，然后才会同意退回到女人、被爱者与新娘的身份上去。还有邦这方面的事呢：亨利绝不会考虑把父亲告诉他的话去告诉邦，正如他不会回到父亲身边去把邦否认的话告诉父亲，因为要是做了这一件他就不得不做另一件，他知道邦的否认肯定是假话，虽然他自己能容忍邦的谎言，他却无法容忍让朱迪思或是父亲听到它。再说，亨利也无须告诉邦发生了什么事情。邦准是在他（邦）于第一年暑假回家时就得知萨德本的新奥尔良之行了。他准已经知道萨德本此时是知道他的秘密的——如果邦，在见到萨德本对此事的反应之前，曾把这事看作是一桩需要保密的事，肯定也不会把它看成是阻碍跟一个白种女人结婚的严重因素——这样的局面是但凡供养得起的他所有的同时代人不免都会卷进去的，对他的新娘或是妻子或是女方的家庭，他甚至都不会想到要说一声，正如他不会提起自己婚前加入过某个联谊会之类的秘密一样。事实上，他有意要娶做新娘的家人对于这个发现做出的反应无疑是萨德本家庭使他感到惊讶的头一回，也是最后的一回。在我看来，他倒是个不寻常的人。他来到这个孤立的、清教徒式的乡村家庭，几乎像萨德本自己当初进入杰弗生镇一样：显然蛮齐全，没什么背景、历史或是童年时代——人比他的实际年龄显得稍稍老一些，为一种西徐亚人[①]似的异国情调所笼罩与包围，他像是不费力气也没有特别想这样做就把这对乡村兄妹迷住了，他引起了所有这些骚动

① 古代生活在欧洲东南部的一个游牧民族。他们所制马匹、帐篷和车辆的饰品风格独特，多用赤金铸造，不列颠博物馆有收藏。

与喧哗，然而从他理会到萨德本准备竭尽全力来阻挠这场婚事时起，他（邦）似乎已退缩为仅仅一个旁观者，冷漠，带点嘲讽，而且完全像一个谜。他像是在飘飞，阴影似的，几乎没有实体，离所有那一套直截了当、环环相扣、甚至是（对他来说）不可理解的最后通牒、郑重陈述、对抗、挑战和断然拒绝，都有一段距离，并且高高在上，抱着一种讥诮、倦怠的超然神态，仿佛一个年轻的罗马执政官在作一次他那时代时兴的“壮游”，到自己祖父征服的野蛮人游牧部落中去，天黑时分闯进了瘴气弥漫、鬼魂出没的森林里一个吵吵闹闹、稚气十足、死气沉沉的住土坯城堡的家庭。仿佛是他发现这整桩事情，自然不是说不清楚，而仅仅是没有加以解释的必要；他一下子就知道萨德本发现了情妇与孩子的事而他如今发现萨德本的行动与亨利的反应是拜物教支配下的道德莽撞行为，那都不配称之为思想，对此他冷静、专注地默察着，就像是一个科学家在观察一只上了麻药的青蛙的肌肉；——隔着一道“世故”的屏障对他们观察与思考，与这种世故相比，亨利与萨德本简直是穴居人。不仅仅是外在的因素，那步态、谈吐、衣着，以及把埃伦带进餐厅扶上马车的派头，还（这说不准，不过很可能）吻她的手，埃伦直替亨利嫉妒，而且还在于他这个人本身——那种定命论者的、深不可测的泰然自若，他就以这种态度观察他们，同时等待他们去做他们会做的所有可能的事，仿佛他一开始就知道那个时刻早晚会来到他等着就行了，他别的什么也不用干只消等着就行了；他知道自己把亨利与朱迪思俩全都迷得够深的，丝毫不用担心有一天他想跟朱迪思结婚时会结不成。他有的可不是那种愚蠢的狡黠，那无非半是本能与迷信运气，半是赌徒见到赌注单等大捞一把时在感觉与胆量上的一种肌肉性的习惯，而是某种内在的、坚定不移的悲观主义，它在多少个世代之前就把还未完全从蒙昧状态走出来的人（是的，包括萨德本、亨利也连同科德菲尔德一家人）身上所有那些毫无价值、虚张声势的东西摆脱掉了，可那些人两千年以后仍然在神气活现地清除拉丁文化与智慧的束缚，其实他们原本就没有受到它多少重大、持久的毒害。

“因为他爱朱迪思。他无疑是会再加上‘按照他的方式’因为，正如他未来的老丈人很快就知道的，他演这个角色，像对朱迪思做出承诺那样做出承诺，也不是第一回了，举行一个仪式表示庆祝更不是头一遭，这仪式还得与那一回的尽可能有所区别（他多少算是个天主教徒），因为这一回的是个白种女人。因为你将会看到这封信，这不是他写过给她的头一封但至少是她拿出来给别人看的第一封，也是唯一的一封，这你奶奶当时就知道：因此我们相信，既然她已经去世，这是她留下来的唯一的一封，除非，自然啰，罗沙小姐或是克莱蒂在她本人过世后把其他的信都销毁了：而我手里的这一封之所以留了下来，不是因为朱迪思把它单独放好以便留存，而是因为她自己带上把它给了你的奶奶，那是在邦死后，说不定就在她销毁了他写给她的其他的信那同一天（当然，得先假定那些信是她自己销毁的），那想必是她在邦的外衣里发现那有八分之一黑人血统的情妇和小男孩的照片之后。因为他是她的头一个也是最后一个心上人。事实上她准是以跟亨利看邦完全相同的眼光看邦的。而且还很难说邦在谁的眼里显得更加辉煌——对这一个来说是希望，即使这是不自觉的，通过占有使这一形象变得归属于她；对另一个人来说，则是非常清楚，虽然在欲望方面是下意识的，两人之间因为性别相同而毫无希望地阻隔着一道无法逾越的障碍；——这个人，亨利头一回看到说不定是见他骑在他养于校园的两匹马中的一匹的身上，穿过大学的小树林，也说不定是见到他步行穿过校园，披着件大氅，戴着顶礼帽，两样东西都略微带点法国味儿，也说不定（我喜欢这样想）是被正式引见给他的，此人斜靠在他单人套间的一个充满阳光的窗龛里，身穿一袭带花的、几乎是女式的睡袍——这人帅气、举止优雅甚至像猫那样灵巧，置身在这个地方显得老气了点儿，不是说他年纪大而是经验过于丰富，明显的有一股知晓得太多的让人嫌恶的气味，是过度了：什么都干过、花过、玩儿过、甚至忘了个烟消云散。因此他必定会成为，不仅对于亨利而且对于那个小小的、新成立的外省大学的全体学生，一个众矢之的，倒不是嫉妒的对象，因为你是只妒忌你相信要不是阴差阳错在哪方面也不比你自己高明的人的：你也仅仅垂涎你相信倘若你的运气比迄今为止的稍微好一点点的话你就总有一天也能拥有的那些东西；——不是让人嫉妒而是令人绝望：年轻人那种尖锐、惊人、可怕、不可救药的绝望，有时候会采取对相关者加以侮辱甚至是动武的形式，在亨利这样的极端情况下更是要对这个问题上的任何与所有的诋毁者都动口与动手的，在萨德本不同意那桩婚事时，亨利与他父亲断然脱离关系放弃继承权，便是明证。是的，他爱邦，邦迷住了他正如邦迷住了朱迪思一样，这是毫无疑问的——这土生土长的乡下小伙子，他一个，还有五六个由别的种植园主子弟组成大学生小集团，邦允许他们与自己亲近，这些人模仿他的衣着、举止包括（在他们力所能及的范围内）他的生活方式本身，仰慕邦仿佛他是从青少年读物《一千零一夜》里出来的一位英雄，这英雄一不小心绊上了（或者不如说，是人家硬塞给他）一件吉祥物或是避邪物，这物件倒没有能授予他智慧、权力与财富，而是让他有能力与机会，得以从一个难以想象的欢乐场景转进到另一个，当中没有间歇、停顿，也不会餍足；而当他懒洋洋地躺在他们面前，披着他那袭豪华、不见客时穿的异国情调、几乎女式的睡袍，这时他承认自己腻味透了，而正是这一点不仅增加了别人对他的崇拜，而且还增加了怨恨与无可奈何的愤怒；——亨利，这个乡巴佬，简直是个丑角，一冲动就按本能做出暴烈的行动却不善于思考和推理，他可能已经意识到他对妹妹贞操的狂烈、乡气十足的骄傲只不过是一项错误的未知数，必须往它自身掺进一种容忍上的无能，这样它才会有身价，才能存在，也就是说，必须依赖它的损伤，它的失落，它才能够存在。事实上，也许这正是那纯正与完美的乱伦：哥哥理解到妹妹的贞操必须被破坏这样它才能存在，而取走童贞的人又体现在那位妹夫的身上，这正是他愿意当的那个人如果他能成为，能化身为这情人与丈夫的话；也愿意被此人掠夺，选中此人当掠夺者若是他能成为，能化身为那妹妹、情人与新娘的话。也许这就是亨利所企盼的，不是他的心智而是他的灵魂在这么企盼。因为他是从来也不思考的。他感觉，紧跟着便去行动。他懂得忠诚，并付之行动，他了解骄傲与妒忌，他喜欢哀伤与受难，他仍然在哀伤呢，而且我相信，仍然在爱着邦，他向这个人施予四年缓刑，这四年里邦放弃与解除了另一个婚约，明知这四年的希望与等待是徒劳的。

“是的，是亨利：而不是邦，是亨利目击了邦与朱迪思婚恋那平静得出奇的全过程——这场婚约，如果它也能算是婚约的话，持续了整整一年却只由两次假日的拜访组成，邦被朱迪思的哥哥作为客人邀请来，在这期间邦的时间不是花在和亨利一起骑马打猎上，便是用在扮演一种优雅、慵倦、珍贵的温室花卉的角色，这花卉就使用一个城市的名字来表明其来历与过去，而环绕着这些，埃伦梳理、编织出她那一厢情愿的花蝴蝶的回春期；他，一个大活人，简直被霸占了，你明白吧。在日程排得满满的那几天里他根本没有时间，没有空当，没有一个隐蔽的角落可以去向朱迪思求婚。你甚至都没法想象他能和朱迪思单独待在一起。你可以尽量去想象但是你能得到的充其量无非是他们的一幅投影图，实际上两个真正的人无疑是分开待在不同地方的——两个影子，安详平静，不为肉欲所困扰，徜徉在一个夏季的花园里——一对同样安详的幻影，仿佛在观察与翱翔，不带成见地专心与默默不语，躲在神秘莫测的雷雨云砧的上方和后面，这云砧意味着禁止、蔑视与弃绝，从那里，岩石般的萨德本和反复无常、性情狂暴的亨利在打闪、在怒目瞪视然后归于沉寂；——亨利截至那时为止还未去过孟菲斯，那年九月之前他还从来没有离开过家，他当时去上大学，带去一些乡气的衣服、他那匹骑用马，外加一个黑人马夫；有六七个他们这样的人，同一时代和背景的产物，仅仅在表层事物如吃的、穿的还有日常所干的劳务上与养活他们的黑奴不一样——出汗，这是一样的，唯一的区别是那一头汗水为大田劳作而流而这一头出汗是为刻苦、简朴的欢乐所付出的代价，他们可以得到这样的欢乐因为他们无须在田野里劳动：他们从事的是艰苦、剧烈的打猎与骑马；找乐子，这也是一样的：那种人赌博，赌用钝了的刀子、黄铜饰物、几绞烟草、纽扣、外套，反正手边有什么，最快能搞到什么就赌什么；而这种人则赌钱，赌马匹，赌枪，赌表，原因也是一样的——凑合呗；聚会也是一模一样的：相同的音乐从相同的乐器里奏出，那是些粗陋的小提琴和吉他，有时在大宅子里周围是烛枝、绫罗绸缎与香槟酒，有时又来到泥土地的小木屋，与冒烟的松明、印花布衣裙与兑糖浆[①]的甜水为伍；——那就是亨利，因为当时邦甚至都没有见到过朱迪思呢。说不定亨利在不清不楚地讲述自己那简单、老一套的背景与历史时他都没好好听，所以也记不住亨利有个妹妹——这个懒洋洋的人年纪大了点，与此时此际一起生活的小青年、毛孩子甚至都合不到一块儿了；此人与时代格格不入，这一点自己也很清楚，他为了一个理由接受了自己的命运，这理由显然足够充分使他能够忍受这个状况，而且分明是过于重要或者至少是过于隐私因而无法向他如今结识的朋友透露：——此人后来显示出同样的倦怠，几乎是不感兴趣，同样的超然姿态，那时候因为那场婚约出现了一阵喧嚣，实际上就杰弗生镇所知而言，这婚约根本不曾正式存在过，邦自己也从未认可过或是否认过，这阵喧嚣升起，他躲在后面，显得很超然、很无所谓，仿佛此事与他无关，也仿佛他是代表某个不在场的友人行事，好像与此有关、被弃绝

① 当时白糖价昂，黑人与穷白人只能以从甘蔗榨出的粗糖浆替代。

的那个人他从未听说过，也毫不在意。求婚这件事似乎根本就没发生过。显然，他对朱迪思说过不胜仰慕之类含糊其辞的话，连想引诱她失身的意思都没有，更不用说非要娶她不可了，不论是在萨德本下禁令之前还是之后都没有——而这事，请你注意，发生在这样一个人的身上，此人念大学时在女人当中已享有豪勇的名声，这可远在萨德本日后找到确切的证据之前。没有婚约，连求婚的举动都没有：他和朱迪思在两年内见到三次，时间加在一起拢共只有十二天，埃伦消耗掉的还包括在内；他们分手时甚至都没有说一声再见。然而，四年之后，亨利却必须得杀死邦以阻止他们结婚。因此诱引朱迪思的必定是亨利而并非是邦：诱引她同时也连带着诱引自己，跨越了奥克斯福与萨德本百里地当中的距离，在她自己与她甚至都没有见过的那个人之间，像是通过心灵感应术，童年时代他们有时就仿佛能预感对方的行动有如在同一瞬间飞离一根树枝的两只小鸟；那种默契并不是像双生子之间通常会有的幻觉，而是可能存在于两个人身上，什么性别、年龄、传统、种族或是语言都无所谓，他们被遗弃在一个荒岛上：在这里荒岛就是萨德本百里地；也就是那位父亲的孤独与阴影，对这个人，不仅镇上的人而且连母亲娘家人也一样，他们仅仅是与之休战，而不是接受与融合。

“你明白吧？这里面有这么几个角色：一个是土生土长的年轻姑娘，她在一个男人一生中的十二天里平均每天只见到他一小时，又是在长达一年半的阶段里，然而却非要嫁给他不可，使得她哥哥只好采取万不得已才用的办法——杀人，即使那还不能算是谋杀，来阻止这场婚事，事情还出在四年的间隔之后，在此期间她都无法始终肯定此人仍然活着；另一个是那位父亲，他该见过此人一次的，然而却有理由要走上六百英里的路去对他作一番调查，或是发现了他早已、显然是靠超人的洞察力猜到的，或是至少发现了某些事，同样可以作为反对这桩婚事的充分理由；还有一位就是那个哥哥，对他来说，一个妹妹与女儿的荣誉与幸福，就算兄妹间确实存在那种古怪与不寻常的关系的话，竟比对于当爹的更可妒忌，更加紧要，然而他又必须竭力去支持这场婚姻直至不惜与父亲、血脉、家庭割断关系，一连四年，充当这个被拒绝的求婚者的跟包和扈从，然后又杀死他，显然是为了四年前自己离家出走去拥护的那同一原因；接下去就是这位求爱者了，他显然无意也不特别想被卷进一场婚约，对此他似乎既不追求但也不回避，对于遭到挥斥，他也以同样超然与嘲讽的精神来对待，可是四年之后他却显然执意要达成这门婚事，其实此前他一直是无所谓的，而那位曾想促成的哥哥此时倒不得不把他杀死以阻止这场婚姻。是的，姑且就算是吧，即使对于那个未经世面的亨利，更不用说对那位出门更多的父亲了，八分之一的黑人血统的情妇与十六分之一黑人血统的儿子的存在，哪怕甚至确实举行过一次身份悬殊的婚礼[①]——这种事原本就是富裕、年轻的新奥尔良人有地位，够时髦的一个标志就如同他有跳舞用的软鞋一样——姑且就算那是一个足够充分的理由吧，其实这正能使他们，使那些形象朦胧的楷模，也就是出生在南方约于一八六〇或一八六一年成年的我们的男女祖辈，名誉上带来一点优雅的色彩呢。那真是不可思议。简直说不通。不过说不定就是这样的：他们未作解释而我们本来就不该知道。我们有少许口口相传的故事：我们从老箱底、盒子与抽屉里翻出几封没有称呼语或是签名的信，信里曾经在世上活过、呼吸过的男人女人现在仅仅是几个缩写字母或是外号，是今天已不可理解的感情的浓缩物，对我们来说这些符号就像梵文或绍克多语[②]一样弄不明白了；我们依稀见到一些人，我们自己就是潜伏在，等待在他们鲜活的精血里，在这一个如今也多少有几分英雄色彩的时代的黑黢黢的稀释物里，他们做出了单纯激情与单纯狂暴的行为，不受时代的影响也无法解释——是的，朱迪思、邦、亨利、萨德本：他们全体。一个个在那儿，可是却少了点什么；他们像是一个化学分子式跟那些书简一起从那个被遗忘的柜子里给发掘出来，可得轻拿轻放，纸张变黄变脆，裂成碎片了，字迹暗淡，几乎辨认不出了，然而意味深长，外形与内含都令人感到熟悉，是变化多端与有感觉意识的诸种力量的名与实；你按所需要的比例把他们放在一起，可是什么也没有发生；你重新再读，很厌烦也很关切，细细研读，确保自己没有忘掉任何东西，没有作任何错误的判断；你又一次把他们放在一起，可是仍然什么也没有发生；仅仅是一些语词，一些符号，再就是那些形象自身，影子般神秘与安谧，映衬在一桩可怕、血腥的人事纷争之前。

"他们从大学里来度过那第一个圣诞节。朱迪思、埃伦和萨德本是第一次见到他——朱迪思，她能见到这个男人只有短短的十二天，然而却记住了

① 指身份较高的男子与身份低的女子的婚姻，女方承诺保留原有身份，子女不得继承父亲财产、头衔等。

② 印第安人的一个部族，原住在福克纳所写地区里居住的契卡索族的南面。

他以致在四年后（于此期间他从未给她写过信。亨利不让他写；这是一个见习期，你明白吧）她收到他寄来的一封信里面说我们等的时间已经够长的了，当时，她和克莱蒂准是立即开始缝制婚服和婚纱，用一些旧料子和边边角角；埃伦，这个神秘的、几乎是巴洛克式的、几乎是娇脆的小古玩，她怀着稚气的贪欲提出要把装修、布置她的住房包括在整个事情之内；而萨德本，这个男人，他一觉察出（甚至比这还要早）别处都没有仅仅在他妻子头脑里出现一丝婚约的影子时，便已看到，自己这么多年苦挨苦熬，勃勃雄心眼看要最终实现，如今竟出现了一个潜在的威胁，对于这个威胁他显然拿得很稳，自己不跑上一趟跋涉六百英里把事情弄弄清楚，那是不行的——而这样的事发生在这样一个人的身上，倘若他讨厌某人或是惧怕某人，他会寻衅决斗将其击毙，哪怕只需走十英里去做一次调查他也不干。你明白吗？你几乎会相信萨德本的新奥尔良之行纯属偶然之举，仅仅是老天爷又一次没什么道理可言的恶作剧，老天爷刚好选上了这一家而不选本县本地区别的家庭，犹之乎一个小男孩选中一处蚁穴往里浇开水而不选别处，至于为什么连他自己都不清楚。他们滞留了两个星期然后骑马回学校，半路上停下来去看望罗沙小姐可是她不在家；他们度过暑假前这个漫长的学期，一起谈论、骑马与读书（邦当时学的是法律。他只得学，简直是不学也不行，因为只有这样才能忍受继续待在这个地方，且不说让他留下来的原因可能是什么；——这，就是他打发懒散日子的最佳安排了：这样地去啃带霉味的布莱克斯通[①]和柯克[②]，这儿的在校学生仍然不超过二位数，念法学的除亨利之外还有六个大人——对了，他还带坏了亨利，让他也跟着学法律；亨利是在学期半当中转系的——也转变了他自己）在此期间亨利模仿邦的衣着谈吐，说不定还漫画化了一些，而邦，虽然他如今见到过朱迪思，很可能仍然是那样一个懒洋洋的、猫一样不露声色的人，就是这样一个人亨利如今死乞白赖让他充当自己妹妹的求婚者，正如秋季学期里亨利和周围这帮人曾经死乞白赖让他当一个洛萨里奥[③]一样；而埃伦与朱迪思如今则一星期上镇里去采购两三次，有一次坐马车去孟菲斯还停下

① 威廉·布莱克斯通（1723—1780），英国著名法学家，所著《英国法释义》被英美法学界尊为法学权威著作。
② 爱德华·柯克（1552—1634），英国著名法学家。
③ 英国剧作家尼古拉斯·罗（1674—1718）作品《美貌的忏悔人》（1703）里的人物，是一个专门诱骗女人的浪子。

来看望了罗沙小姐，她们让一辆大车先行以便把“战利品”装运回家，还多派一个黑鬼待在前面车夫的身边，以便每走几英里下车生一堆火把埃伦与朱迪思焐脚的那几块砖头重新烧热，她们逛商店，置办嫁妆，其实正式的求婚除了在埃伦的头脑里之外还没有一点点影子呢；再说萨德本，他已经见到过邦一回了，在邦第二回登门造访时他正在新奥尔良调查此人：谁知道他到底在想什么，在等待什么，等待什么时刻、什么日子，以至于要去新奥尔良证实他好像心里一直很清楚却定要加以证实的事呢？他没有一个人可以倾诉，可以谈这件事，谈谈他的恐惧与猜疑。他不相信任何男人与女人，他得不到男人或女人的爱，因为埃伦没有能力去爱而朱迪思又太像他，他一定是一眼就看清邦，虽则女儿还可以从此人手里救出，已经把儿子给带坏了。你懂吗，他太一帆风顺了；他的孤独是目中无人和不相信人的那种孤独，成功带给他孤独，他得到成功是因为他强大而并非仅仅是幸运。

“接着六月到了，学年结束，亨利与邦回到萨德本百里地，邦要在这里待上一两天然后骑马到大河[①]边去乘轮船回家，去新奥尔良，萨德本已经到过那儿虽然无人知道，最最不可能知道的就是埃伦了。邦只待两天，不过此刻是他绝无仅有的良机，借此可以与朱迪思达成谅解，或者甚至是与她相爱。那是他唯一的机会，他最后的机会，虽然当然啦，不论是他还是朱迪思都不可能明白这一点，因为萨德本，虽然离家出门才两个星期，却肯定已经打听到混血情妇和孩子的事了。因此这是第一次也是最后一次邦与朱迪思也许可以说有一个自由天地——仅仅是也许可以，因为有自由天地的其实是埃伦。我能想象她是如何策划这场求婚的，如何给朱迪思和邦提供会面与誓约的机会，娇滴滴、韧劲十足而且无所不在，对于这一点，两个年轻人准是避之唯恐不及，但总是徒然，朱迪思怀着一种受了困扰却仍然很宁静的忧虑，邦则以一种讥诮与感到惊愕的憎厌，难以看透、影影绰绰的人物似乎常以这种形式露面。是的，就是影影绰绰：是一个神话，一个幻影：是作为一个整体由他们自己制造和产生出来的；具有萨德本血统和性格的某种臭味，仿佛作为一个人他根本就是不存在的。然而的确有一个躯体，罗沙小姐见到的，朱迪思将其埋葬了，就埋在家庭墓地里，在她母亲的旁边。还得注意这一点：事实上，

---

① 原文大写（the River），指密西西比河。

甚至都未能产生一次不明确的、心照不宣的婚约，足以说明他们的确彼此相爱，因为在那两天里单纯的浪漫感情是会烟消云散的，太甜太腻与偶然因素都会是原因。接着邦骑马去大河边坐船了。好，现在你得注意这一点：谁知道呢，要是亨利那年夏天和他一起去而不是等到下一年的夏天，那么邦说不定不至于像那样的非死不可呢；要是亨利是那时去新奥尔良是那时发现情妇与孩子的事，事情没准就不一样；亨利，在事情还不太晚的时候，对这个发现做出的反应可能会和萨德本的一模一样，一个嫉妒的兄弟一般都会那样做的，因为谁说得清亨利认为不确的，并非有情妇与孩子这回事，并非有可能重婚这回事，是因为这是父亲告诉他的呢？他父亲赶在他之前做了这件事，而父亲是任何一个儿子与女婿的天敌，母亲则总是盟友，可是在结婚之后父亲必定会成为那成了事实的女婿的盟友，而丈母娘倒偏偏会变成死敌。总之，亨利这回没有去新奥尔良。他骑马把邦送到大河边，接着便回家了；过了些时候萨德本也回到家中，从哪里来，为什么事而来，在下一个圣诞节来临前无人知道，接着那个夏季过去了，那最后一个夏季，最后一个平静与称心如意的夏季，在此期间，亨利肯定并非出于什么不可告人的动机，替邦提出邦的求婚，而且干得比邦还要出色，那位倦怠的宿命论者自己却懒得提，还有朱迪思，她听着，那么安详，沉静得那么深不可测，大约一年前这沉静仅仅是小姑娘朦胧不清、梦幻般的缺乏主见，到如今已经是一个成熟女子——一个恋爱中的成熟女子——的城府深厚了。那就是在那些信来到的时候，信亨利也全都看了，他并不嫉妒，已起了彻底克制自我的转变，化作他妹妹情人的肉身。而萨德本仍然对自己从新奥尔良打听到的事只字不提，仅仅等候着，连亨利与朱迪思对他也毫不起疑，萨德本等候什么无人知晓，也许是希望邦知道后，因为明摆着是一定会让他知道的，等邦知道萨德本已经发现他的秘密后，他（邦）自然明白这场游戏结束了，第二年甚至都不会再回学校了。可是邦还真的回来了。他和亨利又在大学里重新相逢；那些书信——如今写信的既有邦又有亨利——由亨利的马夫每周跑一次亲手递交；而萨德本仍然在等待；显然没有人说得出如今又是为了什么，他竟要等到圣诞节，等那危机与他相逢，这真不可思议——此人大家都说他不但向他的困难主动出击，他有时还主动挑衅去制造麻烦呢。可是这一回他等待，而麻烦找上来了：圣诞节，亨利与邦又一次骑马来到萨德本百里地，连镇上的人也都让埃伦弄得相信订婚是既成事实；那个一八六〇年的十二月二十四日，黑鬼娃子们举着槲寄生树和冬青的枝子做由头，已经簇拥在大宅的后面等着向白人叫嚷“圣诞礼物”了，那位有钱的城里人来向朱迪思求爱，而萨德本仍然什么都不说，还没有受到猜疑除非也许来自亨利，也许是亨利就在那同一个晚上把事情引向高潮，而埃伦正处在她那虚幻、轻飘飘的一生潮流的绝对顶峰，随着次日拂晓的来临，这潮流将在她脚底下垮掉，将冲击她，使她精疲力竭、目瞪口呆，莫名其妙，于是躲进那窗板紧闭的房间，两年后在那里死去；——圣诞节前夜，好一场爆发，却没有人知道一丁点儿在亨利与他父亲之间到底发生了什么，何以要发生，只有黑人们用耳语传播‘小木屋消息’，说亨利与邦黑夜骑马离去，亨利还正式舍弃了他的家与继承权。

“他们去了新奥尔良。他们在那个圣诞日明晃晃的寒冷中骑了整整一天，来到大河边，上了轮船，仍然是亨利在带路，在引导，他一向是这样做的直到最末了的那一次，由邦引导亨利随从，这在他们全部交往史上是破天荒第一遭。其实他大可不必出走的。他自愿让自己变成一个叫花子不过他原本也是可以上他外祖父家的，因为虽然他的坐骑可能优于任何一个大学同学的，邦本人的包括在内，但他与邦骑上马离开时，除了他能匆匆忙忙带上马和他身上正好有的什么值钱的东西之外，他可能只有很少一点点钱。不，他是没有必要出走的，再说这次是他领的头，邦骑行在他身边想从他那里弄清到底出了什么事。邦自然知道萨德本在新奥尔良打听到的是什么，可是他需要知道萨德本到底告诉了亨利什么，说了多少，可是亨利却不跟他说，亨利准是骑了他那匹新母马，他也许知道这马他也必须放弃，也得牺牲，连同他生活、遗产中所有别的东西，他现在骑行得很快，后脊直僵僵的、决不妥协地背对那所宅子，背对他的出生地和童年、少年时代一切熟悉的场景，为了那位朋友他舍弃了这一切，但是，尽管他为了爱与忠诚刚刚做出牺牲，他仍然无法与之彻底坦诚。因为他知道萨德本告诉他的事是真的。就在他指责父亲不对的那一瞬间他准已知道那是真的。因此他不敢请邦来否认；他不敢，你明白吗。他可以面对贫困，面对丧失继承权，可是他无法承受那谎言从邦嘴里说出。然而他还是去了新奥尔良。他径直去到那里，到那唯一的地方，那确切无误的地方，在这里他无可避免得以证明，他父亲告诉他而他断言纯属谎言的话确实是真的。他正是为达到这个目的去那里的，他去是为了证实它。而邦，骑行在他身边，直想弄明白萨德本告诉他什么了，——邦在这一年半以来一直在看着亨利亦步亦趋地模仿自己的衣着和谈吐，这一年半以来一直见到自己成为五体投地崇拜的对象，这种崇拜只能由一个青年，绝不会是一个女子，奉献给另一个青年或成年男子；到此时整整一年，邦见到那位妹妹也和哥哥中了一模一样的邪，而这与诱引者的意愿全然无关，他连一根手指都没举一下，仿佛实际上是那位哥哥向妹妹施加魔法，引诱她靠近自己那用邦的身体行走与呼吸的第二化身。不过这里有一封信，是四年后寄来的，写在从卡罗来纳州一所洗劫一空的房子里捡来的一页纸上，用的墨水是从某家被占领的北佬店铺里找来的火炉上光剂；四年来她从未得到他的只言片语除了亨利那里传来的消息说他（邦）仍然活着。因此不管亨利此时知道那另外一个女人的事与否，此刻是必须让他知道的了。邦明白这一点。我可以想象他们的情形，他们一起骑行，亨利仍然气鼓鼓的，平静不下来，他在表明自己是忠于友情的，而邦，这个更聪明更加狡猾的人，至少经验丰富些年纪也大上几岁，他没让亨利察觉便已经从亨利那里探听出萨德本告诉亨利的是什么。因为亨利如今是必须知道的了。但我并不相信这仅仅是为了保留住亨利这个盟友，以备日后不时之需。那是因为邦不仅按他自己的方式爱朱迪思而且他也是爱亨利的，而且我相信是一种更深层次上的爱，还不仅仅是按自己的方式。也许从他的宿命论出发他在两个人之中更爱亨利，也许他在妹妹身上只看见一个影子，是个女人外形的载体用以使爱情变得圆满，其实所爱的真正目标是那个小伙子：——这个智力型的唐璜[①]，他把次序颠倒过来，学会了去爱他损害过的；也许爱的还不仅仅是朱迪思或者是亨利：也许爱的是他们所代表的那种生活，那种存在。因为谁知道他会在那潭乏味的乡野死水里看到怎样一幅宁静的图景呢；对于一个年纪太轻即已漂流太远的干渴的旅人来说，在这方花岗岩围堤内清纯的乡村泉水里，他又会找到什么样的解毒药和缓解剂呢。

“而且我能想象邦是怎样告诉亨利，把真情向他透露的。我能想象亨利在新奥尔良的情形，他连孟菲斯都未去过，他全部世俗经验仅仅包括上别人家，上别的庄园去小住，那儿简直跟家里没什么两样，在那里他做和家里一

① 西欧民间传说中的人物，为一浪荡青年，专门诱骗少女，并做了伤天害理之事。莫扎特、莫里哀、拜伦等均将他的形象写进作品。唐璜损害了他所爱的人，邦正好与其相反。下文即指此点。

样的例行公事——一样的打猎与斗鸡，一样的在简陋的家制跑道上的业余水平的赛马，那些马在血统与世系上还过得去但不是专门养来比赛的，没准从二轮甚至四轮马车套杆上解下来还不到三十分钟呢；一样的方阵舞，舞伴也是一个模子里出来可以互相置换的小家碧玉，伴奏的音乐也和家里的一式一样，一样的香槟酒，自然是上好的可是粗里粗气地斟给你，通过黑人侍者头儿们滑里滑稽哑剧式的优雅姿态，他们（喝酒的同样如此，他们一口干了，仿佛那是派头十足痛快淋漓举杯祝酒时喝的纯威士忌）给你斟柠檬水时摆的也是这副架势。我能想象他，以他的清教徒的传统——盎格鲁—撒克逊味儿特重的传统——自尊心特强的神秘主义传统以及为无知与幼稚而敏感的那种能力，在那个外国情调和满是怪现象的都会里，那里的气氛在同一瞬间内既致命却又慵懒，既阴柔却又冷酷无情——这个阴沉沉而没有幽默感的乡愚，来自一个花岗岩般死硬的传统，那里甚至所有的房屋，更不用说衣着与行为了，都依照一个嫉妒心切、有虐待狂的耶和华的形象建立，这乡愚突然置身于一个地方，这里的老土地按照他们华宅、贴身首饰与耽于生活的模式，创造出他们全能的主以及**他**那由美丽的圣徒和俊俏的天使组成的一级级维系统治的合唱团。是的，我能想象邦如何朝那儿引导，朝那场震动引导：他的那份技巧，那份老谋深算，摆弄亨利的清教徒头脑就像他是在整治一块崎岖多石的土地，按照自己的意图去播种与收获庄稼。使亨利为难发怵的准是举行了仪式这件事，不管它是何种性质的：邦知道这一点。不会是因为有个情妇或者甚至是有了孩子，更不会是因为是黑人情妇，至于黑孩子那就更不在话下了，不会因为这样的事的，因为亨利与朱迪思自己就有一个黑人异母姐妹跟他们一起长大；不会是情妇的事对亨利产生什么影响，显然不会因为有那个黑人情妇，对于有亨利的背景那样的一个青年来说，一个成长与生活在那样一个社会环境的青年，在那个环境里异性被划分为三个截然不同的部分，被一道深沟隔开（其中的两种人），这道沟只能越过一次，只能朝单一的方向——成为女士、妇人、娘们——一种是黄花闺女，某一天绅士们会娶，一种是娼妓，绅士们休假日进城会上她们那儿去，还有就是黑奴小妮子与婆娘了，因了她们那第一类女子才能过太平日子，在某种情况下无疑才得以保住贞操；——不会是这件事影响了亨利这个年轻、血气方刚、严酷独身生活的受难者的，骑马打猎使他的血液沸腾与难以平静，他和他的同类总不免以这类活动消遣，由于同一阶级的少女防范森严、无法接近，又因为金钱与距离的关系接触不了第二类女子，余下的便只有那些当奴隶的小妮子了，那些被白种女主人调教得干净利落的做家务活的侍女或者是从田野归来还在出汗的干农活的姑娘，年轻人驱马上前招手把监工叫出来对他说让朱诺或是密赛莱娜或是克罗里[①]上我那儿来一下，接着便策马向前进入树林下来等着。不：那准是因为有一个仪式，举行了一个仪式，当然，是跟一个黑人，不过总还是一个仪式；这无疑是邦所想到的。因此我能够想象他，想象他做此事所用的方式：他对待亨利那乡下人的灵魂与心智的天真的负面感光板的方式，他用缓慢曝光的办法来透露这隐秘景况，一点点经营，以构成一幅他希望保留与接受的图景。我能看到他逐步败坏亨利，把他带引到优雅的外缘，事先不打招呼，不作警告，带进事后的假设，慢慢向亨利透露表面现象——这建筑有一点点古怪，有一点点女性味道的艳丽，因此在亨利眼里显得奢华、肉感与邪恶；提起来口气里那大笔财富是按一船船货计算的，来得也容易，而不是汗流浃背的人体在棉花地里一寸寸费劲地挪动得来的；千百个车轮闪闪发光，风辇里，女士们后妃般端坐着，在人们面前惊鸿一瞥而过，像一幅幅画像，她们身边的男士衬衣更细气、戴的钻石更熠熠闪亮、穿的细呢衣服也更掐身一些，礼帽往后架得高一些，凛然不可侵犯，拒人千里之外，为亨利见所未见的：而那位导师呢，为了导师他不仅舍弃了门第、亲人而且也包括衣食住行，他曾亦步亦趋地模仿导师的衣着、步态与谈吐，连同其对女人的态度还有荣誉感和自尊心，导师如今盯着他，以那冷静、猫一般难以测知的老谋深算，注视着那凝定下来的局面，然后告诉亨利，'可是那算不了一回事儿。那仅仅是垫个底儿，打个基础。谁都会有那样的事的'于是亨利说，'你是说，这不算正式的？那还得在这档子之上，比这更高级，比这更优选？'于是邦说，'是的。这仅仅是打个底。谁都会有这样的事。'一场对话，没有字语言词，它会定影然后不涂抹这图景的一丝一毫便能把这个背景除去，除去背景后，底版又是焕然一新，洁白无瑕的了：底版很听话，具有清教徒对任何事物都很谦卑的那种态度，这已是一种心态而与逻辑、事实毫不相干了，那人，底版后面在挣扎并感到窒

① 这三个名字都源自古希腊罗马神话或历史，都有显赫的身份。朱诺是朱庇特之妻，是女主神；密赛莱娜是皇帝克洛蒂乌斯第三个妻子，以荒淫无度闻名。克罗里音近克罗里斯，这是希腊神话中的花神。这些名字用作女奴名显然有反讽与嘲谑之意。

息的那颗心在说我愿意相信！我愿意！我愿意！不管它是真的或者不是，我都愿意相信！同时在等待下一幅图片，那位导师、败坏者想让底版显示的图片：在下一张图片被定影与接受之后导师会再次说，这一次也许用词语了，仍然望着那张清醒与沉思的脸，但是因为对那种清教徒传统有认识与信任他仍然很有把握，这传统准是显示出了不赞成的意思而不是惊讶甚至也不是失望，还显示出毫无反应的模样却没有让这不赞成组成为惊讶与失望。导师说：'可是即使这次也还不是那回事'：于是亨利说，'你的意思是，那要比这个高，还在这之上？'因为他（邦）这时候会开口了，懒洋洋，蛮像是意味深长，如今他亲自登场，让底版上显现他愿意让人看到的模样；我想象得出他是怎样做的——那份深思熟虑，那种外科医生的机警和冷静超然，曝光很短促，短促得有意让人不懂，几乎像是跳动的断奏，那底版也不清楚整幅图景会显示出什么来，只让人看到几眼印象却抹杀不了；——一辆两轮轻马车、一匹坐骑停在一处关闭的、古怪的修道院似的门前，周围的环境有点颓废，甚至带几分邪气，邦漫不经心地提了提老板的名字——这，可是很微妙的再一次败坏，办法是往亨利的头脑里灌输进这样的意识：一个见过世面的人和另一个这样的人在说话，亨利知道邦相信邦即使只讲只言半语亨利便会心领神会，亨利这清教徒还必须不动声色，万万不能显露出惊讶或懵里懵懂的样子；——一个紧闭、空白的外表，在水汽氤氲的早晨阳光下半睡半醒，被淡淡与模棱两可的语气暗示这里面有些神秘、古怪、不可名状的欢愉。亨利不了解他见到的是什么，仿佛对他来说，这衰颓中的光秃秃、墙皮剥落的障碍物，对心灵——这司管权衡与扬弃的知性——的理解与探寻，并无补益，相反，对于所有青年男子鲜活的梦与希望的某些基本的盲目与无理性的根基，却是个直截了当与真正的打击——是一排脸庞，摆得像个花市，那是动产的最高级形式[①]，是专门为了那样的出售而由两个种族培育成的人类肉体——是由薄命花的脸庞组成的一个走廊，两边是神色阴郁的监护老太婆和身材体型优雅的美少年，他们像食肉动物般贪馋，而（此时此际）又是色迷迷的：这幅图景让亨利迅速瞥见，它曝光很短促接着便给抹去，那位导师的声音仍然是平淡、悦耳、莫测高深的，仍然假定是一个见过世面的人在和另一个同样的人谈他们

① 指混血妓女。下面还提到老鸨与拉皮条者。

彼此都理解的某件事情，仍然在倚仗和利用那清教徒外乡人唯恐暴露自己的惊讶或无知的恐惧，导师了解亨利的程度要大大超过亨利对导师的了解，而亨利也确实没有暴露，仍然压抑住那恐惧与悲哀的第一声叫喊，我愿意相信呀！我愿意！我愿意呀！是的，就那么短促，还不等亨利来得及明白他看见的是什么，不过如今在慢下来了：现在，邦一直在苦心经营的那一瞬间就要来到了：——这里有一堵墙，是无法攀登的，有一扇门，是重重地锁上的，那位严肃而又深思的乡村青年耐心地等待着，观看着，还没有开口问为什么？也没问是什么？门是用粗重的桁木拼成的可不是那种花边般的铁格子，他们再往前走，邦在毗邻处一个小小的门口敲了敲，里面冲出一个黧黑的汉子，活像从表现法国大革命的一幅古老木刻里走出来的，此人忧心忡忡，甚至有一点点吃惊，他先看看天光然后看亨利又用法语和邦说话，亨利不懂这种语言，邦的牙齿闪了几下接着他用法语回答：'跟他？一个美国人[①]？他是客人；我必须让他选择武器可我又绝对不愿用斧子决斗。不，不；不是那回事。我只不过是要钥匙。'只不过是要钥匙；于是，那扇厚重的门在他们身后关上了，倒不是把他们关在外面，又高又厚的墙垣上方没有低处城市的影子或迹象，也几乎没有一点城市的声音，迷宫般花团锦簇的夹竹桃、素馨、马缨丹、金合欢又重新覆盖住那行裸露的土地，土地用压碎的贝壳打扮得整整齐齐，耙扫得一丝不苟，此刻只有刚种上东西的棕色地块露了出来，而那声音——导师如今靠边上一站观察着那张严肃的乡土气的脸——那声音漫不经心像讲轶闻似的听着很舒服：'要按老例，就得背靠背站着，右手持枪，左手捏住另外那件斗篷[②]。号令一下你开始迈步等你感到斗篷绷紧了你就转过身来射击。虽然时不时也有人宁愿用刀子与一件斗篷，但那是在血气特别旺盛而那血又仍然带农民本色的时候。他们头上顶着同一件斗篷，你明白吧，面对面，各人用左手捏住对方的手腕。不过我从来不用这个办法'；——漫不经心，闲聊天似的，你懂吗，等候着那个乡巴佬迟迟而来的提问，其实此时，在提问之前，他已经知道了：'你们——呃，他们，一般是为了什么而决斗呢？'

"是的，亨利这时候也会知道了，或是相信他现在已经知道了；此刻他没准会认为是高潮后的一个突降，虽然不见得如此，它可能是任何别的唯独不

① 新奥尔良曾是法国属地，那里有不少法裔居民，故有此语。

② 在美国内战前，决斗在新奥尔良仍然流行。

至于如此，不会是那最后的打击、最后一锤子、那最后的一笔，不会是外科医生般精细的收尾，病人此时已饱经折磨的神经甚至都察觉不出了，不知道头几下严重的打击才是漫不经心与粗重的。因为有过那次仪式。邦知道那才是亨利会拒绝，会觉得难以接受与容忍的事。唷，他可精明了，几星期来亨利开始明白自己对此人了解得越来越少了，这个他简直不认识的陌生人如今沉浸在、专注于这次拜访形式方面、几乎是礼数方面的准备上，对一件新外套是否合身挑剔不已简直像个女人，这外套是他打算为亨利定做的，他强迫亨利为这个场合穿上它，这件外套会决定亨利这次来访将接受的全部印象，即使他们当时连大门还未迈出一步，亨利连一眼都还没有见到那女人：而亨利，这个乡下人，这个弄糊涂了的人，已经被置于微妙的潮流之上，涌向这样的分野处，要就是背叛自己以及全部的出身经历与思想方式，要就是舍弃这个朋友，为此人自己已和家庭、亲人等等一切划清界限；他心里很乱，无依无靠（当时确是如此），他想相信却不知道怎么能相信，他让朋友与导师带领着，穿过某个神秘莫测、阴阳怪气的入口处，他以前见过门前有马和马车，进到一个地方，这儿对于他的清教徒的外乡头脑来说，所有的道德观念都是颠倒的，所有的荣誉感均已荡然无存——这地方为骄奢淫逸、麻木不仁与全无羞耻心而创造出来，创造的也正是这些东西，于是这个乡下小伙子以他单纯、旧日那未经扰乱的准则，这准则将女人分成淑女、娼妓与女奴三类，来看两个注定灭亡的种族的最佳产品，这产品又由它自己的受害者在主宰着——一个是女人，脸像一朵楚楚动人的木兰花，这是永恒的女性，永恒的受苦受难者；另一个是孩子，是个男孩，睡在丝绸花边堆里，这是不消说的，不过全然是主人的一件动产，主人生下他，连身体带灵魂一并拥有可以把他卖掉（如果主人愿意）就仿佛这是只牛犊、狗崽或是羊羔；而那位导师又在观察了，这时候也许甚至是以一个赌徒的身份，在思考我是赢了还是输了？这时候他们退出并且回到邦的房间，一时之间甚至都无力气开口说话，玩不动心机，也顾不上依靠那绝对不能显露惊讶也不能表示失望的清教徒性格了，现在只得指望用堕落本身，用爱来解释了（倘然还能找什么作理由的话）；邦甚至都不能说，'哎，印象如何呀？'他只能够等待，只能等待一个靠本能而并非靠理智生活的人的绝对无法预测的行动，一直到亨利大概总这样说，'无非是一个买来的女人。一个婊子'：于是邦说，口气此时甚至很温和，'不是婊子。可别那么说。真的，在新奥尔良，千万别对她们任何一个用这样的说法：否则你说不定得以自己的鲜血为代价从上千个男人那里去买那个特权呢’，口气可能仍然很和蔼，说不定此刻甚至还带上几分怜悯：是聪明人对任何人类不正义或愚蠢或受苦行为的那种悲观主义与讥诮的智性怜悯：‘不是婊子。而且之所以并非婊子，是因为我们，这一千个人。是我们——这一千个人，我们白种男人——制造出她们，让她们得以出现与产生；我们甚至制订出法律，宣称这八分之一的特殊血液比例大于另外那八分之七。这我承认。也许你会说，可是那同一个白人种族也能把她们变成奴隶，变成劳工、厨娘或许甚至是大田苦力的，要是没有这一千人，像我自己这样没有原则也没有节操的少数人。我们不能，也许甚至也不想，拯救这些人全体；也许我们所救的一千个人[①]连千分之一都不到。可是我们拯救了那一个。上帝可以垂怜到每一只麻雀[②]，可是我们并不僭越自己为上帝，你明白吧。也许我们甚至都不想当上帝，因为每个人也只要这些麻雀中的一只。而且也许在上帝像你今天晚上参观的那样朝这些金屋中的一处看去时，**他**也不会选择我们当中的一个来做上帝的，要知道**他**也老了。虽然**他**以前肯定年轻过，当然**他**是年轻过的，而且像**他**那样存在了那么久，肯定无法不看到许多粗野、乱七八糟的罪孽，那些缺少礼仪、不加约束或不守规矩的事情，他到头来不得不思考，虽然那机会不会多于千分之一里的千分之一，思考有关荣誉、规矩和文明的原则，这些原则是应用在十分正常的人类本能上的，对这本能，你们盎格鲁—撒克逊人硬要称之为情欲，而且在你们于安息日回归到原始状态的洞穴里举行的礼拜里，不管是天恩（你们是这样称呼的）的失落，姑且不说天恩两字已被上天不容的遮掩、解释话语弄得含混不清、模棱两可，还是天恩的回归，它总以腻味的自我贬损与自我鞭笞的呼喊上天垂怜的哭号为先导，对这两者——怨恨或是乞怜——上天都无法感兴趣，甚至是，在最初的两三次之后，连理都不想理了。因此说不定，既然上帝是个老人，**他**也是不像我们那样对你们称作情欲的东西感兴趣的。也许**他**甚至都不要求我们来拯救这一只麻雀，这跟**他**不需要我们为了得到**他**的称赞去拯救一只麻雀道理是一样的。可是我们

---

① 这里指的是一千个白种富有男人所养的一千个混血侍妾。

② 《圣经·新约·马太福音》第10章第29节：“两个麻雀，不是卖一分银子么？若是你们的父不许，一个也不能掉在地上。”

还是拯救了那一只，要不是有我们她准会卖给出得起价的任何一个混蛋，不仅仅是像白人妓女那样拿了钱跟人过一个夜，而是整整一辈子连肉体和灵魂全部出卖，他想怎么用就怎么用她，即便对一头牲畜，母牛或是母马，他都不敢那么野蛮，然后又抛弃、出卖甚至杀掉她，这时她已经人老珠黄，卖不出价钱，养活她都不值得了。是的：这是上帝自己疏忽，没能照顾好的一只麻雀。因为虽然男人、白种男人使之产生，上帝却没有加以阻止。**他**播下种子，由种子她变成了花——白人的血液赋予她白人称之为女性美的体态与肤色，恰好符合一个女性的准则，这准则女王般、完整地存在于地球炎热的赤道深处，在我们白人从树上下来褪掉长毛和深肤色之前许久许久——这准则极其灵活柔顺而且充溢着奇妙、古老、怪异的肉体愉悦（这才是唯一重要的：别的算不得什么），而对这一点，她昨日雨后蘑菇般多的白人姐妹恰恰是怀着充满道义与义愤的恐惧，避之唯恐不及——这准则，就在她的白人姐妹必欲将之转化成一桩经济事务来对待之处，就像某人为了几成利润非要在一家店或是一个企业里摆上一个柜台、一台秤或是一口保险箱一样，这准则发号施令，聪明，懒洋洋的但又是无所不能，从那不见阳光的丝绸床上，床就是她的宝座。不：不是娼妓。甚至也不是所谓交际花：——她们这样的人从小就给精心挑选，小心翼翼地调教培养，照顾得比任何一个白人少女，一个修女都周到，甚至比任何一匹纯种母马都精心，由专人负责，此人给她们以不休不眠的照顾与关怀，连亲生母亲都难以做到。会要一个价儿，这是不消说的，不过出价、接受与不买都是按规矩办的，这规矩可比白种姑娘作为商品出售时要正规得多，因为作为商品，她们比白种姑娘贵重多了，把她们养大、调教好纯粹是为了完成女人的单一目的与任务：去爱男人，让自己漂漂亮亮的，还要善解风情；她们几乎没有见过男人直到被领去参加一次舞会让某位男士看样以至选中，而他这方面呢，不是说要确实有这份财力与愿意舍财而是必须，必须向她提供适当的环境使她可以爱，可以漂漂亮亮，可以善解风情，为了享有这份特权他通常还得担丧命的风险至少是流血受伤的风险。不，不是娼妓。有时候我相信她们是美国唯一真正贞洁的女人，倒不是说真是处女，而且她们坚定地忠于、真实地对待自己的男人不仅仅是直到男人死去或是让她们得到自由，而是直到她们自己去世。能指望做到这一点的娼妓或者是贵妇，你在哪儿能找到？’于是亨利说，‘可是你娶了她。你娶了她。’：于是邦说——

话此时该是说得快些，口气也硬了些，但仍然是温和耐心的，不过话里仍然带铁含钢——赌徒还没有到甩出手中最后一张王牌这一步呢：‘啊。那个仪式呀。我懂了。原来是这件事儿。客套罢了，跟儿童游戏没什么两样的几句套语，由为了满足需要而应运出现的某个人来念诵：一个伛偻的老妪在由一缕燃烧的毛发所照亮的洞穴里念念有词，所用的语言连那些姑娘自己也已不懂，说不定连老妪都不知其所以然了，这仪式的诞生与她的经济状况毫不相干，也跟她某个灰子灰孙的经济状况不相干，完全是因为我们太好说话，容忍了这样一场闹剧，才使她有恃无恐，坚信仪式完全是出于自愿的；其实仪式既不赋予任何人以新的权利，也不剥夺谁的旧有权利——这仪式就跟大学男生半夜在一些秘密房间里做的恶作剧同样毫无意义，甚至奉用的图徽象征也同样是古旧与早被遗忘的，难道不是这样吗？——你称那是一次婚礼，其实，你跟一个花钱招来的妓女共度春宵邂逅一回，不也需要同样的对一个（临时借用的）私人房间的宗主权，也需要同样地脱下同样那几件衣服的程序，也需要在一张单人床上进行同样的交合吗？为什么不把那也叫作一次婚姻呢？’于是亨利说：‘噢，我懂。我懂。你给我出二加二的算式，你告诉我该得出五，结果也果然得出五。可是结婚仍然是个事实。假设我将一份责任托付给一个不会说我所用的语言的人，这责任用他自己的语言向他交待而我也认可了：那么，因为我恰好不懂他真诚地接受我委托时所用的语言，我就可以少担一些责任吗？不，只有更多，只有更多。’于是邦说——此刻是在打出王牌了，此刻声音很柔和：‘你难道忘了这女人，这孩子，是黑鬼吗？你，密西西比州萨德本百里地庄园的亨利·萨德本？你，在这里谈什么婚姻和一次婚礼？’于是亨利说——如今是绝望了，喊出了死不认输的最后一声痛苦呼喊：‘是的。我知道。我知道那一点。可是它仍然存在。这是不对的。不能因为是你做的就算是没错。即使是你也不行。’

“全部的情况就是如此。全部情况应该就是这些；四年之后那个下午的事应该发生在第二天的，那四年，那段间隔，仅仅是个反高潮：是一个已经成熟的结局的稀释与延缓，使之然的是那场战争，是合众国重大（也是不可避免的）命运的那次愚蠢而又血腥的偏离正轨，也许原因还有家庭灾难的因素，这样的灾难，除了其他一切情况之外，总是古怪地在因和果之间没什么联系，当命运堕落到以人的生命作为工具与材料时，它总有这样的特征。总之，亨利等了四年，让三个人都那么拖着，晾着，等待着，希望着，想让邦把那个女的休掉，解除掉那场婚姻，他（亨利）承认那算不上是什么婚姻，其实他第一眼见到那女人和孩子时准已经知道邦是不会解除这场婚姻的。事实上，当时光一点点过去亨利对那场仪式——那总还不能算是一次婚姻——的想法开始习惯时，让亨利感到困惑的也许是——并非因为会有两次仪式而是因为有两个女人；不是因为邦有意要重婚而是明摆着会让他（亨利）的妹妹在后宫里充当嫔妃一类的角色。总之，他等待与希望了四个年头。那年春天他们回到北边来，进了密西西比州[①]。布尔溪战役[②]已经打过，大学里在组织一个连队，从学生里募集。亨利与邦参加了。也许是亨利写信告诉朱迪思他们在什么地方以及打算干什么。他们一起报名参军，你明白吧，亨利看住邦而邦也让自己被监视，也算是缓刑和监禁吧：这一个不敢让对方离开自己的视线，不是因为害怕邦会娶朱迪思而亨利却不在场无法阻止事情发生，而是担心邦娶了朱迪思而他（亨利）在一生余下的日子里老得背上一个思想包袱：他自己这样被出卖却还乐颠颠的，那种喜悦是懦夫未被打败便已投降的喜悦；另一个人也为着那同样的理由，他不可能要朱迪思而不要亨利，因为他必定是从未怀疑过自己任何时候只要愿意，就可以与朱迪思结婚，尽管兄长与父亲都在反对，因为正如我前面说过的，邦所爱与亨利所忧虑的对象其实并非朱迪思。她无非是那个空洞的形象，空荡荡的载体，在这载体里每人都力图保存，不是保存他自己的幻影也不是他对别一个人的幻影而是各自认为对方相信自己应该是的那个幻影——那个男子和那个青年，诱引者与被引诱者，他们相互熟悉，一个诱引一个被引诱，轮番成为对方的受害者，征服者因为自己有力量而被战胜，被征服者又因为自己软弱而战胜，这都发生在朱迪思即或仅仅作为一个少女的名字进入他们的共同生活之前。再说谁知道到底是怎么回事呢？如今又有了那场战争；谁知道，灾难以及它的受害者不会共同考虑与希望，让这场战争来解决这个难题，让势不两立的双方中的一方得到解脱呢，因为年轻人视灾难这个上天的直接行动为唯一途径，倚仗它来解决他们自己解决不了

① 新奥尔良属路易斯安那州，在密西西比州的南面。1860 年圣诞节亨利离家出走，和邦一起去新奥尔良。1861 年春他们回到密西西比州。

② 布尔溪在弗吉尼亚州北部马纳萨斯附近。1861 年 7 月 21 日这里发生了南北战争中第一次重大的战斗。北军伤亡三千，南军伤亡近两千。

的个人问题，这也不是头一回了。

“还有朱迪思：如果不是这样还能怎样解释她呢？当然，邦是不可能在十二天里带坏她，使她变得向命运低头的，邦不仅没有打算带坏她，使她不贞，而且甚至都没有要和她父亲顶撞的意思。不：她绝对不是个宿命论者。两个孩子里她才是那信奉无情的萨德本法规的萨德本家人，想要什么就拿过来只要自己足够强大，而亨利倒像是姓科德菲尔德的，有科德菲尔德家那种婆婆妈妈的道德观和对与错的条条框框；那天晚上，在看萨德本光着脊背跟他手底下一个也光着膀子的黑鬼打斗这场好戏时，亨利在尖叫、呕吐，她却从厩棚上往下观看，冷静、兴致勃勃，萨德本在观看亨利和一个年纪、块头相当的黑小子搏斗时也会是这样的。她不会认输因为她不可能知道她父亲反对这场婚姻的原因。亨利不会告诉她，而她也不会去问她的父亲。还因为，即使她知道原因，事情对她来说也不会有什么不同。她会像萨德本对待想挡自己道的人那样行事的：她会不顾一切地接受邦。我可以想象她甚至会谋杀另外那个女人，如果有必要，不过她自然不会去作调查然后进行一番道德辩论，辨清何者是她需要的何者又是她认为是对的。不过她等了。她等待了四个年头，从他那里得不到一个字，除了通过亨利知道他（邦）还活着，因为亨利不让邦写信给她。他不让写。而邦也不想这样试。现在是缓刑期、监禁期；他们三人都接受这个想法；我不相信在亨利与邦之间要求或是建议过任何承诺。可是朱迪思，她是不可能知道发生了什么事以及为什么的。——你有没有注意过，当我们打算重新构想是什么原因引导男男女女采取行动时，我们如何惊奇地发现自己时不时会归结到一个信念，唯一可能的信念上去：那就是根源还在于某些古老的道德观念，盗窃者之所以偷盗不是出于贪婪而是因为爱？谋杀者之所以杀人也不是出于欲念而竟然是由于怜悯？朱迪思，如今在付出绝对的信任而过去她只是给予爱，在施与毫无保留的爱而过去则是得到轻松自在与骄傲：那种真正的骄傲，不是虚假的那一种，虚假的骄傲把它一时之间的不理解转化为轻蔑与残忍也因此把自己扭曲成愤激与刻毒，可是真正的骄傲却可以不贬损自己的自言自语我在爱，我可不愿接受任何代用品；在他和我父亲之间有点不大对劲儿；如果我父亲是对的，我就再也不见他，要是错了那他会来找我或是派人来把我接去的；如果我能够快乐那我就快乐，要是我必须受苦那么我也是能够受苦的。因为她在等待着；所以她没有花力气去做任何别的事情；她和她父亲的关系也没有些许改变；看到他们在一起的样子，就仿佛邦这个人甚至根本就没存在过——两张同样平静与捉摸不透的脸一起出现在去镇里的马车上，那是埃伦病得起不了床以后那几个月之内的事，就在那个圣诞节到萨德本跨上坐骑随他与沙多里斯领导的团队离去之间那段时间里。他们彼此间不说话，不告诉对方任何事情，你明白吧——萨德本，他不说他已知的邦的情况；朱迪思呢，也不说邦与亨利如今在什么地方，这她是知道的。他们不需要交谈。他们太相像了。他们就像这样的两个人，这两个人变得常常都不需要耳朵或智能的中介就可以相互了解，以至都不再懂得彼此的确切语言了，他们了解得太透彻了，或者说彼此太相像了，用言语来沟通的能力与需要已经因不用而萎缩了。因此她没有告诉他亨利与邦在什么地方，而他也没有发现直到大学连队出发，因为邦与亨利都报名参了军接着又把自己藏匿在某处。他们必定是这样做的；他们准是在奥克斯福仅仅逗留了来得及报名的那点时间，接着便又跨上坐骑动身了，因为全奥克斯福县或是杰弗生镇认得他们的人当时没有一个知道他们是连队成员，倘若不那样做要隐瞒几乎是不可能的。因为如今人们——那些青年的父母姐妹亲戚以及心上人——都从杰弗生镇以外的地方来到奥克斯福——一个个家庭，带上食物、被褥与仆佣，在奥克斯福本地的那些家庭与住宅之间的空地上露营，来观看他们子弟漂亮的前进与后退等军事演习，这些家庭，富有的、贫穷的、贵族们以及红脖梗[1]们，全都给吸引来了，来看也许是人类全部集体经历中最最动人的集体景观，比起如许多处女即将成为某些野蛮人原则和某些普里阿普斯[2]的祭品的场面，这景观要精彩得多了——来看年轻人，看他们矫健轻捷的身骨、他们穿上黄铜、羽毛作饰的华美军衣那一副英气逼人得不真实的血肉之躯，看他们开赴战场。况且入夜之后还有音乐呢——小提琴与三角铁分布在炽燃的蜡烛之间，四月的黑夜，高高的窗户里飘动着窗帘，带衬架的裙子不加区分地在士兵的普通的灰色袖口或表示官阶的金色杠杠的圈子里旋转，这些官兵属于一支由绅士组成的军队如果说不能算属于一场绅士们的战争，在这里小兵和上校彼此径直以教名相称，不像农夫与农夫在田里隔着停歇的犁头或是在店铺里隔着堆满布匹、干酪和挽马皮带油的柜台，而是像男士与男士隔着

① 指穷苦白人农民，由于长期在烈日下劳动，他们的后脖必然发红。这是一种轻蔑的称呼。
② 希腊神话中牲畜、鱼群与植物的繁衍之神。后被视为好色与猥亵的象征。

女士们扑了粉的端庄玉肩，双方手里还各举着一杯斯卡珀农红葡萄酒或是买来的香槟；——有音乐，一个个白天过去，连队等待出发，每个夜晚总会出现最后一首华尔兹，这是黑夜前（这黑夜不是灾难性的而仅仅是一个背景）闪烁的美丽微光，是青春这个多年生植物最后一个散发芬芳的春天；然而朱迪思不在场，亨利这浪漫派不在场，而那位宿命论者邦也不知躲在何方，这一对监视者与被监视者都不见了：还有这年四月、五月和六月那一次次来临的鲜花压枝的破晓，曙光里总充溢着军号声，它们进入一百扇窗户，里面一百个尚未做新娘的寡妇那压在黑色、棕色或金黄色发绺上的脑袋梦见处女不再沉思，而朱迪思不是做梦人中的一个：还有，这个连里的五个人，登上坐骑，还带着马夫与贴身侍仆，下人坐在一辆运饲料的大车里，五个军人穿着崭新的一尘不染的灰军服，打着旗帜准备作全州之行，这旗是连队的旗帜，一片片丝绸剪好、拼好，但是先不缝上，而是一家家传过去，让连里每个战士的心上人都缝上几针，亨利与邦却又不在这些当兵的之列，因为他们是在连队出发后才参加进去的，他们准是从不知哪儿的藏身之处钻出来，仿佛是从路旁的灌木或是矮树丛里神不知鬼不觉地钻出来的，在前进的连队经过时就那样地插了进去；这两个人——一个是青年另一个年事稍长，这青年如今已两次被剥夺了他的一切权利，烛光琴影中本应有他的身影，接吻与苦苦流泪也应该有他的份，他也本该是一名连旗守卫者，这些卫士要带着未缝好的旗帜遍游全州；而那个年事稍长的人则是根本不应该侧身其列的，他挤在里面显得老了点，不管在年纪方面还是经验方面都是如此：说到这个心态与精神上的孤儿，他的命运显然是得待在某个边缘地带，置身于他肉体所在处与他心态与道德装备想去处的半当中——他这大学生，却仅仅因为背后有太丰厚的岁月积淀不得不进入一个特别学究气的法学班，这个班只有六名学生；在战争中，又靠了那同样背景被送进有官阶的小圈子。甚至在连队第一次交火前他就当上了尉官。我不认为他要当官；我甚至都能想象他打算摆脱掉，想拒绝接受。可是官衔就是落到他的头上，他又一次孤儿似的被这形势孤立，这就是他的命运而他也总是为这局势所左右——这两人如今成了领导与被领导但仍然是监视者与被监视者，他们等待着什么但又不知道那是什么，不知道等候在他们之间的是命运、命数的什么行为，是何等样的法官或仲裁者的什么不可改变的判决，看来稍轻一些的举动是不能解决问题的，任何两可或是转圜之类的做法也是不能满足要求的——一个是军官，是中尉，他拥有小小的特权能够在那儿说一声你们上，至少是可以让他指挥的那个排冲在自己的前面；另一个是小兵，他把肩胛被打穿的那位军官背在背上，当时整个团在匹兹堡兰丁[①]北佬的炮轰之下撤退，把这军官弄到安全地带，显然为了唯一的一个目的：继续监视两年，同时写信给朱迪思告诉她他们两人全都活着，仅此而已。

“再说朱迪思。她现在独自一人过日子。也许她从上一年那个圣诞节以来甚至从上两年、上三年、四年前起就是一个人过的，因为虽然萨德本此时已随着他和沙多里斯的那个团出征，而那些黑人——也就是那些野种，他用他们创造出萨德本百里地庄园——已追随南来的头一支北佬军队穿越杰弗生镇而去，她倒绝不是生活在孤独之中，首先，有在窗板紧闭的房间里躺在病榻上的埃伦，她以那种吃惊与消极的不理解态度在等死，这自然需要像对待幼婴似的给予毫不松懈的关注；其次，她（朱迪思）还得和克莱蒂一起开辟与侍弄一块勉强称得上菜园的土地，好让大家活下去；还有沃许·琼斯呢，他住在河床洼地里一个废弃、衰朽的打鱼棚里，那还是在头一个女人——也就是埃伦——进入萨德本的房宅也是最后一个打鹿与熊的猎人退出去之后萨德本盖的，这时候萨德本允许沃许跟他女儿还有那外孙女小娃娃在这儿住，让他干园子里的重活，时不时得给埃伦与朱迪思后来只是朱迪思送去些鱼和野味，沃许如今甚至还进入大宅子呢，而在萨德本出征之前他可从未到过比厨房后面那个喝斯卡珀农红葡萄酒的凉亭更挨近宅子的地方，在凉亭里星期天下午他总跟萨德本从泉水桶里镇凉的小口大肚酒坛里舀酒喝，这泉水是沃许从几乎一英里以外拎来的，萨德本躺在桶板编就的吊床里说话，沃许背靠一根柱子蹲着，时而发出格格笑声时而哄然捧腹；——不，朱迪思日子过得并不孤独，当然也不懒散：还是同样那张看不透的、镇定的脸，只不过如今显老了点儿，也瘦削了一些，这张脸曾和她父亲的脸一起出现在进入镇子的马车里，那是在大家得知她的未婚夫与哥哥夤夜离家出走后的一个星期之内，为何出走、去向何方无人知晓也没人打听，正如此时她进城时没人打听一样，她一身翻改过的衣服，当下所有南方女子都这样穿，仍然坐马车只是如今拉车的是单匹骡子，再往后是一头拉犁的骡子，很快就会换成拉犁的骡子，而且再

① 地名，在田纳西河边。1862 年 2 月南北两军在这里进行了南北战争中的第二个大战役，即夏洛战役，结果北军获胜。双方各死伤一万人。

没有赶车的车夫了，套上骡子就赶车出来，和别的妇女一起来到——这时候杰弗生镇上已经有伤兵了——什么也没有的医院，在这里她们（娇生惯养的黄花闺女，有身份的、从来就无所事事的大闲人）她们清洗、包扎陌生伤兵和死者自己弄得污秽不堪的肢体，并把她们出生房子里的窗帘、床单和桌布做成绷带；——大家谈论自己的儿子、兄弟和丈夫，也许还声泪俱下，至少信心与消息总是有的，这时，没有人问她的哥哥与心上人情况怎样；她也是在等待，和亨利、邦一样，也不知是等待什么，可是跟亨利、邦不同的是，她连为何要等待都不知道。接下去埃伦去世了，这只某个被遗忘的夏天的蝴蝶实际上不存在已有两年了——这只没有实体的外壳，这只不受任何变更或分解影响的阴影因为它本来就是没有一点点分量的：埋下去的不是什么遗体，仅仅是一个形象，一些回忆，在某个安静的下午隐入了那片杉树林，没有钟声也没有柩车，轻若粉尘却不可理喻地躺在一千磅重的大理石墓石下面，这墓石是萨德本（如今是萨德本上校了，因为上一年团指挥官年度选举时，沙多里斯给罢了官）让团里的粮秣车从南卡罗来纳州查尔斯顿拉回来的，俯临一片稀稀拉拉的荒草，朱迪思告诉他说这就是埃伦的墓。这以后，她的外祖父去世了，是关在钉死的自家阁楼里饿死的，朱迪思无疑曾邀请罗沙小姐来乡下萨德本百里地住不过罗沙小姐拒绝了，显然也是在等待着这封信，四年以来从邦那里直接发出的第一个字，而在她于母亲墓石旁也埋下了他的一个星期之后，她亲自把信带到镇上，坐着一辆两轮马车，不过是骡子拉的，如今她和克莱蒂都已学会牵牲口与套车了，她把信交给你奶奶，自愿主动地把信带给你奶奶，她（朱迪思）此时从不去看望任何人，此时她没有朋友，无疑跟你奶奶一样不明白为何她非要选中你奶奶交出那封信；到这时候她可不是瘦削了而是憔悴，现在透过枯槁的、科德菲尔德家的皮肉的确可以看清萨德本家的头颅轮廓了，那张脸早就忘却怎样才能显得娇嫩，不过仍然是绝对看不透，绝对不动声色：没有穿丧服，甚至没有显露出忧伤，于是你奶奶说，‘我？你要我保存它吗？’

“‘是的，’朱迪思说。‘或者是把它毁了。随你的便。你想看就看，也可以不看如果你不想。因为你这个人不惹人注意，你懂了吧。你让自己生下来，你努力这样做却不明白为什么唯独你一直在这样努力，你是在同一个时间与许多人一起出生的，跟他们全都混在一起，就像你想要，你一定要移动有绳索牵着的你的胳膊和腿，可是同样的绳索也跟所有别的胳膊、腿拴在一起，那些人也都想动，他们也不明白是怎么一回事，只知道绳索不听自己的使唤，就像五六个人都想在同一部织机上织一块地毯，只是每人都想把自己的图案织进去；这肯定成不了事，你当然清楚，否则装配起织布机的那些位。就该能把事情安排得稍好一些了，可是这事又非做成不可因为你不断试着做或是只得不断地去试可是接下去突然之间一切都完了你留下的一切仅仅是一大块石头[①]，上面有刮擦的痕迹，倘若有人记得要把那块大理石刮擦几下并且树立起来或是有闲空这样干的话，这以后雨落在它上面太阳晒在它上面过了些时候人们甚至都不记得那名字也不记得刮擦出来的符号想说明什么了，但这也无关紧要。因此说不定假如你有谁可以去看望，越陌生越好，要给他们一些东西——一张纸片啦——某些东西，任何东西，它本身不见得有什么意义而他们甚至也不会读它，保留它，连花点力气去扔掉它或是毁掉它都懒得，但至少它还会是某样东西因为它也算有过这么件事，能让人记得即使仅仅因为曾从一只手传到另一只手，从一个人的头脑传到另一个人的头脑，再说它至少是些刮擦出来的痕迹，某种，某种能在什么东西上留下记号的东西，这东西曾经存在理由是某一天可以死去，而那块大石头却不能现在存在因为它永远也不能成为曾经存在因为它永远也不可能死去或是灭亡……’于是你奶奶盯视着她，盯视着这张看不透、平静、绝对安详的脸，并且高声喊道：

“‘不！不！不能那样！想想你的——’而盯望着奶奶的那张脸，什么都明白，仍然安详，连一点愤慨都没有：

“‘噢，我？不，不会那样做的。因为总得有人照顾克莱蒂，不久后还要照顾父亲，他回家后是要吃要喝的，因为事情不会拖得太久了他们如今已经开始相互开火了。不，不会那样做的。女人不会为了爱去做那样的事。我甚至也不相信男人会那样做。现在不会，至少是。因为现在没有任何多余的空间，可以让他们去，不管那是在什么地方，如果真有这样地方的话。那儿准是已经满满登登的了。客满了。就像那是一个剧场、一个歌剧院，假若你指望找到忘却、消遣和娱乐的话；又像一张已经太挤的床，假如你想要找一个

① 指墓石，下面所说“刮擦”指铭刻的文字。

机会可以安安静静躺下，睡呀睡呀睡呀’——”康普生先生移动了一下。昆丁半欠身子，从他手里接过那封信并在昏黄、虫子弄污的灯罩下打开它，小心翼翼地，仿佛那张薄片，那张干枯的方页，不是一张纸而是还保留着原先形状与体态未经触动的灰烬：与此同时康普生先生的声音还在继续但昆丁却已听而不闻：“现在你能明白我何以，说他爱她了吧。因为还有别的信，为数不少，华丽、花哨、慵倦、频繁而且言不由衷，让人亲手递交，穿过奥克斯福与杰弗生之间的四十英里，在那头一个圣诞节之后——一副大都会浮华少年懒洋洋细巧精致的奉承（对他来说，还不是废话一篇）姿态，对着那位村姑——而这村姑却自有女性深刻与绝对无法解释的平静、耐心的超凡洞察力，在其面前，大都会浮华少年虚夸的装腔作势不过是顽童的滑稽小动作而已，她收到这些信却不理解它们，甚至都不等下一封信来就把它们扔掉，尽管它们文辞、比喻上都极尽花哨、华丽之能事甚至装腔作势得令人生厌。然而却保留了这一封，这封准是在四年间隔之后像平地一声雷般收到的，她认为这一封值得交给一个陌生人保存，或是不保存，读，或是不读，连这也由陌生人视情况而定，以便留下那刮擦的痕迹，那在‘湮没’的空白表面上不消失的记号，而湮没恰恰是我们所有人都注定要得到的命运，关于这一点她曾说过——”；昆丁听着但是却没有用心往里听，他在辨认那淡淡的细长的字迹，这不像是由一只曾是活生生的手写在上面的而像是一个投影，在他看的前一瞬间显现在纸上，当他仍然在看时可能就变淡与消失不见：是死去的语言在说话，经过那样的四年然后又过了几乎五十年，温文尔雅、讥诮得古里古怪以及无可救药地悲观，既无日期也不见称呼与签名：

假若我称此信乃是来自失败者，更不用说是来自死者的一个声音，小姐定能看出，我对你我双方均无侮辱之意。事实上，如果我是一位哲学家，我应该从小姐此时手持之信演绎与推论出对时代的一个不寻常与机敏的评论以及对未来的预卜——此笺系一便条纸，小姐可见到上有日期为七十年前之最佳法国水印，乃是从一破落贵族洗劫殆尽的大宅里抢救（小姐愿说是偷亦未尝不可）而出；用的墨水则是不到十二月之前新英格兰一家工厂生产出来的上好火炉上光水。是的，确是火炉上光水。这是我们的战利品：它本身又是另外一个故事。请想象一下，我们，各色人等组成的一群人形稻草人，我不愿用饥饿二字因为对于一位女士，有身份的也好平头百姓也好，在我主诞生后的一八六五年地处梅森－狄克森线[①]之南，提这两个字纯属多余，就如同说我们是在呼吸一样。我也不愿说是衣衫褴褛或者甚至是连军鞋都没有，因为我们缺少二者很久都已经习以为常了，只不过，感谢上帝（此事倒恢复了我的信任，也许不是对人性的信任但至少是对人的信任）人其实并没有习惯于艰苦与匮乏：仅仅是头脑，是粗野、无所不吸收的、腐肉般沉重的灵魂，才会变得习惯；肉体本身，感谢上帝，从来不会厌恶对肥皂、干净内衣的那种习惯已久的良好感觉，也不会反对让脚跟与土地之间隔着一些什么以便使自己的脚与兽足能有所区别。因此就算我们需要的仅仅是军火吧。那么，想象一下我们，一群稻草人怀着以稻草人的狠劲构想的一个乱七八糟的计划，这种拼命精神不单必须起作用而且确实起了作用，原因是在人或是天堂的面前已绝对没有可选择的余地，不论地面上还是地底下都没有一个安身之处，让失败可以稍作休整、喘息或是葬进坟墓与陵冢；且说我们（这些稻草人）把东西搬下来，兴高采烈，吵闹异常是更不消说了；想象一下，我说，那战利品、猎获物吧，装得满满的十辆没有武装押送的随军商旅车，众稻草人把一个一个又一个漂亮的箱子推下车，每一个箱子上都印着那个U.与那个S，四年来，这两个字母对我们来说就是肥肉的象征，谁打赢便取而食之，是饼和鱼[②]，有如往昔那光辉的**前额**，又像那**荆棘冠冕**[③]的光环；众稻草人用石块、刺刀甚至光赤赤的两只手来对付箱子，终于把它们弄开你道是找到了——何等宝物？火炉的上光水。不知多多少少加仑最佳火炉上光水，没有一箱生产期是超过一年的，无

① 马里兰州与宾夕法尼亚州之间的分界线，亦即不蓄奴州与蓄奴州之间的界线。梅森与狄克森是当初勘定界线的两位英国科学家的名字。

② 见《圣经·新约·马太福音》第15章第35节：“他（耶稣）就吩咐众人坐在地上。拿着这七个饼和几条鱼，祝谢了，掰开，递给门徒，门徒又递给众人。众人都吃，并且吃饱了。收拾剩下的零碎，装满了七个筐子。吃的人除了妇女孩子，共有四千。”

③ 指受难时的耶稣。《马太福音》第27章第28节：“他们给他（耶稣）脱了衣服，穿上一件朱红色袍子，用荆棘编作冠冕，戴在他头上，拿一根带子放在他右手里。”前面所说的“前额”，当指耶稣的眉额。

疑，准是按照某项迟到的修正战地命令仍然想追赶上谢尔曼将军[①]，让他在纵火烧房屋之前先把炉子擦亮呢。我们笑得直不起腰。是的，我们大笑不止，因为在这四年里我至少学会了这一点：还真的要有一个空空如也的肚子才能笑得出来，只有当你是挨饿或是担惊受怕的时候你才能从大笑中攫取出某些最终要义，正如只有号饥的肚腹才能从酒里攫取到某些最宝贵的精华一样。不过至少我们有火炉上光水。我们有许许多多。我们拥有得太多了，因为要说我非说不可的话无须费多大力气，这你也是明白的。因此虽然不是什么哲学家，我得出的结论与占出的卜兆是这样的：

我们等待得太久了。你定会注意到我可没有侮辱你，用我等待得太久了这样的言辞。因此，既然我没有用只有我一人等待这样的话来侮辱你，我也就不再添上等着我这一句了。因为我说不准何时可以指望回来。因为曾经如何是一回事，而现在不是因为它已经死了，它一八六一年就死了，因此如今怎样——（啊，他们又开起火来了。这——我是说提这件事——也是多余的，就像提醒该呼吸了或是军火没有了一样。因为有时候我觉得交火从来就没有停下过。当然，它没有停过；我说的不是这个意思。我是说，后来就再也没有交火了，四年前有过一次枪炮声大作，它响过一阵后来就给遏制了，用昂起的炮口催眠昂起的炮口，它自身那惊愕不已的姿态被凝固下来，再没有重复出现过，如今唯有刺耳惊叫发出的回声受到一名疲惫不已的哨兵滑膛枪掉地声或是那虚脱的身体自行倒地声的撞击，传到空中覆盖着大地，当初枪炮声就是在这里响起的，它必须留在这里因为天宇下没有别的空间愿意接受它。这么说天又要亮了而我也必须打住了。打住什么？你会说。自然，是思想、回忆——注意我并未说，希望——；再一次在时间上没有界限与疆域限制的某个阶段里成为一个集体中没有思想、没有理性的一分子、一个成员，这个集体即使在四年之后，仍旧沉浸于以及显然是痴迷于对往昔和平与丰饶的回忆之中，其阴郁与无法动摇的痴心程度令我无比

① 谢尔曼将军（1820—1891），内战时期联邦军将领，曾参加布尔溪、维克斯堡等战役，率军横越佐治亚州，攻克亚特兰大（1864），于1869年任陆军总司令。

钦佩，回忆中的那香味与声音的具体名称我怕是不能一一记得了，这种沉迷甚至能对缺只胳膊少条腿的威胁都不太在乎，仿佛是拥有某种秘密获得、绝对可靠的不死的承诺与信念的。——不过真是得结束了。）我说不准何时可以指望我回来。因为如今怎样又是另一回事因为当时它甚至都还未出生。而且因为你如今拿在手里的这张纸中古老南方最优秀的事物是已死去的，而你所读的这些字是用新北方最佳（每个箱子上都这么说，是最佳上好的）产品写成的，北方已经战胜，因此，不管它喜不喜欢这种状态，它必将存在，我现在相信你和我，说来也奇怪，会包括在必定要活下去的人群之中。

“这就是全部，”康普生说。“她收到信便和克莱蒂一起用碎料子缝制结婚礼服和婚纱——这些碎料子本来打算也应该拿去做绷带的可是却没有拿去。她不知道他什么时候来因为他自己也不知道：也许他告诉过亨利这件事，在信发走之前给亨利看过，也许他没有这样做；也许仍然就只是观察和等待，这一个对亨利说我等待得够久的了而亨利则对他说那么说你宣布解除吗？你解除吗？而他就说我不解除。到现在已有四年了，我一直提供机会让我自然而然给解除掉，可是看来我是注定要活下去的，她跟我两个都是注定要活下去的；——这番对抗与最后通牒是在一处露营地的篝火旁发出的，最后通牒的正式宣布则是在他们两个几乎得肩并肩地通过的大门口前面：一个很平静，循规蹈矩，说不定甚至是毫不反抗，直到最后一刻也是个定命论者；另一个则毫无自责之意，满腔深深的、执拗的忧伤与绝望——”（昆丁像是真的能见到他们，在大门口面对着面。大门里面原来是个花园，如今一览无余，杂乱不堪，显得粗野荒芜，有一种梦幻般遥远与吃惊的气氛，像是刚从麻药下醒过来的人那张没刮胡子的脸，这片荒地一直延伸到一所大房子的跟前，那里面有个年轻的女子穿着偷偷省下来的碎料缝成的结婚礼服在等待，这大宅也有那种风化剥蚀的荒凉气氛，倒不是给敌方进占过而是成了水灾后流落在一潭死水里一副被遗忘的贝壳——一副空骨架，内里的家具、地毯、亚麻布和银器像涓涓细流似的慢慢流失，以帮助伤残、痛苦的人死去，他们即使命在旦夕，也都清楚，事已至此，牺牲与受苦都是徒劳的了。那两个人骑在两匹瘦马的背上，面对着面，两个男子，都还年轻，涉世不深经历风雨也还不久，满打满算也不能说老但已有老人的眼睛，头发蓬乱，面容憔悴黧黑，仿佛用青铜铸成，而塑造冶铸的那只手却非常节俭甚至啬刻，穿的是褴褛百衲的灰军服，经过风吹日晒，颜色已如枯叶，一个戴着失去光泽的军官穗带，另一个只有普通士兵的袖口，架在鞍鞒上的手枪还没对准谁，两张脸很平静，声音甚至都未升高。你可别越过这根门柱的影子，这根树枝，查尔斯；那位说我这就越过去，亨利）"——接下去是沃许·琼斯来到罗沙小姐的大门口，坐在那匹没有鞍子的骡子背上，朝着洒满阳光和平安宁的街头，大声嚷叫，'你是罗西·科德菲尔德啵？那你最好赶紧上那头去。亨利果真把那臭法国佬给崩了。没气儿了，都跟半扇牛肉差不离儿了。'"

五

那么说他们肯定已经告诉过你我怎样关照琼斯把那头不属于他的骡子牵到马厩边上去，套在我们家的轻便马车前，与此同时，我戴上帽子围好披巾并把大门锁好[①]。这就是我需要做的一切因为他们准已经告诉过你我没有必要带上箱子或是旅行袋，因为我所有的衣服无非是埃伦有时候想起给我的那些而埃伦这时已经去世两年了，而我有幸从姑姑因为发善心或是匆忙或是疏忽而得来的那些外衣也早就穿破了；我只需把大门锁上在马车我的座位上坐好走那十二英里，这条路打从埃伦过世后我再没有走过，而在我旁边的就是那个粗人，埃伦在世时是连从前面挨近宅子都不容许他干的——这畜生生下一代代的小畜生，他的外孙女后来还要取代我，如果说并未占据我姐姐的房子但至少是占据了我姐姐的床榻，而（他们定会这样告诉你）这正是我想要得到的——这畜生他（又是正义的野蛮工具，这正义主管人类的各种事务，它潜入个体，运转得很顺溜，比天鹅绒还柔软；可是一旦受到男人或女人的蔑视便像炽热的钢水那样朝前涌流，全然不管谁是有理的弱者谁是无理的强者，谁是强横的征服者谁是无辜的受害者，对强行派定的正义与真理更是铁面无情）这畜生他不仅要主管托马斯·萨德本的魔鬼命运的各种形态与化身，而且还要在最后提供女性的肉体让他的姓氏与谱系得以埋葬其中——这畜生似乎相信他在我房子前的街上叫嚷流血了开枪了便是尽到与完成了指定的任务，似乎相信他可能给我的任何进一步的信息都太单薄太乏味而且不可能腾出足

---

① 此章仿体部分系罗沙·科德菲尔德对遵照她的嘱咐于晚上陪她前去萨德本大宅的昆丁叙述的故事。

够的时间保证他吐掉嘴里的烟草渣滓，因为在随后的全部十二英里路程中他甚至都不能告诉我到底出了什么事。

唉，我那十二英里的路是怎么走完的哟，那同样的路，在埃伦去世两年后的头一回（或者说是亨利不见四年后或者我扒开眼皮见到亮光吸进空气十九年后的头一回？）什么也不知道，什么也打听不到，除了这些：一下枪声，朦胧、遥远，连方向和来源都辨不清，为两个女人所听到，两个年轻女人，孤单单去一所朽败中的宅子里，这里有两年都未曾响动过男人的脚步声了——一下枪声，接着是她们吃惊地从手里正在做的针线活儿上停下，然后有脚步奔跑与急走声从厅堂以及楼梯上传来，是男人的脚步声：这时，朱迪思刚来得及把未做完的衣服抓起遮挡在自己胸前，门砰地打开现出她的哥哥，这个凶暴的杀人犯，她已有四年未见到而且相信他是在（假如他真的还活着还有气儿的话）一千英里之外：接着他们两人，此前方始感到恶魔遗产的初次打击的这两个受诅咒的孩子，面面相觑，隔在当中是那件抱着的还未制成的婚服。就朝那个场面我坐车走了十二英里，身边是一个畜生，他可以站在我房前的街上旁若无人地对着到处有耳朵竖着在听的寂静叫嚷我的外甥刚刚谋杀了妹妹的未婚夫，可是他却不愿逼迫拉我们的骡子走得比散步稍稍快一些因为‘这牲口不是俺的也不是他的再说它压根儿就没吃饱因为二月里苞谷就丁点儿不剩了’；等终于来到真的大门口时，他准是把骡子勒停了，他先啐了一口接着把鞭子指了指，说‘方才就在那块哟。’——‘什么在那块呀，傻瓜？’我大声喊道，于是他说：‘就是那个嘛’于是我从他手里夺过鞭子抽打骡子。

可是别人无法告诉你我怎样驶过车道，经过埃伦的荒废的长满杂草的花坛来到宅子跟前的，这是一个空壳，一只破茧子（我那时就是这样想的）般的青春和忧伤的婚床，却发现我来得并非太迟如我所想的那样，而是过于早了。宅子的门廊在朽烂，墙皮在脱落，它站立在那里，没有遭到过劫掠，没有被入侵过，没有留下子弹或大兵军靴印痕，不过却好像特为留待某种更沉重的打击：某种比废墟更深沉的荒芜，仿佛这幢房子它曾以钢铁的姿态与钢铁的火焰面面相对，与一场大灾难面面相对，大灾难发现自己不够凶狠，不够厉害，没有扑向前去，却在这副岿然不动、不屈不挠的骨架之前退缩了，在最危急的一瞬间连大火都不敢蔓延向前；在我跑上去进入厅堂时我甚至发现一级台阶上有块木板朽烂了在脚底下倾翻了（或是会这样倘若不是我极轻极快碰触了一下就跑到前面去了的话），那上面的地毯早就和拿去做绷带的床单、桌布一起不见了，接着我看见了那张萨德本家的脸，我叫嚷‘亨利！亨利！你干了什么啦？那傻瓜想要告诉我的究竟是怎么一回事？’叫嚷时我就已经明白，我并非来得太迟如我所想的那样，而是来早了。因为那不是亨利的脸。这张脸萨德本味儿十足，但并非亨利的脸；幽微中有张咖啡色的萨德本味儿很足的脸，挡住了楼梯：而我刚离开明亮的下午，跑进那阴森森宅子雷霆般轰鸣的死寂中，一开始什么都看不见：接着逐渐逐渐那张脸，那张萨德本般的脸，不是逐渐挨近，不是从幽暗中游上来，而是已经在那里，岩石一般，很坚定而且早于时间早于房屋早于厄运早于一切，守候在那里（哦是的，他挑选得很好；他很善于挑选，竟以自己的形象创造了他私人地狱的冰冷的刻耳珀洛斯[①]）——这张脸没有性别或年龄因为它从来就不具有这两点：这也是她生下时就有的同一张斯芬克司般的脸，那晚在厩棚阁楼上挨着朱迪思的脸朝下看的是这张脸，如今她七十四岁[②]了她仍然是以这副脸相对着我看，毫无改动，毫无变化，仿佛这脸连哪一秒钟我要进门它都知道，早就等候在那里，就在我待在那头慢悠悠踱步的骡子后面走那十二英里的全程时，也看着我一点一点走近并且终于进了门仿佛它早就知道（是啊，也许还是它下的命令呢，因为自有那种公正，其摩洛神[③]般的口腹是软骨、嫩肉，统统来者不拒的）我应该来到似的——那张脸把我死死挡住，（挡住的不是我的身体：它仍然在前进，在继续冲刺：而是我，我自己，我们所过的那种深不可测的生活，与之相比，肢体的移动仅仅是一种笨拙、落后的伴随物，就像许许多多不必要的乐器慢了几拍跟着调子本身在拙劣地、业余水平地奏响）在那空荡荡的大厅里，这儿光秃秃的楼梯（地毯亦已不存）升向黑魆魆的二楼过厅，一个回声在这里响起那不是我的声音而毋宁说是那失去的无法挽回的可能发生的事的回声，这样的回声出没在所有的房屋里，所有人类的手砌起的围拢的墙垣里，砌起它们不是为了遮风挡雨，不是为了取暖，而是为了防止世人好奇的窥探，不让别人看到骄傲、野心（对了，还有爱情）激发的古老而又年轻的幻觉所走

---

① 希腊神话中守卫冥府入口的有三个头的恶犬。

② 罗沙·科德菲尔德说这番话是在 1909 年 9 月，这时 1834 年出生的克吕泰涅斯特拉应是 74 或 75 岁。

③《圣经》里所说的腓尼基神，信徒焚化儿童向其献祭。在后世，转喻为“吃人的恶魔”。

的黑暗弯路。‘朱迪思！’我说。‘朱迪思！’

没有回答。我原本也不指望会有；很可能即使在那时候我也没有指望朱迪思会回答我，就如同一个孩子，在懂得恐惧那整整一瞬间之前，叫喊父母亲，其实也清清楚楚知道（这是在恐惧摧毁了所有一切的判断力之前）父母亲根本不在不可能听到。我不是在叫谁，叫嚷什么，而是（试图用叫喊）穿透某种东西，穿透那股力量，那激烈的而又是绝对磐石般坚固与不可动摇的对抗，阻止我前进的正是它——那种存在，那张熟悉的咖啡色的脸，那个躯体（一双光赤的脚在没有地毯的地板上一动不动，楼梯的弧线就在她身后向上延伸）并不比我自己的大，没有移动，没有任何看得出想挪动的意向（她甚至都不将视线从我身上移开因为她不是在打量我而是在看透我，显然仍然是在对着我打穿的那个洞开的门那宁静的长方形深思）似乎在变长并且朝高处的某样东西伸去——不是灵魂，不是精神，而是某种状况，深沉地专注与困惑地倾听着、寻找着某种我自己无法听见也不打算去听的声音的状况——对无法解释的看不见的东西的一种沉思式的理解与接受，那是从比我的种族更加古老与纯洁的种族那里继承来的，这东西创造、假设与形成于我们两人之间那虚无的空中，我相信我已逐渐找到它了（不，我必须找到它，否则在那里呼吸与站立的我会否认我曾出生到人间）：——那个长久关闭、有霉味的卧室，那张没有被单的床（那爱与忧伤的婚榻）在它的修补过的、陈旧、发灰、变红的光秃秃的垫子上是那具苍白、血淋淋的尸体，而那位低垂着头尚未结婚便当了寡妇的女子跪在床边——而我（我的身体）还没有停下（是的，它需要那只手，那种阻挡，才会停下）；——我，自我催眠[①]的傻瓜，仍然相信必须成功的事是会成功的，是不可能不成功的，不然的话我必须像拒绝呼吸一样拒绝神智清醒了，我奔跑着，让自己投向那张神秘莫测的咖啡色的脸，那冰冷、毫不宽容、没有思想（不，不是没有思想：绝对不是没有思想：他自己那颇具洞察力的意志锻铸成了超道德的邪恶的纯而又纯的绝对，被黑人驯顺的血液，而他正是用这血液来跨越邪恶）的他本人的复制品，这是他创造出来与下令在他出外时主管一切的，就像你会见到一只昏头昏脑不知所措的夜航飞鸟扑向一盏坚实、致命的灯那样[②]。‘等一等，’她说。‘你别上去。’我仍

① 原文为“self-mesmered”，其中的 mesmered 当是 mesmerized 的不规范的简略拼法。

② 此半句接本页倒数第 6 行“我奔跑着，让自己投向那张……脸”，这之间的文字是插入语。

然没有停下；那得用手才阻得住；我仍然朝前奔跑，要完成那最后的几英尺，我们像是隔着这点距离互相瞪视，不是两张脸而是作为两个抽象的对立面，事实上我们就是那样的一对，我们谁也没有提高声音，仿佛我们相互说话是没有言词与听力上的局限和限制的。‘什么？’我说。

‘你别上去，罗沙。’这话她就是这样说的：那么轻，那么平静，仍然好像不是她说出了这句话而是房子本身吐出了这几个字——这房子是他造的，他自己的一些脓在他身边把房子造出，这件事通常是得由他身上的汗水来做的，制造出了一些（即使是隐形的）蚕茧般以及附属的外壳，在这里面埃伦不得不像个陌生人似的活着与死去，在这里面亨利与朱迪思不得不当受难者与囚徒，否则就得死去。因为她叫我罗沙，叫的不是那个名字，那个词儿，那个事实。我小时候她就是那样叫我的，就像她叫他们亨利与朱迪思一样；我知道即使现在她仍然光用前面的名叫朱迪思（在提到亨利时也径直这么叫）。她仍然可能非常自然地管我叫罗沙，因为在我所认得的每一个人的眼里我仍然是个孩子。不过不是这么回事。那根本不是她的意思；事实上，在我们站着面面相对的那一瞬间（我仍然朝前冲的身体应该擦过她身边抵达楼梯之前的那个瞬间）她对我比对我所知道的任何一个人都要客气和尊敬；这我在走进那扇门的那一瞬间就已经知道了，在所有认识我的人里只有她不认为我是个孩子。‘罗沙？’我喊道。‘叫我？当着我的面？’这时她碰了碰我，我马上就一动不动了。也许即使在那一刻，我的身体还没有停下，因为我似乎觉察它仍在盲目地冲向那坚实的、然而又是几乎没有分量的实体（她并非身体的主人：是工具；我仍然这么说）那意志的实体，它在阻挡我走向楼梯；没准那另一个声音，在我们头上楼梯口发出的那单独的一个词儿，已经把我们劈开分隔，甚至在它（我的身体）停住之前。我不知道。我只知道当时我整个人似乎在盲目地拼命往前冲，冲入某件可怕的、岿然不动的东西，在那只黑色的阻挡的、果断的手接触到我这白种女人的皮肉时产生了一种让人震惊的反应，非常迅速与急遽，分量远远超出惊愕与愤怒。因为在肉体与肉体的接触里有某种东西，它废止正常秩序下那些迂回曲折的渠道，朝它们拦腰砍下猛烈、绝情的一刀，对此敌人与情人都心中有数因为制造出敌人与情人二者的正是这东西：——接触，而且是接触居中的‘我是’这独自拥有的城堡：而不是接触精神、灵魂；于是那醉醺醺、不受约束的头脑便不由自主地进入这个尘世栖息所的任何一个黝黑的过道。可是让肉体接触肉体，你就等着看阶级也包括种族方面全部蛋壳般薄的禁忌的崩溃吧。是的，我猛地停住——这不是女人的手，不是黑人的手，而是控制与疏导狂怒、倔强的意志的有嚼子的缰绳—马勒——我大叫，不是冲着她而是对着缰绳—马勒；是通过这黑人，这个女人向它说话，仅仅是因为受到震动，这震动还没到愤怒的程度，因为它很快就会变成恐惧，不指望也未得到任何答复因为我们双方都知道我说话并非冲着她：'把你的手从我身上拿开，黑鬼！'

我没有得到任何回答。我们就那样站着——我一动不动定住在奔跑的姿态与动作上，她直僵僵一副凛然不可侵犯的架势，我们两人由固定住我们的那只手与胳膊联在一起仿佛那是根坚韧结实的脐带，在衬映出她的低沉的晦暗前成了一对孪生姐妹。我还是个小小孩的时候就不止一次地看到她和朱迪思甚至还有亨利玩那些粗野的游戏时扭打在一起，他们玩这个（也许所有的孩子都玩的；我不清楚），还有（我这么听说过）她和朱迪思甚至一块儿睡，在同一个房间里不过朱迪思睡床她表面上是睡在铺在地板上的一张草垫上。可是我也听说埃伦不止一次发现她们都睡在草垫上，有一回还都睡在床上。不过我没有见到过。即使是一个小小孩时，我甚至都不愿玩她和朱迪思玩的同一样玩具，仿佛我称之为我的童年的那种扭曲、刻苦的孤独状态教会我（别的教会的就很少了）在我能理解之前要倾听，在我甚至没有听到之前就得理解，也教会我不仅要本能地惧怕她和她的族类，而且对她接触过的那些物件都要躲得远远的。我们就那样站在那里。接下去突然我期待的不再是冒犯，我曾从中本能地发出呼叫；也不是恐惧：而是对绝望自身某种累积性的急于达成。我记得当我们站在那里被那只没有选择能力的手（是的：那也是有感觉的牺牲品就像她和我两人一样）联结在一起时，我喊叫了——也许声音不算响，也没有词语（而且也不是对着朱迪思，你记住：也许我已经知道，就在我进入房屋见到同时或多或少像萨德本那张脸的一个瞬间，也许就在当时我已知道我不能够，不愿意，绝对不可以相信什么）——我喊'连你也这样？连你也这样，大姐，大姐？'我当时等待的是什么？我，自我催眠的傻瓜，走十二英里所期待的竟是——这个？也许是期待亨利，从某扇熟悉他的触摸的门里走出来，他的手压在门球上，脚的分量压在一道熟悉他体重的门槛上：接下去自然发现在厅堂里站着一个不起眼、受惊吓的小人儿，男人女人对她从不多看一眼，这人他自己不见已有四年在这以前也见得不多，他之所以能认出来是不是完全因为那身他母亲曾经穿着很合适的破旧的棕色丝裙，也因为那小人儿站在那里直呼他的教名？亨利会往前走几步并且说‘啊，是罗沙，罗沙小姨呀。醒醒，罗沙小姨；醒醒，’吗？——我，这个做梦者仍然死死不舍弃这场梦就像病人抱紧痛苦那若有若无、难以忍受的狂喜的最后一瞬间，为的是强化病痛消除的滋味，使自己醒来进入一个现实，比现实层次更高的境况，而不是进入毫无变化、老一套的旧时日，却进入一个起了变化以与梦境相符的时代，这时代与做梦者相通，因而成为祭品与被神化：‘母亲和朱迪思在育儿室里跟孩子们在一起，父亲和查尔斯在花园里散步呢。醒醒呀，罗沙小姨；醒醒’？或者不是期望，甚至也不是希望；连梦也不是因为梦不会成双结对而来的，而且我坐十二英里车子来难道拉车的不是凡世的骡子而是某一匹梦魇中的凯米拉[1]般的马驹？（哎，醒醒呀，罗沙；醒醒——不是从过去是、以往一直是的状态，而是从没有过的、根本不可能出现过的状态；醒醒呀，罗沙——不是醒到应该是的、可能出现的状态里，而是到不能够、必定不可以的状态里去；醒醒呀，罗沙，从希望中的状态，罗沙相信尽管没有悲痛，丧失亲人总应举止得体；相信对一个人来说需要的也许不是挽救爱，也不是挽救幸福与安宁，而是挽救当了寡妇所留下的那些——却发现那里没有什么可以挽救；希望能挽救她如同你答应过埃伦的那样（不是救查尔斯·邦，也不是救亨利：不是从他手里救出两人中的一个或者甚至是从两个人手里救出对方）[2]而如今却是太迟了，是会太迟的如果你是从子宫里去到那里，即使是她出生时生命力最最旺盛的高峰期已经在那里，也会太迟；走了十二英里与十九个年头去拯救不需要拯救的，反倒使你自己失落）我不知道，只知道我当时并未找到它。我只找到那个梦境，在那里面，你奔跑身子却无法移动，你想逃离一种你无法相信的恐惧，朝向一个你没有信心的安全状态，这样给禁锢着，不是被梦魇中不断移动、没有根基的流沙，而是被一张脸，这是它灵魂自身的审讯官，被一只手，这是它自己受难的执行者，一直到那个声音分开我们，解除了那道符咒。它只说了一个词儿：‘克莱蒂。’就这样，那么冷，那么镇定：不是朱迪思，而是这宅子本身在重新开口，虽然这确实是朱迪思的声音。哦，我很熟悉这声音，我这个相信悲哀的得体的人；我熟悉这声音就跟她——克莱

① 希腊神话中的狮头、羊身、蛇尾怪物。
② 此处是圆括号里的圆括号。作者的特殊用法。

蒂——熟悉这声音一样。她没有移动：动的仅仅是那只手，我还没有明白过来它已经不在了。我不知道是她挪开了呢还是我奔跑冲出了它的阻拦。不过它不在了；而这也是他们没法告诉你的：我拼命跑，简直是在逃，上了楼没有看见哀悼的守寡新娘只见到朱迪思站在那个卧室关紧的门前，穿着那件印花布裙衫，自从埃伦死后我每回见到朱迪思她都穿这件衣服，一只垂下的手里拿着什么东西；倘若有过悲伤或是痛苦她也已经把它们和那袭未完工的婚服一起，弃置一边了，彻底还是不彻底我就不知道了。'怎么啦，罗沙？'她说，又打出那副腔调了，我再次在大步奔跑的半当中停下，虽然我的身体，装载着虚假的尘土与气息的那辆盲目与没有知觉的手推车，仍然在前进：我竟然见到她捏在那只松松拢起、没想保密的手里的是一张照片，她自己的镶在金属镜框里的一幅小照，这是她送给他的，随随便便、不在意地垂在她身边仿佛这是任何一本读到半当中被打断的消遣读物。

那就是我所发现的。也许正是我所希望，知道（即使是十九岁也知道，我得说倘若不是我那种十九岁，我自己那独特类型的十九岁的话）我应该发现的。也许我甚至不可能要求比这更多，不可能接受更少，这个罗沙即使只有十九岁也准已知道活着是一个永恒、持久的瞬间，当花毯——纱帘在将要发生的事之前软绵绵地垂挂着，甚至很乐于接受最渺不足道与无礼的触动，如果我们敢于这样做，足够胆大（却不是足够聪明：在这里聪明是不需要的）动上一刀把它捅破的话。或许也还不是缺乏勇气：不是怯懦，这怯懦不愿面对存在于这个事实机制的重要基础某处的病症，从那里囚徒的灵魂，瘴气弥漫地涌动[①]着永远向上朝着太阳，绷紧它纤细的囚徒的动脉静脉，又反过来囚禁那火花与梦，当灵魂自由的圆球般、完整的一瞬间映照出和重复着（真是重复吗？还是创造与浓缩成一个脆弱、昙花一现、呈彩虹色的球体）映照出和重复着空间、时间与坚实的地球所有的一切时，火花与梦留下[②]涌动的、无名瘴气的混沌，混沌在如许悠久的岁月里没有教会自己死亡的恩惠却仅仅学会如何创造与更新；接着便死了，走了，消失了——不过那是真正的智慧吗？这智慧能理解存在着一种'可能如此'，它比真实更加真实，做梦者从那

---

① 涌动，原文为 wroil，注家认为正确的拼法应是 roil。

② "留下"，原文此处为"relicts"。按"relict"一词，各种词典均注明系名词，意为"遗孀"、"残余"。在此处，罗沙小姐将其用作动词。

里醒来，不说‘我方才仅仅是在做梦吗？’而是说，那是在指控上天自身了：‘既然醒了就再也无法入睡，那为什么我要醒呢？’

以前有过——你注意过吗？这紫藤，被骄阳挤压在此处的这面墙上，仿佛（光线可阻挡不住它）靠了晦暗众多组成部分里那一个又一个微粒的秘密的摩擦过程，才熏蒸与渗透进这个房间里来的。那才是记忆的实质——感觉、图景、气味：我们用来看、听和抚触的那些肌肉——而不是头脑，也不是思想：记忆这回事是没有的：脑子仅仅回想肌肉摸索探寻的东西：不多一点点，也不少一点点：而它合成的总和往往是不正确的，错误的，只配得上梦这个名称。——你看那入睡者伸出的手碰到床边的蜡烛，如何记起了痛楚的感觉，猛地抽回以摆脱灼烧，而此时思维与头脑却继续入睡，仅仅把这毗邻的热度视作现实逃避的某种无聊的神话：或者是那同一只睡梦中的手，在和某个华美的表面缔结良缘时，被那同一个入睡的头脑与思维改变成从一切经验中扭绞出来的同一件想象的产物。是的，哀伤消失，退走；我们知道那一点——可是问泪管它们可曾忘记如何哭泣呢。——以前有过(他们也不可能告诉你这一点）一个紫藤的夏天。那是个无处非紫藤（我当时十四岁）的春天仿佛所有尚未归顺的春天都浓缩为一个春天和一个夏天：这春夏属于每个呼吸在尘世上的女性，得益于从一切最后时限被推延，受压抑，再次开花的所有那些被背弃的春天。那年是紫藤的大年：所谓大年即是根、花、渴望、时辰与气候的甜蜜结合；而我（我当时十四岁）——我不想硬说开花什么的，这以前还没有男人对之看过——以后也不会——两眼，已不算小孩了但甚至比小孩还不如；比女人更少小孩气但是甚至比小孩都更少女人肉体味儿。我也不说什么叶子——扭曲、苦涩、苍白、蜷缩、总长不大，唯恐生发得青青翠翠，因为这会招致稚嫩的蜉蝣的小儿女私情或是给食虫的雄黄蜂与蜜蜂的黄昏恋提供机会。可是根与渴望，我绝对是有的而且有权利有，因为我不也从那条蛇之后所有没有姐妹的夏娃[①]那里继承到什么的吗？是的，渴望我是有的：某个盲目、完美的精子变出的弯翘蛾蛹啦：因为有谁能说某个长瘤的被人遗忘的根日后不会开花开得花团锦簇好过于花团锦簇好得让人心醉呢，就因为那支被冷落的根是歪歪扭扭地栽下去的，其实它埋在地下并没有死掉只不过是睡着忘了醒来而已。

---

① 见《圣经·旧约·创世记》第3章。夏娃是神所创造的第一个女人，是众生之母，她自然没有姐妹。

那就是我贫瘠的青年时代身份颠倒的那个夏季，（就那段短暂的时期而言，女人心中那转瞬即逝永不复回的春天而言）我好不容易地活着，活得不像一个女人、一个少女，而倒像没准我应该当的一个男人。我当时十四岁，活了十四年光阴，如果能叫这为光阴的话，在我称之为童年时代的那个未定步速[①]的走廊，那不能叫活着而其实是不见天日的子宫本身的某种投影；我孕育，长成，不是变老，仅仅是因为缺乏某种剖腹产术而晚产[②]，因为野蛮时期某种冷冰冰地夹住头颅的产钳，那本应拉动我让我得到自由的，我等待，不是等待亮光而是等待我们称之为女性胜利的厄运，那就是：苦熬加上苦熬、一笔糊涂账、好心没有好报——再往后去仍然是苦熬；我像地下湖里一条瞎了眼的鱼，像隔绝体的火花，火花怎么会有的那鱼都记不起来了，鱼在它昏暗、死气沉沉的洞穴里血液搏动心脏跳动按着那古老与不眠不休的渴念，这渴念都没有语言来表达除了'这过去叫作光亮'，那叫'气味'，那叫'感觉'，还有某些别的什么但都甚至没有传留下蜜蜂或鸟雀的声音或花儿的香味或者亮光或太阳或爱的名称；是的，甚至都不长个儿也没有发育成熟，为光所爱也爱光，可是却单单具备那种狡狯，那种倒错[③]的癌变般扩散的孤独，它将无所不收、无可理喻的听觉取代了其他的一切感觉：因此不像正常的儿童时代那样仪程般越过一块块丈量得准准的里程碑，我隐藏着，虽然是不自觉的，好像脚上套的是子宫里那种潮湿与天鹅绒似的寂静，我屏气敛息，不发出暴露自己的声音，从一扇关紧禁止进入的房门转移到另外一扇，就这样了解到了关于人们在其中活动与呼吸的那个世界我所知道的全部情况，就如同我（那同一个孩子）能通过看一片喷上烟的玻璃得到太阳的概念一样；——十四岁，比朱迪思小四岁，比朱迪思那个只有处女们才知晓的时刻要迟上四年：在这个年纪里整个纤细的精神趋向是一次无以名之、无高潮的中性与不受蹂躏的婚礼——不是寡妇每夜让摆脱不掉的作弄人的死鬼缠住的那种暴行，这本是二十三十四十岁的妇人常做的梦，而是这样的一个世界，这里充满着跟她吸进的光与空气一样鲜活的婚姻。不过那并不是一个处女的骚动不满足的夏

---

① 赛马用语，意同"杂乱无章"或"没有章法"。

② 罗沙的母亲是因难产而去世的。

③ 按说老人才会感到孤独，但罗沙小小年纪便已如此，因此她说这是"倒错"。

天[1]；没有夏天的剖腹产，这手术本该把我从活人身上撕下来，死肉一团甚或是未长成的胚胎：或者是，通过男子起棱的肌肉摩擦的陶醉，也武装和披上甲胄，成为一个男人，而不是一个空心的女人[2]。

那是亨利带他回家那第一个圣诞节之后的夏天，六月暑假那两天之后的夏天，那两天他是在萨德本百里地度过的，接着便骑马上大河边乘轮船回家，那个夏天，我姑姑出走之后我爸爸为买卖上的事得出门于是我被送到埃伦家（说不定我父亲选中埃伦那里做我的避难所正是因为当时托马斯·萨德本也不在家）去住好让她照顾我，我生也晚，正好在我父亲一生中某个上下脱节的阶段里出生，落进他当鳏夫（如今是第二次了）的那双手里，我干活还麻利，够得着厨房的架子，会数汤勺，能给布单子锁边，知道该往搅乳器[3]里放多少牛奶，但是别的什么忙也帮不上了，然而贵贱是娇女儿呀所以是不能单独留在家中的。我从来没有见到过他[4]（我从未见到过他。我连他尸体也都没能见到，我听说过一个名字，我见到过一张相片，我帮着垒起一座坟：如此而已）虽然他上我家来过一回，那头一个新年亨利带他来的，亨利是尽外甥的义务，在他们回学校的半路上来和我打个招呼可我不在家。在这之前我连他的名字都没有听说过，不知道世界上有这么一个人。然而在我下乡去过夏天的那一天，仿佛那次在我家门口的偶然驻足，还真是在我这片渺不足道的土壤上，留下了某些种子，某些细微的毒素，这片土壤也许对爱反应并不机敏（我可没有爱上他；我怎么可能呢？我连他的声音都没有听到过，只听埃伦说起有这么一个人）在刺探这方面也不机敏，你无疑会用刺探这个说法的，在那年新年那个月到六月这过去的六个月里，这刺探把一个实体赋予了那个有一个名儿的影子，这是从埃伦虚荣、饶舌的傻里傻气行为里浮现出来的，还把一个实体赋予了从一个少女的秘密、恍惚的凝眸里映照出的那个连脸目还不具备的形象，因为当时我甚至都未见到那张相片：因为我，不知什么是爱，甚至父母的爱——那是对隐私的亲密、昵腻的持久破坏，是对成长中犟头倔脑的**我**的压制，那是所有哺乳类动物的肉的份内应得之物，这个不懂

① 此语系对莎士比亚《理查三世》开场第一句“如今是我们不满足的冬天”的戏仿。
② 此处套用托·斯·艾略特的诗歌题目《空心人》。
③ 当时农家炼黄油的器皿，一般用石或木制成。
④ 指查尔斯·邦。

得爱的我成了，不是情妇，不是亲爱的，而是甚至超过爱的东西；我成了所有博学的爱的雌雄同序的提倡者。

准是有他留下的某些种子，这才使一个孩子空洞的童话在那个花园变得活生生的。因为当我跟踪她时我并非是在刺探。我不是在刺探，虽然你会说我是的。而且即使是刺探，那也不是出于嫉妒，因为我并不爱他。（我怎么可能呢？我连见都未见到过他。）而且即使我真爱，那也不是女人的那种爱，如同朱迪思爱他那样，或是我们以为她爱的那样。如果那是爱（但我仍然要说，这怎么可能？）那也是母亲们爱的方式，那是在惩罚孩子时，她打的不是这孩子而是通过打自己孩子打邻居的男孩，她的孩子方才狠狠打了那男孩或是被那男孩打了一顿；她抚摩的不是那得了褒赏的孩子却不如说是那位给了沾有手心上的汗水的小钱的无名男士或女士。反正不是像女人那样去爱。因为我不要求从他那里得到什么，你明白吧。而且不仅如此：我不向他奉献任何东西，那才是爱的顶点。哼，我甚至都不想念他。即使现在，我也不知道我曾否明白我从未见过他的面影，除了那张照片、那个影子、在一个少女卧室里的一张肖像：一张装入相框随便放在一张摆满东西的梳妆台上的照片，然而与少女的以及看不见的所有那些百合、玫瑰一同，起着装点、布置闺房的作用（或许这仅仅是我的想法），因为即使在看到照片之前我就能认得出，不，是描摹得出那张脸。可是我从未见到那张脸。我今天甚至都不能从我自己的第一手经历确定埃伦是否看见过它，朱迪思是否爱过它，亨利是否杀死了它；因此无人能反驳我当我说，那不是我当初幻想、臆造出来的吗？——而且这一点我是知道的：倘若我是上帝我会从我们称之为进步的这纷纷扰扰的骚动中发明出某件东西（一件机器也许是）用它来装点每一个平凡的少女的光秃秃的镜台，她们就是靠这点儿——就这么点儿，因为我们需要的也就是这么点儿——这张相片里的脸来呼吸生存的。甚至都不需要脸后面有个头颅；几乎是无名的，只需要一些模糊的暗示：是有一副为某个别人所渴求的某种能行走的血肉之躯，即使仅仅存在于某个一厢情愿的影子世界里。——一张相片，是偷偷看到的，靠了蹑手蹑脚（我的童年时代教会了我这一点却没有教会我爱，而这一点对我很有帮助；事实上，如果教会我的是爱，那是不会对我这么有用的）潜入大白天里空无一人的房间去看它。不是去做梦，因为我就处身在梦境里，而是去熟悉，去彩排那个角色，就像一个不够格然而很热心的业余演员，会在看得见的场景的某个片断里朝舞台一侧偷偷挨拢过去，以听到提示人随时会响起的声音。而且如果是嫉妒，那也不是男人的嫉妒，爱恋者的嫉妒；甚至也不是爱恋者自身，从爱出发去打听的爱恋者，打听，通过细察、玩味、抚触少女孤独的沉思，那是我们称之为童贞的那层纱幕最初的变稀变透；不是跳出来，逼迫羞涩，那原是爱的表露的重要组成部分，而是贪婪地盯着那丰满的、偶然瞥见的胸脯，它因为令人赧颜的睡眠已呈玫瑰色，虽然害羞本身还无须惊醒。不，不是那样的；我不是在打听，我总是走在那些耙扫过、有沙的花园小径上，心想‘这印迹是他的若是没有这只扫除印痕的耙子，但即使有这只耙子印迹仍然在那里，她的在他的旁边，按着一种慢悠悠、相互默契的韵律移动，在这里心与头脑不需要盯视着那温顺的（是的，甘心情愿的）双脚’；我会想‘这幽闭的藤蔓或灌木的窸窣作响的无数只小耳朵听到过那结对成双的灵魂何等样的叹息呢？这紫藤、这沉重的玫瑰的落英的丁香般的雨滴，曾洒落在什么誓盟，什么诺言，什么心仪神驰的约会的火焰上，为之加冕呢。’可是一切中最最好的，比这好得多的，是实际生存与梦也似的肉体本身。哦不，我不是在刺探，我是在我自己灌木或藤蔓隐蔽的避难所里做梦，当时我相信她对着那偏僻处的座位沉思，那上面有他已离去的腿股的看不出来的印痕，一如那湮灭中的沙迹，那阔叶与针叶的千百万指端神经丛，那俯视过他的太阳、月亮般星座本身，那周围的空气，还在某处围裹住他的脚、他一闪而过的身影、他的脸庞、他说话的声音、他的名字：查尔斯·邦，查尔斯·好[①]，查尔斯，即将成为丈夫的人儿。不，不是在刺探，甚至都没有藏匿，本身就是个小孩根本无须藏匿，即使在他坐在她身边时出现也不会看成是一种冒犯，然而也满可以算是个女人，可以上她那里有权被那少女接受为（也许还很高兴，还感激呢）在她面前不用害羞的信任对象，可以交流姑娘间爱谈的爱情方面的事儿——是的，既还可以算是个孩子可以上她那儿去说‘我要跟你一块儿睡嘛’，又够得上是个女人可以说‘咱们一块儿躺着你来跟我说说爱情是怎么回事’，可是并没有这样做因为我本应这样说‘别跟我说爱情的事还是让我来告诉你吧，本人所知道的早就多少超过你这辈子会知道或是需要知道的了。’接着我父

① 邦（Bon）与法语中的“好”（bon）拼法相同。邦来自法兰西文化影响下的新奥尔良，故而罗沙小姐会有这样的联想。

亲回来了他来接我把我带回家去，于是我又成了那个难以归类的人，算孩子吧过头点儿算女人吧又差点儿，穿着我姑姑留下的不合体的外衣，料理着一个不得体的家，此人没有在刺探，没有藏匿，而是在等待，在观察，不是为了报答，不是为了感谢，并不以人们所指的那种爱爱慕他——因为没有希望便不会有那样一种爱；是以（如果那也叫作爱的话）油嘴滑舌的书范围之外的爱在爱；那种爱放弃它从未拥有过的东西——几文小钱，那是施舍者的全部财产然而分量微乎其微对被爱者资产的增加根本不起作用——可我给予的正是这种爱。而且不是给他，是给她的；仿佛是我对她说，'嗨，把这也拿去。你无法像他应该被爱那样地爱他，而且虽然他不会感觉到这一给予的分量正如不会感到它的缺乏一样，然而在你们的结婚生涯里说不定能出现某些时刻，他会发现这个芥子的微粒正如你会在一个熟悉的花坛里发现一片不易看到的发皱的小病苗，于是停下来说，"这是哪儿来的？"；你只需回答，"我不知道。"'这之后我回家去，生活了五年，听到一下回荡着回声的枪响，跑上一段梦魇般的楼梯，接着发现——

嘿，一个女人，穿了套印花布裙衫，平静地站在那扇关上的门的前面，这门她不让我进——一个女人我对她很生疏，任何哀伤也与她生疏因为她不想与哀伤有什么关系——一个女人，说了句'啊，是罗沙吗？'很平静，对着我奔跑中的步子，这奔跑（我现在明白了）开始于五年前，就在他也来到我的家宅之后，他没留下一丝痕迹正如他在埃伦家那样，在那里他仅仅是一个形体、一个影子：还不是一个男人、一个人的形体与影子，而是某样埃伦想要的稀罕物件的——瓶子、椅子或是书桌——仿佛他留在科德菲尔德或萨德本家墙上的那个印记（或者是没有印记）含有对将要发生的事的不祥的预言；——是的，奔跑出从那第一个年头（战前的那一年）那时候埃伦和我谈论嫁妆（那是指我的嫁妆）的事，谈论投降[①]，那是我的投降，所需的全部梦幻般的装备，我可以交出的是那么的少，那是我所有的一切，因为存在着那个'可能发生过'，这是我们想逃脱无法忍受的现实这一大漩涡时唯一的救命礁石；——接着是那四个年头，当时我相信她在等待正如我在等待一样，那时我们过去认知的那个稳固的世界化成了火与烟，和平与安全全都消失不见还

① 这里指的是女子的出嫁。

有骄傲与希望，留下的只有伤残的荣誉军人，还有就是爱。是的，应该有也必定是有爱与信念的：这些，由父亲、丈夫、心上人、兄弟们留给我们，他们带走了骄傲与和平的希望，置于荣誉的前列，就像他们对待军旗一样；这些，是一定有的，否则人们为了什么而战斗呢？还有什么其他东西值得为之去死呢？是的，去死，不是为了空洞的荣誉，也不是为了骄傲甚至是和平，而是为了他们留在后方的那种爱与信念。因为他是必定会死的；我知道那一点，当时就知道，就像骄傲与和平也会不存在一样：否则，又怎么去证明爱的不朽呢？然而不是为了爱，不是为了信念本身，为这二者本身。也许是不包括希望的爱，只有很少值得骄傲的信念：可是爱与信念总比杀人、干蠢事要高尚一些吧，至少还是从被贬损、受指摘的尘土里多少救出些心灵的古老、失去的魅力吧。——对了，发现她站在那扇紧闭的门的前面，这门是不让我进的（就我所知，她自己也不再进入直到琼斯和另一个汉子把棺材抬上楼）那张小照垂悬在她侧边①，她的脸绝对平静，对着我看了一会儿然后稍稍提高嗓音让楼下过厅里能够听到：'克莱蒂。罗沙小姐要在这里用晚饭；你最好多准备点饭菜'：接着又说'咱们下楼去好吗？我还得跟琼斯先生谈谈木板和钉子的事。'

那就是一切。或者毋宁说，不是一切，因为一切是没有的，终结是没有的；我们挨受的不是打击而是它那讨厌的辐射般的反高潮，那从失望的门口清除出的垃圾般的余波。你明白吧，我压根儿没见过他。我连死后的他都没见到过。我听到一个回声，而不是枪击本身；我见到了一扇关紧的门但是没能进去：我记得那个下午我们怎样把棺材从宅子里搬出来（琼斯和另一个不知他从哪儿制造、发掘出来的白人汉子，他们从车棚上拆下木板做成这口棺材；我记得我们吃着朱迪思——是的，是朱迪思：炉灶上还是同样那张平静、冰冷和安详的脸——做的饭菜，就在他躺的那同一个房间里吃饭，我们能听见他们在后院里敲榔子与拉锯的声音，我还见到有一回，朱迪思戴了顶与衣服相配的褪色印花布遮阳帽，在关照他们那东西该怎么打；我记得整个漫长的阳光灿烂的下午他们就在客厅后窗下敲打与拉锯——那慢悠悠让人发疯的呼、呼、呼一下下拉锯声，那呆板的、不慌不忙的槌击声，每一下都像是最后一击却又不是，又响起和恢复了，就在那一刻：疲惫的神经变得迟钝无力，延伸到了绷

① 按当时风俗，这小照应是置放在一只鸡心形金或银的小盒里的，故而能垂悬。

不回来的程度，松弛以至寂然无声了，接着又不得不重新尖叫：直到最后我出去到干活的地方（还看见朱迪思在谷仓场院里一片云般的鸡群当中，围裙兜了起来放刚捡得的鸡蛋）我问他们为什么？为什么要在那里？为什么一定得偏偏在那里？两人都停下活计，时间蛮长，长得足以让琼斯转过身子又啐了一口并且说，‘因为不用大老远地把匣子搭过来嘛’：而且连我的背还来不及转过去他——两个人里的一个——又饶上一句，那是一种感到惊讶的、探索性的惰性推论了，说是‘要是把他搭下来在他周围钉上板子，活儿就会好做多了，就怕朱迪[1]姑娘不乐意哟’）——我记得我们怎样把他抬下楼梯抬出屋子放进等着的大车上，我还试着独自把灵柩的全部重量抬了抬以向自己证明他的确是在里面。不过我说不上来。我也算是执绋者之一，然而我不能也不愿意相信某件我明知不可能不如此的事。因为我从未见到过他。你明白吗？常有某些事发生在我们身上可理智与感觉就是不能接受，正如胃有时不想接受嘴巴已经咽下去的东西因为消化不了——有些事情使我们陡然停住仿佛是某种不可理解的干涉在起作用，就像隔着一层玻璃，透过它我们观察着所有以后发生的事，一目了然仿佛是在一种无声的真空里，然后变稀变淡，不见痕迹；消失了，留下我们，动弹不得，无能为力，孤苦无助；僵着，直到我们可以死去。那就是我。我在那里；我身上的某个部分以有节奏的步伐走着，合着琼斯和他的伙伴的有节奏的脚步，再加上梯奥菲留斯·麦卡斯林[2]，他在镇上不知怎么的听到了消息，还有克莱蒂，我们抬着那只直僵僵的、不听使唤的匣子通过楼梯狭窄的转角，尾随的朱迪思在后面使劲，想让它平衡，我们就这样把它抬下去出了门搭进大车；我身上的某种力量帮着抬起它放进等在那里的大车，一个人是无法抬起它的但是这口棺木仍然无法相信；我身上的某个部分站在雪松沉郁的阴影里开了个口子的泥地旁边听见土块落在木头上那闷滞的丧钟声并且回答了一声不当朱迪思站在墓冢隆起的一端说，‘他是天主教徒。你们有谁知道天主教徒是怎样——’梯奥菲留斯·麦卡斯林接茬说，‘还管什么天主教不天主教呀；他是个当兵的。只要是联邦军人我都有资格为他祈祷’接下去便用他那老人的尖利的嗄声吵闹、刺耳地嚷叫起来：‘没错，

---

① 对朱迪思的简略称呼。

② 福克纳的“世系”里的一个人物，在《去吧，摩西》和《没有被征服的》两部作品中出现，人称布克大叔。

是——福勒斯特[①]！是——约翰·沙多里斯！是——！’我身上的某种东西跟朱迪思与克莱蒂一起走回家，穿过那片夕阳西垂的田野并且在某种古怪的宁静而悬念的气氛中回答了那宁静、低沉的声音，那声音谈到的是播种玉米和砍捡过冬柴火的事，在灯光照亮的厨房里这一回帮着做饭并且也帮着把东西吃掉，而这房间的天花板上再没有躺着的他，然后去上床（是的，从那只坚定、不颤抖的手里接过一支蜡烛心里想‘她方才甚至都没有哭’然后在一面灯光幽暗的镜子里见到我自己的脸并且想‘你也没有哭’），在那幢宅子里，在这里他再次短暂逗留（这可是最后一次了）没有留下他的痕迹，连眼泪都没有。是的，一天他不在。接着他在。接着他不在。真是太短促了，太快了，太迅速了；夏天一个下午的六个小时目击了这一切——这段时间太短促都无法让遗体在床垫上留下印痕，而血是哪儿都会流出来的——如果是有血迹的话，我不清楚，因为我始终没有见到他。就我所允许知道的是，我们没有被害者的尸体；我们甚至都没有谋杀者（那天我们甚至都没有提到亨利，我们中没有一人提到；我也没有说——作为小姨，作为一个未出阁的姑娘——‘他看上去身体好不好呢？’那千百件婆婆妈妈的琐事我连一件也没提，百折不挠的女亲戚就是用这些琐事来和男人的世界抗衡的，在那个世界里男亲戚表现得很勇敢或是胆小如鼠、又蠢又贪或是像个懦夫，他的同伴也据此赞美他或是把他钉上十字架），这杀人犯来到，撞烂一扇门，高声嚷叫出他的罪过然后消失不见，他仍然活着这一事实竟比我们钉进一只匣子的那虚无缥渺的东西更显得影影绰绰——一下枪响，只有回声让人听到，一匹陌生瘦削不驯顺的马，套有笼头，马鞍上却空空如也，马褡裢里有一把手枪、一件破旧的换洗衬衫，一块铁硬的面包，这匹马是两天后在四英里外被一个人抓住的，当时这匹马想闯进他马厩粮草料房的门。是的，不仅如此：他不在，同时他在；他回来了，却又没有回来；三个女人把某件东西埋入土里把它遮盖起来，于是他从未回来过。

现在你会问我我为什么要留在那儿。我原可以说，我不知道，能提供一万条啰啰唆唆的理由，没有一条是真的，能让你相信：——是为了食物而留了下来啦，其实我也能跟在这里一样，能在镇上我自己家里到垄沟和野地里去细细搜索，能开辟出一个菜园来种种弄弄的，更不要说有街坊、朋友了，

---

① 纳·贝·福勒斯特（1821—1877），美国内战时期南方联军的骑兵指挥官。约翰·沙多里斯是当地组成的南军一个团的团长。

他们的接济我可以领受，因为‘需要’是自有办法把我们行为中种种与面子、尊严有关的种种敏感的顾忌撇在一边的；说是为了有庇身之处吗，我是有自己一个屋顶的呀，到这时候开销已经是微乎其微；或者说我留下是为了有伴儿，我在家里原本就有邻居做伴，她们至少跟我是同一类人，我从小她们就知道我而且甚至可以说还要早，因为她们的想法不仅与我的相同而且与我上辈、上上辈的也相同，而在这里与我做伴的是一个女人，她尽管是我的血亲但我不了解她，而且倘若我的观察确保我所相信的是真的，我并不想了解，而另一个，对我也是对我所代表的一切，是那么的陌生，我们简直不仅是属于不同的种族（这一点确实如此），不仅是属于不同的性别（这一点不然），而且是属于不同的物种，说的不是互相懂得的语言，为了一起过日子而不得不说的极简单的言词，究竟什么意思，代表何种意图，居然比动物与禽鸟发出的一些声音彼此间更难揣摩。可是我不再说这些了。我留在那里等待托马斯·萨德本回家。是的。你会说（或者是相信）即使是当时我就已经等着与他订婚了；如果我说不是这样的，你会相信我在撒谎。不过我还是要说我当时没有这样的意图。我等他就完全像朱迪思和克莱蒂等他一样：因为此刻他是我们所有的一切，是我们继续存在、吃饭、睡觉和醒来与重新起床的唯一的理由：知道他会需要我们，知道如我们过去知道那样（我们过去便了解他）他就会马上开始收拾萨德本百里地的残局并使它恢复。倒不是因为我们想要他和真的需要他。（我连一瞬间都没想到结婚，连一瞬间也没有想象过他会对着我看，会见到我这个人，因为他是从来也看不到我的。你尽管相信我好了，因为我会毫无保留地告诉你的，当需要跟你说的那个时刻到来，我会告诉你我是什么时候想到那件事的。）不。甚至都不需要跟他一块儿过的那第一天告诉我们，我们并不需要他，只要有沃许·琼斯住在或待在农场里，就不需要任何一个男人——我料理我父亲的家后他差不多活了四年呢，朱迪思在这边也干着同样的事，至于克莱蒂，她砍起一垛[1]柴和犁起一垄地来甚至比琼斯本人干得还漂亮（至少是更快）。——啊这才悲惨呢，是最最悲惨的事里的一件：那种乏味的沉闷，在心和精神不再具有它们（精神和心）为人们所必须的需要时，它们就会感觉到那种沉闷。不。我们并不需要他，即使是间接地需要，我们

① 原文为“cord”，指128立方英尺，体积可观，所需劳动量相当大。

甚至无法分享他那种狂热的（那种几乎是疯狂的意愿，这是他回家时带来的，那仿佛就在他跨下坐骑之前就已在他身前投射出来，辐照出来）意愿，把家业恢复到原来面貌的意愿，为这家业他曾牺牲了怜悯、温和、仁爱以及所有柔顺的品质——如果他确有这些品质可以拿来牺牲的话，是感觉到自己这方面有所缺乏，也希望从别人那里得到它们的话。不仅如此。无论朱迪思还是我都不需要那样。也许是因为我们不相信这事能够办成，不过我想事情还不单是这样：而是我们如今生存在一种冷漠之中，这几乎是一种平静，就像那盲目、无知觉的土地自身的平静，土地并不觊觎花茎与蓓蕾，也不妒羡它滋育出的富有弹性的草叶那空灵、音乐性很强的寂寞。

因此我们等待着他。我们过着一座一无所有、清苦的修道院里三个修女的那种无事忙的生活：我们的墙垣是安全牢固的，总算是不渗水，即使这些墙管不着我们是否有东西吃。而且处得还挺好，不是作为两个白种女人和一个黑种女人，也不作为三个黑女人或三个白女人，甚至都不作为三个女人，而仅仅是三个活物，仍然有进食的需要但是已不感觉有什么乐趣，有睡眠的需要但是并不能从解除疲劳恢复体力那里得到愉悦，而在三个活物的身上，性已是某种被遗忘的退化现象，就像人们称为扁桃体的发育不全的腮腺或是当初为攀登而发展成至今仍与其他手指相对的大拇指。我们打扫房子，当然是我们所住、所用的部分；我们也打扫托马斯·萨德本回来会住的房间——不是他作为一个丈夫离开时所用的那间，而是他成了没有儿子的鳏夫回来时该住的那间，他缺了后代，他无疑是非常想要后代所以才花了那么大的气力与资财来得到孩子把他们安置在进口家具之间水晶烛枝底下的——同样，我们也打扫亨利的房间，是朱迪思和克莱蒂打扫，就仿佛他没有在那个夏天下午奔上楼梯然后又冲下来；我们用自己的双手播种、侍弄与收获我们吃的粮食，开垦和照料那个菜园，那里长什么出来我们就煮什么吃什么：我们三个人之间没有了年龄或肤色的差别，仅仅是看谁生这个火煮好这锅汤给这畦菜除草或是搬这满兜围裙玉米到磨坊去加工能用最少的时间或是能腾出手来做更多别的活计。真像是三人成了一体，是可以相互置换和不加区分的，我们照料菜园，纺线，织我们穿的衣服，在不出什么东西的沟边寻找和采撷药草，把它们熬成药以维护健康和对付我们有那份胆子与时间所生的疾病，我们逼迫和催促那个琼斯去管好玉米，砍些木头来，这是我们过冬取暖过日子必须要用的；——我们三个，三个女人：我过早就被环境驱赶到锱铢必究的管家婆的身份上去，这种日子真跟在礁石灯塔里当看守人差不多，不过我却连种花养草都没学会，更不要说侍弄菜园了，它只教会我把柴火和肉看成是会自动出现在劈柴箱和食品柜里的东西；而朱迪思，她的环境培育（真是环境吗？还是一百年的细心培养，也许不涉及血统问题，甚至也与科德菲尔德家的血统无关，而显然是得自于托马斯·萨德本硬是以冷酷无情的意志抠出一个壁龛①的那种传统）她要经历那温暖的与世隔绝、保护得极其周到的蚕茧期：先做花蕾，然后当精心伺候着、多子多孙的女后，接下来是晚年平静、生活优裕美满的掌实权却很心慈手软的女家长——如果说我吃亏的是有几年无知无识，那么对朱迪思来说，她受到了十代人钢铁般禁令②的约束，她没有学会过穷日子的第一原则那就是为俭省吝啬而俭省吝啬，她（再加上克莱蒂的撺掇）会做两倍于我们吃得下与三倍于我们供得起的食物施舍给任何一个人、任何一个陌生人，而在这片土地上已经开始有不少散落的士兵来敲门要求施舍了；还有克莱蒂（可不是个不值一提的小角色哟）。克莱蒂，她并不笨，说她什么都行但就是不笨：别别扭扭，无可理喻、自相矛盾：是个自由人，从来没有承认过自己是奴隶，却不知怎样享用自由对任什么都不忠就像那懒洋洋、孤独的狼或是熊（是的，是野的：身上一半是未驯化黑人的血，另一半是萨德本的血：如果'未驯'是'野'的同义词，那么'萨德本'就意味着驯奴者皮鞭那份阴沉、永不合眼的狠毒了）她虚假的表象对恐惧的手百依百顺实际上并非如此，倘若那是忠诚，也仅仅是忠于它自身野蛮性的基本固定原则而已；——克莱蒂以她皮肉的色素本身就代表了那场突如其来的大灾难，这灾难把朱迪思和我弄到当时的那种局面，也使她（克莱蒂）充当她不想做的那个角色，一如她以前不愿当另一种角色一样，正是那种状态，才产生出以解放她为目的的事业，她对新秩序采取不屑一顾的姿态，仿佛有意在我们面前继续充当旧秩序的象征，以此威胁我们。

我们是三个陌路人。我现在仍不知道克莱蒂当时是怎么想的，过的算是

① 此处指其白手建起了一座邸宅。

② 应指基督教"十诫"之类的守则，十诫中有"不可贪恋人的房屋，也不可贪恋人的妻子、仆婢、牛、驴，并他一切所有的。"此诫与下文多少有关。另，《圣经·新约·马太福音》的"登山宝训"中，耶稣说："有求你的，就给他，想借贷的，也不可拒绝。"（第5章第42节）

什么日子，食物是我们一起生产一起烹煮的，衣服是我们一起纺织与缝制的，吃在一起住也住在一起。不过我猜想因为她跟我是公开的，对了，也是彼此尊敬的敌人。可是我那时甚至都不知道朱迪思是怎么想怎么感觉的。我们睡在同一个房间里，我们三个（这样做还不仅仅是为了节省柴火，柴火我们必须自己去抱进来。我们这样做是为了安全，冬天眼看就要来到，士兵们已经开始归来——那些掉队的，倒并非全都是流浪汉和恶棍，可是他们出生入死，失去了一切，受过难以忍受的罪，如今又回到疮痍满目的土地上来，他们再不是出师开拔时同样的人而是已经起了变化——这正是战争带来的精神、灵魂上最恶劣、最彻底的堕落——变化成仅有原来的外形，这样的人因为极度失望与自我怜悯，竟诋毁自己亲爱的妻子或恋人在他出征时被人强奸过。我们三人担惊受怕。我们管他们的饭；我们把自己有的，自己所有的一切都给他们，倘若可能，我们宁愿代他们受伤只求他们肌肤无损。可是我们还是怕他们。），我们一醒来便投身于无穷无尽不胜其烦的杂务，仅仅为了活下去便需完成这些活计；晚饭后我们总是坐在炉火之前，我们三人处在那样一个状态下，仿佛连骨头和肌肉也都累过了头不想休息了，这时候柔弱却又不可战胜的精神甚至把失望也改变、改造成一件破外套似的善忘，我们谈呀，谈呀，谈上百件的事情——我们日常生活里让人厌烦的、经常出现的 triviata[①]，谈上千件事情但就是不谈一件。我们谈到了他，托马斯·萨德本，谈到战争的结束（到此时我们全都能看出来了）与他什么时候能回来，他会做什么：这赫拉克勒斯[②]式的工程将怎么开始，我们知道他必定会自己投身进去，而且无疑会以过去那种冷酷无情驱赶我们一起干（哦是的，这我们也很清楚）不管我们愿不愿意；我们谈到了亨利，轻轻地——以女人家对出门在外的男子的通常那种不起作用于事无补的担忧——他准是担惊受怕了吧，他冷不冷饿不饿呢，谈他就跟我们谈他的父亲一样，仿佛他们俩和我们仍然生活在那个时代，那一下枪声、那些奔跑的发疯似的脚步结束了这个时代，接着又把它的痕迹擦去，仿佛那个下午从来就没存在过。不过我们一次也没有提到过查尔

---

① 此词似是罗沙小姐生造的，应指丈夫出征，自己另寻所爱的女人。按威尔第的歌剧《茶花女》（La Traviata）初演于 1853 年，与罗沙小姐所述之事发生时之 1865 年相距不远，也许二者有关。La Traviata 原意为“误入歧途的女人”、“堕落的女人”。

② 希腊神话里的大力神，以完成十二项英雄业绩闻名。

斯·邦。晚秋时节，有两个下午朱迪思不见了，晚饭时才回来，很安详宁静。我没问她也没跟踪她，然而我知道也知道克莱蒂知道她是上坟那边扫枯叶和清除雪松下棕黄的针叶去了——隆起的土堆正逐渐隐入大地，那底下我们什么也没有埋葬。不，枪声没有响过。那声音仅仅是我们与过去的一切、可能发生的一切之间关闭一扇门的刺耳、断然的碰撞声而已——是事件之流的一个回顾性的中断：是不可称量的时间里永恒凝固下来的一个瞬间，是由三个弱小却又不屈不挠的女子完成的，在那确实做下的事情发生之前，我们反对，拒绝，把那兄弟的猎获物夺走，就在谋杀者的放枪之前把一个受害者放走。我们就在这样的状态下生活了七个月。接着一月间的一个下午托马斯，萨德本回家了；有人在我们为又一年的生产作准备的菜园里抬起头来，看到他顺着车道骑马走来。再接下去有一个晚上我竟与他订了婚。

我只用三个月就完成了这件事。（你有没有注意我没有说他，而是说我？）是的，我，只用了三个月，而二十年来我看他（当我真的看他——不得不看他的时候）总像是个妖魔，是吓唬小孩的故事里的某种野兽；我见到过他的身体已扑向我已故姐姐的身体两者开始在相互摧残，可是我却在第一个机会出现时必得像一条被口哨呼唤的狗那样去到他的面前，那个下午认识我已有二十年的他居然先是抬起他的头接着又停下脚步对着我看。哦，我不为自己辩护，我原本可以（也愿意；是的，无疑已经这样做了）给你一千个似是而非、对女人来说足够好的理由，从女人天性的自相矛盾起，一直到对可能到手的财富、地位的渴望（说不定还是希望），甚或是弥留时仍然没有男人的恐惧，这种心理（人们肯定会这样告诉你）是老小姐常有的，要不就是为了复仇。不，我不为自己辩护。我原本可以回家的可是我没有。也许我应该回去。可是我没有。跟朱迪思和克莱蒂一样，我站在快朽烂的柱廊的前面望着他骑马走近，那是一匹瘦削、疲惫的马，他不像是坐在上面，却像一个幻影似的兀自朝前漂动，挟着一股猛烈、精力充沛的急不可待的刚毅，这是组成那有知觉却没有精神的外壳的老马、马鞍、马靴、枯叶色褴褛不堪的军服连同它褪色、松散的穗带，不能与之相称的，他那股劲头仿佛在他下马时便已赶在他的头里，使他说出‘哎，女儿’同时低下头去用他的胡子碰了碰朱迪思的前额，女儿这以前和这时候都没有动弹，僵僵地、静静地站着，脸上也没有表情，在这股劲头的支配下他们说了四句话，四句简单明了的话可是在它的后面、里面、上面，我感觉到跟那天克莱蒂不让我上楼梯时同样的共同血脉之间的亲密关系：‘亨利不——？’‘不。他不在这儿。’——‘哦。那么——？’‘是的。亨利杀了他。’说完眼泪便哗地流了下来。是的，哗地流了下来，她这之前连啜泣都不曾啜泣过，那天下午她不动声色地走下楼梯以后便一直挂着这副脸色，在关闭的房门前使我从奔跑的半当中停下来的也正是这张冷脸；是的，哗地流了下来，仿佛七个月来的全部累积的重负一下子难以置信地自动从每一个毛孔里喷涌而出（她没有动，连一丝肌肉都没有动）接着泪水消失，全无踪影，快得很，仿佛他笼罩她的那股猛烈、干燥的气氛把眼泪吸干了，速度比涌出来时还要快：他仍然站立着，双手按在她的肩膀上，看着克莱蒂说，‘哎，克莱蒂’接着又看我——还是我以前见到的那张脸，只不过瘦削了一些，还是同样那双冷酷无情的眼睛，头发如今有点花白了，脸上完全没显出认识的表情来直到朱迪思说，‘这是罗沙。罗沙小姨。她现在住这儿。’

这就是一切。他骑马从车道过来重新进入我们的生活没有留下波澜除了那泡喇地涌出、让人难信的眼泪。因为他本人并不在那里，不在我们度过时日的宅子里，不停留在那儿。在那里的是他的外壳，用我们收拾好的房间，吃我们弄出来做熟的食品，仿佛这外壳是既感觉不出床是否柔软也区分不清各种佳肴的质量与滋味的。是的。他人不在那里。某样东西和我们一起用饭；我们跟它说话它也回答问题；晚上它和我们一起坐在炉火前，有时没来由地从某种深深、彻底的沉思状态中惊醒，说起话来，不是对着我们，对六只耳朵和三个能够倾听的头脑，而是对着空中，对着宅子自身伫候着的阴郁、颓败的状态与精神，讲的话听上去就像是一个疯子在胡言乱语，这疯子就在自己棺材的板壁内营造他那神话般的无与伦比的卡默洛特[①]与卡尔卡松[②]。他倒不是离开了这个地方，这块他命名为萨德本百里地、人为专横划出的正方形土地：完全不是这样的。他离开的仅仅是房间，那是因为他必须在另外的什么地方，他身上的某个部分附着在每一块荒芜的田地、坍塌的栅栏与小木屋或棉花房或草料棚倾圮的墙上；他自己举棋不定，给牵扯得心神不宁，一方面是对迟迟不能行动雷霆般震怒，另一方面是知道时间迫切得赶紧行动，就像是

① 英国亚瑟王传奇中的亚瑟王宫廷所在地。

② 法国西南部奥德省省会，该处保存有欧洲最好的中世纪城防工事遗迹。还有十三世纪的古教堂。

他刚刚吸了一口气环顾四周明白自己老了（他当时五十九岁）并且担心（不是害怕：是担心），倒不是担心上了年纪会使他没有精力去做自己想做的事，而是在死之前来不及做。我们早先估计他想做什么事果然没有看错：我们知道他连停下来喘口气都不愿，会迫不及待地投入到修复他的宅子和庄园里去，使它们尽可能恢复到原先的景况。我们却不知道他会怎么去做，我也不相信他自己知道。他不可能知道，他一无所有地回到家中，也回到一无所有之中，比一无所有还少去四年光阴。可是这没能阻止他，没能威胁他。他的愤怒是赌徒的那种冷静、警觉的愤怒，赌徒知道自己反正会输，不过若是顽强、持久的意志只要有一秒钟的松懈那他就是输定了：他纯粹是靠了把纸牌或骰子不断玩转着才使危机不明朗化直到脉象变旺终于时来运转。他没有停顿，没有在当天或头两天让辛苦了五十九年的骨头和皮肉稍稍松懈一下——这头几天他本可以用来谈谈话的，不是谈我们和我们一直在做的事，而是谈他自己，谈那过去的四年（就他流露的片言只语来看，就像是压根儿没打过仗，或者仗是在另一星球打的他没有在那里头冒什么险，也没有因之而流血流汗，受苦受罪）——四年那个自然阶段，通过怒气冲冲、自己都觉得难以相信的叙述，痛苦（虽则并未致残）的失败也会褪去火气，化作某种类似和平类似宁静的东西，叙述（它使人能忍受着活下去）羽毛般轻的分量，在胜利与失败间居然会起举足轻重的作用，这使失败难以忍受，失败出卖了他却又偏偏不杀死他，他活了下来却不能忍受失败了却还活着。

我们几乎看不到他。他天没亮就出去直到天黑还不回家，他跟琼斯还有另一两个人，他好歹从什么地方把他们找出来也好歹付给他们一点什么作为报酬，说不定就是用他当初敷衍那个外国建筑师的同样手段——哄骗、承诺、威胁，而最后是暴力。就是那个冬天，我们开始懂得什么叫‘带毡包的人[①]’，人们——妇女们入夜锁好门窗开始用黑人造反的故事相互吓唬，荒芜、休耕了四年无人收拾的土地更加懒洋洋地闲躺在那里，人们兜里揣着手枪每天到镇上秘密地点去集会[②]。他倒不是这些人中的一个；我记得一天夜晚有个代表团来拜访，他们骑马穿过三月初湿漉漉的泥地来逼他明确表态，到底是和他们一起干还是反对他们，做朋友还是当仇敌：可是他拒绝了、推托了，向他

① 指内战后从北方来到南方，利用重建时期混乱的社会、政治局面捞取巨额利益的投机分子。
② 福克纳著作诠释者认为，这里所写的是三K党最初形成的情况。

们送去（那张瘦削冷峻的脸上毫无表情声音也一点不提高）蔑视如果蔑视正是他们所需要的话，告诉他们如果南方每一个男人做他现在做着的事，好好整治自己的田地，那么整片土地与南方就能得救：说完就带引他们离开房间离开宅子并且毫无遮掩地站在门口把灯举在自己头上，这时候代表团的发言人发出了他的最后通牒：‘这样说不定要真刀真枪打起来呢，萨德本，’而他回答说，‘对这我也习惯了。’哦，是的，我观察他，观察他那老人的孤独的愤怒在斗争，如今不是与倔强但也逐渐变得跟以前一样听话的土地，而是与起了变化的新时期本身能体现出来的分量相抗衡，仿佛他想靠自己的一双手和一块圆卵石拦截一条河：这是为了曾经辜负（真是辜负吗？应该说是出卖：而这一回更将是毁灭）过他一次的那同样错误地认为会得到酬报的幻觉；我现在自己也看得出两者之间的类似之处了，他冷酷无情的傲慢与他对虚荣的华美的渴求，两者都以加速圆圈形曲线活动的形式通向死亡，虽然当时我看不出来。我又怎么能看得出呢？满二十岁了这是不错的但依然是个孩子，仍然生活在那个子宫般的走廊里，世界进到这里甚至都不像一个真实的回声，而是像一个死去的不可理解的阴影，在这里以一个孩子的安静与不惊恐的迷惑，我观看着男男女女——我父亲、我姐姐、托马斯·萨德本、朱迪思、亨利、查尔斯·邦——的幻景般的滑稽戏，戏的名称是荣誉、原则、爱情、丧亲、死亡；这孩子观看着他，不是作为一个孩子而是我们三人，朱迪思、克莱蒂和我组成的母亲－女人三执政中的一员，我们给这死水湾里的空贝壳提供食物、衣着与温暖并因此给那强烈的虚荣幻觉提供发泄出口与空间，于是说，‘我的生命毕竟是有点价值的，即使它仅仅掩护和保卫了一个疯孩子古怪的愤怒。’接下去有一个下午（我在菜园里锄草，那里有一条小路通向厩房场院）我抬起头来见到他在盯着我。他认识我已经有二十年了，可是如今他在盯着我；他站在小路上盯着我，时间是在下午的半腰当中。就是那样：居然是在下午的半腰当中，这时他压根儿不应该在宅子附近的任何地方而是应该在若干里路之外，在他那一百平方英里看不见的某处，别人还没有下功夫把这片地从他手里夺走呢，也许甚至不是在这一点或那一点上下功夫而是分散的（没有变稀变薄而是放大与扩大了，包围着，仿佛在巨大努力的一个拖长、不间断的瞬间拥抱着、紧抓着那十平方英里土地，而这当儿，他将脸转开，从灾难的边缘，勇敢无畏，面向他准已知道是最后的失败），他不在那里，相反，却站在小路上盯着我，脸上有一种古怪、奇特的表情，仿佛在他见到我那一瞬间，场院、小路竟是一片沼泽地，而他事先未得到通知马上要进入亮光底下就匆匆登场了，接着便往下演——那张脸，还是那同一张脸：那不是爱；我不认为那是爱，也不是温柔或是怜悯：仅仅是一次突如其来的顿悟，是得到启示，人家告诉他他的儿子杀了人消失不见了于是他说‘啊。——好吧，克莱蒂。’他继续朝宅子走去。可是那并不是爱：我没有这样声称；我没有为自己辩护，我不为这事辩解。我本可以说他那时是需要我，是要利用我；为什么我现在要愤愤不平呢，莫非他还会更多地利用我不成？我过去没有这么说；我现在可以这样说了吗，我真弄不清楚，反正我实话实说就是了。因为到底是怎么回事我到现在也弄不清楚。他走开了；我当时连这一点也不知道因为精神与肠胃一样，也有一个新陈代谢的问题，在这新陈代谢里，那长期的积累自燃、产生、创造，并将那贪婪肉体的某个处女膜弄破；是的，就在一秒钟之内；——是的，在火红的一瞬间那剧烈的湮灭里全然不知如何用语言来表达‘不行’、‘不愿意’、‘永远也不会’了。这是我的那一瞬间，我当时本来是可以逃开去的但是并没有，我发现他继续往前走了我都不记得他是何时走开的，我发现我那畦秋葵收拾好了却不记得是如何做完的，那天晚上我坐在晚餐桌旁和那个我们已习惯的老像是在梦里云雾中的躯壳[①]在一起（他吃饭过程中没有再盯着我；我当时本可以说：那具不可救药的皮囊把什么梦幻中虚妄的丑恶想法泄露给我们了呢：可是我没有说）然后又像我们每天做的那样坐在朱迪思卧室的炉火前，这时他走进房门看着我们，说，‘朱迪思，你和克莱蒂——’话头停了下来，人还在往里走，接着又说，‘不，不要紧的。你们两个都听着罗沙也不会在乎的，因为我们时间很少手头上的事忙不过来’来到我跟前停下把他的手按在我头上并且（我不知道他说话时看着什么，不过从他声音里听不是看着我们也没有看着那个房间里的任何东西）说，‘你也许认为我对于你姐姐埃伦来说不是个太好的丈夫。很可能你是这样想的。不过即使你不在乎现在我又老了点这件事，我相信我可以答应至少对你我会做得一样好。’

那就是对我的求婚。在菜园里一瞬间的交换目光，在他女儿卧室里把手按在我的头上；一道谕旨，一项法令，一次庄严与华丽的自吹自擂蛮像是一

---

① 指萨德本。

次判决（是的，宣读时也是以同样的姿态），不是让人说让人听的，而是铭刻在一块空白的石头上让人一个个字地辨认，这样的石碑一般总是伴随着一个被遗忘、没有名姓的雕像。我现在也不原谅这事。我不为自己辩护，不要求怜悯，当时我并没有回答‘我愿意’，并非因为没有人问我，而是因为没有回答的地方、一个角落和几分钟。按说这条件我也是可以制造出来的。倘若我有心想要我怎么的也能把那样的小窝亲自开辟出来——这角落营造出来不是为了可以说一声嗲里嗲气的‘好的，而是可以拼命挥舞某件顺手抓到的女人用的武器，她那裂开的伤口本身已经喊出‘不！不！’与‘救命！’还有‘救救我呀！’了。不，不作辩解，不乞求怜悯，这女子甚至都没有动，坐在已淡忘的童年时代里的妖魔那只僵硬的手的下面，听他此时在对朱迪思说话，听到朱迪思的脚步声，看到朱迪思的手，而不是看见朱迪思——那只手掌，在那上面我读到了，一如从一本印成书的编年史，她的孤苦伶仃，她的含辛茹苦以及无人疼爱；那四个艰难、饥馑的年头，得侍弄尽出疵布的织机、锄头以及所有别的本该由男人使唤的工具：在那只手掌上置放着那只几乎三十年前他在教堂里给过埃伦的戒指。是的，这是类似，是似是而非，也是疯狂。我坐在那里感觉到而不是瞧着他把戒指套在我的手指上，这回轮到我了（他这时也坐下来了，坐进我们称之为克莱蒂的那一把，而克莱蒂则站在烟囱旁火光刚好照不到的地方），我听着他的声音，和埃伦三十年前在她自己精神上的四月里谛听时一样：他讲的不是关于我关于爱或是结婚的事，甚至不是关于他自己的事，而且不是向着任何一个心智健全的倾听者也不是出自任何心智健全的叙述，而是对着命运的黑暗势力本身，他曾把它召出，与之抗争，这叙述出自那疯疯癫癫的自大狂者的梦想；在这梦想里，一个完整的萨德本百里地已没有真实的存在如埃伦初次听到时那样（而且以后也不会再出现），仿佛通过把戒指戴回到一个活人的手指这一举动他让整个时光倒退回去二十年，使它停滞与冻结了。是的。我坐在那里听着他的声音同时告诉我自己，‘哼，他疯了。他会在今天晚上宣布这场婚姻并且举行他自己的仪式，他本人既做新郎又当牧师；就用他手里的这一支上卧室用的蜡烛，布告他疯疯癫癫的祝福：而我也是疯了，因为我会默许，屈从；成为他的共谋并且一头扎进去。’不，我不加申辩，不要求宽大。如果那天晚上我得救了（我确实也是得救了；我的牺牲还得在一些时间以后，那是更加冷静的牺牲，那时我们——就说我吧——应该已经摆脱一切惊讶、纠缠人、背叛人的肉体方面的理由）那不是我的错儿、我这方面的原因而毋宁是因为，一旦他重新起用了那只戒指，他就不再盯着我看，要看也是以那天下午之前二十年来他看我的那种方式，似乎他目前已到达心智健全的某个间歇，疯狂的人都知道有这么回事，正如心智健全的人也会有疯狂的短暂时刻，使他们继续确信自己还是健全的。情况甚至还不仅仅是这样。到此时有三个月了，他每天都见得到我虽然他不看我因为我仅仅是那“三头政治”的一员，为了我们所提供的俭朴的生活条件而得到他粗鲁的不明说的男子汉的感激，也许不见得让他生活得舒适但是至少能使他沉迷于其中的那个疯狂的梦有所依托。可是接下去那两个月他甚至都见不到我。也许理由是显而易见的：他太忙；好像是一旦订婚的事办成（就算那是他想要做的事吧）他就不需要再见到我了。他当然不需要：连什么时候结婚都没有定下来。简直就像是那个下午压根儿不存在，从来就没有发生过。而我这个人好像是根本没在这幢房子里。情况还要糟：我可以离开，回自己的家，而他都不会想念我。我那时是（不管他当时需要我的是什么——反正不是我这个人，我的在场：仅仅是有我这个人的存在，不管是那个罗沙·科德菲尔德还是任何一个与他没有亲戚关系的年轻女性，只要能代表他所需要的就行——因为我能给他这样的面子：在他提出要求的那一刻之前，他想都没有想过他要我做什么，因为我知道他是不会等待两个月，连两天都不会，才提出请求的）——我的在场对他来说，仅仅是一个努力想穿越过沼泽地的人面前少了黑魆魆的水潭和张牙舞爪的蔓藤，此人前进时没有任何东西指导他和推动他——没有希望，没有光明：只有某种死不认输的狠劲儿——终于跌跌撞撞、冷不防地遇到干燥、坚实的土地以及阳光与空气——如果有某种东西对他来说能是阳光的话，如果某个人或某种东西能与他疯狂的那股白光相比的话。是的，是疯狂，然而也不算太疯。因为还存在着一种趋向邪恶的务实精神：小偷、骗子，甚至是杀人者，都比德行具有更灵活的操作规则；疯狂又何尝不是这样呢？如果他是疯了的，那么只有他咄咄逼人的梦想是不清醒的而他的方法却不是那样：能谈条件、哄骗，使琼斯之流给他出死力干活的人可不是疯子；能对被单、头罩和蹄声得得的夜骑[1]敬而远之的人也不是疯子，

① 指三 K 党。这是三 K 党徒行动的特点与方式。

这些骑士过去可都是他的熟人即使不能算是朋友，他们就是用那样的办法来挤压失败的疮脓的；那也不是疯子的计划与策略使他能用无法再低的代价把唯一可以娶做妻子的女人弄到手，而且用唯一能达到他目标的手段；——可不是疯子，不是的：因为显然在疯狂里有某种东西，甚至是那恶魔式的东西，撒旦也避之唯恐不及，为自己亲手制造出来的产品而惊呆，而上帝则怜悯地俯看着——那是对我们称之为人的组装起来的肉体、言词、目光、听觉、味觉与存在起影响与救赎作用的某些火花，某些碎屑。不过这是无关紧要的。我会告诉你他做了什么，让你来当裁判。（或者说是试着告诉你，因为对有些事情，说三个字也嫌多出三个字，说三千个字又会觉得少了三千个字，而这就是这样的事里的一件。说还是说得清的，我可以用那么多的句子，重复他说时所用的大胆、直露、不加掩饰与骇人听闻的原话，只给你留下那同样的惊愕、气愤的不能置信，我当初领会了他的意思之后也是这样感觉的；或者是用了三千句话却只给你留下那个**为什么**？**为什么**？**为什么**？差不多有五十年了我一直在询问在倾听这个为什么。）不过我要让你当裁判，让你对我说我当初是对还是不对。

你看，我曾是那个太阳，或者认为我是，我曾相信疯狂里有那种火花、那种碎屑，它是神圣的[②]，虽然疯狂本身不知道用什么言词来表示惊恐或是怜悯。有一个我儿童时代的吃人妖魔早在我出生前就把我唯一的姐姐弄到它阴森森的魔窟里去并且制造出两个半似幻影的小孩，人家不鼓励，我自己也不想，跟他们来往，仿佛我晚生的孤独教会我对那生死攸关的纠结能有预感，对那悲惨、混乱的大结局会有所察觉，其实那时我连谋杀这个词儿都没有听说过呢——而我却原谅了它；有一个形体在一面旗帜底下骑马离去并且（是妖魔也罢不是也罢）勇敢地忍受着苦难——而我做了不仅仅是原谅的事：我杀死了它，因为那妖魔所依附的身体、血与记忆五年之后回来伸出它的手并且说‘来’就像人们呼唤一条狗的那样，我真的去了。是的，是那个身体，那张脸，有准确无误的名字和记忆，甚至还清清楚楚地记得自己离开与回归的是什么东西和什么人（除了我自己：那难道不是更进一步的证明吗？）：却不是那个妖魔了；是坏蛋，这一点儿不假，然而是一个易犯错误的活人，让人不怎么畏

② 美国女诗人艾米丽·狄金森在她的一首诗里写道："对一只明辨是非的眼睛／多种疯狂是最神圣不过的见识；／多种见识又是最赤裸的疯狂。"罗沙小姐（或者不如说是福克纳）也许从这里得到启示。

惧更多的倒是怜悯：不过不是妖魔；疯狂，这一点儿不假，可是我告诉我自己，难道疯狂不也是它自己的受害者吗？或者说，啊，可能还算不上疯狂，而是在与孤独、命运已定、不可战胜的钢铁精神巨人族般的对抗中的孤独的绝望：可不是妖魔，因为妖魔已经死了，消失了，在我童年时代孤独的记忆——或者说忘却——的孤单单的巉崖峭壁之间给火焰与硫黄臭味吞噬掉了；我是那太阳，我相信他（在朱迪思房间里那个晚上之后）没有忘掉我而仅仅是集中不了注意力，接受能力像从沼泽地里挣脱出来的朝圣者一样，朝圣者重新触摸到土地感受到太阳与光亮但对这些都不理会只是感到黑暗与沼泽不见了——他的确相信在非亲人的血液里有那种魔力，那是我们通常用苍白的名称"爱"来称呼的，这种魔力可以、可能成为他的太阳（虽然我是最年轻，最弱小的一个）而在这里，朱迪思和克莱蒂两个是不会投下光影的；是的，我，那里面最年轻的一个，然而显然没有那计算过的与可以计算的年龄，因为在她们当中唯独我可以说，'噢，狂怒、疯狂的老人，我不拥有资财使你的梦想得以实现，可是我能为你的谵妄提供空旷的疆域与机会。'而接下去的一个下午——啊，这里面是有一种命数的：下午，下午，又一个下午[1]：你明白吗？希望与爱的死亡，骄傲与原则的死亡，然后又是一切的死灭除了那古老的愤怒、惊骇的不相信，这种不相信持续了四十三个年头——他回到宅子里来叫我，从后廊叫嚷一直到我下楼来；噢，我告诉过你在那一刻之前他想都没有想到过这件事，那一刻是抻长的一刻，包括从宅子到他想到此事时所站之处的距离：而这也是个巧合：也正是那一天，他明确知道，终于准确知道，到他不得不死去的那一天，在他那一百平方英里土地里，他能挽救，保留与拥有的是多少，到底有多少他能声称是他自己的，以及不管如今还有什么事情降临到他头上，他至少能保留萨德本百里地庄园的外壳，虽则如今对这庄园来说更恰当的名称应该是萨德本一里地——嚷着喊着叫我，直到我下楼来。他甚至都没有腾出时间先拴好他的马；他站着让缰绳搭在自己手臂上（现在可没有把手放在我的头上）并且说了那些赤裸裸的、骇人听闻的词语，就如同他在与琼斯或别的什么人在商量一条母狗、母牛或母马的事儿那样。

他们准已经告诉过你我怎么回家了。噢，是的，我知道的：'罗西·科德

① 这里套用了莎士比亚《麦克白》第五幕第五场麦克白的著名台词"明天，明天，又一个明天"的句式。从前文可以看出，罗沙·科德菲尔德是自命为小城里的莎士比亚的。

菲尔德，丢了他，哭他；捞到个男人可留不住他’①——噢，是的，我知道的（是宽厚的，他们是会宽厚的）：罗沙·科德菲尔德，名叫罗沙·科德菲尔德的傻丫头，土头土脑，没了爹娘，脾气乖戾不说还挺歹毒，总算订上一门牢靠的亲事，于是离开了镇子和县城；他们准是这样告诉你的：我是怎样下乡打算在那里度过我的余生，把外甥杀了人看成是上帝帮忙使得自己能装作是服从我姐姐临终时的请求，当时她让我至少要拯救两个孩子里的一个，这两个孩子她命里注定要怀上的，其实呢我是要当他回来时在这幢宅子里，他是妖魔嘛，因此是枪炮不入准会回来的；我等他因为我仍然年轻（没赶上把希望埋葬在军号声中一面旗帜底下）却又成熟了此时此地应当嫁人了，而本地大多数的年轻人都已死去活下来的男人不是太老便是结过婚的或是疲倦了，活得太累不想谈情说爱了；他是我这种情况下最佳也是唯一的选择：在这一个环境里即使一切顺利而且甚至没有发生战争我的机会也是够少的因为我不仅是一个南方的淑女而且是品位最最低微的那种其背景与环境必须有赖它们自身的肯定，因为倘若我是一个富有的种植园主的女儿我可以跟几乎任何一个人结婚，可是由于仅仅是一个小店主的女儿我甚至都不够身价去接受几乎任何一个人献殷勤的花束，最后的命运必定是跟我父亲这一行里随便哪个小学徒升上来的伙计结婚；——是的，他们准定告诉过你：这女子当时年纪轻轻的，直到那个晚上才埋葬了种种希望，那个夜晚长达四年呢，当时，在一扇关闭的窗板与一支彻夜不灭的蜡烛的旁边，她给那场战争以及它痛苦、不义与哀伤的遗产涂上香膏，是在一本旧账簿记有账目纸页的背面，涂香膏并从可呼吸的空气里除去些有毒的秘密臭气，那是贪欲、仇恨和杀戮的臭气②；——他们准已经告诉你：一个逃避兵役者的女儿，她不得不投靠一个妖魔，一个恶棍：那么因此她仇恨她的父亲是满有理由的因为假使他没有死在那个阁楼里她就不必非得下乡去寻求食物、保护和遮蔽之处，那么假如她不是必须得依靠他的食物与衣服（即使她是帮着种棉花与织布的）让自己能活下去，能够保暖直到简单的有恩必报的道理需要她对他可能提出的与荣誉相称的要求做出回

① 这是在戏仿英国《鹅妈妈》童谣集中的一首儿歌："彼得彼得，穷得没辙吃南瓜，娶了个老婆可留不住她。"罗西是对罗沙的带轻蔑性的称呼。

② 大意是：罗沙的父亲去世后，罗沙小姐在旧账簿后面写诗，记下她对战争的感触。"涂香膏"，好像我们说惯的"涂脂抹粉"。

报，她就不会与他订婚，那么要是她没有和他订婚她就不必夜晚躺着问自己**为什么为什么**和**为什么**一直问了四十三年：仿佛即使在幼年时她就恨她的父亲这在本能上也是对的，因此这四十三年无用的、没法忍受的乖戾是对她身上某种世故、反讽的不生结果的品质的报复，因为她曾经憎恨给予她生命的事物。是的，罗沙·科德菲尔德终于订婚了，倘若没有她姐姐好歹遗留给她一些荫庇与亲属关系这件事，她可能成为镇上的一个负担：可是现在罗沙·科德菲尔德却失去了他，哭他；找到一个男人却留不住他；罗沙·科德菲尔德她只有在对的时候才愿做对的事情，她是对的，因此，在那些宁愿错也不愿仅仅让做错了事的男人承认错误的女人眼里，她就缺少点分量了。那正是她无法原谅他的原因：并不是因为受了侮辱，甚至也不是为了遗弃了她：而是因为他死了。噢，是的，我知道，我知道：两个月之后人们如何听说她收拾了自己的东西（那就是说，再次围上披肩戴好帽子）回到镇上来，独自住在她父母逝世离开的那幢房子里，朱迪思有时会来带给她一些她们在萨德本百里地生产的食物，完全是极度的需要，那蛮横的、无理可喻的肉体上要顽强地活下去的意志，才迫使她（科德菲尔德小姐）接受下来。真的是极度需要啊：因为这时候镇上的人——路过的农民，上白人厨房打工的黑人仆佣——会看到她在太阳出来之前沿着菜园的栅栏采集青菜，隔着木栅栏把东西拽出来因为即使她通晓怎样种菜她也没有自己的菜园，没有下种的菜籽，也没有可以用的工具，何况她拢共只有一年的种菜经验，她肯定是不会去种菜的如果她熟悉那些从未认输过的人的话；她隔着木栅栏采集，其实别人是会欢迎她进到里面去采集而且会代她采集并且送到她家里去，因为愿意夜里把装有食物的篮子放在她的前廊上的不只是班鲍法官一个，可是她不让人家这样做，她甚至都不肯用一根手杖伸进栅栏里去勾好让自己手够得着，超过自己一双肉手能触及的范围那便是抢劫，这一界线她是从不逾越的，使她在镇上的人醒来之前行动倒不是怕别人见到这样的偷窃，因为若是她那会儿有个黑奴的话她就会在光天化日之下派他外出搜寻食物了，上哪里去找，她不会操心的，就像她写诗歌颂的那些骑兵英雄们自会派手下的兵来似的。——是的，罗西·科德菲尔德，失去了他，哭他；逮着一个情郎却留不住他；（噢，是的，他们会告诉你的）找到一个情郎却受到了侮辱，听到了什么便不肯原谅，倒不是完全因为说了这样一句话而是因为对她动过这样一个念头，因此当听到时她就像五雷轰顶似的明白，这念头在他脑袋准已经转了一天、一个星期，没准甚至是一个月，他转着这样的念头每天看着她而她却连知都不知道。可是我原谅了他。别人会跟你说不一样的话可是我真的原谅了。我为什么不呢？其实我没有什么可以原谅的；我没有失去他因为我从来就没有得到他：一团臭烘烘的烂泥进入我的生活，把那句话对我说了，这话我以前没有听到过以后也再不会听到，然后那团泥又退了出去；全部的情况就是这样。我从未拥有过他，自然不是那层龌龊的意思如你会指的那样或者你也许会以为（那你可错了）我指的那样。这不重要。这甚至都不是那个侮辱的要害，我是说他没有被这个世界上的任何人或是任何事物所拥有，从来没有，也永远不会，甚至也没有被埃伦，甚至也没有被琼斯的外孙女儿。因为他不是在这个世界里组装的。他是一个行走的影子[①]。他是他自己苦痛的光盲的蝙蝠般的影像，由地壳底下那狰狞、邪恶的灯照射出的，因而是逆向、颠倒的；从无底、混乱的黑暗到永恒、无底的黑暗，这构成他沦落（你注意到这过程吗？）的大致过程，沦落，抱紧，用无力、虚幻的双手攀住他希望能抓紧他，拯救他，钩住他的——埃伦（你注意到这几个女人了吗？）、我自己、最末了是沃许·琼斯那棵独苗苗的没有父亲的女孩，这独苗，我有一回听说，是死在孟菲斯一家妓院里——终于在一把生锈镰刀的痛击下找到了终结（如果说不是安息与宁静的话）。我也听说，获悉了这件事，虽然这一回不是通过琼斯而是另外一个人，蒙此人好心侧过身子告诉我说他死了。'死了？'我喊道。'死了？你？你胡说；你没有死；上天不容，地狱也不敢，你胡说了吧！'[②]可是昆丁没有在听，因为有些事情也是他想不通的——那扇门，在楼梯上那奔跑的脚步，盖过那声音的几乎紧接着的是那一下微弱的射击声，那两个女人，那个黑女人和白人少女，穿着内衣（有面粉时是用面粉口袋缝的，面粉没有了便用窗帘）站停了脚，对着门口看，泛黄的奶油色的古老、图案繁琐的缎子和花边精心地铺在床上，接着唰地被那白人少女抓起遮在胸前因为门砰地推开那位哥哥站在那里，没戴帽子，一头乱发是用刺刀削短的，他那张瘦削、憔悴、胡子没刮的脸，他的打了补丁褪色的灰军服，手枪仍然挂在他的侧边：这两个人，哥哥与妹妹，相像得出奇，仿佛性别的不同不过是把相同的血液突出到一个可怕的、

---

① 典出莎士比亚《麦克白》第五幕第五场："人生不过是一个行走的影子"。

② 罗沙的絮叨到这里告一段落。显然两人已来到萨德本大宅跟前。

几乎让人不能容忍的相同程度，他们用抽耳光似的、短促、跳跃性的句子对话，仿佛他们胸口对着胸口站着，轮流对抽耳光，谁也不作任何努力来加以抵挡：

> 现在你不能和他结婚了。
> 为什么我不能和他结婚？
> 因为他死了。
> 死了？
> 是的。我杀了他。

他（昆丁）想不通这件事，他甚至都没有在听她说话；他说，“您老，是什么？您方才说什么来着？”

“那座宅子有点情况。”

“在那座宅子里？那是克莱蒂。她不是——”

“不。有什么待在里面。躲在里面，在那里已经有四年了，偷偷地住在那座宅子里。”

六

施里夫[①]大衣袖子上有雪，他那只不戴手套的白白、方方正正的手冻得红红的像生肉，手不见了。接着昆丁身前的桌子上，灯底下摊开的教科书上多了一只白色长方形的信封，上面是照例弄花了的印刷体杰弗生一九一〇年一月十日密州再接下去，打开，是他父亲斜斜的细字体我亲爱的儿子，来自那个已消逝的尘土弥漫的夏天，他曾在那里作来哈佛的准备于是他父亲的手迹才能出现在坎布里奇[②]一张陌生的灯光照着的桌子上；那个死去的夏天的晦暝微光——紫藤、雪茄烟味、萤火虫群——从密西西比州散发开并且进入这个陌生的房间，穿越过这片陌生的铁似的新英格兰的雪原：

我亲爱的儿子，

罗沙·科德菲尔德小姐已于昨日下葬。她处于昏迷状态几达两周两天前终于去世一直未恢复知觉也不感觉痛苦这是人们说的其实这是说不清的因为我一直认为唯一无痛苦的死亡必定是巨大惊愕中失去神志的那种而且还得从背后受到侵袭不妨这么说因为倘若死亡在除了使丧失亲人者短时期情绪失常外尚有别的意义的话那么就必定意味着死亡主体短期内亦处于同样的特殊状态之中对于任何一个比幼童或白痴智力稍高的人来说倘若有何种痛苦超过在一个缓慢、

① 施里夫，全名是施里夫林·麦坎农，是昆丁在哈佛大学的同学，与昆丁合住一套宿舍，是加拿大人。此人在《喧哗与骚动》里亦出现，但姓是麦坎齐。从本章起，通过昆丁与施里夫的谈话，展示萨德本一家的最后命运。

② 哈佛大学所在地。

逐渐面对提心吊胆和恐惧的漫长过程后竟被教知将面临的是一个不可挽回与无法测知的结局，那我就不得而知了。还有在最终与一种根深蒂固与惊诧不止的愤慨分手时是否有办法既能得到安适又可结束痛苦那也是我所不明白的须知整整四十三年来这愤慨成为她的伙伴、粮食、火焰以及一切——

——随信一起而来的是那一个九月黄昏本身（而他很快就需要说，必须得说"不，既不是罗沙姨妈、表亲也不是叔叔。是罗沙小姐。罗沙·科德菲尔德小姐，一位老小姐在一八六六年一个夏天因为生气年纪轻轻就死了[①]"于是施里夫接着说，"你是说她不是你的亲戚，与你根本没有亲属关系，还的确有个南方的巴雅德[②]或是格温娜维尔[③]不是你的亲戚？那么她是为了什么而死的呢？"这可不是施里夫的头一回了，也不是九月到坎布里奇之后任何别人的头一回：谈谈南方的事吧。那儿是怎么样的。人们在那儿干些什么：他们干吗生活在那儿。他们活着究竟是为了什么）——就是九月里的那个黄昏，康普生先生终于停住了讲话，他（昆丁）终于从他父亲说话的半当中走了出去因为是走的时候了，不是因为他全都听说了因为他根本没有在听原因是有些事情他仍然无法想通：那扇门，那张憔悴、悲惨、戏剧性、自我催眠的年轻的脸，活像大学里演出的一出戏里的悲剧演员，一个学院气十足的汉姆莱特从幕降落时的一种恍惚状态中醒来莽莽撞撞地穿过满是尘土的舞台而其他演员都在方才谢幕时退下去了，还有那个妹妹面对着他当中隔了一件她不会用甚至也不会再缝制完的婚服，两个人互相鞭挞用十二或十四个词儿大多数还是相同的重复用了两或三次因此若是压缩一下他们仅仅用了八个到十个词儿。而她（科德菲尔德小姐）是围上披巾的，他知道她准会这样，还戴着遮阳帽（原来是黑色的可是如今已褪色成旧孔雀毛那种刺眼又闷哑的金属般的绿色了）拎着那个黑色提包大得几乎像旅行袋装着家里所有的钥匙：碗柜壁柜和房门的，有的插到锁里甚至都转不动了，老实说，这些锁随便哪个小孩用一根

---

① 实际上罗沙·科德菲尔德是1910年去世的，这里指的是四十三年前受到萨德本侮辱的事。

② 福克纳所作小说《沙多里斯》与《没有被征服的》中的人物，系一世家子弟。想必昆丁向施里夫讲述过他的事。

③ 传说中的英国亚瑟王的王后，又是圆桌骑士兰斯洛特的情妇。施里夫此处借以指南方的贵妇。

头发卡子或者一团口香糖残渣都能打开，有些钥匙已经跟原来的锁配不上了就像老夫老妻却没有共同之处一样，干不到一块儿，说也说不到一起，只有对他们行动有阻力与让他们呼吸的空气是共同的，承载他们重量的那普普通通、不记得一切、耐心等候着的土地也是共同的；——那个晚上，于壮硕的母马后面走在没有月亮的九月的尘土里的那十二英里，路边的树不像树本该那样怒耸向天空而像巨大的家禽那样蹲伏着，树叶则皱巴巴、沉甸甸地叉开着活像奄奄一息的家禽的羽毛，让六十天的干尘土压得透不过气来，路边灌木上蒙着一层高温硫化过的尘土，透过马与车子移动于其中的尘雾看去像是搁浅在某个古老的死火山口的水潭里的一团团精巧、僵死、一动不动、笔直得一丝不苟地伸向天空的东西，而这水都精炼成没有氧气这首要原则的液体了，马车移动于其中的尘雾并不飘散因为根本就没有风吹起它，也没有空气支撑着它，只是在他们周围出没与浮现，既是瞬间即逝又是永恒的，马和马车一立方英尺一立方英尺的前进换来了尘雾一立方英尺一立方英尺的后退，它在低矮、阴暗、为扎眼的繁星所点缀、为树枝所割裂的天幕下巡游，尘雾移动着，围裹着他们，倒不完全是在威胁倒像是在警告，坦率、几乎是友好的警告，像是在说，往前走吧如果你们愿意的话。不过我会先到那边的；我挤压在你们的前面会先抵达的，我升腾，在马蹄与车轮下面缓缓地朝上倾斜，使你们找不到目的地而只会突然轻轻地停在一片高地上和一个柔顺与神秘莫测的夜晚的全景之中，你们无可奈何只能掉头回家因此我愿意劝告你们不要去了，现在就往回走情况该怎样就让它怎样得了；他（昆丁）是同意这个看法的，他坐在轻便马车里，旁边是那位情绪激昂的玩偶般大小的老太太，捏紧她那把布伞，有一股热度蒸发出的老年女人肉体的气味，披巾那些陈年的皱褶里也让热度蒸发出樟脑的气味，昆丁只觉得自己像是血与皮做成的一只电灯泡，因为马车的晃动并不能带来足够的空气使他感到凉快，也不能使他身体内部颠动得让皮肤出汗，他想好上帝是啊，可别让咱们找到他或是它，别试着想找到他或是它，别冒着惊动他或它的危险哟：（这时候施里夫又说了，“等等。等等。你是说这个老姑娘，这个罗沙阿姨——”

“罗沙小姐，[1]”昆丁说。

---

① 昆丁是在纠正施里夫，因为他认为对老小姐不能称为阿姨。这一纠正下文里还会不断出现。

“好吧好吧。——那么说这个老小姐，这个罗沙阿姨——”

“是罗沙小姐，你给我听着。”

“好吧好吧好吧。——那么说这个老——这个阿姨罗——好吧好吧好吧好吧。——没有到过那儿，连脚都没踏进那幢房子甚至在长达四十三年的时间里，可是她不仅仅是说了有个人藏在里面而且还找到某个老兄居然相信她，愿意半夜里坐一辆简陋的马车赶十二英里的路去弄清楚她是对还是错？”

“是的，”昆丁说。

“那么说这位老小姐，她在一个活像死人埋得过于密集的陵墓的家庭里长大，时间多得不好打发便在过太平、舒适的日子时把精力发泄在对她父亲、姑姑和她姐夫的憎恨上同时等待着那一天的到来：他们将不但向他们自己而且也向每一个人证实她原来是对的：就这样有天晚上那个姑姑顺着水落管子溜下去跟一个马贩子私奔了这就证明她对姑姑的看法是正确的而这桩事就这样定下来了：接下去她的父亲把自己钉在阁楼里避免被征兵进入叛军终于饿死于是这桩事也就定下来了，除了那不可避免的可能性也就是当那个时刻来临该由他自己承认她是对的而这时候他可能都无法说话或是可能找不到任何人来听他说这件事了：因此她在父亲这件事上也是对的，因为要是这父亲没有让李将军和杰夫·戴维斯[①]气得发疯那他就不必非得把自己钉死门关禁闭和死去不可而要是他没有死他就不会让那姑娘成为一个孤儿和叫花子，由于处在这样一个位置上便自然对于她居然受到这一个极大侮辱的局势极端敏感了：另外在那个姐夫的问题上她也是对的因为倘若他不是一个恶魔他的两个孩子也不会需要得到保护以避开他的侵犯了，这样她也不是非得到乡下去受那老东西的欺侮不可了，对于她来说不是一个卡桑德拉[②]找到成了鳏夫的阿伽门农[③]而是她这

---

① 杰弗生·戴维斯（1808—1889），美国内战时期南方联盟政府总统（1861—1865），1865 年 5 月被俘，受监禁两年。此处施里夫以小名称之，表示轻蔑与不当一回事。

② 卡桑德拉，参见第 12 页注 1。她被阿波罗赋予预言才能。但因她不肯顺从阿波罗的意思，阿波罗又使她的预言不为人所信。在《押沙龙，押沙龙！》里，罗沙·科德菲尔德也隐隐扮演着这样的角色。

③ 阿伽门农，古希腊史诗《伊利亚特》中的人物，为特洛伊战争中希腊军的统帅。在围攻特洛伊城期间，阿伽门农显示出英勇气概和统帅才能，但他的贪婪和专横常常损害共同的事业。特洛伊城陷落后，阿伽门农得到战利品——特洛伊公主卡桑德拉。他回到祖国后被妻子克吕泰涅斯特拉及其情夫谋杀。托马斯·萨德本的性格与遭遇多少与阿伽门农有些相似，所以施里夫这样说。

个热心却没有经历过人生艰辛的提斯柏[①]遇见了一个老朽、关节僵硬的皮刺摩斯[②]，他在这个不请自来的四月[③]里围住的魔法圈子里接近她并且建议他们一起做一次试验性的繁殖拿出一件样品来，倘若是个男孩那他们就结婚；那她也不必非得在那惊恐与愤怒的第一冲击波袭来时就被刮回到镇上去吃天蒙蒙亮时从栅栏缝里偷来的五倍子和苦艾：因此这件事是根本没有也是永远无法确定下来的，因为不知道她的替身是谁所以她根本讲不清楚这件事，倒不是因为那个男的只消转过身子甚至花不了一天的时间就找到了个替身，而是因为不管这个替身是谁，此人居然能够忍受这样一个局势，罗沙阿姨在这个局势上是可能会或是必然会拒绝担当任何职司的然而她的替身却以此为荣，即使这职司也由一个恶魔来完成；这件事情根本不能确定下来因为在他承认自己错了的那个时刻到来时对她来说他会是个问题正如她父亲对于她来说那样，他准也已经死去，因为她无疑是预见到会出现那把镰刀[④]的如果不是这之外的理由的话，它会成为那最后的乖戾行为与公然侮辱，就像她父亲事情里那把锤子和那些钉子一样——镰刀，可以算得上是一位恺撒得胜的象征性的桂冠了——那把生锈的镰刀还是恶魔自己两年多前借给琼斯的呢，让琼斯把棚屋门前的野草割掉好让去搞私通的小路平坦些——那个生锈的刀片上每一天都挂有艳俗的丝带或是廉价的珠子好让那个（她[⑤]怎么称呼那来着？压根儿没用小娼妇这词儿，对不对？）前去幽会——那把镰刀，透过它那饶有象征意义的形状，他，虽然死了，虽则土地本身也再不愿承受他的重量，还在嘲弄她[⑥]？”

“没错，”昆丁说。

---

①② 古罗马作家奥维德（公元前43—公元18）作品《变形记》中的人物。青年皮刺摩斯与少女提斯柏相恋，约好在郊外会面。提斯柏先到，遇到一头狮子，丢下面纱跑了。晚来赴约的皮刺摩斯发现被狮子撕得稀烂的面纱，断定情人已死，就用尖刀自杀。提斯柏发现他的尸体，也自杀身亡。施里夫在这里显然是调侃性地引用典故。

③ 此处对四月的提法显然受到托·斯·艾略特《荒原》的影响。那里说：“四月是最残忍的一个月”。

④ 这种镰刀是有长把与捏柄的那种。这里既指沃许·琼斯杀死托马斯·萨德本的那把，也指死神所用的镰刀。在西方民间传说中，死神的形象是拿着镰刀的“冷酷的收获者”。从旧时德国版画家荷尔拜因、丢勒的作品中都可以见到这样的形象。

⑤ 指罗沙小姐。她显然不会用那么粗俗的言辞来称呼沃许·琼斯的外孙女儿。施里夫在这里是故意要激怒昆丁。

⑥ 注家认为，“饶有象征意义的形状”指男性生殖器，所以说是“嘲弄”罗沙小姐。当时的大学生喜欢这样说话，表示“新潮”。

“而这个浮士德，这个恶魔，这个别西卜[①]逃跑好躲过一些他的债主[②]怒气冲冲的脸上随时会闪现的凶光，那张脸简直是怒不可遏，他躲避，急急地钻进有身份的社会就像一只胡狼躲进一堆岩石，因此直到她后来明白过来之前她总以为他并非是在躲藏，他不想躲藏，仅仅是在从事最后一次的疯狂作恶，直到债主这第二回终于一劳永逸地把他抓获；——这个浮士德，他在一个星期天突然出现，带了两把手枪和二十个帮凶，从一个可怜又无知的印第安人手里骗得一百英里土地在上面盖了你从来未见过那么大的房子接着又赶了六辆大车离开，回来时带来了水晶挂毯和韦奇伍德[③]椅子来装饰屋子，没有人知道他是不是又抢了艘轮船或者不过是又起出了一些早先埋藏的赃物，他把魔鬼的角和尾巴藏在人穿的服饰底下再盖上一顶海狸皮帽子而且挑选了（是买下她的吧，跟他丈人做了一笔占尽便宜的交易，不是这样吗？）一个妻子，那是在三年的考察、掂量与比较之后，不是从本地的一家公爵府第而是从爵位稍低的人家那里，他们家的公国已没落到相当的程度因此就不存在他没有装备好之前他妻子带给他陪嫁这样华而不实的幻想，然而又还没有破落到那个地步，她还不致面对他买来的新刀叉汤匙把两个人都弄得不知所措——一个妻子不仅仅会使那藏身之所更加稳固而且可以、愿意而且的的确确给他生了两个孩子，这两个孩子自己以及他们的后代可以保护、遮蔽一个老人的发脆的骨头和疲惫的筋肉，当那个债主最后一次追逼他而他也无路可逃时，他的日子可以稍稍好过一些：然后显然那个女儿堕入爱河，而儿子则成了一座活的壁垒的管理人，在他（那恶魔）和债主的执法者之手当中起着阻隔作用直到这儿子该结婚了从而保证他可以双倍得利和利上滚利——再接下去那魔鬼准是来个大转弯不仅把那未婚夫赶出屋子也不仅仅是把那儿子赶出家而且如此地败坏、欺骗与蛊惑了那个儿子使他（那个儿子）在私通有发生的危险时竟出来充当了怒不可遏的父亲开枪的那只手：那么再往下去五年，那恶魔该从那场战争中回来了而且发现他一直努力要做到的局面已经完全实现了：有个索套在等着儿子因此他潜逃在外永远也回不来，女儿注定要当一辈子老姑

---

① 《圣经·新约》中的鬼王。见《马太福音》第12章第24节。

② 债主，指靡菲斯特，因为浮士德曾用自己的灵魂与之做交易。

③ 乔赛亚·韦奇伍德（1730—1795），英国著名瓷器设计者和制造商。施里夫（恐是故意的，为了惹恼昆丁）将他与英国著名家具制造大师托马斯·奇彭代尔（1718—1779）弄混了。“挂毯”（tapestries）也显然应是“大枝形烛台”（candelabra）。施里夫水平当然不致这样低。

娘——而几乎还不等他把脚从马镫里退出来他（这恶魔）又蠢蠢欲动而且又说好了一门亲事以便把那两个后代取代了，而他们的希望正是他亲自毁坏了的，是这样的吧？”

“是的，”昆丁说。

“回到家中发现他留下后裔的机会消失了因为他两个孩子做出了那样的事，他的庄园毁了，田地撂荒了剩下的仅仅是长势很旺的野草，势头很旺的还有美国地方法律执行官以及这等角色播下的苛捐杂税、罚金和种种负担，他的黑奴全跑光了，北方佬在上头下过功夫，你会以为他该满足了吧：可是不等他把一只脚从马镫里退出来他就不仅仅已在谋划要把他的庄园恢复到原来的状态，好像没准他是在希望愚弄那个债主，用幻想与迷惑手段，他躲在幻想的后面，幻想时间与变化并没有消逝，也没有发生这样的事——如今他都快六十岁了，他幻想一直到能为自己鼓捣出一拨新的孩子来为自己保驾，而且[①]为了这个目的选中了世界上他最没有希望说服的女人，这个阿姨罗——行了行了行了[②]。恨他，她一直恨他，然而他却选中了她，以一种恬不知耻的虚张声势，仿佛他对自己的不可抗拒或无懈可击的一种让人哭笑不得的信心正是他把不知何物卖给债主所得到的代价的一部分，说不知何物，因为根据那位老小姐的说法他根本就是没有灵魂的[③]；向她求婚而且也被接受了——接下去三个月之后，在连结婚日期都没有确定而且婚礼的事后来连一次也没有提到的情况下，有一天，也就是他确知自己至少能保留他的一部分土地而且知道具体数字的那一天，他去到她跟前建议他们像公狗母狗那样配对，以恶魔般的狡狯构想出千万年来所有的丈夫与未婚夫都求之不得的方案：这方案不至于伤害她也不至提供她采取法律或宗族行动的依据，却不仅会把这个梦幻中的小女人从鸽子窝里炸出来而且还会使得她不可扭转地以愤怒与复仇的抽象尸体为终身伴侣（而他自己，丈夫或是未婚夫，早在她未能倒抽一口冷气时便已经稳稳当当地戴上绿帽子了[④]）；他说了那样的话如今是无所顾忌的了，如今是越发不会受到来自任何人的威胁或是干预了因为他终于已经消灭

① 这里的“而且”接本页第 9 行的“他就不仅仅……”。

② 施里夫是在预先阻止昆丁再一次纠正他，告诉他不该叫“罗沙阿姨”，而应称“罗沙小姐”。

③ 浮士德向靡菲斯特出卖的是自己的灵魂。此处点出萨德本没有灵魂，故而说他向债主出卖的不知为何物。

④ 意思是罗沙小姐先已与愤怒、复仇结下了不解之缘。

了他亡妻家庭的最后一个成员，如今是毫无拘束了：儿子逃往得克萨斯或是加利福尼亚甚至是南美洲，女儿注定要当老处女直到他去世，因为在那以后他就管不着了，她在那座快坍塌的房子里照顾他给他弄吃的，养鸡把鸡蛋拿去换她和克莱蒂生产不了的布料：因此他这时甚至都无须做一个恶魔而只需当一个疯疯癫癫没有生育能力的老人，这老人终于明白恢复自己的萨德本百里地庄园的梦想不仅仅是空幻的而且所剩下的产业根本养不活自己和他的家庭于是便在路口开了一家小铺，卖的东西无非是犁铧、皮索、印花布、煤油和廉价的珠子、丝带之类，来光顾的则是获得自由的黑人以及（那叫什么来着？那个词儿？白人什么？——对了，贱坯）给他当伙计的则是琼斯，他怀有谁知道是什么样的幻想，说不定要从这家铺子赚出钱来重建庄园吧；他如今已经逃过两回了，自己陷了进去然后又被债主放了出来，债主还在他有后代之前就促使他的孩子自相残杀因此他寻思说不定他得到自由是个错误因此再让自己陷进去然后又认为他不自由才是错的因此又挣脱出来——而接着就来了个大拐弯用他自己的橱窗里货架上的珠子、印花布和带条纹的糖果铺路钻回到那里面去，对吗？”

“是的，”昆丁说。*他的话听来跟父亲的一模一样他想，*瞥了（他的脸平静、安详，说来奇怪几乎是阴沉沉的）施里夫片刻，施里夫上身都伛到灯底下来了，他赤裸的胴体发出粉红色的光，像婴儿般光滑，小天使似的，几乎没有毛，他眼镜上那对双生的月亮在他那月亮般圆的红润的脸上闪光，闻到了（是昆丁）雪茄和紫藤的气味，见到萤火虫群在九月的暝色中飘荡与闪亮。*就跟父亲一模一样倘若父亲在我那天晚上去那地方之前知道的像我回来之后他所知道的那样多的话又想疯疯癫癫没有生育能力的老人这人终于明白即使对于一个恶魔做坏事的能力来说也必定还是有局限性的，他准是见到自己的状况像那个歌舞女郎，那小马驹[①]一样，这女郎明白她跟着跳的主要音调并非来自号角、小提琴与鼓，而是来自一只钟和日历；他准是看自己如同一门古老、残破的大炮，这炮明白它只能再猛烈地轰击一次而在它愤怒地轰击与反坐的同时自身将崩得粉碎，他环顾仍然是在他辖制的疆域之内的景象，只见到儿子走了，消火了，对他来说这个问题比儿子死了还要麻烦，因为如今*

① 美国20世纪初有一种歌舞，叫“庞尼舞”，“庞尼”（pony）原意为小马驹，想必舞者模仿小马的动作，故而得名。

（如果儿子仍然活着的话）儿子的名字会是另起的了，而用这个姓叫他的人，不是陌生人便是儿子可能会在某个陌生女人身上播下萨德本血脉的龙的外露部分[①]，他们将因此在另一个姓氏之下继承这传统，完成世袭的罪恶与伤害，对着另一些人，在另一些人之中，这些人将永远没有可能得悉真实的姓名究竟为何；还有女儿的事，她注定要当老姑娘，早在有某个人起名叫查尔斯·邦之前她就选定这条路了，因为在她丧失亲人的忧伤时刻前来帮助的小姨，既未发现丧亲之痛也未发现忧伤而仅仅见到在一件家织土布裙衫与一顶遮阳帽之间有一张平静的绝对看不透的脸，先是在一扇关紧的门的前面，再一次则是在一团云雾般的鸡群之间，此时琼斯已经在打那口棺木了，小姨住在乡间的那一年里她都这么装束，于是三个女人织自己穿的衣料种自己吃的粮食劈她们做饭用的柴火（除去她们从琼斯那里得到的某些帮助，琼斯和他的外孙女儿住在那所废弃的打鱼窝棚里，那里屋顶快塌了，廊子也眼看要垮，后来廊子上将斜支着一把生锈的镰刀，那是萨德本借给他让她割掉门前的杂草的——而最后却逼得琼斯操起来挥砍，不是去割野草，至少不是植物类的野草——这镰刀会在那里斜支上两年）她仍然那么装束，甚至在那件事之后：小姨一怒之下匆匆回城依靠偷来的蔬菜和无名氏晚上留在她门前台阶上的菜篮子维持生活，三个女人，两个女儿一黑一白以及那个小姨，小姨从十二英里之外隔着距离观看那两个女儿从她们的角度观察，观察着这个老恶魔，这个进入暮年、静脉曲张、陷入绝望的浮士德，他如今在掷下最后的一次骰子而债主的手已经按在他肩膀上了，此时为了糊口他开了爿乡村小铺，为了几个小钱跟抠抠嗦嗦、穷得叮当响的白人、黑人斤斤计较，想当年，他能够随便朝任何一个方向骑马一气儿跑十英里也不会越过自己地界，他从自己可怜巴巴的货柜上找出些值不了几个钱的缎带、珠子和大红大绿、已经变质的糖果，有了这些即使是老头儿也能把个十五岁的村姑骗到手的，糟蹋了他合伙人的外孙女儿，这个琼斯——这个瘦长、丑陋的害疟疾的白人，十四年前萨德本允许过他带个周岁的小外孙女栖身在那个废弃的打鱼窝棚里——琼斯，这合伙人、搬运夫兼伙计，他在恶魔的指令下用他自己的手从货架上取下（说不定还亲手送去）糖果、珠子与缎带，丈量布料，就是用这块布料朱迪思（她

① 外露部分应指龙齿，亦即子孙、后裔。

没有丧亲没有哀悼）做了件衣服帮那外孙女儿穿上，让她走来走去，使得那些闲散的男人，那些爱看热闹与嚼舌根的人进到小店里来，直到她逐渐隆起的肚子教会了她什么叫尴尬——或者说恐惧；——琼斯他在六一年[①]之前是连靠近宅子前门都不允许的在接下去的四年里他也顶多挨近过厨房门而那也只是在他把猎物、鱼和蔬菜送去的时候，这些是未来诱奸者的太太、小姐（还有克莱蒂，唯一留下的仆佣与黑人，正是她不许他带东西进入厨房门）赖以为生的，而如今他竟登堂入室了（现在是常事了）在下午当那个恶魔突然咒骂起来说小铺连鬼都不来光顾于是便锁上门退至屋后，骂人的语调就跟他过去命令他的传令兵或者甚至是他的家宅奴仆时一模一样那是说他有奴仆的时候（无疑他也是用这种口气差使琼斯从货架上取下缎带、珠子和糖果的）他让琼斯取酒壶来，两个人（如今琼斯居然也坐下来了，要是早先，在单调的太平时节老一套死气沉沉的星期天下午他们在后院斯卡珀农葡萄棚下打发时光那会儿，那恶魔是躺在吊床里而琼斯只有靠了根柱子蹲着的份，还得时不时直起身子拿起坛子给那恶魔倒酒，又提起水桶给他倒水，这水是他从一英里多以外的泉眼处提来的，接着重又蹲下去，每当那恶魔话头停下他便咯咯呵呵谄笑并且说‘那是不假呀，托姆先生’）——两个人轮流对着酒壶喝，那恶魔这时候也不躺着了甚至也不是坐着而是在喝了第三或第二轮酒之后就会进入老人的那种既无能为力却又火气极盛的不服输状态，在这种状态中他会站起来，身子摇摇晃晃朝前扑，嘴里嚷着要他的马和手枪他要跨上坐骑单独上华盛顿去枪杀林肯（此举已晚了一年左右[②]）连带把谢尔曼[③]也给宰了，嘴里嚷道，‘杀了他们！把他们当狗子一样崩了！’而琼斯则说：‘当然，上校；当然这就去办’同时在他往下摔时把他扶住并且征用路过的头一辆大车把他送回到大宅去，扶他走上前面的台阶穿过那扇没上漆的像模像样的大门，上头是座扇形窗，上面每一块玻璃都是从欧洲进口的，朱迪思把门推着好让他进来，那张脸没有一点点变化，没有一点点异样，沉静冰冷，她板着这张脸到此时已有四年，走上楼梯进入卧室把他放上床仿佛他是个小娃娃，接着

---

① 指1861年。
② 林肯1865年被刺。
③ 谢尔曼将军（1820—1891），内战时期联邦军将领，曾参加布尔溪、维克斯堡等战役，率军横越佐治亚州，攻克亚特兰大（1864），于1869年任陆军总司令。

琼斯自己在床边地板上躺下虽然不是为了睡上一觉因为天亮前床上那个人会扭动、呻吟这时候琼斯就会说，‘俺在这儿呐，上校。没事儿呀。狗日的还没打垮咱们呢，对啵？”——这琼斯，在那恶魔跨上坐骑随团队离去后他自己的外孙女儿只有八岁那会儿总跟人说他‘是在照看上校的田庄和那些黑鬼呢’其实别人还没来得及问他为什么不参军而且没准过不多久连他自己也变得相信了这个谎言了，而他又是最先迎接那恶魔的人里的一个，恶魔回来时他在大门口欢迎并且说，‘哎，上校，狗日的可以杀死咱们可是打不垮咱们，对啵？’他甚至还听从恶魔的指挥出力干活，汗流浃背，那是在最初那个疯狂的阶段，当时恶魔相信他能单纯依靠不可战胜的毅力恢复他记忆中的而在后来失去的萨德本百里地庄园，他干活却没有得到工资或是报酬的希望，他准是在恶魔自己见到（或是愿意承认）之前许久就看出这件事是没有指望的——这个瞎琼斯，他显然在这个怒气冲冲的糟朽老色鬼身上看到的还是旧日的那个身板硬朗的汉子，当年曾骑了一匹纯种黑马纵横驰骋在他的领地上，随便从任何一点朝两头看都望不到边

“是的，”昆丁说。

接着那个星期天来到恶魔天不亮就起来出门，朱迪思认为自己知道这是为什么因为那天早晨他曾骑去弗吉尼亚①并且骑回来的那匹黑公马的夫人珀涅罗珀②产下一位公子，只不过恶魔起早去看的并不是那只马驹子，大约一星期之前他们抓到、发现了那个黑老婆子，那个接生的，她那天蒙蒙亮就蹲在棉褥地铺旁边，琼斯则坐在廊子上，那把生锈的镰刀靠在这里已有两年了，因此黑老婆子能说出她怎么听到了马的声音接着恶魔走进来俯临地铺那根马鞭捏在他手里，他垂下视线看看母亲与婴儿并且说，‘唉，米利，太糟糕了，你不跟珀涅罗珀那样是匹母马。要不我就可以在马厩里给你个蛮不错的隔间了’说完转身走了出去，蹲在那里的黑婆子听到他们，听到说话声，是他和琼斯的：‘退回去。你可别碰我，沃许。’——‘俺就是要碰碰你，上校’她还听到了甩鞭子的声音却没听到镰刀的声音，没有呼哨的空气声，没有打击声，别的都没有因为总是仅仅使惩罚达到顶点的事情才引起一声喊叫，而导

① 弗吉尼亚州是内战时战火激烈之处，沙多里斯团开赴的也即是该处。

② 母马名。原是古希腊史诗《奥德修纪》主人公尤利西斯之妻的名字。萨德本喜欢给他的黑奴与牲畜起古典式的名字。这使小说产生一种反讽效果。庄严变成了滑稽。

向最终沉寂的事却发生在沉寂中。那个晚上他们终于找到他并且用一辆大车把他运回家，抬起他，沉默与血淋淋的，在灯笼与松明的照耀下他的牙齿仍然显露在两边分开的胡子间（胡子只有一点点发灰虽然他的头发那时几乎全白了），抬着他走上台阶，在此处那个没有流泪、石头一样板着脸的女儿又一次帮他把门撑着，他过去总喜欢骑着马快快地上教堂这一回拉他的马也是走得很快，只不过葬礼都举行完了他压根儿没有去到教堂因为那位女儿（现在是个三十岁的妇人了而且看去显得更老，不是衰弱者的那种变老，要就是全身满是一个个已经没有弹性与活力的臃肿肉袋，要就是经历了一系列逐渐崩溃的阶段，那时病人的粒子再不是依附在某种仍然不渗水的钢铁框架上却是彼此粘着在一起就像是在某个自成一体的共生、无感觉、无意识的生物群里，如同蛆虫群体那样，而是[①]像恶魔本人那样地变老：出现了某种抽缩，令人痛苦地出现了某种根本性的、不可抗拒的僵化，柔嫩的颜色与皮肤、青春的流光溢彩的气息，仅仅是暂时缓和却根本不能掩盖这僵化——这老处女穿一身家织土布和没有模样的衣服，那双手既会翻动鸡蛋也能把地犁得直直的）这个女儿决定他应该被送去镇上他和她母亲举行婚礼的那座卫理公会教堂然后再运回来葬在雪松荫下的墓穴里，她借来两头半驯半野牙口不老的骡子来拉大车：就这样他快快地被拉向教堂，装在他那口外行人打的粗棺材里，军服、刺刀、绣花的宽口大手套一应俱全，走了一段路，直到血气方刚的骡子撒野乱跑拉翻大车把他给倒了出来，连同刺刀、羽毛以及所有的一切，掉到一个沟里，女儿把他从那里拖出来运回到雪松树下干脆自己来念那段葬仪祈祷文。这一回仍然没有流泪，没有显露丧亲之痛，不知是否因为她没时间伤心因为如今小铺由她本人在管着等有主儿把铺子盘过去，她的店并非老开着的而是由她把钥匙揣在围裙兜里，让顾客把她叫来，从厨房或是菜园甚至是从田里，因为如今所有的犁地活儿都由她和克莱蒂来干，她们也真的干下来了，既然琼斯也没有了，是在十二小时之内就在那同一个星期天里跟着那恶魔走的（说下定去的也是同一处地方；甚至没准还有一架斯卡珀农葡萄藤为他们遮阴呢但是现在没有面包或野心或私通或复仇这类事的迫切要求了说不定他们甚至也不是非得喝酒不可了只不过他们时不时会怀念这件事但又不明白他们怀念的

①　此处接本页第7行“不是衰弱者的那种变老”。

到底是什么不过也不会经常怀念；安详、愉快，时光或气候的变化不会给他们留下痕迹，只不过仅仅是偶尔会有什么掠过，一阵风、一个影子，于是那恶魔会停住话头而琼斯也会停止咯咯傻笑，他们会互相对看，探索着，严肃而专注，这时那恶魔会说，‘方才那是什么，沃许？出了点事儿。那是什么？’而琼斯注视着那恶魔，也是在探索，也很严肃认真，他说，‘俺说不上来，上校。是啥呀？’两人互相对看。接着那影子散开去，风也平息了，后来琼斯终于说，很平静，甚至都不是气鼓鼓的：‘狗日的可以杀死咱们，可是还没能打垮咱们呢，对啵？’）——那些妇女和小孩提着桶或是篮子喊叫，于是她或是克莱蒂就上小铺那里去，打开锁，卖东西给顾客，再把小铺锁上，走回来：直到她终于把铺子盘出去，把这笔钱花在买一块墓石上。——（“当时情况是怎么样的？”施里夫说。“你跟我说过的；当时怎么样？你和你父亲去打鹌鹑，天灰蒙蒙的这之前下了一整夜的雨马儿过不去沟，因此你和你父亲下马把缰绳交给——他叫什么来着？骑骡子的那个黑小子？勒斯特[①]。——让勒斯特牵马绕过那条沟”接着他和他的父亲爬过沟那当儿雨又重新下起来了，灰灰，密密，慢慢的，没发出一点声音，昆丁还不清楚他们所在的确切方位因为刚才为了避开小雨的劈脸他一直低垂着头，等他抬起头他们前面已是一片山坡上面湿漉漉的黄色芦苇枯死了却仍然矗向雨中像一片熔化的金子，又看见一丛树林，是小山顶上的那片雪松，它们溶入雨中仿佛是用墨水画在一张湿吸水纸上的——过了那片雪松，过了那片荒芜的田地，再过去，就该是橡树林和半英里外的那幢灰色巨大破破烂烂的空房子了。康普生先生停下回过头去看骑在骡背上的勒斯特，他方才用来做鞍的粗麻袋这会儿围裹在头上，双膝蜷起来缩在麻袋片底下，正带着两匹马走下沟壑去找个能爬上去的地方。“不如就在雨头里走吧，”康普生先生说。“他反正是不会在离雪松一百码以内的地方走过来的。”[②]

他们继续往坡上爬。他们完全看不见那两条狗，只见芦苇在持续颤动，

---

① 勒斯特在福克纳的《喧哗与骚动》里是看管班吉的黑人佣仆，1928 年时 14 岁，亦即出生于 1914 年。此处写昆丁与父亲打鹌鹑是在他上哈佛大学（1909 年）之前，勒斯特还未出生。福克纳在打字稿上原来写的黑仆名字是“丹”，后来划掉改成勒斯特。他显然知道两书年代衔接上有问题，但为了突出背景的共同性也就顾不上那么多了。不过也可以用康普生家里人小佣仆叫勒斯特的不止一个来解释。

② 意思是雪松丛中有坟墓，勒斯特害怕而有意绕开。

在那里，那两只看不见的狗在山坡上左右盘旋[1]直到他们中一个急急地抬起他的[2]头朝后面看。康普生先生朝树丛方向挥了一下手，那狗和昆丁跟着朝那儿走去。雪松丛里很黑，这里的光线甚至比灰蒙蒙还更晦暗，静静的雨，一些模糊不清的珍珠般的水滴，凝定在枪筒上，那五块墓碑就像是凉下来的蜡烛上还没有完全凝住的烛泪：其中两块是沉重的略呈穹形的平石板，另外三块是有点歪斜地插着的墓碑，上面这儿那儿显露出一个镌刻的字母甚至是整个词儿，在微弱的光线下偶尔还能辨别出来，微光是由雨点一个一个分子带进晦暝之中并且释放出来的；现在那两只狗进入树丛了，像一股烟似的飘了过来，他们的毛因为潮湿像灰泥那样紧贴在身上，为了保暖在肚子底下卷成一个看不清与显然是分解不开的球。两块平石板都因为它们自身的重量拦腰断裂了（而且陷进了墓穴那里一个砖砌的券顶塌下去之处成了某种小动物——说不定是负鼠——进出的光滑、幽暗的通道那是好几代的小动物走出来因为墓穴里有东西吃已是很久以前的事了）虽然上面的字还蛮清楚：埃伦·科德菲尔德·萨德本。生于一八一七年十月九日。卒于一八六三年一月二十三日还有那另一块：托马斯·萨德本，美利坚联邦第二十三密西西比州步兵团上校。卒于一八六九年八月十二日：最后的一项，那日期，是后来加的，用把凿子粗粗地錾出来的，他直到死去都没有透露自己出生于何处与何时。昆丁静静地看着墓石，想道没有写是某某人之爱妻。没有。光是埃伦·科德菲尔德·萨德本“我都不能想象在一八六九年他们会有钱买大理石，”他说。

“是他自己以前买的，”康普生先生说。“团队驻扎在弗吉尼亚州的时候他买了这两块，那是在朱迪思捎话给他说她娘死了之后。他从意大利订购的，是上乘货，是能买得到的最佳制品——他妻子的铭文刻全了他自己的日期则空着：做这件事的同时他正积极为一支军队服役，这支军队不仅具有任何军队中空前绝后最高的死亡率而且有每年选一套团队新领导班子的规矩（这个规矩使他那时有资格说自己是上校，因为就在头年夏天[3]他被选为团长而沙多里斯上校落选了）因此就他自己所知，在他的命令能够执行甚至是传达到之前他本人很可能就已经被草草埋葬，他的坟墓上树起（是否真会这样还

① 这是训练有素的猎狗搜寻猎物的动作。

② 指狗，这里用的是 his。福克纳常把通灵性的动物与人同等看待。

③ 指 1862 年夏天。

很难说）一个标志，用一杆炸坏的毛瑟枪往地上一插，也许是死倒没有死他却成了一个少尉甚至是一名小兵——当然倘若他手底下的人敢于罢他的官的话——可是他不仅仅是订了大理石与真的凑足钱付了款，更奇妙的是他居然设法让石头穿过海岸线，此处封锁得如此严密以致走私进口的人除了军火之外其他任什么都不愿贩运——”昆丁仿佛真的能看到他们：那些衣衫褴褛、忍饥挨饿的士兵，脚上没有鞋子，炮火熏黑的瘦脸从军服破烂的肩头扭过来朝后看，眼光灼灼，那里燃烧着一种不屈不挠死不认输的火焰，他们注视着那片黑魆魆被封锁的海洋，洋面上穿行着孤单单一艘阴险的不点灯的船，它东躲西藏，船上可容两千磅重的宝贵空间装载的不是子弹，甚至也不是某些可以果腹的东西，而是那种虚张声势、没有生命的用来雕刻的石头，在接下去的一年里石头将成为团队的一个组成部分，要跟随部队进入宾夕法尼亚州，出现在葛底斯堡，放在一辆大车里走在团队的后面，赶车的是恶魔的贴身勤务兵，它要穿过沼泽、平原和山隘，团队行动也不比大车快，弟兄们饿着肚子有气无力，马匹也是骨瘦如柴，冰冻的稀泥或是雪直没到膝部，士兵们陷进泥泞和沼泽时一边流汗一边诅咒石头仿佛这是一门大炮，他们用“上校”和“上校夫人”来称呼那两块石头；接下去团队又穿过坎伯兰山口直到走出田纳西山脉，他们晚上行军以躲过北军的巡逻队，终于在六四年的深秋进入密西西比州，他女儿就等候在这里，她的婚事让他给搅了，第二年的夏天她将成为一个孀妇但显然又不算是丧失亲人，在那里他的妻子死了他的儿子将自我放逐与流放，他把石头里的一块置放在他妻子的坟上，另一块他直立地支在宅子的厅堂里，对着它科德菲尔德小姐没准（应该说必定是）每天都要看上几眼，仿佛那是他的肖像，没准（这里也应该说必定是）在上面的字里行间读出更多少女的希望与处女的期待，这是超出于她曾告诉过昆丁的，因为她压根儿没跟他提过一句墓石的事，当时他（那恶魔）喝下代用咖啡[①]吃完死面粗面包[②]，又吻了一下朱迪思的前额并且说了句，“嗨，克莱蒂，”接着便赶回去打仗了，待的时间拢共没超过二十四小时；昆丁原也可以看到这块石头的；他甚至可以到过那里。接着他想不。如果我到过那里我不可能看得那么清楚。

① 内战时物资匮乏，南方人将玉米与橡实干炒，磨碎后制成。

② 一种用玉米面和面粉混合烤成的面包，不发酵。

“可是这并不能说明另外三块怎么来的，”他说。“它们准也是值几个钱的吧。”

“谁会给它们出钱呢？”康普生先生说。昆丁能感觉到他在看自己。“想想看。”昆丁看着那三块一模一样的墓碑上面刻有模糊的也是同样的字体，在肥沃、腐朽的陈年积累的软绵绵的松针堆里有点倾斜，那些字在他细细辨认之下还是可以认出来的，那第一块上写着：查尔斯·邦。出生于路易斯安那州新奥尔良[①]。一八六五年五月三日卒于密西西比州萨德本百里地。享年三十三岁并五阅月。他能感觉到他的父亲在看他。

“她立的，”他说。“用她盘出小铺时所得的钱。”

“是的，”康普生先生说。昆丁不得不伛下身子拂去一些松针才能看清下一块墓碑。在他这样做的时候有一条狗立起身走到他旁边，把脑袋[②]挤进来想弄明白他在看什么就像一个人会做的那样，仿佛和人类一起生活使它也获得了好奇这种品质，照说这是只有人类与猿猴才会有的。

“走开，”他说，用一只手把狗往后推同时用另一只手把松针拂开，在手的触摸下模糊不清的字变得可以辨认了，那些刻上去的字：查尔斯·埃蒂尼·圣－瓦勒里·邦。一八五九——一八八四感觉到他的父亲在看他，在他站直身子之前告诉他第三块墓碑标明着同样的年份，一八八四。“这回不可能是小铺的钱了，”父亲说。“因为她是在七〇年卖掉小铺的，再说一八八四也是她自己墓碑上的同一年份”心里在想：倘若她当时想要在上面刻上那第一块墓碑上刻上的“爱夫”这两个字那对她来说会是何等困难的一件事。

“啊，”康普生先生说。“那一块是你爷爷经手操办的。朱迪思有一天上镇子来带给他那笔钱，一部分的钱，她钱是哪儿弄到的他想象不出来，除非是从他帮她卖掉小店所得到的款子里留出来的；把钱带来连同打算刻画的文字（卒年自然是空缺的）都写清楚了就跟你看到的那样，与此同时克莱蒂去了新奥尔良三个星期为的是找到那男孩把他带回来当然你祖父对此也是一无所知的，钱和铭文不是为她自己准备的而是为了他。”

“哦，”昆丁说。

“是的。她们度过的是美好的人生——我是说女士们。这种生活与一切现实不仅是疏离，而且是彻底割断了所有的联系。这就是为什么虽然她们的死

---

① 其实查尔斯·邦出生于海地。这说明立碑的人不知底细。

② 此处说狗的脑袋时用的是“its”，下面对狗也是用“it”，因此，译文亦随之用“它”。

亡，那解脱的一瞬间，对她们来说是无关紧要的，因为她们面临痛苦与毁灭时自有一种勇敢与坚韧不拔的气概，能使最最刚强的男子显得像一个爱哭的娃娃，但是在她们眼里，她们的葬礼与坟墓，在她们安息问题上对虚假的永存所做的小小的、可怜的肯定，其重要性则是怎么估计也不为过的。你有过一个姑妈（你不会记得她的因为连我自己都没有见到过她仅仅是听说过这个故事）她曾面临一次重大的手术，她越来越相信自己是熬不过这一关了，当时和她血缘最近的一个女亲戚跟你姑妈之间多年来存在着一种激烈、解释不清（对男人的头脑而言）大面上却客客气气的怨仇，这种事总发生在同一血统的女人之间，这姑妈快离开这个世界时唯一放心不下的事是要毁掉某一件棕色的裙衫，这衣服是她的，她知道那个女亲戚很清楚她从来没喜欢过，她要把这件衣服烧掉，不是送掉而是要在窗子底下后院里烧掉，于是她让人把她举到窗前（尽管忍受着剧烈的痛苦）让她亲眼看到衣服确实是烧了，因为她相信她死后那个女亲戚，明摆着将由此人来主事儿，会让自己穿着这件衣服埋葬入土。”

“后来她真的死了？”昆丁说。

“没有。衣服烧掉后她倒好起来了。她经受了那次手术恢复了健康而且比那个女亲戚还多活了若干年。然后一天下午她安详地死去，也没什么特别的病症，她是穿着结婚礼服安葬的。”

“哦，”昆丁说。

“是的。可是在七〇年夏天的一个下午，这些坟里的一座（当时这里还只有三座）倒确实是被泪水浇淋过的。你爷爷见到这事；那是朱迪思盘出铺子的那一年，是你爷爷帮她办的因此他骑马下乡去和她商量所以就亲眼看见了：看到了那个插曲，那个成为寡妇的精彩的富于戏剧性的仪式。他当时不知道那个八分之一黑人血统的女人是怎么来到这里的，朱迪思怎么居然会知道她的事而且还写信告诉她说邦是在何处死去的。她真的来了，还带着个十一岁的男孩他看上去更像是只有八岁。这一定很像那个爱尔兰诗人王尔德[1]笔下的花园景象：黄昏时分，黑黢黢的雪松，树丛里是平卧的太阳，连光线也一模一样，墓冢也是，三块大理石（为了买那第三块你爷爷向朱迪思预付了一部

[1] 奥斯卡·王尔德（1854—1900），爱尔兰诗人、戏剧家与小说家，代表作有《莎乐美》等。

分小铺卖掉后才能收回的钱）看上去仿佛是被布景师揩拭、擦亮与安排好的，等到天黑下去他们就会回来敲敲它们把它们提起来，那是空的，又薄又脆，没有分量，搬回库房去下一回要用的时候再拿出来；那仪式，那一场，那一幕，在舞台上演开了——木兰花脸色的女子现在显得丰满些了，这是个被黑暗也是为了黑暗创造出来的女人，画家比尔兹利①会为之设计服装，她一身柔软飘洒的长裙，那不是设计出来做丧服与表示自己是个寡妇，而是为某个表现懈怠与没有底线的贪婪的插曲而穿，为表现狂炽的不知餍足的肉欲而穿的，她在一把镶花边的遮阳伞下款款而行，后面跟随着一个衣衫鲜艳高头大马般的黑婆娘，这女人挟着个丝绸垫子手里拉着个小男孩比尔兹利不仅愿为他设计服装而且简直会把他画下来——是个单薄细巧的孩子有一张嫩滑的象牙色分不出性别的脸，在他母亲把阳伞递给黑婆娘接过软垫在墓旁跪下整理好她的裙子并且哭泣起来后，他也始终没有松开黑婆娘的围裙而是站在那儿不出声地眨眼，他出生与度过他的年月都是在一个丝绸牢笼里，光照的来源则是永远蒙上罩子的蜡烛，呼吸的空气是他母亲的日子时辰在其中流逝的牛乳般与绝对肉体的闪动，以前连日光都见得很少，更不用说是见过露天、树林、草叶与泥土了；而跟在最后面的一个是另外那个女人，朱迪思（*她不算是丧偶，是用不着哀悼的*昆丁想，同时思忖道*是的，我老得听着，也未免太久了*）她就站在雪松林的内缘边边上，穿了件印花布裙衫还戴了与之配套的遮阳帽，这二者都褪色和走样了——平静的脸，一双既能犁地、劈柴也能做饭、织布的手交叉着垂在身前，站着，姿势如同博物馆里一个心不在焉的解说员，在等候，没准甚至都没朝她们看。接着黑婆子走上前来递给混血女人一只水晶小瓶让她嗅②并且扶她起身拿上丝垫又把阳伞交还给混血女人接着她们往宅子走回去，小男孩仍然紧攥住黑婆子的围裙，黑婆子用一只胳臂撑扶着那个女人，朱迪思跟在后面，那张脸像只面具或是一块大理石，也往宅子走回去，穿过一个高高的墙皮剥落的柱廊进入宅子，克莱蒂在那里煮鸡蛋烤玉米面包，这是她和朱迪思赖以为生的食物。

"她待了一个星期。那星期剩下的时间她都是在宅子唯一床上还有被单的房间里度过的，在床上度过的，穿的是新的镶花边的丝绸宽松服，因为服丧

---

① 奥布利·比尔兹利（1872—1898），英国插图画家，曾为王尔德的诗剧《莎乐美》绘制插图。
② 瓶子里盛的应是可以提神的嗅盐。

收敛地采用了淡紫色和紫红色——房间密不通风，关上了窗板，塌陷、关紧的百叶窗里饱孕着一股浓得化不开让人昏眩的气味，那是她的肉体、她的时日、她的外衣、从她衣服上、太阳穴上散发出的科隆香水，以及水晶小瓶里发出的气味，是黑婆子用扇子一种种交替着扇出来的，在她不去房门口接克莱蒂端上楼来的托盘时她总坐在床边给女主人扇扇子——克莱蒂，是她在干那端茶送水的活儿，这是朱迪思吩咐她干的，但她也必定看出来，不管朱迪思跟她说了还是没有，她所服侍的也是个黑人，不过她还是伺候这黑女人了，同样，她也会时不时走出厨房在楼下各个房间搜寻直到她发现那个弱小、奇特、孤单的男孩安静地坐在黑暗、阴沉的书房或客厅的一把僵直的硬椅子里，这个名字由四个词连成有十六分之一①黑人血液穿一身昂贵、异国情调的方特勒罗伊②服的男孩，以一种吃惊的宿命论者的恐惧看着那个阴郁的、咖啡肤色的女人，她总是光着脚走到门口来，瞅着他，不是给他用茶时吃的小饼而是给他最粗不过的玉米面包，上面抹了同样粗的糖浆（这还是偷偷摸摸的，倒不是怕那位母亲或是保姆会反对，而是因为家里实在拿不出可以在两顿饭之间用的点心），把东西给他，往他手里一塞，带着几分有所控制的野蛮劲儿，她有一天下午发现，他跟一个和自己个头差不多的黑小子，在大门口外面路边上一起玩耍，便咒骂那黑孩子，凶狠得无以复加，直把黑小子骂得一溜烟跑开，同时让他，另外的这个孩子，回宅子去，叫唤的声音顿时没有了诅咒和怒气，显得分外死气沉沉与冷冰冰。

“是的，克莱蒂，她在那最后的一天毫无表情地站在大车旁，那是紧接着第二回上坟之后，仍然是带着丝垫子、阳伞和嗅瓶，这回母亲、孩子和保姆要出发回新奥尔良了。不过你爷爷始终不知道是否是克莱蒂在注意着，用某种方法保持着联系，在等待着那一天、那个时刻的来临，一直等到那一刻小男孩成了个孤儿，于是她亲自出发去接他；或者负责等待与注意的是朱迪思，而且是她在那个冬天，一八七一年的十二月，派了克莱蒂去接孩子；——克莱蒂一辈子也从来没有离开庄园去远于杰弗生镇的地方，可是她居然独自出门

---

① 康普生先生当时不知查尔斯·邦身上有黑人血液（算上他的，孩子的当不只是十六分之一），故而这样说。

② 一种有花边与领结的黑丝绒套服，最早见于英国作家 F.H. 伯内特 1886 年出版的小说《小爵爷方特勒罗伊》。中译本，又名为《小爵爷》。

上新奥尔良去了，回来时带着那个孩子，男孩这时候十二岁了可是看上去只有十岁，穿的那身方特勒罗伊服显得小了不过外面套着一件过于大的新套头罩衫，这是克莱蒂给他买的（而且让他穿着是不是为了御寒你爷爷也说不上来）套在外面，他所有的其他东西都用一块方巾包起打上个结——这孩子不会说英语而那女人又不会说法语可她却在一个说法语的城市里找到了他，在人海里把他准确地找了出来，带走，这孩子有一张不成熟的脸但是看不出大小，仿佛他根本没有过童年，跟罗沙·科德菲尔德小姐所说自己没有童年倒不是一回事，而是仿佛他不是像凡人那样生下来的，并非经过男人的作用和女人的痛苦创造出来的而且变成孤儿也不是因为有人死去（你爷爷说你都不会去琢磨那个母亲到底出了什么事儿，你甚至都不会在乎：是死亡还是私奔或是结婚：她从一种形态——解除婚约或是通奸——变到另一种时，不会带去我们称为记忆的她所有陈旧、积淀与无意义的岁月，那个可以认识的我，而是从一个阶段变到另一阶段，就像蝴蝶在茧子一旦出茧后那样地变化，不把从前的形态带到今天来，也不留下些许今天的形态而是整个儿、完整无损以及毫不抗拒地跳进下一种化身里去，就像过于盛开的玫瑰或是木兰从一个繁华的六月纵身跃入到下一个六月，在天地之间任何地方都不留下哪一种死亡、本初、无灵魂、隆盛的投降的一丁点儿的骸骨、物质与尘埃）而是在腻味、香气扑鼻的关严窗板后的丝绸迷宫里整个儿地生产出来的而且不受任何微生物的支配，仿佛他是纤巧、扭曲的精神——象征，是古代永生不死的莉莉丝[①]的不朽的小侍从，不是在一秒钟的年纪时进入这真实世界的而是一生下来就已是十二岁，他当侍童的那身精巧的服饰被粗糙、没有派头的牛仔布做成铁定的模式卖给千百万人，早已经看不大出原来样儿——它们成为含的子孙[②]的滑里滑稽的制服和悲惨而又滑稽的标志了；——一个单薄、沉静的孩子，他甚至都不会说英语，突然从他所知道的唯一那种生活坠入的大灾难里给捡拾出来，被他只见过一次的人，他学会了害怕与畏惧此人但是却逃脱不开其控制，他无助、被动地陷进了一种状态，这肯定是恐惧与信赖的奇妙

① 在犹太民间传说中，她与亚当同时被造出，也是他的第一个妻子。因不愿充当弱者的角色而被逐出伊甸园。在西欧中世纪传说里，她又成了一个女巫，出没在荒郊野岭里专事残害儿童。

② 指黑人。含是《圣经·旧约·创世记》中挪亚的小儿子。因为他见到酒醉后挪亚赤裸的身体，挪亚便说含的儿子“当受诅咒，必给他兄弟作奴仆的奴仆”。因此有人认为黑人的祖先是含。

混合物，因为虽然他甚至都无法与她交谈（他们曾经，他们肯定作过次为期一周的船上旅行，处在轮船甲板上棉花包之间，跟黑人同吃同睡，在船上他甚至都无法告诉他的旅伴他饿了或是他要方便了）只能够猜测与臆度她要把自己带到哪里去，自然不会知道什么除了他所熟悉的一切正在像烟一般从他身边消失，然而[①]他也不抗拒，只是平静与驯顺地回到他以前见过的朽烂中的宅子里去，那里住着来带他的那个凶狠、阴沉的女人，以及那个不吭声的白种女人，她其实不算凶狠，除了沉静之外也说不上有什么别的特点，她对他来说甚至都没有什么合适的称呼，可是却在某种意义上与他息息相关因为她是他见到母亲趴着哭泣的那块土地的主人；——他回来，跨越那道陌生的门槛，那条退不回去的界限，不是被带领，不是被拖着拉着，而是被那严峻、无情的身影驱迫与轰赶着去的，进入那座荒凉、空旷的家宅，在那里他那些还能提醒自己过去是怎样一个人的残余的柔滑的衣服本身，他那精致的衬衫还有袜子以及皮鞋，统统不见了，从臂膊、身子和大腿上溜走了，仿佛它们是用幻想或是用烟雾织成的。——是的，睡的是朱迪思床边的一张有脚轮的矮床[②]，她俯视着他，用一种冷冰冰、永不软化的疏离的客气态度对待他，这比黑女人那种严厉无情的经常性监督更让人寒心，黑女人以一种绝不让步的虚假谦卑在楼板上打地铺，孩子躺在那里夹在两人之间，在消极、无出路的绝望的某种空档里难以入睡，心里明白这些：明白床上的那个女人，她对着他的每一个眼光和动作，她那双能干的手的每一下抚触，在碰到他身体的那一瞬间这抚触似乎失去了所有的温暖并开始充满冰冷的难以平息的憎厌，也明白地铺上的那个女人，他已经开始把她看成仿佛是某种没有利爪与尖牙的灵巧的野兽，蹲在它的笼子里处在类似凶狠的某种绝望、拼命的状态中（于是你爷爷说，‘让小孩子到我这里来’[③]：他这样说是什么意思呢？要是他的意思是小孩子应该被忍受才能接近**他**，那么**他**创造的是个什么世界呢；如果说为

---

① 此处的“然而”与前四行“因为虽然他……”相连接。

② 这样的床可以推到正规的床的下面以节约地方。男孩睡这样的床从某种意义上也象征着他在家中的地位。

③ 见《圣经·新约·路加福音》第18章第15—17节：“有人抱着婴孩到耶稣面前，要他抚摸他们。门徒看见了，就责备那些人。耶稣却叫他们过来，说：让小孩子到我这里来，不要禁止他们，因为上帝的国正属于这样的人。我实在告诉你们，凡不像小孩子一样接受上帝的国的，决不能进去。”句首的“让”，英语《圣经》中为“suffer”。“Suffer”主要的意思是“忍受”、“受苦”，表示“让”是古旧的用法。引语中的“他”“我”，均指耶稣。

了接近**他**孩子们必须受苦，那么**他**拥有的又是什么样的天国呢？）看着喂它食的人类，这女人喂他，塞吃的给他，他自己也辨别得出这是她们拥有的食物里最最上乘的了，他明白这食物单为他准备是做出额外牺牲的，是带着那种残酷加怜悯，渴望加憎恨的混合复杂感情的；她帮他穿衣和漱洗，把他往水太热或是太凉的桶里塞然而对这种状态他不敢尖叫反对，还用粗糙的破布与肥皂来擦洗他，有时擦洗是带着压抑的愤怒的好像是在想把他皮肤上那层光滑、淡淡的橄榄色擦掉，那情形就跟你看着一个小孩子在揩拭一面墙一样，其实那上面的修饰称谓用粉笔写的那句骂人话早就看不出来了：——他躺在她们两人之间黑暗里睡不着，感觉出来她们也没睡着，感觉到她们是在想他的事，在操心着他的事并且充塞着他绝望的雷鸣般的孤寂，那声响要比言词所能达到的大得多：你不能上这张床来跟我一起睡，你本该睡这张床的，这不是因为你的错也不是出于你自己的意愿，还有你又不能下来和我一起睡这个地铺，你其实必须也将要睡在这儿的，这不是因为你的错也并非出于你自己的意愿，也不是因为我们自己的任何错误或是意愿，我们不愿做我们做不到的事，正如我们愿做以及等待着那必然会出现的事一样。

“而你爷爷也不清楚到底是她们中的哪一个告诉孩子他是，必定是，一个黑人，他还不可能听说过也不可能明白‘黑鬼’这个词儿，他甚至在他掌握的那种语言里都找不到相应的说法，他出生与长大在一个用丝绸垫得好好的真空密室里，这密室简直可以用根缆绳悬吊在大海的千英寻深处，在这里皮肤的色素与丝绸护壁、香味、玫瑰色的烛罩相比，并不具有更高的精神价值，他在此处也许能见到的抽象概念本身——一夫一妻制、忠贞、礼貌、温文尔雅以及感情——都跟消化过程一样是纯然植根于肉体职能的。你爷爷不知道最后是人家不让他睡脚轮矮床的呢还是他出于自己的愿望与意志而不睡的；是不是到一定的时候他的寂寞与哀伤变得麻木了，他自己从朱迪思的卧房里退了出去或是被赶了出去，睡到厅堂上去了（克莱蒂也同样把她的地铺搬到这儿）虽然不像克莱蒂那样打地铺而是睡一张行军床，不过是支高了的这也许仍然并非出于朱迪思的命令而是那黑女人强烈、坚决、虚假的谦卑所造成的；后来又搬进阁楼，把行军床搬到那里，以及几件衣服（他来时所穿的丝绸和宽幅布裁制的衣服的残余，两个女人给他买和缝的粗布裤子和土布衣服，他接受时没说谢谢，也没表示什么，他接受屋顶底下他那个小阁楼时也没说谢谢，没有表示什么，就她们所知对房间里简朴的安排没有提什么要求也没有作任何改变，直到第二年他十四岁时两个人里的一个，不是克莱蒂便是朱迪思，发现他的床垫底下藏着一块破镜子的碎片：谁会知道他在破镜前度过的是什么样的惊愕与欲哭无泪的时刻呢，他以噤声、难以置信的不理解神情，审视自己穿上考究、简直穿不下的破旧衣服时的模样，他怕是连自己原先穿上这些衣服的样子都记不得了）那几件衣服挂在一块旧毯子改的帘子的后面，帘子是用钉子固定在一个屋角上的。而克莱蒂则睡在下面的过道里，正好挡在阁楼下来的楼梯前，像个西班牙陪伴老太太[①]那样坚定地看守着他的退路或出口，她教他劈柴火、侍弄菜园然后让他犁地当他的力气（毋宁说是他的复原状况，因为他始终是骨架子很单薄几乎是纤巧的）有点长进之后——这个骨架单薄双手纤细得像女人柔弱似的男孩跟倔强的骡子这无名的天神苦苦搏斗着，这悲惨与不能生育[②]的小丑在这男孩第一个父亲[③]的诅咒下，成了他天然的搭档与助手，他逐渐掌握了活儿的要领，于是这一对，由野蛮的铁木构成的男性象征[④]联系在一起，从平卧的丰饶的大地母亲身上撕扯出谷物来养活人与牲畜，与此同时克莱蒂眺望着，从不离开他的视线，她那种关怀是沉思、凶狠、不放松和带妒忌性的，每逢有人不管是白人还是黑人停在路边像是等男孩犁完地停下有点时间可以与人聊天，她就会用个单一、文静的词儿催那男孩继续干或者甚至做出一个姿势，那可比她轰走路人的那句低沉的喃喃咒语要厉害上一百倍呢。因此他（你爷爷）相信那件事与她们两人都无关。不会是克莱蒂，她看守着孩子仿佛他是个西班牙黄花闺女，她甚至在她能猜出他会搬到那里去住之前，就打断过他与一个黑人的第一次接触并且把孩子撵回宅子去；也不会是朱迪思，她原本可以在任何时候拒绝让他在她自己房间里睡那张白人儿童床的，她即使不能让自己心安理得地叫他睡地铺却是能够强令克莱蒂带着他睡另一张床的，她也许会使他成为一个修士，一个独身者，但是还不至于使他成为一个太监，她也许不会让他冒充外国人，却肯定不会硬逼他与黑人交往。你爷爷不知道，虽然他知道

① 旧时西班牙上流社会青年女子出外，总需有老妇人相伴。

② 指骡子，骡子由驴、马交配而生，本身没有生殖能力。

③ 指亚当，亚当受到上帝的诅咒："你必终身劳苦，才能从地里得吃的……你必汗流满面，才能糊口。"（《圣经·旧约·创世记》第 3 章第 17—19 节）

④ 指犁。

的比镇上乡下所知道的都多，他不知道农庄里住了个陌生的小男孩这男孩显然在大约十二岁时初次走出宅子露面，他的出现对于镇子和整个县来说甚至都不是无法解释的，因为人们现在相信他们知道亨利为什么枪杀了邦而他们琢磨不透的仅仅是克莱蒂和朱迪思是在哪里与怎样想法子把小孩藏起那么久的，此刻人们相信埋葬了邦的是一个寡妇虽然她拿不出文书来证明自己的身份，而只有你爷爷多疑的（也是大为震惊的）猜想才相信这孩子说不定是克莱蒂的，是孩子的父亲让他自己女儿[1]受孕所生的，虽然当时他保险箱里有那一百块钱以及朱迪思亲笔写的字条，关照这是做第四块墓石的钱，但是他还没有把孩子与他在两年前见到过的那个小孩联系起来，当时那个混血女人来到庄园哭坟，——这男孩让人看到总出现在宅子附近，而克莱蒂又总在左近盯着，接着孩子成了个学扶犁的少年而克莱蒂仍然总是呆在附近某处而且很快大家都知道，倘若有人想跟孩子说话，她总是以何等严峻、毫不松懈的警觉发现并予以阻止，只有你爷爷终于把这男孩，这少年与三四年前上过坟的孩子合二而一；——你爷爷，五年后那个下午朱迪思上他办公室去，而他都记不得自己以前曾在杰弗生见到过她——这女人此时也已四十岁了，还是穿那件不合身的印花布裙衫戴那顶褪色的遮阳帽，她连坐都不肯坐，她尽管仍然戴着那个让人看不透的假面具却显露出十分急迫的神情，她一定要跟他一起去法院，边走边说，在路上把事情告诉他，他们朝人头攒动的法庭走去，法官就在那里开庭，他们走进拥挤的房间这时你爷爷看见了他，那男孩（只不过现在是个大人了）跟一个保安官铐在一起，另一条胳膊吊着绷带，脑袋上也包扎着，因为他们把他带到医生处去过了，你爷爷一点点弄明白那是怎么回事至少是尽他所能地弄明白因为法庭本身也没能从证人那里挤出多少情况来，有些证人是逃出来去叫保安官的，有的（除了被他伤得太厉害出不了庭的那一个）则是他打架的对手——在离萨德本百里地庄园几英里之外的一个木屋里黑人们开了个舞会，他去了，他在场而你爷爷始终打听不出来他以前是不是经常去，他参加这样的活动到底是去跳舞的呢还是去那里的厨房里掷骰子的，事情就是在厨房里闹起来的，按照证人们的说法滋事的是他而不是那些黑人，而且一点因由也没有，并没指控别人欺骗他，什么理由都没有；

---

① 指孩子是托马斯·萨德本与克莱蒂所生。亦即福克纳小说《熊》里所写的情况。

他倒也不否认，一句话不说，压根儿就是拒绝开口，坐在那里，阴沉、苍白、不吭声：因此在这个节骨眼上所有的真相、证据全都消失在乱成一团的乌黑的背、头、黑胳膊与捏着柴火棍、炊具和剃刀的手之间，焦点的中心则是一个白人[①]他挥舞着一把刀，这刀是他不知从什么地方寻摸出来的，他动作笨拙，显然是缺乏技巧与训练，不过却玩命般认真而且气力还挺大不像他那单薄的身板能拿出来的，这力量得自于纯粹的不要命与全不在乎会遇到什么样的惩罚，会挨受什么样的打击与刺割，他似乎甚至都感觉不出来；——这种事根本就没有原因，没有理由，根本没人知道到底出了什么事，是什么咒骂与粗言恶语刺激了他使他冲动起来，只有你爷爷在摸索、探寻，想掌握实际情况，关于那次狂怒的抗议，那番上天安排的谴责，那只扔往对方脸上表示要决斗的手套，扔时的那种愤怒与不计后果的断然措施完全是那恶魔自己的作风，就像那孩子，后来又是小伙子的脾气是得自几堵墙壁，那恶魔曾在其中生活，是得自空气，恶魔曾在其中穿行与呼吸直到他挑战过的命运向他回击的那个时刻来临：只有你爷爷感觉到了这一点因为法官以及在场的其他人全都不认识他，不认识这个瘦弱的人，他脑袋、手臂包扎着，那张橄榄色的脸阴沉沉的毫无表情（此刻外加没有血色），他拒绝回答任何问题，也不作任何声明：因此你爷爷走进去时那个法官（是吉姆·汉布利特）已经开始发表谴责性质的演说了，法官有了机会与听众便发表起演说来，像那种喜欢听到自己向公众侃侃而谈的人那样，他眼睛仿佛上了釉一时间什么都看不见：'此时此刻，正当我们的国家挣扎着从残暴的压迫者铁蹄下站立起来的时候，正当南方作为一个我们的妇女、儿童勉强生存之处能有前途全靠我们双手的劳作的时候，正当我们必须应用、仰仗的工具是黑人的自尊、正直与坚忍和白人的自尊、正直与坚忍的时候；可是你呢，我得说，一个白人，一个白——'这时你爷爷拼命挤要上他跟前去，要打断他，在努力推开人群，一边说，'吉姆。吉姆。吉姆！'可是已经太迟，仿佛汉布利特自己的声音终于惊醒了汉布利特或者好像有人在汉布利特鼻子底下用手指捻响一个榧子把他弄醒了，他此时看着那个犯人但还是又说了一个'白'字虽然此刻他的声音变喑哑了仿佛让声音停住的命令一惊竟走了短路，接着房间里每一张脸都转向犯人，当时汉布利

① 指查尔斯·埃蒂尼·圣瓦勒里·邦。他皮肤是象牙色的，在黑人眼里他更像是白人。

特喊道，‘你是什么人？你是谁是从哪儿来的？’

“你爷爷把他保了出来，让起诉撤销，还付了罚金把他带回自己的办公室，跟他谈话与此同时朱迪思在外面的接待室里等候。‘你是查尔斯·邦的儿子，’你爷爷说。‘我不知道，’那人说，声音刺耳与阴郁。‘你不记得啦？’你爷爷说。那人不回答。接着你爷爷告诉他他必须走开，别在本地出现，还给他钱让他走远点：‘且不说你是什么人，只要你置身在陌生人中间，在不认得你的人中间，你就可以想当什么人就当什么人了。我能把事情弄妥的；我会去谈的跟——跟——那位你称她什么来着的？’他这时候已经管得太宽了，不过现在要停下来为时已晚；他坐在那里看着那张纹丝不动的脸，跟朱迪思一样的毫无表情的脸，没有希望也没有痛苦：仅仅是阴沉、捉摸不透，正低垂着在看自己那双指甲劈裂、长了老茧的女人气的手，手里捏着钱，这时你爷爷寻思他自然是不会叫‘朱迪思小姐’的，因为这样只会更加昭然若揭地表明他的血统[①]。接着他想我甚至都不知道他究竟是想隐瞒还是不想隐瞒呢。因此他就说萨德本小姐。‘我会告诉萨德本小姐的，自然不是说你要去什么地方，因为这一点我自己也不清楚。而仅仅是说你走了，你要走我是知道的，还有你会一切都好的。’

“于是他离开了，而你爷爷就骑马下乡去告诉朱迪思，克莱蒂来到门口定睛端详他的脸什么也没说跑去叫朱迪思，你爷爷则等候在那个阴影笼罩的厅堂里心里明白对这两个人他都什么也不用说了。他没有这个必要了。朱迪思很快来到，她站着盯着他，说，‘我猜想你不会告诉我。’——‘不是不会，是不能呢，’你爷爷说。‘反正现在不行，因为我对他作了某种承诺。不过他有钱；他会在——’说到这里便停下了，他们当中有那个看不见的孤苦伶仃的小男孩，他八年前来到那里，一件套头衫罩住他那些残剩的丝绸和宽幅布料衣服，后来又成了个少年，穿一身附有对他那种人的古老诅咒的制服——破帽子和工装裤，后来又成了个小伙子，像一般小伙子那样有生育能力了但仍然是那个穿着他的梆梆硬粗斜纹布衬衫的孤苦伶仃的小孩，于是你爷爷便说起那些空洞无力的词语，亦即我们称之为安慰的华而不实、假惺惺的空话，心里却想他还不如死了的好呢，还不如压根儿没出生的好呢：接着又想如果他

① 当时南方黑人通常的规矩是用名而不是姓，称白人女士为某某小姐。白人则不这样称呼。

真的说了，这对她来说会是何等无用、空洞的废话呢，其实他无疑是已经说了，已经这样想过了，仅仅是变换了人称和数量[①]而已。他回到镇上。而此时，在那下一回，他并不是让人来叫他去的；他跟镇上大伙儿一样听说了这件事：是从源自黑人的乡间小道消息那里传出来的，说是他，查尔斯·埃蒂尼·圣－瓦勒里·邦，已经回来了（不是重新回家；而是回来），这之前你爷爷毫不知情，说是他回来了，出现了，带回个煤炭般黑长相像猿猴的婆娘还有一张真正的结婚证书，而且是由这女人送回来的因为不久前他给狠揍过一顿，伤得挺厉害，以至在他那头没有鞍的瘸骡上连坐都坐不大住得由在旁边走的老婆扶着免得掉下来；一直骑到宅子跟前而且显然是把结婚证书扔在朱迪思的脸上同时还表达了某种彻底的绝望，在那次骰子赌博中他正是带着这种情绪攻击众黑人的。没有人打听得出他不在的那一年的背后隐藏了什么荒谬绝伦的故事因为他从来不提起那个婆娘，甚至在一年后他们的儿子都生下来了，仍然处在她来时所陷入的惊呆与机械状态中，自然没有说，也许是压根儿说不出什么，不过她像是逐渐渗漏出一些来而且是以一种可怕与令人难以置信的排泄过程，就像因恐惧与痛苦而出汗一样：他是如何发现她的，如何把她拖出来，从她那点智力居然能从中挤出食物与遮风避雨处的某个二维[②]死水潭（连那地方，镇子或是村子的名字，她不是压根儿不知道便是出走时受到过度惊吓，以至把地名从她头脑和记忆里永久性地排挤走了），如何娶了她，无疑是捏着她那只手帮她在登记簿上费足了劲儿地画上那个十字架的[③]她当时连他姓甚名谁都不清楚也不知道他不是个白人（后面这点直到如今也无人知道她弄清楚没有，甚至在儿子出生于一间年久失修的奴隶小屋之后，他从朱迪思手里租下一小块地之后他翻修了这小屋）；再往下去有一年光景，那是由一连串静止不动的片断组成的，仿佛让人看一部老是断片的电影胶卷，在里面娶了她的白皙皮肤的那个男人仰躺着以便从最近一次的挨打里恢复过来，在一个个憋闷的臭烘烘的房间里，地点不一——或是小镇或是城市——这些地方对她来说也同样是没有名字的，这中间夹杂着别的片断、插曲，是愤怒的、不可理解的而且显然是无因无由的迁徙、移动——一个由众多脸庞

① 指英语语法上的人称和数量。
② 此处的“维”，是几何学及空间理论的基本概念的那个“维”。
③ 不识字者可用画十字架代替签名，一如阿 Q 之画圆圈。

与身体组成的大漩涡，她的男人要从那里穿出来，把她拉在身后，至于朝向何处与从何处离开，他又是被什么老让他不得安生的气愤所驱赶，她一概不知，每一回都结束、终止得像上一次一样，因此事情都几乎程式化了——这个男人显然是主动找碴儿以便把他黑炭般的伴侣那猿猴一样的身躯推向甩向想回敬他的每一张和任何一张脸：轮船上或是城里酒吧间里的黑人装卸工或是甲板上的水手，他们认为他是个白人而且他越否认他们越是深信不疑；还有那些白人，在他说了他自己是黑人时，都相信他有意撒谎，为的是免受皮肉之苦，或者甚至更恶劣：纯粹是性变态昏聩；不管哪一种情况其结局都是一样的：这个身架与四肢跟姑娘一样单薄纤巧的人挥出第一拳，通常是什么武器都没有并全然不顾对方人数有多少，总是怀着同样的狂怒与深仇大恨，同样的对肉体痛苦与惩罚的满不在乎，他既不咒骂也不喘气，仅仅是哈哈大笑。

“就这样他把证书往朱迪思鼻子底下一塞接着便带了他妻子，肚子里孩子不小已经大腹便便了，去到那间破木房，这是他选中要翻修和安顿她的，把她塞在这狗窝里没准也是一种姿态，接着又回到大宅。没有人会知道那天晚上他与朱迪思之间所谈的透露出了什么，在某个没有地毯的房间，那里仅有的家具是她们没有不得不劈掉烧火的那几把椅子，劈掉是为了生火做饭或是为了取暖要不就是生了病不时得用点热水——一个是还未做新娘便当了寡妇的女人，另一个是那个男人的儿子，正是这个男人使得她与一个世袭的黑人侍妾都丧了偶，而儿子对自己的黑人血液的反感远不如对身上白人血液的大，这样的憎厌里有一种奇特、蛮横的夸张成分，那种决绝是有遗传性的，简直就是那恶魔本人的作风。（因为那里有爱康普生先生说有那封她带来交给你奶奶保管的信呢，他（昆丁）能看到那封信，清楚得就跟打开放在他面前桌子上摊开的教科书上的这一封一样，捏在他父亲黝黑的手里衬在父亲穿着睡裤的大腿前面，白白的，在那个九月的暮色中那儿飘荡着雪茄烟味、紫藤花味以及萤火虫群，他想是的，我听得太多了，人家告诉我得太多了；我不得不听的太多了，时间也太久长了他想是的，都快跟父亲一模一样了：那封信，再说谁能知道她在那所房子、那个房间、那个夜晚独处时会思考什么样的道德复兴呢，又会思考重振什么铁一般的古老传统呢？因为她已看见几乎其他的一切人家告知她是坚固的东西都已消失，像强风前的一蓬干草；——她坐在那里，伴着一盏灯，在一把硬椅子里，背挺得笔直，还是穿着那件印花布裙衫只不过此刻没有那顶遮阳帽，此刻没戴帽子，原来乌黑的头发如今已是花白相间的了，此时他面对着她，站着。他不肯坐下；也许她连请都没有请他坐，那冷冰冰、平板的声音不会比灯焰的噼啪声高出多少：‘我以前错了。这我承认。我相信过有些事情曾经很重要现在也必定重要。但是我错了。什么都不重要，唯独有一口气，能呼吸，心里明白，活着，这才是重要的。还有孩子、结婚证书，那张文书。怎么处理？文书是你跟一个无可辩驳是黑人的女人之间的事；这倒可以撇开不理的，没有人敢理会它，正如不会理某个年轻人年少气盛时做过的一件恶作剧一样。至于那孩子，没事儿。我自己的父亲不也生过一个吗？他也没有因此而变得更坏，是不是？若是你希望让我们来养活女人和孩子，这也不成问题；娘儿俩可以住下来克莱蒂会……’看着他，瞪视着他却一动不动，纹丝不动，背挺得笔直，她的手交叉着全然不动地放在膝上，几乎不吸气也不出气仿佛他是只什么野鸟或是野兽只要她鼻孔稍一翕张收缩或是胸脯稍有起伏就会飞走逃开的：‘不：我来管。我会管孩子，会负责的……都不用给孩子起什么名字；你也不必再见孩子和操心了。我们可以让康普生将军帮忙再卖掉些土地；他会照办的，你呢可以走开。去北方吧，到大城市去，那儿不会在乎这种事儿的即使——可是人家不会知道的。谅他们不敢。我可以告诉人家你是亨利的儿子看谁敢或是会提出异议——’而他一直站在那里，是看着她还是没在看她也说不上来因为他的脸该是低垂着的——那张一动不动、毫无表情的脸，她看着他，不敢动弹，她的声音溪水似的，够清晰的气儿也是够足的不过几乎传不到他耳朵里：‘查尔斯’：而他却说：‘不，萨德本小姐’：于是她重新开始，仍然是一动不动，居然连一小块肌肉都纹丝不动，仿佛她是站在灌木丛的外缘而里面的动物是她方才轰进去的，她知道动物在看她虽然她看不见那动物，它并不真的惊慌失措，没有一点点恐惧感甚至连吓一跳都算不上，而是处在自由者无拘无束、轻轻松松的麻木不仁的状态里，它甚至都不愿在轻轻承载它的土地上留下一个印痕，而她又不敢伸出手去她的手其实是能碰触到它的，相反，她仅仅跟它说话，她的声音是轻柔与醉人的，充满了那种诱惑与那种甜美的承诺，这正是女人的武器：‘就叫我朱迪思阿姨吧，查尔斯’）是的，谁说得清他当时是说了句什么还是什么也没说，而仅仅是转过身子，走出去，她仍然坐在那里，没有起身，一动不动，看着他，仍然能看见他，透过墙壁还有黑暗看着他走回去，顺着野草蔓生的巷子穿过两排荒芜颓圮的小屋朝向他妻子在等候的那一间，踩着长了荆棘、铺了石子的小径，朝向那个客西马尼园[1]，这是他为自己选定建造的，他在这里让自己上十字架，从他的十字架上下来了片刻现在又重新回到上面去。

“知道就里的不是你的爷爷。他知道的无非就是镇上、县里的人所知道的：克莱蒂原来看守着并且教导怎样种庄稼的那个小男孩，如今成了大人，那一天坐在法庭上头上包扎着一只胳膊吊着绷带另一只给铐着，他走开过，然后回来带来一个正儿八经的妻子，只是模样更像动物园里的什么东西，他如今作为分成佃农，耕种着萨德本庄园里的一块地，侍弄得还蛮像样，体力是有限，独自一人，安排得却有板有眼的，身子骨胳膊腿对他选中的这个营生还是显得单薄了些，他像个隐士似的居住在他翻修过的小屋里，不久后他儿子也在这里出生了，他既不和白人也不跟黑人来往（克莱蒂如今不看守着他了；她用不着这样做了）在接下去的四年里他在杰弗生只露过三次面，后来再出现，那一回众黑人报告说他在库房街黑人商店区喝得酩酊大醉或是快要不省人事了，那些黑人像是怕他也怕克莱蒂与朱迪思，于是你爷爷就上那儿去把他带走（倘若他真的倒下或是要动粗，那就让镇上保安官来管）而且让他待在家中直到他老婆，那个黑丑八怪，好歹把牲口套上大车赶来，她身上除了一双眼睛一双手，没有别处显得出她是活人，她把丈夫弄上大车带回家去。因此起先镇上的人根本没觉得好久没见到他了；是县里的医官告诉你爷爷他得了黄热病[2]的，朱迪思已经让人把他搬进大宅亲自看护他而如今朱迪思也得了这种病，于是你爷爷让医官也通知科德菲尔德小姐，而他（你爷爷）有一天骑了马上那边去。他没有下马；他坐在马上喊叫直到克莱蒂从楼上的一扇窗子里朝下面对他看并且告诉他‘他们已经啥都不需要了’。没出一个星期你爷爷知道克莱蒂当时那样说一点不错，或者说到此时总是对的，虽然先去世的是朱迪思。”

“哦，”昆丁说。——是的他想太多，太长久了记起他当时看着那第五个坟墓心里想不论是谁埋葬了朱迪思此人准是很怕别的死人会从她那里染上病的，因为她的坟恰好是在圈地的另一头，离另外四个坟尽可能远，再远可就

---

① 耶稣被出卖与被捕前祈祷的地方，转义为考验人与充满痛苦的处所。见《圣经·新约·马太福音》第26章第36—56节。

② 一种由病毒引起的热带急性传染病。

要越出圈地了，心想父亲这回用不着说‘想想看’这个词儿了因为他在读到墓石上镌刻的字之前就已经知道这块墓石是谁订的与购买的了，他揣摩，想象朱迪思必定是如何挣扎着爬起来（没准是从发高烧的谵妄中）用印刷体给克莱蒂写下什么样周到的嘱咐，那时她知道自己日子不多了；又想克莱蒂在接下去的十二年里是怎么过的，她得把那个出生在旧时奴隶小屋里的孩子拉扯大还得抠抠索索地省下每一分钱以便把那块墓石的欠款付清，二十四年前朱迪思才付了他爷爷一百块钱，他爷爷不想收了，她（克莱蒂）把那个装满了五分、十分硬币以及破破烂烂纸币的锈铁皮罐往写字桌上一放，一句话不说走出办公室。他也得把这块上面那些滞留不去的雪松针叶拂走以便辨认，看着这些字母也从他手底下出现，心境平和地寻思，它们怎么能坚持着留在这里，没有在遇到严厉、不宽恕的威胁那一瞬间化为灰烬：朱迪思·科德菲尔德·萨德本。埃伦·科德菲尔德之女。一八四一年十月三日出生。对这个世界的种种侮慢与辛劳忍受了四十二年九阅月并九日，终于一八八四年二月十二日得到安息。驻足，凡人；牢记虚空、愚蠢并时刻警惕[1]想道（昆丁想道）是的。我本来就不需要问是谁想出这些词儿的，又是谁把那块石头安上去的想道是的，老是太多，太冗长。我当时根本就不必听的可是我却又非听不可，而现在我又得重头再听上一遍因为他的腔调跟父亲的简直没什么两样。美好的生涯——女人过的确实是。在每一次吸气里她们从非现实的某种美丽的稀释中摄入肉食与饮料，在这里事实的影子与形象——生与死方面的，受苦、困惑与绝望方面的——移动着，按照着草坪茶会上用指手画脚让别人做猜字游戏的没有实质意义的规则，功架十足却毫无意义也没有任何杀伤力。是罗沙小姐定做了这块墓石的。她关照班鲍法官做了那块墓碑。他是她父亲产业的执行人，没有人指派他因为科德菲尔德先生既未留下遗嘱也未留下产业除了那所房子和那间被洗劫一空的店铺。因此法官就任命他自己，选他自己，这也许是出于某次街坊与镇民的秘密会议的意思，他们碰在一起讨论她的事情商量对她怎么办，这在是那以后：当他们理解到，太阳底下没有任何力量，显然没有任何一个人或是一个委员会，能说服她回到她外甥女和姐夫那

① 这句铭言使人想使雪莱《奥西曼迭斯》中台座石足下的刻词：“看看我的业绩，你们这些一世之雄，并且绝望吧！”朱迪思墓石的铭言显然出自喜欢写写诗（当然读过雪莱）的罗沙·科德菲尔德小姐。

里去——也就是同样这些镇民和街坊在夜晚把一篮篮食物留在她的门前，篮子里的器皿（盛放食物的盘子，罩盖的布巾）她从来不洗[①]而是让脏器物搁回到空篮子里，在哪里发现篮子就把篮子放回在同一级台阶上，仿佛是把幻想坚持到底，这篮子根本就不曾存在过，至少她从未触碰过，没有掏空过，没有打开门，以丝毫没有鬼鬼祟祟也并非桀骜不驯的神情，拿起篮子过，她显然是品尝过食物的，批评过其质量或是烹饪手艺的，是嚼了也咽下去了并感到它在被消化的，但仍然像只有女人能做到的那样，死死抱住那个幻想、那种不动声色、无可救药的执着，认为一切不容置疑的证据确实存在的说法纯粹是胡编乱造；——也还是那种自我欺骗使她拒绝承认店铺在清理债务后还多少给她留下一些东西，仅仅是比一个地地道道的乞丐稍稍强些而已，她不肯从班鲍法官那里接受出卖店铺的确实钱款，却乐于通过十来种方式接受这笔钱的所值（在数年之后，而且超过了它之所值）：她会使唤打零工的黑小伙儿，他们正好经过那所房子，她叫住他们命令他们把她庭院的枯草耙干净，而他们无疑会跟镇上的人一样，很清楚从她那里休想听到付工钱这档子事，而且他们甚至都不会再见到她，虽然他们知道她会在一扇窗户的帘帷后面窥视他们，不过班鲍法官会给他们开工钱——她还会走进一家家店吩咐从货架和橱窗里把东西取下来，就跟她关照班鲍法官要那块价值二百元的墓石一样，然后带了货物走出店堂——她以不洗篮子里的碗碟与餐巾同样的小聪明绝口不跟班鲍讨论她的经济事务，因为她必定早就知道她该从他那里得到的店铺出盘的那点少得可怜的款项多年前就已经超支了（他，班鲍，在他的办公室里有个文件袋，厚厚的，拦腰写着**古德休·科德菲尔德产业。密件**这几个字，是用不褪色的墨水写的。法官去世后他的儿子珀西打开它。里面全是赛马的单子与作废的赌票，所押的那些马连骨骸在何方都无人知晓了，四十年前它们在孟菲斯的跑道上有输也有赢，还有一本分类账，一张法官亲笔绘制得十分工整的表格，一项项表示着日期、马的名字、他下的赌注以及他赢了还是输了；还有另外一本账，显示四十年来对于每一次输钱，对那份迷宫般的账目，他都能列举出一次赢钱和一笔数目来与之抵销）

---

① 当地习俗，在某个人家遇到特殊情况（有人生病、死亡等）时，邻居们出于关怀，常把装有食物的篮子放在这一家的门口。照规矩，应把碗碟餐巾等洗净还给邻居或放在原处。罗沙小姐不洗是表示自己没有困难，不需要帮助。

可是你并没有在听，因为你早已全都知道了，早已熟稔和吸收进去了，不需要言词的中介，因为你就出生与生活在它的旁边，跟它一起长大，孩子们都是也确实是那样的：因此你父亲方才说的并没有告诉你任何东西，并没有像它所应产生的效果那样，一个一个的字都起作用，扣动着回忆的共鸣之弦，你以前到过那儿，不止一次见到这些坟墓，那是在童年时代的信步漫游中，其目的不仅仅是单纯的猎获什么野物，而你也是见到过那所老房子的，甚至在你见到之前就很熟悉知道它该是怎么样的，有一天你年纪足够大了于是便跟四五个个头与年纪相仿的男孩一起去到那里并且相互激将让对方去寻找鬼魂，因为这房子准是闹鬼的，不可能不闹鬼，虽然它空荡荡、没有威胁性地耸立在那里已有二十六年没有人碰见过鬼或是报告说有鬼，直到那回从阿肯色州[①]来了一辆载满陌生人的大车，这些人想停下来在大房子里过夜，可是甚至在他们能开始把车上东西卸下来之前发生了某件事情，某件他们没有说或是不能说、不愿说的事情，这件事使他们回到大车上，几匹骡子急步奔离车道，所有的事情发生在大约十分钟之内，他们没有停下直到抵达杰弗生镇——这朽烂中的空壳连同它那塌陷的柱廊以及剥落的墙壁，它那下垂的百叶窗和安了不透光窗板的窗子，这房子处在领地的中央，这片领地已归还给州政府[②]被人买下又被卖出再被买下与卖出一次一次又一次。不，当时你没有在听；你用不着听的：接着几只狗动弹了，站起身来；你抬起眼看，果真不错，正如你父亲说的他肯定会的那样，勒斯特在离雪松五十码开外在雨头里勒住了骡子与两匹马，坐在那里卷缩膝头用麻袋布遮住自己并且被冒汗的牲口云雾般的水汽笼罩着，仿佛是从某个阴沉沉、没有痛苦的炼狱里望着你和你父亲。‘过来呀，别待在雨里头，勒斯特，’你父亲说。‘我不会让老上校伤害你的。’——‘你们都过来就让俺们回家吧，’勒斯特说。‘今儿个是不会再打到啥猎物的了。’——‘我们会淋湿的，’你父亲说。‘我告诉你该怎么办吧：咱们骑上牲口到那幢老房子里面去。咱们在那儿可以舒服些也不会淋湿。’可是勒斯特一动不动，坐在雨底下在挖空心思地想不去大房子的理由——什么屋顶准定漏水三个人全会感冒那儿没有火你们没到那里就会全身湿透因此最

---

① 阿肯色州在密西西比州的西面，两个州之间隔着密西西比河。

② 朱迪思与罗沙去世后，因没有后裔，按照法律，地产由州政府没收。也很可能因为长期不缴地价税而被没收。

好的办法就是径直回家：于是你父亲就嘲笑勒斯特不过你却笑不大出来因为虽则你不像勒斯特那样是黑人，你年纪却一点儿也不比他大，而且你和勒斯特是一起上那边去的，就在那天，你们五个，同样年龄的五个男孩，开始互相挑动闯进去，当时你们离大房子还有好远一段路，你们从房后挨近，走上黑奴住区的老街巷——这儿已经成了长满盐肤木、柿子树、荆棘与忍冬的一片林莽，过去的圆木墙、石砌烟囱和木瓦屋顶如今已经是灌木丛底下的朽物堆，只有一处是例外，就是那一座；你走到那座小屋的跟前；你起先根本没有看见那个老太婆因为你是在看那个男孩，那个吉姆·邦德，那个傻大粗、嘴巴老是松弛着的、马鞍色皮肤的男孩，他比你大几岁，个头也大一圈，穿着打补丁、褪色不过相当干净的衬衫，那条工裤对他来说小了点儿，在屋旁的小菜园里干活：因此你甚至都不知道老太婆是在那里直到你们几个吃了一惊像一个人似的呼地跑开，因为发现她坐在斜靠小屋墙的一把椅子里望着你们——一个瘦小、干瘪的女人比猴子大不了多少说她任什么年纪甚至一万岁都是可以的，穿着褪色的宽大的裙子，包着块洁净的头巾，她那双咖啡色的赤脚绕在椅子横档上，这动作也跟猴子一样，抽一个陶土的烟斗，看着你的两只眼睛像是埋在她布满皱纹、咖啡色脸上的两颗皮鞋上用的钮扣，她看着你说话时烟斗都不动，那声音简直和白种女人的一模一样：'你们要什么呀？'过了片刻孩子里的一个才说'啥也不要'接着你们全都奔跑起来既不知道是谁带头跑的也不知道为什么要跑因为你们并没有感到惊恐，跑着穿过那片休耕的被雨水泡坏为荆棘堵塞的废弃地，直到你们来到那排又老又破的蛇形篱笆并且穿了过去，你们简直是扑上去的，这以后泥土、大地、天空、树木和林子才显得不一样了，又变得正常了

"是的，"昆丁说。

"那么那就是勒斯特当时提到的那一个了，"施里夫说。"于是你父亲重又看着你因为你过去没有听说过这个名字，看到他在菜地上的那一天甚至都没想到他也准是有个名字的，于是你说，'谁？吉姆什么？'于是勒斯特说，'就是他。跟那老太婆一块儿过的那个肤色浅浅的男孩'你父亲仍然看着你于是你说，'名字怎么拼'于是勒斯特说，'那是个律师用的词儿。法律逮着你的时候他们就那么整你。我光会拼读得出来的字儿。'那就是他了，如今变成

邦德了[①]而对这一点他是不会在乎的，他从他母亲方面继承了他的出身身份，从他父亲那里仅仅继承了他永远也不可能达到的一个地位，如果你父亲问他，他是不是查尔斯·邦[②]的儿子他不仅不会知道，而且他也不会在乎：要是你告诉他说他是的，那就会与你（而不是他）会不得不称为他的头脑的部位接触，旋即消失，早在这头脑能够产生任何反应之前，骄傲的或者是欢愉、愤怒或是哀伤的反应，对吗？”[③]

“对的，”昆丁说。

“而他住在那所凶宅后面的小房子里，一住就是二十六年，他和那个老太婆，这婆子准有七十多岁了可是包头布底下连根白头发都没有，她的肉没有松弛，相反，她像平常人那样老到一定程度，之后就停了下来，没有变得头发花白皮肉松弛，而是开始萎缩，以至她脸上、手上的皮肤开裂成千百万个头发叉丝般的皱纹，身子一个劲儿地变小仿佛某件东西在烤炉里抽缩了似的，就像婆罗洲人处理他们猎获的人头那样——她满可以充当凶宅里的那个鬼魂如果真需要鬼魂的话，如果光是需要有个人别的不干除了在宅子周围悄悄潜行的话，不过并没有这个需要；如果有必要这样做以防止潜来的小偷小摸的话，不过也没有这个需要；要是潜入者中任何人想留下藏起以便不被发现的话，不过连这个需要也没有。然而这个老姑娘，这个罗沙阿姨，竟告诉你有人藏在那里你说是克莱蒂或是吉姆·邦德而她说不是的而你说准定是的因为那恶魔死了朱迪思死了邦死了而亨利走得那么远他连个坟都没留下：可是她说不是的于是你们上那边去，夜晚坐一辆轻便马车赶了十二英里的路而你们发现克莱蒂和吉姆·邦德都在那里于是你说你看？可她（那个罗沙阿姨）仍然说不是的于是你接着说：莫非还有别人？”

“是的。”

“那就等着，”施里夫说。“看在上帝的份上给我等着。”）

---

① 邦德（Bond）不作名字用时可以理解为“囚禁、扣押”，奴隶亦可叫作“bond slave”。故此勒斯特说了上面的那段话。吉姆·邦德的祖父、父亲的姓都是邦（Bon）。到他，姓却成了邦德（Bond）。

② 这里指的显然是查尔斯·埃蒂尼·圣瓦勒里·邦。用的是简称。

③ 这段话显示吉姆·邦德智力发育不全。

七

此刻，施里夫的那只胳膊上并没有雪，此刻，他的胳膊上根本就没有衣袖：仅仅是那只光滑的、长着丘比特般嫩肉的前臂和手再次伸到灯光下从他放烟具的空咖啡罐里取走一只烟斗，往里塞烟丝并把它点燃。那么说外面是零度了，昆丁想；很快施里夫就会抬起窗子，对着外面做深呼吸，捏紧拳头，腰部以上赤裸，人却在这钢铁般四方院①上方温暖、玫瑰色的洞穴里。可是他还没有这样做呢，现在这个时刻，这个想法，已经晚了一个小时，烟斗熄灭了，翻转了过来，变凉了，四周有一层薄薄的烟灰，是在桌子上施里夫交叉着的两只肉红色、有金黄汗毛的胳臂的前面，此时施里夫透过他眼镜上那两片晦暗、反射出灯光的小月亮注视着昆丁。“那么说他只不过是需要一个孙子，”他说。“那是他所追求的一切。耶稣呀，南方真不错。对不对。它可比戏园子强，对不对。它比《本·赫》②精彩，对不对。难怪你们过上一阵就得跑出来，对不对啊。”

昆丁没有回答。他安安静静地坐着，对着那张桌子，他的手放在打开的教科书的两侧，而那封信就放在书上：那张正方形的纸是拦腰对折的，如今摊开着，四分之三张开着，这纸因为旧折痕的杠杆作用一半翘起着，显得没有分量并且有一种古怪的飘浮感，它以这样一个角度摊开着，使他即便没有这份加出来的歪曲也根本不可能识读与辨认。可是他像是在读，或是尽可能像施里夫看到的那样是在读，他的脸稍稍低垂，心事重重，可以说很阴郁。“他

① 指学生宿舍，一般都由几层楼的房舍环绕，中间是个四方院。

② 美国作家卢·华莱士（1827—1905）发表于1880年的一本小说，写的是古罗马时代一犹太青年受迫害、复仇并皈依基督教的故事。此书情节曲折生动，很畅销并被改编为戏剧与电影。

跟爷爷谈过这事，”他说。“是在那一回，也就是建筑师逃走，打算逃走，打算逃进河床洼地回新奥尔良或是他要去的哪个地方，而他——”（“那个恶魔，对不？”施里夫说。昆丁没有回答他，没有停下，他的声音平平的，怪怪的，有点像在做梦但仍然隐隐带着那种阴沉的困惑与强压住的愤怒的陪音：因此施里夫，也很沉静，戴着眼镜除此以外身上什么都没有（桌子挡住了他腰以下的部位；任何人从房门进来都会以为他是一丝不挂的）活像是某个心态阴暗有点不正常的人用彩色生面团捏成的巴洛克风格面人儿，这个施里夫注视着他，怀着多思与专注的好奇心。）“捎话给爷爷和另外几个人并且让他的猎犬和野黑鬼也去搜捕，两天之后找到了那个建筑师，还逼得他在河堤下的一个洞里藏身。那是第二个夏天的事，当时他们烧出了全部的砖，打好地基，锯好、拾掇好大部分的大木料，而有一天那建筑师再也受不了这种生活了也许他怕自己会饿死或是野黑鬼们（说不定也包括萨德本上校）哪天断了粮会把他吃了，要不就是他想家了或者是他反正非走不可——”（“说不定他有个情人，”施里夫说。“说不定他就是想要女人了。你说过恶魔和那些黑鬼只有两个黑娘们。”昆丁同样没有搭理这句话；很可能他没有听见，他在用那种怪怪的、压低的、沉静的声音说话，仿佛是对着他前面的桌子或是桌子上的书或是书上的那封信或是放在书两侧的他的手。）“——因此他走了。他像是在光天化日之下消失了，就从二十一个人的当中。说不定就在萨德本把身子转过去的时候，那些黑鬼是看见他走的只是觉得不值一提；他们是野人因此没准弄不清楚萨德本自己究竟要做什么，干吗一整天光了身子和他们一起泡在泥泞里。因此我寻思他们压根儿就没弄明白过建筑师去那里是干什么的，打算让他干什么，他已经干了什么，能干什么，他又是何等样人，因此说不定他们以为是萨德本遣走他的，叫他走开跳河寻死去，让他滚蛋，死了拉倒，或者说不定仅仅就是让他离开。于是他就走了，在光天化日之下跳起身来就走，穿着他的绣花背心，打着方特勒罗伊领结还戴了顶帽子，像是个浸礼会的众议员，说不定帽子是捏在手里的，他跑着进入沼泽地黑鬼们看他走出自己的视线接着便又干起活来而萨德本没有见到这一幕，直到天黑也没有想起他，也许是直到吃晚饭也没有，这时黑鬼们跟他说了于是他宣布明天歇工因为他得出门去借几条猎狗。倒不是他真的需要猎狗，要说寻找猎迹，他的黑鬼也是会的，不过没准他寻思客人们，其他的人，不会喜欢用黑鬼搜捕，他们是用惯猎狗的。于是爷爷（他当时也很年轻）带去几瓶香槟，有几个人则带上威士忌，他们在太阳下山不久后开始去那里集合，在他的房子那里，房子连墙壁都还没有，根本还算不得是什么仅仅是往地里埋下去几行砖，不过这没有关系因为反正他们不睡觉，爷爷说，他们仅仅是带了香槟、威士忌和萨德本最近打死的一头鹿的一条腿，围坐在篝火旁，半夜光景那个人牵了猎狗来了。接下去天也亮了，一开始猎狗遇到了一点麻烦①因为野黑鬼里有几个仅仅为了消遣追寻了大约一英里的猎迹。不过猎狗终于还是把猎迹理清了，当事情进行得顺利时猎狗和黑鬼走在河床洼地里而大多数的人则沿着堤岸骑马前进。可是爷爷和萨德本上校跟着狗和黑鬼们走因为萨德本生怕黑鬼们逮住建筑师后他来不及控制他们。他和爷爷好多地方都得步行，遇到崎岖的地段他们让一个黑鬼牵着马匹走直到他们能重新上马。爷爷说那天天气不错嗅迹也是留得蛮清楚的，可是萨德本却说要是建筑师等到十月或是十一月再逃走，天气就更加理想了。接下去他跟爷爷说了些他自己的事儿。

“他②的问题出在过于天真上。突然之间他发现，不是发现他想干什么而是他不得不去干，非得去干不可，不管他想还是不想，因为如果他不干这事他知道在往后的日子里他绝对无法容忍自己，绝对无法面对所有那些男人和女人为了让他存在自己死去以便在他心中留下的东西，这些东西可以让他挺过去，也无法面对所有的死者他们等着看他是不是会把事情办好，会把事情处理好，因而能坦然面对不仅仅是早年间死去的人而且也包括他死去之后沿着他所走的路前进的活人。而且在他明白他的目标是什么的那个时刻，他发现这是世界上他最最不具备条件去做的一件事，因为他以前不仅仅不知道他得去做这件事，他甚至都不晓得世界上有这么一件事要做，需要完成，而这时他都快十四岁了。因为他是出生在西弗吉尼亚的，在山区里那儿③——”（“不可能在西弗吉尼亚州，”施里夫说。“——什么？”昆丁说。“不可能在西弗吉尼亚州，”施里夫说。“因为一八三三年他在密西西比州时是二十五

① 因为建筑师与黑人的气味混在了一起。
② 以下是昆丁追述托马斯·萨德本是如何走下山区，最终来到南方的。
③ 1861年，弗吉尼亚州因反对取消黑奴制度而加入邦联，西部的四十个县脱离弗吉尼亚州，以单独一州的地位在1863年6月20日加入联邦。该州是密西西比河以东地势最高的一个州，因而有“山岳州”之称。1808年虽然没有西弗吉尼亚州，但作为地理上的一个自然区域还是存在的。

岁，这么说他出生于一八〇八年。一八〇八年还根本没有西弗吉尼亚州呢因为——”“行了，”昆丁说。“——西弗吉尼亚州还没有被批准——”“行了行了，”昆丁说。“——加入联邦一直要到——”“行了行了行了，”昆丁说。）“——山区那儿，他认识的不多的几户人家住在挤满孩子的圆木小屋里，他自己就出生在这样的小屋里——男人和小青年出去打猎或是躺在炉火前的地板上，而妇女与大姑娘就在他们身上跨过来跨过去好到火跟前去煮吃的，那里唯一的有色人种是印第安人，而你仅仅是透过来复枪的准星俯视他们的，在那儿他甚至从来没有听说过，没有想象过，一块地方，一片土地，是被清清楚楚地划分开，确确实实是被人拥有的，拥有的那些人啥事不干除了骑着骏马在上头走来走去或是穿着讲究的衣服坐在大房子的游廊上，与此同时，别的人为他们干活；他当时连想象都没有想象过会有这样的生活方式或是愿意过这样的生活方式，或是世界上真的有你想得出的一切物品，而拥有物品的人不仅仅可以鄙视那些不拥有的人，而且这种鄙视还受到支持，不仅仅被同样拥有物品的人而且也被那些不拥有物品而且知道自己永远也不会拥有的因而受到鄙视的人。因为在他原先生活的地方土地属于每一个人与所有人的，因此谁若是花力气圈出一块地而且说‘这是我的’那么这个人准是疯了；至于物品，别人拥有的不会多过你所拥有的因为每个人所拥有的也无非是他有足够的体力与精神去取得与保持的那些，只有疯子才会费这个事儿去取得甚至想能拥有比他吃得掉或是可以用来换火药与威士忌的更多的东西。因此他连知都不知道有这么一个地方全都被划分得清清楚楚、确定无疑与一丝不苟，住在这上面的人地位也都划分得清清楚楚、确定无疑与一丝不苟，取决于他们的皮肤恰好是什么颜色与资产恰好有多少，那里有为数不多的一些人不仅对别人有生杀予夺的而且还有交换与出卖的权力，他们能让活人替他们完成各种永无穷尽、单调重复的私人事务，例如从酒瓶里斟威士忌（这里倒也一样爱喝威士忌），把杯子放进这样一个人的手里或是在他上床前帮他脱下靴子，而自古以来所有人靴子都得自己脱而且一直得这样直到蹬腿咽气而这个活儿过去没人愿意做将来也不会有人想做不过就他所知也没有人动过念头想要逃避正如没人想过要逃避咀嚼、吞咽与呼吸这些负担一样。他幼年时根本不去听竟然也渗透到他所在的山区的有关泰特沃德[1]如何阔绰的云山雾沼般的神话，因为他当时理解不了人们所说的是什么意思，等他长成为一个男孩时他也不去听因为眼前没有什么实例可以与之相比较与衡量使那些话具有生命与意义，而且他根本没有这样的机会（自然不相信、不认为有一天他可能会有），也因为他很忙，得做男孩该做的种种活计；等他长大成了个半大小伙子时，好奇心本身把这些他不知道自己听说过的也思量过的故事重新挖掘出来，他感兴趣了，也很想去把这些地方见识上一回，但倒并不感到妒忌或遗憾，因为他单纯地认为某些人就是滋生在某个地方而另一些人则滋生在另一个地方，一些人生下来就很富有（或是幸运，他可能是这么说的：也很可能他把幸运说成是富有）而另一些人则不是这样，而（他是这样告诉爷爷的）人们自己在选择上是不可能有什么作为的更谈不上感到遗憾了，因为（这也是他告诉爷爷的）他从来没想过任何人应该像当局或是权威那样，采取任何蔑视别人，不管是什么人这样蛮不讲理的做法。因此他几乎没有听说过这样的一个世界直到他掉了进去。

“事情是这样的。他们掉了进去，整整一家人，他们回到海岸边去，而萨德本的一个老祖宗就是从那里走出来的（也许就是从老伯利[2]来的那艘船抵达詹姆斯敦[3]的那会儿），一头栽回到泰特沃德，纯粹是由于高度、海拔与万有引力所致，仿佛这户人家与山区的那点点微弱的联系（他对爷爷说过几句他母亲在那前后死了而他老爸说过她是个善良、老是操心个没完的女人他会舍不得她的；还说了是因为那个妻子他的父亲才跑到西部那么边远的地方去的）断裂了，现在他们整整一家子人从父亲到那几个成年的女儿一直到连路都还不会走的小把戏，从山区跐溜下来，速度一点点加快，脏兮兮滞缓地粘成一团，像发大水的河里的一大堆无用的漂浮物，这团漂浮物以某种乖谬的方式移动着，没有生命的物体有时就是这样，它偏偏逆潮流而上，跨越弗吉尼亚高原，进入詹姆斯河口一带缓坡的低地。他不知道为什么他们要迁移，或者是记不得了即使是他知道过——是父亲胸怀的乐观情绪和希望呢还

① 一称海岸平原，美国弗吉尼亚州东部一自然地理区，由切萨皮可湾西岸的低洼冲积平原构成。这一带曾因拥有不少富裕的种植园而著称。

② 英国伦敦最主要的一处刑事法院。

③ 美国弗吉尼亚州东部一村庄，在詹姆斯河畔。1607 年英国在此地建成北美第一个殖民地。

是思乡病，因为他甚至都不知道他父亲原先是从哪里出来的，他们回去的地方是否就是那里，或者即使是他父亲本人是否知道，记得，想记住或是想重新找到；——是否有某个人，某个旅行家，告诉过他有某个地方、有段时间生活很轻松，可以逃避山里那种为吃饱穿暖而不得不奋斗的艰苦生涯，或者没准是他父亲过去认识的某个人或是过去知道、仍然记得他父亲的某个人，刚好想起了他父亲，或者是某个想忘掉他父亲却不能完全做到的某个亲戚，托人捎话让他去他也依从了，他去不是为了答应给他留着的那份差使而是为了那份清闲，相信血亲总能让他少受点辛苦如果那真是个亲戚的话，倘若不是那他就得仰仗自己的懒人懒福和迄今为止一直在呵护着他的不知何方尊神了。可是他——"（"那恶魔，"施里夫说）"——不知道，或是不记得自己有没有听说过，被告之过，那个理由。他唯一记得的就是有天早晨父亲起床就对大一些的姑娘们说他们家还有什么吃的全都包好，有人去把小娃娃包卷妥当也有人往炉火上浇水接着他们便下山朝有路的地方走去。他们那时有一辆歪歪斜斜的两轮大车和两头踝关节肿胀的牛。他告诉爷爷他不记得这大车他父亲是从何处、何时以及如何弄到的了，而他（他当时十岁；那两个大些的男孩前些时就出走了后来就再也没有消息）就赶起牛来因为几乎就在他们登上大车的同时他父亲开始仰八叉地躺在大车里，于被褥、马灯、水桶、包袱与孩子们的中间，不省人事，因为喝多了而鼾声如雷，父亲就是以这样的举动来完成迁徙中他那部分任务的。他就是那样说的。他不记得他们走了是几星期还是几个月或是一年（只不过有个姐姐离开小屋时还没有结婚，在他们终于停下来时也仍然没有结婚，虽然蓝色山脉的影子消失在他们眼前时她已经当了妈妈），弄不清到底是哪一个冬天接着是春天再接着是夏天在路上赶上他们与超越了他们，还是他们在下山的过程中不慌不忙地赶上与超越了一个又一个的季节，甚至没准是下山本身就完成了这个过程，他们并不是与时间齐头并进而是在温度与气候上垂直下降——是一个（你不能说这是一个阶段，因为就他所记得或是他告诉爷爷他所记得的，这既没有一个明确的开端也没有一个明确的结尾。也许叫变化比较恰当些）——是一种变化，从一种怒火中烧的无能为力和耐心的一动不动，那是当他们坐在小酒店和小客栈门外面的大车里等直到那位父亲把自己灌成烂醉如泥，到一种梦幻般、无目的地的移动，此时他们已把老头儿从某个棚子、茅房[1]、谷仓或是沟壑里抬出来重新把他弄上大车，在这过程里他们像根本没有前进而仅仅是悬空吊着，而土地本身起了变化，变得平坦和宽阔了，从他们全都出生在那里的山沟，地势在他们两旁升起，扑向他们像一股潮水，潮水里有一张张陌生、严厉、凶狠的脸从小酒店的一扇扇门里伸出来，老头儿或是刚刚走进门去或是从那里被抬出来与扔出来（这一回是被一个巨型公牛般的黑鬼，那是他们所见到的第一个黑人，头一个奴隶，他把老头儿像一袋杂合面似的搭在肩膀上走出小店，他的——那黑鬼的——嘴笑得格格响露出满口墓碑似的牙齿）一张张脸涌上来旋即消失不见又换成了别的脸；土地、世界在他们身边升起并且流过仿佛那辆大车是在一个踏轮[2]上移动（而现在是春天接着又是夏天了他们仍在前进朝着一个从来没有见过也毫无概念的地方，更不用说有想去的意图了；又是来自一个地方，小山边的一个说不清的地方，若想回到那里去也许他们中没有一个人——也许除开那个经常不省人事的父亲，他路程里的一个阶段是由酱红色的大象和蟒蛇伴随而行的[3]，他像是一直想猎获它们——说得出路该怎么走了）把一张张陌生的面孔，一处处陌生的地力带进接着又带出他们严肃、静态的乡下人的惊异[4]，是的，既有面孔，也有地方——小酒店、小客栈如今变成了小村落，小村落如今又变成了大村庄，大村庄又变成了市镇，乡野如今也越来越开阔平坦了，上面有好路与良田，黑鬼在地里干活而白人则骑在骏马背上监视他们，接着是更多的骏马与衣着鲜亮的人，在酒店里，人们脸上的神情也和山民们截然不同，老爸甚至都不让从前门进去，他那种山里人嗜酒的模样还不等他来得及买上一醉就被人搡出门了（这倒使他们如今日子开始过得还满顺心了）如今搡人出去时也不引起哄笑声了，即使有那嘲弄也是冷冷的里面不含多少温情。

“他就是那样开始懂事的。他懂得人跟人是不一样的，不仅仅白人与黑人之间有区别，而且白人与白人之间也各不相同，这并非决定于是否举得起铁砧抠得出别人的眼珠或是灌下多少威士忌后仍能站直了走出房间。也就是说，

---

① 单独的简陋小屋。当时的厕所常在室外，因此很可能即指用作厕所的茅房。

② 旧时用以惩处囚犯的一种刑具。

③ 指醉鬼头脑里的幻景。

④ 此句接本页第9行“土地、世界在他们身边升起并且流过……”。

他开始有点明白了但还是不知其所以然。他仍然认为那仅仅是在何处滋生与如何滋生的问题；是运气好与不好的问题；运气好的人反倒比运气不好的人更懒得、更不愿从这区别中去得到好处与名声，认为它带给自己许许多多唯独不是运气；他们但愿能对不幸者感到格外温柔甚至远远超过不幸者自己的需要。他是要到以后才发现这一切的。他记得他是什么时候发现的，因为这事发生在他发现自己的天真的同一秒钟之内。他渴望的倒不是那一秒钟、那个时刻：而是明白这事情的本身：那个时刻，他们准已经明白，终于相信，他们不再是在旅行了，不再在行进，不再在往什么地方进发了——倒不是终于不动与处于安定下来的状态，因为他们赶路时也曾这样做过；他记得有一回在某个地方如何逐渐觉察出有皮鞋和暖和的衣服与没有这些之间，在舒适程度上是如何的不同：那是在一个牛棚里，他姐姐的婴儿就是在这里产下的，他告诉过爷爷，就他所记得的，发生在某个消逝了的时光里，怀孕也是如此。因为现在他们终于停下来了。他们不知道他们是在什么地方。有一段时间，在最初的那些天、那些星期与那几个月里，他身上那种林中居民的本能，这本能他得自他长大的环境说不定是传留给他，由那两个出走不见了的兄长，其中的一个一直朝西走竟到过密西西比河边——传流给他，跟他们最后一次一去不回时留在小屋里的那些破皮夹克以及别的这一类东西一起——而他通过小规模的狩猎以及这一类男孩的实践，又加以磨炼，使他总能认识环境而不至于（他是这样说的）久久也找不着回到山中小屋去的路。不过那是过去的事了，他最后一次能准确说出他是在哪儿出生如今已经是几星期与几个月（没准是一年，那一年后，他开始弄不清自己的年龄究竟多大，此后再也没能搞清楚，因此他告诉爷爷他所说的年龄上与下都有一年的出入）之前的事了。因此他不知道自己是从哪里来的也不知道自己在哪里，又是为何在那里。他反正就是在那地方，或是为什么会来到这里。他反正是在这里，为许多张面孔所包围，几乎所有他过去认识，以后也一直认识的面孔（虽然气候、热度和潮湿使它们的数目在不断减少，逐渐变小，尽管有那个未结婚的姐姐的努力，她很快，仍然是压根儿没结婚，又有了一个孩子）住在一所小屋里，这所小屋几乎跟山区的那所一模一样只不过并非坐落在晴天的风口里，而是在一条宽阔的大河旁，这条河有时根本看不出有水流，有时甚至还会倒灌，在这里他那些姐妹兄弟晚饭后像是全得了病，还不等下一次开饭都一一死去，在这里一团兵那么多的黑鬼在白人监管下种植他从未听说过的作物（老爹现在也干点儿活了，除了喝酒之外也做点儿事。至少，他在早餐后离开小屋，会清醒地回家来吃晚饭，他多少负责一些他们的吃喝）有一个人拥有所有的土地、黑鬼以及显然也包括那些当监工的白人，这个人住在他从未见过那么大的一幢房子里，此人大半个下午都花在（他说他曾经怎样在草地上纠结的灌木丛里爬行并隐蔽地躺着以观察那个人）两棵树之间挂着的一只桶板编成的吊床里，鞋子脱掉，带着一个黑鬼，这黑鬼衣服哪一天都穿得比他或是他父亲、姐姐所拥有和能穿上的要讲究，这黑鬼除了为这个人扇扇子和端酒之外别的什么活儿都不用干；而他（这时有十一、十二或是十三岁了，因为就是在这个关口上他领会到自己已经确切无疑地忘了计数自己的年龄）则整个下午躺在那里，与此同时他那几个姐姐过不了一会儿便出现在两英里以外那座小屋的门口，尖声叫他的名字，让他去取柴火或是去打水，他瞅着那个人，此人不但夏天也有皮鞋而且甚至还可以不穿。

“可是他仍然不妒忌自己观察着的那个人。他眼红的是那双皮鞋，没准他希望他父亲也能养有一只穿宽幅衣料的猿猴可以给自己端端酒壶，并且负责把柴火与水运进小屋，让他那几个姐姐用来洗洗涮涮，做吃的并且把屋子弄得暖暖和和的，而他呢，却可以逃开这些负担。没准他甚至还领会与明白他的姐姐从这里能得到什么乐趣，当她们的邻居们（像他们一样也是白人，住的小屋还没有黑奴们住的盖得讲究与保养得好，但仍然笼罩在自由的灿烂光环里，而黑奴区却没有光环尽管有不漏雨的屋顶与刷得白白的墙壁）看到她们被人伺候着。因为他还不单是没有失去天真，他甚至还没有发现自己拥有天真。他对那个人的妒忌，还不如他对一个正好拥有一支上好来复枪的山民的妒忌来得强烈呢。他会对这支枪垂涎三尺，但是他自己也会支持和确证枪主人有枪的骄傲与得意，因为他不能想象枪主人会如此厚颜无耻，对自己运气好拿到了枪而别人却没有炫耀不止，以至对别人说：*因为我拥有这支枪，所以我的胳膊、大腿、血液和骨头比你们的都要高贵*。除非是因为在枪战中得到胜利：而人又究竟怎么能跟有穿得整整齐齐的黑鬼和能脱了鞋在吊床上一躺就是整个下午的人比试枪法呢？要是比试了，又究竟是为了什么目的呢？有一天，他父亲差他送个口信到大宅子里去，当时，他甚至都不知道自己是天真的。他不记得（或是不曾说起）那口信是什么内容，显然他还是不大清楚他父亲在干什么活儿，老爹有什么活儿（或是打算做的什么活儿）与种植园有关——一个男孩，不是十三岁便是十四岁，他也说不准到底几岁，穿的是他父亲从种植园小铺里买来的衣服，已经破了，他的一个姐姐给他补好、改小让他穿着正合适，他对自己穿了这样的衣服是什么模样或是别人穿着会是什么模样毫不察觉，正如他对自己的皮肤无所思无所想一样，他顺着大路，拐进大门，沿着车道穿过一片空地，那里有更多的黑人在干活，一整天也没什么正经活儿可干，除了侍弄花卉和修整草坪，就这样，他来到宅子前，来到柱廊与前门那里，心想这下子他终于要看看里面了，看看一个人还能干些什么别的东西，此人可以专设一个黑鬼来给自己递酒、脱鞋，有鞋却可以不用穿，片刻也没有想到那人是不是很愿意坦然向别人显示自己的财富，像山民那样，山民唯恐别人不看跟自己的枪配套的盛火药的牛角和铅弹模子[①]。不过他还是太天真了；他知道了这一点却不明白自己已经知道；他告诉爷爷，还不等来应门的那个猿猴黑鬼[②]说完要说的话，他便像是散了架一样，他体内的一个部分扭转过来奔跑着穿越过他们在当地生活的两个年头，就像一个人匆匆穿过一个房间看了里面所有的东西接着转过身子重新穿过房间又从另一方面看了所有的东西这时你发现你方才根本没有见到它们，他匆匆回顾那两个年头看到了确实发生过而他以前连见都没有见着的一系列事情：某种肤浅、平板、默默地观看黑鬼的方式，那是他那几个姐姐和别的一些她们类型的白人女子看黑鬼的方式，不是怀着恐怖或是畏惧而是以一种主观设想的敌对态度，生成这态度也不是因为有任何确知的事实或理由而是出于一种感觉，从白人也是从黑人那里一代代传下来的感觉，其臭气弥漫于站在快坍塌的小屋的门口的白种女人与走在路上的黑鬼之间，这种感觉解释不太清楚因为事实上黑鬼们有更好的衣服，而黑鬼们并不用敌对情绪来回报也不怀任何刺激或嘲弄的感情而是通过这一事实本身，即：他们显然对之并无知觉，也未免太麻木了（你知道你可以揍他们，他告诉爷爷，他们不会还手甚至都不抵挡。可是你又不想打了，因为他们——黑鬼们——不是那个对手，不是你想打的那个对象；在你打他们的时候，你仿佛仅仅是打在上面印有一张脸的幼儿玩具

① 当时人们用模子自铸铅弹。

② 指黑人侍者，他们穿号衣。而当时街头演出的摇手风琴的猴子也多穿号衣。这使萨德本产生了联想。

气球上，那张脸光光滑滑的，鼓胀着，快憋不住要爆发出大笑了，因此你不敢打它因为它仅仅是会炸裂，你宁愿让它继续往前走，走出你的视线而不愿让它哈哈大笑地站在那里）——关于[①]晚上炉火前的聊天，当她们有人相伴的时候，或是让她们自己走动走动，晚饭后到另一座小屋去看望别人，女人家的声音相当清醒，甚至还相当平静，然而充溢着一种阴森和忧郁的调子而只有某个男人，往往是他那个喝醉酒的老爸，会突然插进来恶狠狠地重申自己是多么的了不起，力气多大如何招来同伴们的钦佩，而那个十三或是十四说不定还是十二岁的男孩知道男人们与女人们在讲的是同一件事虽然从来没有指名道姓过，就像人们谈起饥馑而不提围城，谈起生病时不提是什么传染病一样；——关于有一个下午他和他姐姐走在路上，这时他听他们后面有马车驶来于是便跨到路外面去这时他理会到他姐姐不打算给马车让路，她仍然走在路当中，以她头昂着的那个角度来表示一种阴沉沉的决不妥协的神情，于是他朝她大叫：紧接着是尘土扑来，几匹马仰立，马勒环扣与轮辐闪闪发光；他瞥见马车里有两把遮阳伞而那个戴了高顶绸礼帽的黑鬼大声喊道：'嗨，姑娘！闪开！'接着一切都过去了，走掉了：马车与尘土，阳伞下瞪视着他姐姐的那两张脸：接下去他朝那团滚滚而去的尘土扔去几团不起作用的土块，后来，当那个猿猴穿戴的黑鬼管家在他说明来意那会儿老用身子挡住门口的时候，他才明白他当初扔土块并非朝向那个黑鬼车夫，其实是朝着由傲慢、精致的轮子所扬起的尘土，而且也是同样的不起作用；——关于一天深夜他父亲回家，跌跌撞撞进入了小屋；他能闻到威士忌的气味虽然当时从睡梦中给吵醒脑袋仍然昏昏沉沉，他在父亲的声音里听出了那同样强烈的出了气报了仇的喜悦感情：'俺们今儿晚上把佩蒂伯恩家一个黑鬼猛抽了一顿'这话让他激动，他惊醒了，便问是佩蒂伯恩家的哪一个黑鬼而他父亲说自己也不清楚，这黑鬼以前没见到过：接着他问那黑鬼干了啥事而父亲却说，'反正不是好东西，那佩蒂伯恩家的天杀狗娘养的黑鬼。'——由于当时他还没有发现自己的天真，他准是和他父亲意味自己的回答一样地意味着他的问题：在感受着痛苦，在扭动与呐喊的，并不是真实的黑鬼，活的人与活生生的皮肉。他甚至像是可以看见他们：树林里被火炬划破的黑暗，白人们狰狞、歇斯底里的脸，那黑鬼

① 此处的"关于"以及下页两处破折号后的"关于"，都与上页"黑鬼们……并无知觉"相连接，说明黑人们麻木的是什么内容。

气球般的面孔。也许黑鬼双手是给捆住或是被人扭住的，不过那也无关紧要，因为这并不是那气球脸用以挣扎和扭动以求得自由的那双手，并不是那张气球脸：气球脸仅仅是在他们之间保持着平衡，飘浮着，很光滑，鼓胀得像纸一般薄。接着有个人会朝这气球死命地、不顾一切地挥去一拳，这以后孩子似乎看到他们在逃走，在拼命跑，带着他们身边的一切，而撵上他们，超过他们后还继续往前然后又回过身来再一次淹没他们的，则是那震耳欲聋的一阵阵淳厚笑声，无意义、让人胆战心惊的笑声，而如今他站在那扇白色门的前面，有个猿猴黑鬼挡在门前居高临下地看着他，看着这孩子，穿着打了补丁、改小的粗布工装，脚上没有鞋而且我谅他连试都没有试用过什么梳子因为那应该是他姐姐小心翼翼藏起来的宝贝东西——他从来没有思量过自己的头发、衣服或是任何人的头发与衣服直到他看到那个猿猴黑鬼，此人并非因为自身的原因恰好有幸在里士满[①]受到过家庭礼仪的训练，他看着——”（“说不定甚至是在查尔斯顿[②]，”施里夫悄没声地说。）“——黑鬼的那身打扮他甚至都不记得黑鬼说了些什么，不记得黑鬼用什么方式告诉他，甚至还没等他说完自己前来的目的，就让他以后再别上前门来要来就得绕到后面去。

“他甚至都记不得离开的事了。突然之间他发现自己在奔跑，已经离开宅子有一段路，却不是朝向家里。他没有哭，他说。他甚至都没有发火。他仅仅是得想一想，因此他朝着他能安静下来想一想的地方跑去，他知道那地方在哪儿。他钻进树林。他说他并没有告诉自己要去何处：是他的身体他的脚，自然而然上那儿去的——在那里，野兽走出来的一条小径没入了芦苇丛，一棵倒下的橡树压在上面形成了个洞窟似的窝巢，在此处他藏了块铁板以便有时候来烤点小野味。他说他倒退着爬进洞穴坐下背靠着拱起的根瘤，便寻思起来。因为他仍然无法把事情理顺。他甚至还弄不明白他的问题，他的障碍，是在于他的天真，因为在想清楚之前他是不可能把这一点弄明白的。于是他就在他也只好叫作经验的那点点少得可怜的东西里去寻找，以便找到某个能用来衡量的参照物，可是他什么也没能找到。人家叫他绕着去走后门，还不等他能把前来的目的说清，而他这一类人所住的房子全都没有后门仅仅有后窗，谁从窗户爬进来或是爬出去准是想藏起什么或是躲过什么，这两件事都

---

①② 两个城市。前者为弗吉尼亚州首府，后者为南卡罗来纳州东南部港市，都是南方内战前最古老、最富于贵族气的地方。

不是他打算要做的。其实，他真的是来联系生意的，是老老实实的生意他相信所有的人都会接受的。自然他没有期待人家会请他进去吃上一顿，因为从一个起火做饭的地方到另一个，这时间、路程还用不着以钟点或是日子计算；也许他也根本没指望别人会请他进屋子去。不过他确实指望别人能听他说，因为他来，被派来，是为了某桩生意，这生意，即使他记不得具体的是什么没准在那时（他说）他根本不懂，显然是多多少少与这种植园有关系的，而支撑着、维持着那所精致的白房子、那扇精致的黄铜装饰的白大门还有那站在那里不等他开口就命令他绕到屋后去的猿猴黑鬼身上那些宽幅布、亚麻布和丝袜的，无一不是种植园。这就像是他被差遣送块铅或者甚至是一些铸好的铅弹去给某个有一支好枪的人，让他能够射击，而那人却来到门口告诉他把铅弹放在林子边的一个树墩上，甚至都不让他走近能看到那支枪。

“因为他并没有发火。他对爷爷说的时候坚持这一点。他只是在思量，因为他知道对这件事总得有个交待，他对此事总得做点儿什么这样他过下半辈子时也跟自己可以有个说法，可是他拿不定主意该怎么做因为他很天真这是他刚刚发现的，这（天真，而不是他这个人，他的传统）才是他必须对付的。他举不出什么来与之比较和估量除了那个来复枪的比喻，不过这根本说明不了什么问题。对这件事他倒是蛮镇静的，他说，坐在那里手臂抱着膝盖在他的小洞穴里紧挨着猎物常走的小径，在这儿当风向对头时，他不止一次见到麋鹿走过离他还不到十英尺，他跟自己静悄悄、沉着地辩论，辩论的双方都同意是否能找到另一个人，年纪大些聪明些的人来问问。可是没有这样的人，有的只是他自己，这个说不定是十三岁也可能是十四岁没准已经十五岁的人，他已经永远也不可能确知自己到底是几岁了，在这同一个人的身体内两种声音在轻轻地、镇定地辩论：不过我可以开枪打他的。（不是指那个猿猴黑鬼。再也不是那个黑鬼正如那天晚上他父亲参加抽打的那个也不是。那黑鬼仅仅是另一张气球面孔，光滑、鼓胀，笑声淳厚、响亮与让人胆战心惊因此他不敢让它爆炸，居高临下地看着他从那扇半开的门的里面，在那个瞬间，在他自己知道之前，他内部的某个东西逃逸出来而且——他无法闭住它的眼睛——从那张气球脸内朝外张望，就跟那个有皮鞋却可以脱了不穿的人一样，此人受到发出笑声的气球的遮挡和保护，不让孩子这类人撞见，他（那个富人）不知待在哪个看不见的角落朝外张望，看到一个被挡在门外衣服打补丁长了一双外八字脚不穿鞋的孩子，还透过孩子朝远处看，孩子自己见到他的父亲、姐妹和兄弟，就以那个主人、富人（不是黑鬼）一直在看他们的眼光——仿佛看的是牛群，是粗野没有礼仪的生物，被野蛮地运进一个世界，没有自己的希望或目的，而这些生物反过来也会野蛮与恶意地大量滋生，两倍、三倍与多倍地生育，让空间与大地充溢着一个种族，其未来无非是一代代人穿改小、打补丁的外套，还是从小铺里高价赊购的因为他们是白人，黑人在这里倒可以免费领取外衣，黑人唯一的遗产是一张气球脸上绽开笑容的表情，这脸曾朝外张望过某个记不清、没有名字的祖辈，这人是个小男孩时便敲过一扇门并让一个黑鬼打发从后面绕。）：可是我可以开枪打他。而另一个声音说：不。那不会有任何好处。第一个声音说：那我们该怎么办呢？另一个说：我不知道：而第一个说：不过我可以开枪打他。我可以悄悄穿过那些灌木躺在那里等他出来躺在吊床里然后开枪打他：另一个说：不。那是一点儿好处也不会有的：而第一个说：那我们该怎么办呢？而另一个则说：我不知道。

“这时候他饿了。他上大宅子去的时候是在午饭前，而现在他蹲着的地方已经完全没有太阳虽然他还能见到周围树梢高处有阳光。不过他的肚子已经告诉他时间晚了等到他回到家里时间就更晚了。接着他说他开始想到了家。家他最初以为他都想笑了，他一个劲儿地告诉自己他是在笑，虽然他当时已经知道自己不应该笑；家，他走出树林朝它靠近，虽然它仍然给遮挡着，他朝它看去——那粗糙的、部分朽坏的圆木墙，下陷的屋顶上木瓦片已经缺了些但他们没有换上而仅仅是在漏水地方下面放些盆子和水桶，还有那间他们用作厨房的披屋，那倒还过得去，因为天气好的时候他们不在乎那儿没有烟囱而下雨时他们根本不在那儿做饭，此时他姐姐在院子里对着一个洗衣盆一下下很有节奏地揉搓，她的背对着他，看不出有什么身段，穿了件印花布裙衫和老爹的一双鞋子，没系鞋带，鞋面在她光赤的脚踝周围一甩一甩的，姐姐臀部宽宽的像只母牛，她在干的那个活儿很原始，付出的力气与效果愚蠢得不成比例：劳作、辛劳最根本的要素退化到只剩下粗糙的本质，这是只有一头牲畜才能够和愿意忍受的；到这时（他说）他才第一次想到要是他父亲问他口信送到没有他会对老爸怎么说，是说谎呢还是不说，因为倘若他说谎很可能马上就会被发现，说不定那人已经派了个黑鬼到村子里来问他父亲该做的那件什么事为什么没做却让人来解释何以没做——假定派他去大宅的任务是这个的话，而（假定确是他老爸的活儿）看来事情就是这样。可是事情没有马上发生因为他父亲还没回家。因此家中只有那个姐姐在，真像是她在等的并非柴火而仅仅是他的回来，这样就可以有机会让自己的声带施展才能，詈骂他催促他去搬了，而他没有拒绝，也不顶嘴，而仅仅是不去听她的，不理睬她，因为他仍然在思索。接着老爸回来了，姐姐告他的状，老爸便叫他去搬柴火：在他们吃晚饭以及他走开去在地铺上躺下睡觉时仍然没有提到送口信的事，他在地铺上躺下，这是他的床，他躺下就算上床了，不过他那时没有入睡，仅仅是躺在那里把两只手支在脑袋底下，仍然没有人提那件事，他仍然不知道他打算撒谎呢还是不撒谎。因为他说事情可怕的那个部分还没有临到他头上，他仅仅是躺在那里与此同时两个对立面在他内心辩论，都是挨着次序说的，都很平静，甚至都朝后退了退以便更平静、更讲道理和不带火气：可是我可以杀了他的。——不。那不会有好处的——那这事我们该怎么办？——我不知道：他仅仅是听着，并不特别感兴趣，他说，听两方面在说却没有听进去。因为他此时正在想的并不是他所要想的。那个想法就是在那里，对于一个男孩，一个小孩来说很自然，他对之也没有加以任何注意，因为那是一个男孩自然会想到的，他知道，做他该做的事能心安理得地活下去，他必须像个成熟的男人那样在头脑里把事情理顺，他想那黑鬼根本没给我机会告诉那白人是为了什么事因此他（这里所指的又不是那黑鬼了）不会知道它的所以不管那是什么反正是办不成的而他也不会知道事情没有办成直到知道也已太迟因此他得为了他吩咐黑鬼那样做而付出那么多的代价是不是只有这样告诉他马棚、宅子都着火了而那黑鬼却连让都不让我去告诉他警告他接下去他说突然之间那不是脑子里在思想了而是什么东西在叫喊声音响得几乎要把睡在另一个地铺上的姐姐和跟两个最小的孩子一起睡在床上使整个房间充满带酒气的打鼾声的父亲也能听见：他压根儿连给都不给我一个机会说。连说都没有说，没有告诉：它来得太快，太乱，都不能算是思想，它一下子全都朝他大喊大叫，扑向他涌上他全身就像黑鬼的大笑：他甚至都不给我一个机会说而我爸又根本不问我告诉他了没有因此他甚至都不会知道我爸曾给他送过口信因此不管他得到了口信还是没得到都无关紧要，甚至对我爸也是这样；我去到过那扇门的前面听到过那黑鬼告诉我以后再也别走前门因此我不仅是没有把话说出让他得到好处也没有因为没有说而造成损害，反正在这个活生生的世界上我既不能给他带来好处也无法去伤害他。情况就像那样，他说，就像发生了一次爆炸——亮光闪过后又消失了，没留下任何东西，没有灰烬也没有瓦砾：仅仅是一片无垠的坦坦荡荡的平原上面升起他未经触动的天真，就像一座纪念碑似的；这天真教导他，很平静，像别人开口说话一样，用他自己的来复枪的比喻来说明问题，当它用他们来代替他时，那就不仅仅是指世界上所有能脱了鞋在吊床里躺上整个下午的微不足道的凡夫俗子了：'要是你决心跟那些有好来复枪的人斗上一斗，那么你会做的第一件事就是为自己弄到一支跟好来复枪最相近似的东西，借也好偷也好自己做也好，难道不是这样吗？'接着他回答说是的。'可是现在的可不是来复枪的问题。因此要跟他们斗你必须要有他们有的那些东西。他们有了那些东西才可以像那白人那样做。你必须要有土地、黑鬼和一幢好宅子，这样才可以跟他们斗。你明白了吧？'他又一次回答说是的。他那天晚上出走了，他在天亮前醒来，就像他上床去睡觉那样地离开了家，他从地铺上爬起来蹑手蹑脚地走出那所房子。他以后再也没有见到过家里任何一个人一眼。

"他去了西印度群岛[①]。"昆丁一动不动，甚至都没有把头抬起来，他的头一直沉思似的呆呆地对着放在摊开的教科书上的那封信，他双手分开放在身子前面的桌子上，在书与信的两边，信的一半因为拦腰对折虽然没有支撑却翘起着，仿佛它掌握了飘浮原理一半的秘密。"他就是那样说的。他和爷爷当时坐在一根圆木上，因为此时狗群失去嗅迹了。那就是说，它们把猎物逼上树了——逼上了一棵树，他（建筑师）暂时还不可能从那里逃开去他无疑是爬上去了因为他们发现有根嫩树的枝杆一头还系有他的吊带他显然用这枝杆爬上大树的虽然他们起初不明白为什么要缠上吊带过了三个小时他们才明白那建筑师运用了建筑学与物理学的原理来躲开他们，人在遇上危机时总要仰仗自己最精通的学问——杀人犯依靠杀戮，小偷依靠偷窃，骗子则依靠舌底烂翻。他（那建筑师）很了解那些野性未脱的黑人虽然他不可能知道萨德本竟会动用猎犬；他选好了那棵树，上去后把那根杆子拖上去并且估计跟最近一棵树之间的跨度、距离与弯度是多少，接着荡过去，之间的距离是连一只

① 北美洲的岛群，包括古巴、海地、多米尼加等国。殖民地时期该处多为单一的甘蔗种植园经济。海地原是法国殖民地，1804 年独立。

飞鼠也过不去的[1]，他再从一棵树上爬到另一棵树上，走了几乎半英里这才重新下地。过了三小时还是一个野黑鬼（猎犬都不肯离开那棵树；它们说他在那里面）发现他下地之处。因此他和爷爷坐在一根圆木上说话，而一个野黑鬼给派回营地去取吃的和剩下的威士忌，接着他们吹响号角把其他人都召拢来，他们吃东西，在他们等待的时候他[2]又告诉了爷爷一些情况。

"他去了西印度群岛。他是那么说的：不是说他先设法弄清楚西印度群岛在什么地方也不是说打听到驶往那里的船停泊在哪儿然后登上其中的一艘，不是说他怎么喜欢大海也不是说水手的生活是多么的艰苦，当然吃苦是肯定的，尤其是对于他，一个以前从未见到过海洋的十四或十五岁的男孩，一八二三年他出海航行了。他仅仅是说，'于是我去到了西印度群岛，'跟爷爷一起坐在一根圆木上，此时那些猎犬还在对着那棵树狂吠，它们相信建筑师是在上面因为他不可能不在那儿——说那件事就跟三十年后的一天一模一样，那天他坐在爷爷办公室里（如今穿的是他那身考究的衣服，虽然有点脏也有点磨损因为毕竟打了三年仗，他口袋里钱币发出嘎嗒嗒声，他那美髯也正长得最最丰美：胡子、身体和智力都处在那样一个构成一个人的所有不同部件所能达到的高峰上，在那里他可以说我做了一切我原来想做的事如果我愿意我可以在此处停下无人会责怪我懈怠，连我自己也不会——没准命运惯常选中了胁迫你的就是这样的时刻，只是那高峰显得很牢靠很稳固，所以崩溃的起始暂时还很隐蔽——他的头稍稍昂起，那姿势没有人说得清他是模仿谁的，也不清楚是否从他教会自己认字的那同一本书里学来的，他学会了认字，也学会用一些华而不实的言辞，爷爷说他甚至用这样的言辞跟你借个火以便点燃他的雪茄或者是在敬你一支雪茄时——这里面并没有什么虚荣心，也没一点点滑稽可笑的成分爷爷说，纯粹是出于天真这是他始终没有失去的，因为在那天晚上它最终告诉他得做什么之后他忘掉了它而且不知道自己仍然拥有它）而且告诉爷爷——告诉他，你听着；不是辩解，不是想乞求怜悯；不是在解释，要撇清自己：仅仅是告诉爷爷他像十一与十二世纪的那些国王一样，把自己的第一个妻子休掉了：'我发现她无法也永远不能，虽然不是因为

① 北美的一种松鼠，其滑翔膜是皮和肌肉组成的长毛襟翼。建筑师用背带将枝杆与大树联结住，悠荡到另一棵树上去，然后再爬上一棵邻近的树。

② 指托马斯·萨德本。

她自己的过错，对我头脑里的那个规划起辅助与促进作用，因此我向她提供赡养费把她休了。’——告诉爷爷用那样同一个声调，这时，他们坐在一根圆木上等黑鬼们带了别的客人与威士忌前来：‘于是我去到西印度群岛，我在一个冬天的一段日子里受到一些教育，足以使自己对那些地方有所了解，知道那些地方对我的需要会是最合适不过的。’他不记得他是怎么会去上学的了。也就是说，他父亲干吗突然决定让他去念书，从他父亲称为自己的头脑的那盆酗酒、揍黑鬼、一门心思盘算少干活的烂糨糊里怎么会出现这种幻景或是图像——这景象显然不是关于大展宏图与光宗耀祖的，不是要见到他儿子为出人头地而提高自己的水平，没准甚至都不是某种一瞬间的盲目反抗为了对房子不满，其实跟他家一样的上百所房子屋顶也都漏水，一个个像他这样的家庭搬来住在这样的屋顶底下然后又消失了没留下一丝痕迹，什么都没有，甚至连破布条与坛坛罐罐的碎片都没有，使父亲这样做的没准仅仅是对个别人，对他过上一阵总得见到的某几个种植园主满肚子气的妒忌。总之，某个冬天有三个月光景他被送去念书——一个十三或十四岁的半大小子和比他小三四岁有些甚至再要小上三四岁的小孩挤在一个屋子里，而他不仅没准个子大于老师（是那种几个泰特沃德种植园合用只有一个教室的乡村学校的老师）而且比老师发育得更成熟，说不定他带进学校和他那清醒、警惕的山里人的矜持一起的还有相当多隐藏的不服从，他自己对此并不察觉正如他起初也不察觉老师对他发怵一样。这也不能算是不服管教而且没准你也不能管这叫骄傲，而说不定仅仅是山里生活与孤寂所造成的独立不羁，因为至少他的某些血统（他母亲就是个山区妇女，一个苏格兰人，她始终也没能学会说像样的英语，他这样对爷爷说）是得自于山里人的，然而正是这一点，它是什么姑且不论，使得他无法放下架子去死记枯燥的加法这类知识，却使他能好好倾听老师大声朗读的东西。——给送进学校，‘在那里，’他告诉爷爷，‘我学到的东西很少，只除了前人的事迹，好事坏事都有，大多受到唾弃或是赞赏或是报答，都是在人的能力范围之内能做到的，已经有人做出来的而且是只有从书里才能学到的。因此老师愿意对我们朗读的时候我就听着。我现在才明白在大多数情况下他乞灵于大声朗读只是因为当时眼看他全体的学生要一哄而散了。不过不管是出于什么原因，他对我们朗读我好歹就听着，虽然当时我不知道听着听着，我就是在武装自己，对我日后实现规划所起的作用比从书里学到所有那些加法减法要大得多。我是那样才听说西印度群岛的，不是说它们处在何方，虽然倘若我当时知道这种知识某一天会对我有用，我也会学的。我当时学到的是：有这么一个地方叫西印度群岛，穷人坐船去到那里就会发财，且不论是怎么发的，反正只要那人脑子灵活，胆子大：后面这一条我相信自己是有的，前面那一点我相信，要是靠了努力和意志在实践与经验的学校里能学到，我是能学会的。我记得有天下午放学后我留下等老师出来，我拦住他（他个子小小的老是显得灰扑扑的，仿佛他是出生与一直住在阁楼和储藏室里的）我从隐藏处走出来。我记得他见到我吓得直往后缩我当时想要是我打了他也不会导致大喊大叫而只会听到闷闷的一声见到一蓬灰尘飘散在空中，就像你拍打挂在绳子上的一块地毯那样。我问他那是不是真的，他念给我们听的有人跑到西印度群岛去发了财的事是不是真的。“为什么不是？”他回答道，害怕地直往后退。“你没听到我是按照书里写的念的吗？”——“我又怎么知道你念的真是印在书上的呢？”我说。我竟然是那么幼稚，那么乡里乡气，你看。我当时还没学会认我自己的名字；虽然我上学已差不多有三个月，我敢说我所知道的并不比头一回跨进教室时多。可是我必须得知道，你明白吧。也许一个人塑造自己的未来方法可以不止一种，塑造的不仅仅是身体。这是他的明天或是明年，而且也塑造行为与合成行为的日后不能改变的轨迹，这是他的迟钝的感觉与智力所不能预见的可是在今天的十年、二十年或是三十年之后他会走这条路，将不得不走，为的是使这一幕戏能演下去。也许当时在他往后退缩时抓住他一只胳膊的是那本能而不是我（我当时并不是真的怀疑他。我想即使在那时，即使在我当时的年纪，我也明白这不可能是他编造的，他身上缺乏一种使自己能够用谎言来欺骗甚至是一个孩子的某种素质。不过你明白吗，我必须弄确实，必须用我能做到的某种方法来把事情弄确实。而除了他之外我不掌握其他途径）他瞪着我开始挣扎了，而我捏紧他并且说——我当时很平静，相当平静；我仅仅是想弄清楚——我说，“要是我到了那边发现不是这样的，那怎么办？”这时候他尖叫起来，嚷道“救命！救命！”于是我放开了他。因此当那个时刻来到，我明白为了实现自己的打算我必须首先，这是第一要紧的，拥有相当数量的钱而且得在不远的将来，我记起了他读给我们听的故事于是就去了西印度群岛。’

“这时，别的客人开始骑马过来了，又过片刻几个黑鬼回来带来了咖啡壶、一块鹿腰臀肉还有威士忌（还有一瓶他们忘了喝的香槟，爷爷说）于是他暂时把话头打住。他并没有继续说自己的事直到大家吃完坐下来抽烟而那些黑鬼要猎犬（他们不得不把猎犬从那棵树跟前拖开，特别是拖离系有建筑师背带的那根嫩树干，好像这树干不仅仅是建筑师接触过的最后一件东西而且是他想出可以躲过它们的又一个点子时他得意洋洋地碰触的东西，因此猎犬们嗅闻到的不仅仅是那个人而且也是那份得意，是这一点使它们兴奋不已）朝四面八方搜索，走得越来越远直到就在太阳下山之前一个黑鬼吆喝起来，而他（他有好一段时间没有说话了，爷爷说，用一个胳膊肘支着躺在那里，脚上是那双好皮靴，穿着他仅有的那条裤子，以及那件衬衫，每当他爬出泥潭洗掉身上的泥巴后他才穿上衬衫，此时他明白若是他真想让建筑师活着回来那就得亲自出马了，他没有自言自语说不定也没有在听大伙儿谈论棉花与政治，光是在抽爷爷递给他的雪茄，瞅着篝火的余烬，没准又在重作他那西印度群岛之行了，他当初去时只有十四岁，甚至都不知道自己要往哪里去能不能到达那里，无法判断对他说船是开往那儿去的那个人是不是在说谎，正如他无法判断老师所念的书上的事是真的还是假的一样。他也从来没有说过这次航行是艰难呢还是顺利，为了到达目的地他又吃了多少苦头。这苦头他自然是非吃不可的，可是当时他相信所需要的无非是勇气与精明，前者他知道自己是具备的，而后者，他相信他能学到手如果那是可以教会的话，也说不定航行的苦楚反倒安慰了他，这证明说船是开往西印度群岛的那些人并没有对他说谎，因为在那时候，爷爷说，没准他对任何容易做得到的事反而都不敢相信了。）——他说，‘那地方找到了’说着便站起身来，所有的人都往前走找到了建筑师回落到地面上来的处所，建筑师由此也赢得了几乎三个小时的时间。因此他们此时得迅速行动了所以就没有多少时间可以说话了，或者至少是，爷爷说，他没有显示出想恢复谈话的意思。接着太阳下山别的那些人必须动身回镇子了；他们都走了除开爷爷，因为他还想再听听。因此他让一个回城的帮他捎话（爷爷那会儿还没有结婚呢）说他不回家了，接着他和萨德本继续往前走一直到光线不行了为止。有两个黑鬼（当时他们离萨德本的营地有十三英里）已经回去取毯子和更多的食品了。此时天光完全没有了黑鬼们开始点亮松明于是他们又走了一程，尽此时可能捞回一点时间，因为他们知道，那个建筑师天黑后不久准是不得不在某处猫起来以免在原处鬼打墙。这就是爷爷记忆中的景象：他和萨德本牵领着他们的马（他时不时回过头去看见马的眼睛在松明的火光里闪亮马头一颠一颠的黑影从它们的肩头和腹侧滑下去）后面跟着猎犬和黑鬼（黑鬼大都仍然一丝不挂只有个别人穿了条裤子）松明在他们上方冒着烟火光摇曳红红地照着他们一颗颗圆圆的头颅、一条条胳膊以及他们为防蚊在沼泽地里给自己涂抹的稀泥，泥巴干了闪闪发亮像是玻璃或是瓷釉，他们投出的影子一时间比他们的人还长但下一瞬间影子又没了连树林、灌木、荆棘也是一阵子出现下一阵子变幻无影无踪虽然你一直明白它们仍然在那儿因为你用自己的呼吸能感觉到它们，仿佛，它们虽然不为人所见，却挤迫与压缩着你在呼吸着的看不见的空气。此时爷爷说萨德本又开始讲自己的事了，在爷爷还没有明白讲的是故事的余下部分时又跟他说起来了，爷爷说他如何想起有关人的命运（或是关于人）的一些事，它们使命运自身起变化以适合这个人就像此人的衣服那样，一件新外衣一千个人穿都是合适的，可是让一个人穿了一段时间之后其他人再穿就不合身了，而且你在任何地方见到它都会认出它来即使你见到的仅仅是一只袖子或一片前襟：因此他的——”（“那恶魔的，”施里夫说）“——命运改变着自身以适合他，适合他的天真、他那登台表演的原始才能与幼稚的英雄主义的纯朴，正像那细纹宽幅料子的军服一样，在那四年里你可以看到一万个军人都穿它，三十年后那个下午[①]他走进办公室时所穿的那套军服起了变化以迎合他所有姿态里都有的装模作样的派头，也迎合他那法庭式的冗言赘语，他平静地叙述最最简单与最最骇人听闻的事情时都用这种语言，还带着那种坦率的天真，我们称之为“孩子般的”，其实儿童才是唯一既不坦率又不天真的生物呢。他又讲了些自己的事，已经进入了所讲的事儿却仍然没有说自己是怎么进入他所在的地方的甚至也没交代他当时牵扯进去的事件是怎么会发生的[②]（那时他显然至少有二十岁了吧，黑暗里蹲在一扇窗子的后面朝外开一支支的滑膛枪那是另一个人帮他装上子弹递给他的），他把自己与爷爷都拖进那个被围困的海地的房间，很直截了当，就跟他提自己去了西印度群岛时仅仅说他决定去西印度群岛于是就去了那儿一样；这一个情节与另一个没有什么有机联系

① 指1864年去康普生将军办公室的那个下午，大致是在萨德本来到杰弗生镇之后的三十年。

② 昆丁又向施里夫转述，他爷爷在萨德本搜捕建筑师的那天晚上，又如何叙述了自己在海地镇压黑奴起义的情况。

他之所以想起仅仅是因为见到他们前面黑鬼打着松明的那幅图景；他没有说他是怎么去到那里的，那六年里发生了什么，从他，一个十四岁的孩子，除了英语别的什么语言都不懂，英语也知道得不多决定去西印度群岛并且发了财，到这个夜晚，他，一个给某个法国蔗糖种植园主当监工或工头或是诸如此类角色的人，和庄园主一家一起被围困在宅子里（这时候爷爷说他第一次提到——一个影子它一时间几乎出现紧接着又变淡了但并没有完全消失——那是个——”（“那是个姑娘，”施里夫说。“甭那么多废话了。痛痛快快往下说。”）“——三十年后他将对爷爷说他发现对自己的目标不合适因此晾在了一边，虽然赡养还是赡养的）以及几个吓呆的混血仆人，他时不时得离开窗口对他们踢上几脚骂上几句，逼他们帮姑娘装弹药，好让他和庄园主从窗口里往外开枪，我琢磨爷爷当时准说‘等等，等等，看在上帝的份上等一等’这一类的话跟你现在一样，直到他终于真的停下来又倒回去重新开始至少对前因后果多少作些交代但还是没有任何讲清合乎逻辑的次序和承袭关系。或者说不定是因为他们这时重又坐下来了，认为对于那一夜来说他们已经走得够远的了，而黑鬼们也扎好了营做好了晚饭于是他们（他和爷爷）喝了些威士忌吃了饭然后在篝火前坐下又喝了些威士忌于是他又重新说了起来不过仍然不太清楚——他是怎么和为何去到那儿的以及他在那儿是干什么的——因为他不是光讲他自己。他是在讲述一件事情。他不是在夸耀自己做出过的什么了不起的事；他只不过是在讲一个名叫托马斯·萨德本的人经历过的事情，即使那人连个名字都没有，如果在晚上边喝威士忌边讲随便哪个人或是查无此人的某公的故事，故事终归还是一样的。

“那一点也许使他放慢了速度。可是还不足以使故事明朗多少。他仍然不是在对爷爷叙述某个叫托马斯·萨德本的人的发迹史。爷爷说对于必定存在于某处，必定确定经历过的那六七年，他唯一提到的事是为了管好庄园他必须学会说土话，以及他必须学会说法语，也许不是为了订婚以便可以结婚，而是为了在他已经得到她之后可以把她休掉，为此他非学会不可——他又告诉爷爷，他如何原本以为勇敢与精明便已足够，可是他发现自己错了，他觉得非常后悔因为他在得知西印度群岛能发大财的传说时没能好好受到教育，因为他发现并非所有人都说同一种语言的，他明白他不仅得勇敢与精明，还必须学会说一种新的语言，否则他准备为之献身的宏伟计划必将会胎死腹中，于是我寻思他学会了这种语言就像他学会怎样当一个水手一样，因为爷爷问他为什么不找个姑娘一块儿过这样学最容易不过了，爷爷说只见他坐在那里火光在他脸庞、胡子和眼睛上，很安详还显得挺明亮，他说——爷爷说那是头一回听到他如此安详与直截了当地说一件事：‘在我方才提到的那个晚上（一直到我头一次结婚，我还可以加上一句）我仍然是个童男子呢。这你也许不相信，要是我试着去解释你只会愈发不信。所以我只想说那也是我脑子里计划的一个部分’于是爷爷说，‘我为什么要不信呢？’而他看着爷爷，眼睛里仍然怀着那样安详、光明的神情，说，‘可是你信吗？你肯定不会那么小瞧我吧？相信到二十岁上，我竟既没有接受过诱惑也没有去诱惑过别人。’爷爷说，‘你是对的。照说我不应该相信。可是我真的信。’因此这不是有关女人的艳闻，自然不是爱情故事：那个女人，那个姑娘，仅仅是那个影子，那天晚上，她能给一支滑膛枪装弹药可是却不能指望她朝窗子外面开枪（没准是那七八个夜晚，他们挤缩在黑暗里朝窗子外望那些谷仓或库房或是收下的蔗糖存放的什么棚舍，还有一片片的田地，它们都在燃烧与冒烟：他说你鼻子里竟然全是这种气味，别的什么也闻不到，一股浓烈的甜腻腻的气味，仿佛那股怨恨，那深仇大恨，制造出这怨与恨的秘密、黑暗的千年岁月，使糖的气味变得更浓烈了：爷爷便说此时他记起了他看到萨德本每回喝咖啡都拒绝放糖因此他（爷爷）现在知道这是为什么了不过为了弄确实他还是问了而萨德本告诉他说确实是如此；他说他当时不感到害怕直到田地和仓库全都烧光也不害怕而且他们甚至再没注意燃烧蔗糖的气味，可是自打那时起他再也吃不得糖了）——那姑娘仅仅在叙述中出现了一瞬间，交代她几乎只用了一个词儿，因此爷爷说那情况就像是他也只是在滑膛枪的一下火光中见到她一眼——一张伛着的脸，半张面颊，瞬间瞥见的垂下发帘后的一个下颌，举起的一只细细的玉臂，捏住推弹杆的一只小手，那就是一切了。这方面没有更多的细节与情况，正如也不清楚他是怎样从地里，从他监工的岗位上逃进被围困的宅子的，此时那些手持砍刀的黑鬼在他身后紧追不舍，也正如不清楚他是怎样从弗吉尼亚州破烂小屋去到他监工的甘蔗田的：而前面这一点，爷爷说，可要比从弗吉尼亚州去到那边更加不可思议，因为后面这事与时间有关，与空间有关，要跨越一段空间必然意味着有点空闲因为时间总比任何距离要长些，而前面的事，也就是从甘蔗田逃进被围困的宅子，像是与一场激烈的造反共生的，准是短促得跟萨德本对之所做的讲述一样——时间上的压缩正好说明它自身的暴力程度而他讲述此事时用一种愉快的腔调，有点儿像是在聊法律案例，显然是他记得怎样就怎样讲述，印象很深，那是因为间离的、与个人无关的兴趣与好奇心，即使是恐惧（以前他提到恐惧时程序颠倒了，是讲他并不惧怕，不懂什么叫恐惧时的事，他说）也没在里面起多少发酵作用。因为要到事情过去之后他才会感到害怕呢，爷爷说，因为对他来说那无非就是那样一回事——是一场热闹，是一场好戏说不定以后他再也没机会见到这样的好戏了呢，因为他的天真仍然在起作用，他不仅仅不知道什么是害怕直到事后，他甚至都不知道起初自己并没感到惊慌；甚至都不知道他已经找到了那个能迅速致富的地方倘若你胆子大而且够精明（他指的其实不是精明，爷爷说。他指的是肆无忌惮只不过他当时不掌握这个词语因为那不会出现在学校老师朗读的那本书里。没准他所说的勇敢也就是这个意思，爷爷说）不过在这里高死亡率与金钱共生而金元上的光泽并非得自黄金而是来自鲜血——这弹丸之地简直是上天特地制造出来单单放在一边，爷爷说，让它作为暴力、不义、流血和所有人类贪婪、残忍的恶魔欲望的演出场所，让所有被排斥的贱民与所有遭天谴者都来发泄最后的让人寒心的愤怒——一个小岛，镶嵌在笑吟吟、潜藏着愤怒与无法描摹的靛青色的大海中，那是我们称之为弱肉强食的林莽与我们说它是文明这二者的交叉点，也是个会合处，一边是黑暗、神秘的大陆，从那里黑色的血液、黑色的骨骼、肌肉、思想、回忆、希望与欲望，为暴力所掠夺，另一边则是它注定要去的冰冷、已为人知的土地，开垦的土地与居民，它却放逐过自己部分的血脉、思想与欲望，认为变得过于极端以致不能面对与再加容忍，让这个部分在孤寂的海洋上漂流与铤而走险——一个失落的弹丸小岛，在这个纬度上得经历上万年的赤道传统才能忍受其气候，这里的土地受到二百年压迫与剥削的黑人血液的浇灌终于作为一个不可思议的对立统一体而萌发生长，这儿有安详的绿色作物有绛红色的花，这里的甘蔗长得像小树有三个人高自然也比人腰身粗但每一磅都值钱简直贵重得像银矿石，仿佛大自然自有一台秤它是记下账的，对于伤残的肢体、破碎的心它提供补偿而人类却不这样，种植自然作物也种植人，不仅得到白流的血的灌溉，而且也让风吹拂着，在这一股股风里注定灭亡的船舶难以逃脱，船帆的最后碎片沉进了蓝色的海水，也带去飘散的妇孺们最后、无用、让人心碎的哭喊——也种植人：在还未受损的骨骼与脑子里，曾渗入他们脚踏着的土地那古老、不眠的血液仍然大声呐喊要求报仇。可是他监管着小岛，平静地骑着他的马到处溜达一面学着那种语言（那根细瘦、脆弱的线，爷爷说，靠了它人们秘密、孤独生活的小小表面、角落与边缘能偶尔在一个瞬间被连接上，然后重新沉没进黑暗，在那里精神发出第一声呐喊却不被听见，还会发出最后的一次叫唤但仍然不被听见），不明白自己是骑行在一个火山上，他听到在夜晚空气震颤与悸动，应和着鼓声与吟唱声，但他不知道他所听到的是大地自身的心跳，他相信（爷爷说）大地是仁慈与温和的而黑暗仅仅是你所看到的某个东西或是看不透的某个东西；在监管他所监管着的却不知道自己是在监管，从一个武装的城堡出发作他日常的巡行直至那一天自身来到。而他也没有叙说那件事，那一天是怎么发生的，导向那个高潮的一个个步骤因为爷爷说他显然是不知道与不理解他每天必定会见到的事情，因为那份天真——一根猪骨，上面还附着一点朽烂的肉，几片鸡毛，一块沾上什么东西的又脏又破的布里面包着几块石子，打上了结，这包东西是一个早晨在老人枕头上发现的没有人知道（最不清楚的要算高枕熟睡的种植园主本人了）是怎么会来到那儿的因为他们同时获悉，所有的仆人，那些混血儿，都不见了，他不知道直到种植园主告诉他破布上的污迹不是土也不是油而是血，也不知道他认为是种植园主高卢式狂躁的实际上是畏惧，是恐怖，他只不过是感到好奇与很感兴趣，因为他仍然把种植园主和那位女儿都看作是（他告诉爷爷直到被围的头一个夜晚他竟然连一次也没有想到他并不知道那姑娘的教名，不管他听人提到过还是没有。他还告诉爷爷，这是在叙述时随便插进去的，就像你用手指把一副新扑克牌里的‘百搭’弹出去事后都记不得你抽走了百搭还是没有，他说老人的妻子原是个西班牙人，因此是爷爷而不是萨德本琢磨出直到被围攻的头一个夜晚他没准顶多见过那姑娘十来次）看作是外国人；——一个混血儿的尸体终于被发现（是他发现的，找了整整两天却不明白他碰到的是一堵秘密的黑脸组成的空白的墙，在这堵墙的后面几乎任何事情都可能被炮制出来，而他后来发现，几乎任何事情都在发生，在第三天他找到那具尸体的地方他头一天的头一个小时就绝不可能漏过如果尸体当时真是在那里的话）于是他坐在圆木上，爷爷说，讲述此事，做出讲述它的姿势，此人爷爷亲眼见到过曾与他的野黑鬼里的一个双双打着赤膊胸抵着胸地搏斗，由营地的篝火照亮着，此时他的房屋正在建造，他后来仍然与他们搏斗，那是在厩房里马灯底下，那时他终于娶到了那位能对他头脑里的宏伟规划的推进能起辅助作用的太太，搏斗的原因是没有的，也不会相互握手和表示谢意，打完他就把血污洗掉并且穿好他的衬衫因为结果总是黑鬼仰八叉躺平在地胸脯一起一伏另一个黑鬼往他身上泼水；——坐在那儿告诉爷爷他终于怎样找到了那个混血儿，或者说曾经是那混血儿的那团死肉，而他（萨德本）也经历了大多数人经历的同样多的事，做了大多数人做的同样多的事，包括一些他没有吹嘘的事：不过有些事是一个自认是文明人的人无法不看到时必定会见到的，这样的事他没有谈，所以他仅仅说他终于找到那个混血儿也因而开始理解局势没准会变得很严重；接下去是宅子、路障，他们五个——种植园主、那女儿、两个女用人还有他自己——关在里面，空气里弥漫着烟和燃烧的甘蔗的气味，天空里则是燃烧的火光与烟雾，空气里震颤、抖动着鼓声与哼唱声——那个被遗忘的小岛在日夜交替倒扣的碗形天空的覆盖下简直是一处真空，不可能有援军前来，连外面世界的风也刮不进来除了贸易风，那同一股死气沉沉的风在岛子上刮过来又刮过去，里面至今仍负载着冤死妇孺嘶哑的哭喊声，死者飘荡在隔绝、孤寂的海上没有归宿连个坟都没有——两个女用人和教名他仍然不知道的姑娘给滑膛枪装弹药，他和那位父亲开枪射击，不是朝着敌人而是朝向海地夜空自身，把他们微弱无用的小小火光朝阴郁、厌血、悸动的黑夜喷射过去：那恰巧是在一年里那个时节里，是飓风的间歇期，没有任何下雨的希望：到了第八个夜晚水用完了此时必须采取某种行动于是他放下滑膛枪走出去降伏了他们。他就是这样说的：他走出去降伏了他们，等他回来便跟那姑娘订了婚约，当时爷爷肯定是说‘等一等等一等’的，爷爷说，‘可你连认都不认识她呢；你告诉过我围困开始时你连她叫什么都不清楚’这时他瞅着爷爷并且说，‘是的。可是你瞧，我得过些时候才能恢复清醒呢。’没有说他是怎么恢复的。那一点他也没有说，那个片断也是插不到故事里去的；他光是把枪放下让一个人给他打开门闩等他出去再把门门上，他进到黑夜里去把他们降伏了，也许靠叫嚷得更响，也许靠站立在那里，承受着对方认为任何人的骨骼、皮肉可以或是应该能够承受的（应该，是的：也确实是件可怕的事：找到一副血肉之躯去承受超出血肉之躯理应能承受的东西）；说不定到后来对方竟自己害怕得转过身子逃走了，远离那双白色的胳膊和腿，样子跟他们的一样，伤损了也会喷涌流淌血液就跟他们自己的一样，拥有一种不可征服的精神那应该来自他们的精神所产生的同样的原始火焰，可是不可能来自那里，这根本不可能（他把伤疤显露给爷爷看，有一处，爷爷说，再近些就会让他终身永远是童男子）接着天亮了八天来头一回没有鼓声，于是他们出来（没准就是庄园主和那女儿）穿过燃烧过的土地，明亮的阳光洒在上面仿佛什么也没有发生，此刻准是像走动在令人难信的荒凉、孤寂与和平宁静之中，他们找到他把他带进家中：等他恢复过来后他和那个姑娘订了婚。接着他停住了。”

“很好，”施里夫说。“往下说呀。”

“我说了他停住了，”昆丁说。

“我听到你说了。停住什么了？怎么能订了婚接着又停住却仍然有一个妻子以后再休掉呢？你说他记不得自己是怎么去到海地的，接着又记不得自己怎么进入黑鬼包围的房子的。现在你又想对我说他连自己怎么结的婚都记不得是不是？说他订了婚接着他决心要停下来，只不过有一天他发现自己并没有停下相反却是结了婚？而你还一个劲儿地说他是童男子？”

“他是停住说话，停住他的讲述，”昆丁说。他没有动弹，显然是对着（一定要说是对着什么的话）躺在他两手之间桌子上打开的书上的那封信。在他对面，施里夫装满的烟斗又抽空了。烟斗倒扣着，一行白色的烟灰从里面散落出来，铺在施里夫面前的桌子上，他光赤的双臂对抱着，像是同时之间既是在支撑自己又是在搂紧自己，因为虽然只有十一点房间里已开始冷下来了，到半夜，暖气片的热度只能使烟斗不冻结，虽然（他今晚是根本不会到打开的窗子前去作他的深呼吸的了）他还得过上一会儿才到卧室里先是穿上他的浴袍然后又去在浴袍外罩上他的大衣，胳膊弯里还搭着件昆丁的大衣。“他只是说他此时订婚了然后他就停止了讲述。他就那样停住了，爷爷说，就那样地直截了当和断然，仿佛那就是事情的一切，就是可能发生的一切，是一个人晚上对着威士忌能让另一个人听得津津有味的一切。也许就是这样的。”他的（昆丁的）脸低垂着。他仍然用那种古怪、那种几乎是阴沉、平板的声调在讲，正是这声调使施里夫从一开始起就盯着他，用那种专注、冷冷的打量与好奇的眼光，盯着他透过他的（施里夫的）小天使般与学者式的惊讶表情，这表情为那副眼镜所加强或者径直就是它创造出来的。“他就那样站起身来看

看威士忌酒瓶，说，‘今天晚上就说到这里。咱们得去睡了；明儿一大早就得开始干。没准我们能在他肌肉放松之前就逮到他。’

“可是他们没有。一直到暮色很深了他们才逮着他——逮着那个建筑师我是说——而那也只是因为他为了设计某个方案让自己过河偏偏弄伤了腿。可是这回他在时间的计算上犯了错误因此猎狗和黑鬼们盯上了他而那些黑鬼这时已经在大吵大闹了（爷爷说没准那些黑鬼竟然相信，由于出逃，那建筑师已自动放弃了自己的非食用类肉的身份，已经因为出逃而主动舍去一子，黑鬼们接受挑战于是追逐他又因为抓到他而赢棋了，因此现在他们有权把他烹煮吃了，这一点不论赢家还是输家都以同样的竞技比赛与运动员的精神加以接受，双方都没感到怨恨与不快）当他们把他拖出来时（所有昨天一开始便参加竞走的人全都回来了除了三个，而回去的人又带来其他人，因此此时在场的人比竞走开始时的人要多，爷爷说）——把他从河堤下的洞里拖出来：一个小个子，他那件方领长外衣一个袖子不见了，他的花背心上沾满了水和泥，他掉到河里去过，一条裤腿给扯了下来因此他们能看到他用衬衫下摆包扎了他的腿，那块布血淋淋的，那条腿是肿的，他帽子已不知去向。他们怎么也找不到它因此宅子落成他离去的那天爷爷送了他一顶新帽子。那是在爷爷的办公室里，爷爷说建筑师拿过帽子一个劲儿地盯看而眼泪却哗地流了下来。——一个瘦小、憔悴、一脸野气的人，胡子两天没刮，把他从洞穴里弄出来时他乱打乱踢像只野猫，连受伤的腿在内也都乱蹬，猎犬狂吠，众黑鬼又是呼哨又是高声喊叫，一门心思等好事来临，像是认为既然竞走持续的时间超过二十四个小时，比赛规则理应自行废除他们不必等待马上就可以烹煮他，此时萨德本手持一根短木棍涉水来到挥棍把黑鬼与猎犬全都打跑，剩下建筑师站在那里，毫不畏惧一副豁出去的样子，仅仅是有点喘不过气儿，爷爷说他脸色难看那是因为在抓他那阵混乱里黑鬼们没摆弄好他的腿，接着他朝大伙儿用法语发了一通演说，满长的一篇，说得飞快，爷爷说让另一个法国人听也未必都能听懂。不过听起来声调铿锵；爷爷说即使是他——所有的人都一样——也能听出建筑师不是在表示道歉；真叫够味儿的，爷爷说，他说萨德本正朝建筑师转过身去而他（爷爷）已经走近建筑师，正把那瓶已开塞的威士忌递过去。爷爷看见瘦脸上的那双眼睛，那双眼睛肆无忌惮、绝望却也显得不屈不挠，也显得不可战胜，还未被一幅可憎的图景打败呢，爷爷说，五十多个小时的黑暗、沼泽、不眠、疲惫、断炊、出不去、没有到达目的地的希望，所有这一切都没有把他打败：就是有一种吃苦受难的意志也明知会遭到失败，但仍然没有为一幅可憎的图景所打败：这时他用他一只小小的脏兮兮、浣熊般的手拿住瓶子举起另一只手甚至在自己头上摸了摸这才记得那顶帽子已经没有了，于是便把手往上挥了一挥，那姿势爷爷说你简直是无法形容，那就像是把人类曾遭受的所有不幸与失败统统收入他几根手指捏得拢的地方，仿佛那仅仅是尘土，然后挥甩到脑袋后面去，同时举起酒瓶先向爷爷鞠了个躬，接着又朝坐在马背上围成一圈看他的所有汉子鞠躬，然后喝酒，这酒不仅仅是他平生第一回喝的纯威士忌[1]，而且他简直不能想象自己能喝下去，正如一位婆罗门[2]无法相信局势会发展到如此难以想象的地步以至自己竟得吃狗肉。"

昆丁停了下来。施里夫立即说，"行了。甭多废话，说他这时候停了下来，你往下说就是。"可是昆丁没有马上接着往下说——那平板、古怪得死气沉沉的声音，那低垂的脸，那松弛的身体，都一动不动除了呼气吸气；他们两人都不动除了呼气吸气，两个人都很年轻，都在同一年出生：一个在阿尔伯达[3]，另一个在密西西比；出生地远隔半个大陆然而联系、联结在一起，按照一种模式，通过一种地理上的圣餐变体，依靠那个大陆水槽，那条大河[4]，这河不仅流经物质上的土地对于这片土地它是地理上的一根脐带，不仅流经它流域内人们的精神生命，而且它嘲弄纬度与温度因为它本身就是环境，虽然人们中的某些个，如施里夫，从来没有见到过它——这两个人在四个月之前谁都没有见到过谁然而这以后睡在同一个房间里坐在一起吃同样的饭用同样的书备同样的大学一年级生的课吟诵同样的课文，在亮着灯的桌子前相对而坐，桌子上放着那只脆弱的潘多拉盒子，也就是那张字迹潦草的信纸，它释放出许多狂暴的、无理可喻的妖魔鬼怪，充塞在这个我们称为最高学府的舒适的、修道院式的屋角，这个梦幻中、没有热气的壁龛里。"就别装腔作势了，"施里夫说。"痛痛快快往下说。"

---

① 指不兑水的威士忌。
② 印度最高级的种姓，绝对素食。
③ 加拿大西部的一个省。
④ 密西西比河发源于明尼苏达州的艾塔斯卡湖，因此也可以说与加拿大相连。

“那得又过三十年了，”昆丁说。“是在三十年之后，他才又告诉爷爷其他的事。也许他太忙了。他闲聊天的时间都被用来进一步实现他脑子里那个宏伟的计划了，而他唯一的消遣就是在马厩里跟他那些野黑鬼搏斗，闲人可以在那里拴住坐骑从屋后过来而不至被宅子里的人看见因为他此时已经结婚了，他的房子落成了，他为偷窃它而被逮捕过然后又释放了，因此一切都已定当了，他有位太太和两个孩子——不，三个——安顿在宅子里而他的土地都清理过种上了爷爷贷给他的种子如今他正在变得殷实富有——”

“是的，”施里夫说：“科德菲尔德先生：那又是怎么回事？”

“我不知道，”昆丁说。“从来没有谁确切知道。那是跟一张提货单有关的什么事，他好歹劝说科德菲尔德先生利用自己的信誉：是那种事情里的一件，做成了你是能人可是做不成你就得改名换姓躲到得克萨斯州去：而父亲说科德菲尔德先生准是坐在他小铺店堂深处，瞧自己一辆大车就能装完的货物十年才翻上一番，至少是没变得越来越少，同时看到随时都有机会做与建议中的完全相同的事，只不过他的良心（不是他的胆量：父亲说胆量他有的是）不允许自己这样做。此时萨德本来找他建议干这件事，如果成了他和科德菲尔德先生好处均分，要是办不成那就由他（萨德本）独自承担责任。于是科德菲尔德先生就让他去做。父亲说因为科德菲尔德先生不相信能办成，他们就可以把这事甩开了，因为这事老让他思想上摆脱不开，因此等他们试过又行不通，那时他（科德菲尔德先生）就可以不用再想了，但是科德菲尔德先生一定要共同承担责任，作为那么多年来自己思想上有罪的惩罚与救赎。由于科德菲尔德先生压根没相信过这事能办成，因此当他看到它真的快办成，还确实在运营时，他至少能够做的便是拒绝领取自己的那份利润；当他看到它真的成功时他恨，恨自己的良心，而不是恨萨德本先生；——恨他的良心、土地以及国家——这国家制造了他的良心然后又提供机会弄出那么些钱来对付它所创造出来的良心，因此良心除了拒绝之外别无选择；他对那个国家恨得那么厉害以致当他看到它一点点漂近一场注定要打也是必败无疑的战争时，他简直是兴高采烈；他原本是可以参加北佬的军队的[①]，父亲说，只不过他天生不是当兵的料知道自己不是会给打死便是会因为吃不了苦而死去准活不到那一天：

① 科德菲尔德是清教徒，思想上亲近北方。

那时南方真的明白过来它如今在付出代价因为它的经济大厦并非建立在严酷道德的磐石上而是建立在机会主义和道德掠夺的沙土之上[①]。因此他选择了他想象得出的那唯一的姿态，以强调他的不赞同，让那些能熬过战争活下来因而能参加到懊悔的——"

"那是自然，"施里夫说。"那样挺好。不过你说萨德本。说那个宏伟规划。接着说，快点儿。"

"好的，"昆丁说。"那规划——变得越来越富越来越富的规划。这时候对他来说准是前景显得美好和明朗：宅子落成了，更轩敞也更洁白，比起他当初见过的那一幢，那天他曾去到门口被来应门穿猴子号衣的黑鬼挡了驾并告知得走后门，他甚至有了自己类型的黑鬼，这是脱了鞋子享受吊床的那人所没有的，他满可以挑个出来加以训练，在轮到有个光着脚穿父亲旧裤改成的衣服的小男孩来敲他的门时可以让这黑鬼去对付。只不过父亲说如今不是那么一回事了，三十年后的一天他来到爷爷办公室，此时他不再努力辩解，不像他们追捕建筑师那晚他在洼地尽力想辩解的那样，他现在仅仅是作解释，如今很努力地试着作解释因为如今他老了也知道自己老了，知道他得该指摘的是他老了这一件事：他前面的时间正在缩短，而时间是能够和会对他的机会与可能性起作用的即使他对自己的骨骼和肌肉已经再没有什么怀疑一如对自己的意志与勇气那样，他告诉爷爷门前男孩那个象征不是那么回事因为那男孩象征仅仅是一个惊慌失措与绝望的孩子虚构出来的；如今他会把那男孩迎进来使他再也不必站在一扇白漆大门之外敲门：而且完全不单纯是为了遮风避雨，而是这样做了之后，那男孩，那个不知是谁的无名无姓的陌生人，就可以自己在进来后永远把门关上，把他过去所知道的一切关在身后，瞻望前面，顺着那仍然未泄露的光线[②]，在那儿他那些可能连听都没有听说过他（那个男孩的）名字的后裔，还在等着被生下来连知都不用知道他们被一劳永逸地从野蛮状况中拉扯出来，就像他自己的（萨德本的）那些孩子一样——"

---

① 典出《圣经·新约·马太福音》第7章第24—27节："凡听见我这些话又遵行的，就像聪明的人，把自己的房子盖在磐石上。……凡听见我这些话却不遵行的，就像愚蠢的人，把自己的房子盖在沙土上。"

② 此处应是喻指时间。福克纳在《喧哗与骚动》第二章里写道："……时间却在不间断地、永恒地、越来越有气无力地行进。就像父亲所说的那样：在长长的、孤独的光线里，你可以看见耶稣在彳亍地前进，很像。"这段话在该部作品中也是昆丁说的。

“别说我说话跟你老爸说话一模一样，”施里夫说。“你就往下说。说萨德本的那些孩子。往下说。”

“好的，”昆丁说。“那两个孩子”一边想是的。说不定我们都是**父亲**。说不定什么事情都没有发生就结束了。说不定发生从来也不是一次性的而是没准像石子沉下去后水面上的波纹一样，波纹推进，扩散，这个池塘由一条狭窄的脐带般的水道与旁边一个池塘相连而这里的水是头一个池塘供给的，供给过，一直在供给的，让这第二个池塘蓄有一种温度不同的水，分子构成不同，看去，摸着，记忆起来都不同，以不同的色调映照着无垠、不变的天空，这无所谓：那石子水淋淋的回声，它甚至都未曾看见石子落下，回声也掠过它的表面，以原来的波纹间距，按照陈旧的无法去除的节奏一边想是的，我们都是**父亲**。或者没准父亲和我都是施里夫，也许得有**父亲**和我两人才能制造出施里夫或者说施里夫和我两人才能制造出**父亲**或者说有了托马斯·萨德本才能制造出所有我们这些人。“是的，两个孩子，一子一女，从性别和年龄上都与规划配合得那么紧简直好像也是他精心设计的，性格上、心智上和体魄上都跟规划配合得严丝密缝仿佛是他从天堂里的天使群里精选出的，正如他准是从海岛那边不知何等样乌七八糟的乱民里挑出他那二十名黑鬼一样，当时他休弃了那第一个妻子和那个孩子因为发现他们对他规划的进一步实现并不能有所帮助。而爷爷说那里面并不存在良心的问题，三十年后的那个下午萨德本坐在办公室里告诉爷爷一开始他的良心多少有些使他不安可是他冷静、理智地与自己的良心作了一番辩论最后还是弄妥了，就像在和科德菲尔德先生合作的提货单那件事上，他也一准跟自己的良心辩论过（只不过这一回没那么久，因为这一回时间紧迫）最终也是弄妥了；——他也承认从某种角度看他所做的事情里是有不正义的地方可是他在自己权力范围之内尽可能加以排除，办法是把事情摆到桌面上来处理；他本来可以直截了当地甩掉她，可以拿起帽子一走了之，可是他没有这样做：而且他具有爷爷也会不得不承认是一个正当与有充分根据的权利，且不说他独自拯救了整个种植园，也救了那上面所有白人的生命，至少是对于产业的某个部分是有权利的，那是在结婚安排上特别说清楚与立下文书划归他的，他在那次立约上是光明正大的，对自己卑微的出身和贫乏的物质条件毫不隐瞒，而对方呢，则不仅有所保留而且确实有不如实反映[①]的问题，这反映不实竟达到如此强烈的程度以致不仅在他不知情的情况下损害与影响了他整个规划的中心动机，而且还会成为一个讽刺性的欺骗，对于他在完成规划上过去所容忍、忍受的一切以及将来为完成规划他会做到的一切——权利他自愿放弃了，从他能说是自己的东西里他仅仅带走了二十名黑鬼，换了别人处在他的地位上是会坚持保留权利而且（在争斗中）也会得到法律以及道义上的支持的如果不是良心上的脆弱支持的话：而爷爷这时不说‘等一等等一等’了因为这又是天真的问题了，这份天真相信道德的合成也跟馅饼或蛋糕的揉捏一样，一旦你称好、量好、搭配好，把各种材料搅合起来放进烤炉一切便都完成，出来的除了馅饼或是蛋糕之外便再不会是别的了。——是的，在爷爷的办公室里坐在那儿试着解释，以那种耐心的、显得很惊奇的要点重述，不是对爷爷也不是对他自己，因为爷爷说他的平静本身便足以表示他好久以来已经对理解它不抱任何希望，他是试着向环境，向命运本身作解释，讲那一个个很合逻辑的步骤，可他正是经由这条路走向一个绝对、永远荒谬的结局的，他重复着他的历史（此时他和父亲也都清楚了）中简单明了的要点，仿佛他是在解释给一个脾气乖戾、喜怒无常的小孩听：‘你明白吧，我头脑里有过一个规划。它是好还是不好这并非问题的关键；问题是，我在那里面哪一步上犯了错误，在那里我做成了什么或是做坏了什么，什么人或是什么事情因它而受损害到了那个程度，以致会显示出来。我有过一个规划。为了完成它我得要有金钱、一幢房子、一个庄园、要有奴隶和一个家庭——自然，也总得有位太太。我着手去拿到这些东西，不向任何人乞求恩赐。我有一回甚至还冒过生命的危险，这我对你说过的，虽然我也告诉过你我冒这个险并不纯然和简单地是为了得到一个妻子，虽然它带来了这样的结果。不过这也并非问题的关键：有那个妻子这就足够了，我真诚地接受她，自己方面的事我一点也不保留，我希望他们对我也这样。我甚至都不提要求，听着，人们往往认为我这样出身卑微的人都会这样（或者至少是这样做会得到原谅）因为他们不懂跟出身高贵的人交往时得斯文一些。我那时没有提什么要求；我按照他们自己的开价接受他们，同时坚持在我这方面要充分说明我自己和我祖辈方面的情况：可是他们对我故意隐瞒了一个

① 指海地的庄园主不告诉萨德本要嫁给他的女儿身上有黑人血统。

事实对此我是有理由知晓的他们也清楚要是我知道了便会拒绝整件事情，否则他们就不会对我隐瞒了——这件事我一直到我儿子出生后才知道。而即使到这个时候我也没有仓促行事。我本来可以提醒他们这么多年虚度了，如今我连同我的规划滞后，不仅是丧失了岁月本身的数量所代表的消逝了的时间，而且还得算上我重新开始以达到我获得过后来又失去的地位那段岁月数量所代表的应补偿的时间。可是我没有跟他们这么算。我仅仅是说明这个新弄清的事实使这个女人和孩子与我的规划不可能结成一体，接下去，如我告诉你的，我不仅未曾企图保留那些我有权认为是属于我的，是我冒了生命的危险得来的财产，而且也拒绝了那些白纸黑字签名画押划归我的那些，相反，我拒绝与推辞了这方面所有的权利与要求，使得我能对那两人[①]可能受到的任何不公平待遇做出补偿，可能有人会认为我剥夺了他们在我日后可能获得的任何财产方面的权利：可这是达成协议的，听着，是双方都同意了的。然而，在三十多年之后，在三十多年过去我的良心最终让我相信倘若我做了一件不公平的事，我已经力所能及地对之作了补偿[②]——'这时爷爷没有说等等而是说，没准甚至是吼叫着说：'良心？良心？好上帝啊，老兄，你还指望别的什么？就连一个在修道院里度过这段时日的人也会明白了，何况是像你这样熬过好些那样的年头的人呢，对不幸的亲和力与本能，就没让你变得比那更明白一些吗？对女性的害怕与畏惧，你吸头一口奶时便准已把它们吸进肚子，这些也没让你变得聪明些吗？别人对你说那是童贞，其实还不是最最没有用，最最愚蠢的天真？你拿良心去交换来的是什么，就让你那么相信除了用正义就不能用任何别的钱币，从她那里购买到豁免权？'——"

就在这当口施里夫走到卧室去穿上了那件浴袍。他没有说等一等，他仅仅是站起身来离开坐在桌子前面在摊开的书与那封信前面的昆丁，走出去穿上袍子回来，重新坐下并且拿起那只冷却了的烟斗，虽然并没有重新装上烟丝和把它再点燃。"好吧，"他说。"于是在那个圣诞节亨利把他带回家，进入宅子，那恶魔抬起眼光看到那张脸，他相信就是二十八年前他花了钱遣走的那位。再往下说。"

"是的，"昆丁说。"父亲说他没准亲自给他起名的。查尔斯·邦。查尔

① 指萨德本在海地娶的妻子以及与妻子生下的儿子。

② 以上一段话，萨德本刻意学用法庭上的语言，甚至有点过火。因此相当别扭。

斯·好[①]。他没有告诉爷爷这个，不过爷爷相信是他起的，他会这样做的。那是清理工作的一个组成部分，就跟围困后他会干他那份清理炸过的火帽和滑膛枪弹筒的活儿一样，要是他没有生病（或者也许是订婚）的话；他会坚持这么干的，很可能的，又是良心，是良心不能容许她和孩子在规划中占一席之地即使他可以闭上眼睛不看，而且如果不能骗过世界上别的人像他们欺骗了他那样，至少能吓唬住任何人不让他大声讲出那个秘密——那同样的良心不容许那个孩子，那是个男孩，用他的姓或是外祖父的姓，然而良心也不容许他按习惯做法给那弃妇速速找个丈夫从而使他的儿子有个真正的姓。孩子的名字由他亲自选定，爷爷相信，正如那全班人马名字都是他起的一样——什么查尔斯·好们啦、克吕泰涅斯特拉们啦还有亨利、朱迪思等等等等——如父亲所说的，那整个龙齿军团。而父亲说——”

“你父亲，”施里夫说。“他好像在收集大量过时情报上相当及时嘛，都等了四十五年了。要是他知道这一切，他凭什么告诉你亨利和邦之间的麻烦是出在那个八分之一混血女人身上的呢？”

“他当时还不知道这件事。爷爷也并没有把全部情况告诉他，就像萨德本从来没有把足够多的情况告诉爷爷一样。”

“那么是谁告诉他的呢？”

“是我。”昆丁一动不动，施里夫盯着他的时候也没有抬起眼睛。“我们去了之后的那天——那晚之后——”

“哦，”施里夫说。“你和那位老阿姨去过之后。我懂了。往下说。于是父亲说——”

“——说他准是那个下午站在前廊上，等待亨利和亨利整个秋天在信里提个没完的那位朋友从车道上前来，也许在亨利于第一封信提到那名字之后萨德本就告诉自己这不可能，即使是嘲弄也总得有个界限吧，超过这界限，事情就变成要就仅仅是歹毒的却又不至于致命的恶作剧，要就是并不造成损害的偶合，因为父亲说甚至萨德本也没准知道，还没有人想出过一个名字，是当前没人在用或是以前没人用过的呢：他们终于骑马来到了于是亨利说，‘父亲，这是查尔斯’而他——”（“那恶魔，”施里夫说）“——看到那张脸就知

① 见第109页注。

道在有些情况下偶合无非就像冲进橄榄球场去参加比赛的那个小小孩一样，球员们跑过来越过与绕过那个没受损伤的小脑袋又往前冲，全都为称之为赢或是输的那件事而紧张与发怒，没一个人甚至记得那个孩子也没见到是谁进来把孩子拎走免得被踩成肉泥；——他站在他自己家门口，就像他曾想象，算计，谋划的那样，果不其然，五十年之后，有个可怜、没有名姓、无家可归、迷失的孩子前来敲门，哪儿也见不到有穿猴子号衣的黑鬼前来应门命令孩子走开；父亲说即使在那时，即使他知道邦与朱迪思以前从来没有互相见过一眼，他准是感觉到与听到了这个规划——房子、地位、后裔以及一切——垮了下来，就像它曾从烟雾里诞生出来一样，不发出任何声响，没有空气移动的冲击波，连一点点瓦砾都不曾留下。而他没说这是报应，不是父亲的罪孽[①]报应到自己身上；甚至也不称这是厄运，而仅仅是一个错误：那样的错误是他自己无法发现的于是他来到爷爷那里，不是要作辩解而是回顾这些事实让一个公正的（而爷爷说他相信，是一个受过法律训练的）头脑来审查、发现并向他指出。不是道德上的报应你明白吧：事实上仅仅是一个古老的错误，一个有勇气与智谋的人（前者他如今清楚自己是拥有的，后面那项他相信他如今已经学到了，掌握了）仍然能与这错误抗争如果他真的能发现那是什么的话。因为他并未放弃。他从来没有放弃过；爷爷说他随后所采取的那些行动（有一段时间他什么事也没有做，也许正是这一点促使他所害怕的那个局面得以出现）并不是因为他缺乏勇气或是智谋或是决断，而是因为他有一个执拗的想法，他相信，这一切都是从一个错误而产生的，他得发现这个历史上的错误是什么，在找到答案之前他不想冒再犯另一个错误的危险。

“因此他邀请邦进入宅子，于是在那个假期的两个星期的时间里（只不过并没有花那么长的时间；父亲说没准萨德本太太在亨利的第一封信里见到邦的名字那一刻起，她就已经把朱迪思许配给邦了）他注视着邦和亨利以及朱迪思，或者不如说是注视着邦与朱迪思因为他准是已经从亨利发自学校讲邦的那些信里知道亨利与邦的事了；观察他们有两个星期，什么事也没做。接着亨利与邦回学校去，从此时起，每星期来回于奥克斯福与萨德本百里地之

① 见《圣经·旧约·出埃及记》第 20 章第 5 节：“因为我耶和华你的神是忌邪的神，恨我的，我必追讨他的罪，自父及子，直到三四代。”又见《出埃及记》第 34 章第 7 节：“神……万不以有罪为无罪，必追讨他的罪，自父及子，直到三四代。”

间的那个当差的黑鬼带给朱迪思的信件就不是出于亨利的手笔了（其实这也是用不着说的了，父亲说，因为萨德本太太已经满乡满镇在传播订婚的事了，其实父亲说那事八字还没一撇呢）而萨德本仍然什么动作也没有。他不动声色直到春天快过去亨利来信说，他打算在邦回自己家之前把邦带来过上一两天。这当儿萨德本上新奥尔良去了。他选择这个时机去，是否为了专等邦跟他母亲会在一起时把问题一劳永逸地予以解决，这就谁也不知道了，正如没有人知道他去了那边见到那位母亲没有，她见他了呢还是拒绝见他；倘若她接见了他是不是想再次跟她达成协议，这回没准想用钱来使她就范，因为父亲说一个人既然能相信一个受蔑视、被侵害、怒不可遏的女人可以被形式逻辑收买，那么他也会相信她同样能为金钱摆平，可是事情并未弄妥；或者是[①]邦在那里是邦本人拒绝了这个建议，虽然没有人知道邦是否清楚萨德本是他的父亲，他是不是原来只想为自己的母亲复仇，只不过后来产生了爱情，只不过后来被卷进惩罚与报应的激流，这激流，罗沙小姐说是萨德本一手惹出来的，可是他的血亲，黑人也好白人也好都得受到牵连，反正事情显然没有办成，又一个圣诞节来到亨利与邦再次上萨德本百里地来，此刻萨德本看清事情无可挽回了，朱迪思爱上了邦，而邦究竟是想要复仇还是仅仅成了俘虏，陷入罗网，注定要受命运的拨弄，这都没有区别了。因此看来他在那个圣诞节前夜晚饭之前把亨利叫来（父亲说也许到这时候，在他出行新奥尔良之后，他终于对女人的事知道得足够多，明白先找朱迪思不会有任何好处）并且告诉了亨利。他知道亨利会说什么而亨利也果真这样说了于是他儿子指责他说谎而亨利凭他父亲让他骂便知道他父亲告诉他的话是真的；于是我父亲[②]说他（萨德本）也许还知道亨利会做什么于是便算计着让亨利来做这事因为他仍然相信过去那件事仅仅是一个次要的战术上的错误，因此他就像是一个散兵游勇，他寡不敌众却又无法退却，他相信只要他足够耐心、足够机智、足够沉着与足够机警，他定能让敌人分散开来由他各个击破。而亨利也的确这样做了。而他（萨德本）说不定也知道亨利下一步会怎么做，亨利准定也会去新奥尔良自己去把事情弄个明白。接着六一年来到，萨德本知道此时他们会怎么做，不单是亨利会怎么做而且他会逼迫邦去怎么做，说不定（他是恶魔

① 此处的主句仍是本页第 6 第 7 行的“没有人知道”。

② 指昆丁的父亲康普生先生。

嘛——虽然此时不必是恶魔也能看出仗非打不可了）他甚至预见到亨利与邦会参加大学的学生连；他自有某种观察途径，知道某月某日他们的名字出现在部队花名册上，自有办法知道该连驻扎在何处，甚至早在爷爷当上连队所属的那个团的上校之前，爷爷不当是在他受伤之后，那是在匹兹堡登陆处（邦也在那里受了伤）这以后回到家里慢慢习惯于只有左手再没有右手，而萨德本是六四年回到家的他带回两块墓石，他在办公室里与爷爷谈了话，那天之后他们俩又重新参加战争；——他每一时刻都知道亨利与邦驻扎在何处，知道他们始终是在爷爷的那个团里，在这儿爷爷能照顾他们，以一种连爷爷都不察觉自己是在这样做的方式——即使他们真有加以监视的必要的话[①]，因为萨德本准已知道缓刑这么回事，知道亨利此时正在做的事：让三个人的命运全部——他自己还有朱迪思和邦的——都悬而未决，而此时亨利在跟自己的良心搏斗，使良心能够接受他想做的事情，就像他父亲三十多年前一样，说不定甚至像邦此时一样，成了个宿命论者，给战争一次机会来解决整个问题，用杀死他或邦或两个人的方式（不过他在这上头并未助一臂之力和玩什么花招，因为匹兹堡登陆后正是他把邦从火线上背下来的）或者说不定他知道南方准会一败涂地到那时再不会留下什么值得那样重视，值得激动不已，值得去抗议反对或是为之受苦受难为之献出生命甚至是值得为之活下去。那就是萨德本来到办公室的那一天，他——"（"那恶魔，"施里夫说）"——休假回家的那一天，他带回来他那些墓石，朱迪思在家我猜想他看着她她也看着他而他说，'你知道他在哪儿'而朱迪思也没向他说假话，于是（他了解亨利的脾性）他说，'可是你还没有从他那里得到什么消息呢'而朱迪思在这一点上也没说瞎话她也不哭因为两人都知道信来到后里面会怎么说，因此他也不用问，'要是他写信给你说他很快就要来了，你和克莱蒂会开始缝制结婚礼服的吧'即使是朱迪思会在这一点上不向他说真话，其实她不会的：于是他将一块墓石置放在埃伦的墓上而将另一块立着放在过厅里，然后便上镇子来看爷爷，想把事情解释清楚，想看看爷爷是否能发现那个错误，他相信那是他的麻烦的唯一原因，坐在那里，穿了那身破旧、不成模样的军服，还戴着他那副破旧的宽口大手套、褪色的肩带还有（他不惜代价要保留住羽毛。军刀他不得

① 此语前 2 行"他每一时刻都知道亨利与邦驻扎在何处，知道……"。

已时可以扔掉，可羽毛却是非要不可的）帽子上的羽毛，断了，裂了，也脏了，他的坐骑鞍鞯未卸等候在下面街上，他还得千里单骑去找他的团呢，可是他却用请假得来的整整一个下午坐在那里仿佛他的假期有成千个下午似的，仿佛天底下哪儿都用不着急急忙忙慌慌张张似的，他要出征的话也无须多赶路只消出镇走上十二英里去萨德本百里地就成，那儿有一千个日子或者说不定甚至是一千个单调、富裕的太平年头，而他，即便已经撒手归天，仍然留在那里，仍然俯望着一批批俊美的孙子以及曾孙涌现出来，一直能排到天边；他仍然是，虽然已经过世埋进了黄土，原来那个雄赳赳的汉子，沃许·琼斯过去正是这样说他的，只是现在不说了。如今他为一己道德的个人防御问题而彳亍不前：为观念中的毛发的微不足道的分叉问题弄得忐忑不安，而此时此际（爷爷说）罗马城消灭了[①]，耶利哥也坍塌了[②]，事情是对的倘若或者那是错的除非，这一类话是血流得越来越慢骨骼与血管逐渐硬化的人常常念叨的，父亲说人到老年后总爱往这上头想，可是在他们年轻、灵活、健壮时对一个简单明了的**是**或者**不是**的反应是本能、完全与不假思索的，就跟打开或是关上电门一样，坐在那里[③]讲呀讲呀而如今爷爷都不知道他在讲什么了，因为如今爷爷说他都不相信萨德本自己知道，因为即使到那时萨德本也没有把事情原原本本告诉他。而这又是因为那种道德的关系了，爷爷说：是那种道德不允许他去诋毁、中伤他对第一个妻子的回忆，至少是对那次婚姻的回忆，虽然他觉得他在那里面上了当，即使在一个熟人的面前，对此人的忠诚与保密能力他相当信任，他还希望在此人那里证明自己清白无辜呢，即使对另一次婚姻（结婚是为了保住他一生的追求与希望的地位）中生下的儿子，除非作为一个最后非用不可的手段。倒不是他到那关口上会犹豫不决，爷爷说：不过直到那时之前他是会犹豫的。他自己在这上头受过骗，可是他使自己解脱出来，没有请求过或是得到过任何人的帮助；让别的任何一个可能会这样被强加的人来做同样的事。——坐在那里，从道德角度琢磨事情，不论他选择的是哪种做法，其结果总是他付出了一生中五十个年头的那个规划与计划就如同

---

① 可能指尼禄纵火燃烧罗马城一事。见苏维托尼乌斯《罗马十二帝王传》第六卷《尼禄传》XXXVⅢ节。此处喻指美国南军溃败。

② 见《圣经·旧约·约书亚记》第6章第20节："于是百姓呼喊，祭司也吹角。百姓听见角声，便大声呼喊，城墙就塌陷。"也是喻南方的土崩瓦解。

③ 此处接本页第2~3行"可是他却用请假得来的整整一个下午坐在那里"。

几乎五十年来根本没有存在过一样，而爷爷甚至都不知道他在讲的是什么选择，他所面临的第二选择又是什么，直到他说出了那最后的一个字，这之后他便站起身来，戴上他的帽子，握了握爷爷的左手，接着骑上马走了；这第二选择，所需要选择的，对爷爷来说就跟第一选择，采取拒绝的做法，理由同样朦胧不清：因此爷爷甚至都没有说‘我不知道你应该选择哪一种做法’并不是因为那是他所能够说的唯一的话因此说了那样的话还不如什么都不回答，可是他能说的任何话比什么不回答都不如，因为萨德本根本没有在听，也不指望有一个回答，他来不是为了求得怜悯而且也没有任何忠告是他能够接受的，至于认为自己有理，早在三十年前这一点他就已经从他的良心那里夺取到了。而他也仍然知道自己是有勇气的，虽然这一阵子他可能开始怀疑自己是否掌握住了狡狯，有一个时期他相信他掌握了，他仍然相信这东西藏匿在世界上某个地方是应该让人学会的，要是真能把它学到手的话他还想再学呢——也许甚至是这一点，爷爷说：倘若狡狯不能像以前那样为他排除这第二回劫难，他至少可以依靠勇气让勇气帮他找到意志与力量，好第三次开始向规划冲刺，就像曾帮他找到，让他作第二次冲刺那样——他来到办公室既不寻求怜悯也不寻求帮助，因为爷爷说他压根儿没学会怎样求人帮助连求人帮个小忙也不会，因此即使爷爷真的能给他帮助他还不知道怎么利用呢，他来办公室仅仅带着那种清醒、安详的困惑，说不定是希望（倘若他是真的希望，倘若他确是在做某件事情而不仅仅是大声地自言自语）有法律意识的头脑能够发觉与澄清他仍然不能自拔的原生性错误，这正是他自己一直发现不了的：‘我当时面临着要不要宽恕一件事情，那是在制订我规划的过程中于我不知道的情况下欺骗性地加之于我的，宽恕意味着对规划的绝对与无可挽回的否定；要不就坚决执行完成规划的原定计划，正是为了达成规划我才招来这样的否定。我作过选择，我对作这样的选择可能造成的损害作了自己能力之内最最充分的补偿，为了选择而使用了选择的特权，我付出了很大的代价，超过了一般希望的甚至是（法律规定）所需要的。可是如今我又面临着第二次选择的需要，它奇特之处并非如你所指出与我起初觉得的那样，是竟然出现了一次新的选择的需要，而是不管我可能作何种选择，我可能走哪条道路，通向的都是同一个结局：要就是我用自己的手毁掉我的规划，事情必然如此若是我被迫打出我最后一张王牌，要就是什么也不做，让事情循着自己的轨迹前进，我知道它会那样的，并看到我的规划在公众面前十分正常、自然与圆满地得到完成，然而在我自己看来，却是另一副模样，它将是对五十年前来到那扇门前并被撵走的那个小男孩的嘲弄与背叛，为了他的复仇这整个计划才被设想出来与向前推行，直到要做出抉择的时刻，做出这第二次选择的时刻，这是从那头一个里派生出来的如今又轮到它硬压在我的头上，作为一个协议的结果，我是胸襟坦白地接受这安排的，什么也没有隐瞒，可是对方或是那几方却恰好对我隐瞒了一个因素，它会毁灭我一直在努力奋斗的整个计划与规划，隐瞒得真叫严密，直到孩子生下来我才发现这个因素的存在'——"

"你老爸，"施里夫说。"在你爷爷告诉他这件事时，根本不懂你爷爷说的是怎么回事，正如那恶魔把事情告诉你爷爷时，你爷爷也对恶魔说的全摸不着头脑，对不对？而当你老爸告诉你时，你对人家讲的也不会分出个东南西北，倘然不是你去过那边见到过克莱蒂的话。这话不错吧？"

"是的，"昆丁说。"爷爷是他当时拥有的唯一朋友。"

"恶魔也有朋友？"昆丁没有回答，也没有动弹。现在房间里很冷。暖气片几乎没有热度了：冰冷的铁片演奏出严厉的信号，告诫人快点入睡，睡眠是小的死亡，也是新生。钟鸣十一下后已经又过了些时候。"好吧，"施里夫说。他现在挤缩在那件浴袍里，正如方才他挤缩在他那身粉红色、光赤、几乎没有毛的皮肤里那样。"他选择。他选择淫乱。我也是这样。不过你接着说。"他的话毫无表示无礼甚至也没有一点点否定的意思。它产生自（如果说也有什么根源的话）年轻人那种不可救药的不动感情的装腔作势，表面上却做出一副冷酷甚至是粗鲁无礼的好色模样——对于这种态度，这里附带提一下，昆丁理都不理，他恢复叙述就像从未给打断过一样，他的脸仍然低垂，仍然在沉思，显然是对着他双手之间那本打开的书上放着的那封打开的信。

"那天晚上他离开家去弗吉尼亚了。爷爷说自己怎样走到窗前看他骑在那匹瘦瘦的黑公马上，穿过广场，身上是那套褪色的灰军服，腰板挺得笔直，插着断羽毛的帽子有点斜，但是没有当初戴那顶海狸皮帽时歪得那么厉害，仿佛（爷爷说）有了军阶与权柄他反倒不像以前那样张牙舞爪了，倒不是因为经过了不幸的磨炼或是身心疲惫了甚至是厌战了，而是仿佛一边骑着马他仍然沉浸在那种状态里，在那里他挣扎着要超脱与摆脱一个大旋涡，一个无法预料、无可理喻的人间大旋涡，想伸出来吸口气的还不是他的脑袋，也不是他为建立后裔那五十年的努力与奋斗，而是他逻辑与道德的规则，他事实与推论的公式与处方，他结好的账与产品总也不肯、拒绝游泳甚至浮出水面；——爷爷看他走近霍尔斯顿旅社又看到老麦卡斯林先生[①]与另外两个老人蹒跚走出来拦住了他，他让公马站住，跟他们说话，他的声音并未提高，爷爷说，然而他的姿势的严肃气质本身以及端得很正的肩膀，说明他是在辩论，在演说。接着他又往前走了。他仍然能在天黑之前抵达萨德本百里地，因此没准晚饭后他驱策着公马朝大西洋的方向走，他和朱迪思重新面面相对说不定有足足一分钟，他无须说'只要做得到我要阻止它的'，而她也用不着说'那就阻止吧——倘若你做得到的话'而仅仅是道了别，在额头上吻了吻，没有流泪；和克莱蒂与沃许也都说了一句话：是主人对奴隶的，贵族对扈从的话：'好吧，克莱蒂，照顾好朱迪思小姐吧。——沃许，从华盛顿我会把亚伯·林肯燕尾服的一只衣角捎给你的'我寻思沃许的回答就跟当初在葡萄架下侍弄酒壶与水桶时一模一样：'那还用说，上校；每一条害虫都别放过呀！'于是他咽下粗面包，吞下烤橡实做的咖啡策马离去。接着是六五年了那时军队（爷爷也回军队里去了；他这时已升为准将虽然我认为晋升不仅仅是因为他只剩下一条胳膊）已退出佐治亚州进入了卡罗来纳，谁都看得出如今战争不会再拖多久了。接着有一天李从他自己麾下的军团里给约翰斯顿[②]拨去些支援部队，爷爷发现第二十三密西西比团即是其中的一个团。可是他（爷爷）不知道发生了什么：是不是萨德本用某种办法发现亨利终于强迫自己的良心与自己达成一致就像他的（亨利的）父亲三十年前所做的那样，是不是朱迪思说不定写过信给她的父亲说她终于从邦那里听说了她与邦决定想怎么做，或者是不是他们四个人在某一点像一个人似的得出一致的看法，那就是必须做某件事情，必须让某件事情发生，这是他（爷爷）所不知道的。他只知道一天早晨萨德本骑马上爷爷那个老团的总部去，要求跟亨利谈一谈也得到了批准，他和亨利谈了又在半夜之前骑马离去。”

“因此他作了他的选择，到头来，”施里夫说。“他到头来还是打出了那张王牌。于是他回到家里并且发现了——”

---

① 当地乡绅，前面提到他也出席了邦的葬仪。在福克纳的《去吧，摩西》里，他（全名为梯奥菲留斯·麦卡斯林）是主人公艾萨克的父亲。

② 约瑟夫·约翰斯顿（1807—1891），内战接近结尾时，他曾企图遏止北军的谢尔曼将军的攻势。

“等一等，”昆丁说。

“——他一定很想发现或者至少他将会发现的事——”

“等一等，我告诉你！”昆丁说，虽然他仍然一动不动甚至也没有提高嗓音——那嗓音自有其充满紧张与压抑的性质。“我是在说”我是不是又得把它再听上一遍呢他想我又非得把它再听上一遍不可了。我已经在把这事重新听一遍了我正在把它重新听一遍我今后将不得不再不做别的而只会永远一遍遍地听它这是明摆着的一个人不仅永远也不会比他父亲活得更久甚至也不会久于他的朋友和熟人：——（至少关于这件事他应该是不需要关照也不需要警告的即使朱迪思会给他捎话，捎话给他承认她被打败了，而按照康普生先生的说法，她是既不会向他承认他打败了她，也不会等着（科德菲尔德小姐说她根本没有丧偶）他回来好与他见面，也许等的时候并没有怀着愤怒与失望，没准他以为会这样虽然对女人他了解不多，学到的也不多，就像康普生先生所说的，然而肯定是怀着并非冰一般镇定的感情，按照科德菲尔德小姐的说法，她迎接他时正是这样冷冰冰的——分别都快两年了，仍然是在额上轻触了一下；那声音、言词，安静，含蓄，几乎没有个人色彩：“那么——？”“是的。亨利杀了他”随后是不多的几滴泪而在开始流的那一瞬间又止住了，仿佛那湿气只有一层或是像烟纸那么薄还与人的脸形一样大小；又是那套话，什么“啊，克莱蒂。啊，罗沙。——哦，沃许。我没能像答应过你的那样，深入北佬敌后把外衣后摆的一段割下来”；那阵（出自琼斯的）呵呵声，那阵格格声，那团有骨节相连的黏土[1]的一成不变的低能守旧，照康普生先生的说法，倒是既熬过了胜利也熬过了失败：“唷，上校，狗日的也许能杀死咱们，可是没法打垮咱们，对啵？”这就是一切。他回来了。他重新回到家了。在这里他此刻的问题是得赶紧，时间在飞逝，得抓紧时间呀。他担心的，康普生先生说，还不是缺少勇气与意志，这会儿甚至也不是狡猾。他片刻也没有为自己第三次开头的能力担过忧。他所担心的唯一的事是自己可能没有足够的时间把工程做完，把失地全都收复。他也没有浪费他仅有的任何一点点时间。意志与狡猾，这些他也一点没有虚耗，虽然无疑他并不认为是他的意志或他的狡猾耽搁他捕捉到机会，而也许还不是狡猾，更多的倒是勇气，勇气

① 指沃许·琼斯。《圣经·旧约·创世记》里说：“神用地上的尘土造人。”

甚至比意志占了更大的分量，使他跟罗沙小姐订了婚，时间离他回家还不到三个月，这之前她对这件事简直是毫无察觉——罗沙小姐本人就是恶魔作祟说的大弟子和鼓吹者，而他就是那主要的对象（虽然不是受害者），如今与他订了婚，在连对家里多了他这样一个人还没太习惯之前；——是的，勇气甚至比意志占着更大的分量，不过也多少有一些狡狯：五十年通过多次激烈的身心斗争而得来的狡狯，这狡狯要就是突然转变成安分与多思，要就是突然发芽开花，有如隐藏在真空或是铁硬的土块里的一颗种子。因为他像是一回来没有停顿就马上看到，那是在穿过宅子的那条通道里，这儿是从弗吉尼亚出发的长途跋涉的一个并不中断的延续，若说有停顿那不是为了与家人相叙，而仅仅是把琼斯从荆棘丛生的田地与倒塌的栅栏里拖出来，拉出来，把斧子与铁镐往沃许手里塞去，他没有停顿地看到一个弱点，罗沙小姐严阵以待的老处女寨堡中一个容易进攻的弱点，于是便发动攻势，做出一击，还真有点儿老首长（密西西比第二十三团有一段时间归杰弗生统辖）雷厉风行的战略战术风格呢。而这以后在他身上那份狡狯又不灵了。它垮掉了，它销蚀在那过时无用的逻辑与道德观念里，而过去出卖他的正是这种逻辑和观念：不定是哪一天，不定是他突然僵住在哪一条垄沟里，一只脚伸在前面，那只没有感觉的犁把捏在他那双刹那间变得没了知觉的手里，不定是哪根栅栏柱被举在半空中仿佛对于肌肉来说它没有分量因而是感觉不出来的，他突然理会到他的问题里除了光是时间不够之外还有一层，而这一点在他的不足里占着某种超浓缩的地位：那就是如今他已经年过六十很可能只能再生一个儿子，在最好的状况下他也只有能力生一个儿子，就像那门老火炮知道在它腔筒里仅仅留下一发炮弹一样。因此他向她作了那样的建议，而她则做出了他本应知道她会作的反应，说不定也是原来会想到的如果他没有重又自动陷入他的道德观念，这观念零部件一应俱全可就是不肯开动与运转。于是就有了那个建议，有了那场震惊与无法置信；有了那次无比气愤与怒火中烧，也导致了罗沙小姐从萨德本百里地出走，她那气球一般的裙子摊开浮在洪水上，她轻极轻极了的遮阳帽（没准是埃伦帽子中的一顶，她从阁楼里搜出来的）紧紧地扣在她那气得发僵与颤颤巍巍的脑袋上。而他则站在那里，缰绳搭在他一只胳膊上，胡子里与眼睛周围像是有几分笑意其实那不是笑而是愠怒的思考过于专注以致显出了皱纹：——他着急，他对这件事有需要；很迫切，但他不畏惧，也不忧虑：仅仅是因为：他这回没有打中，虽然幸亏仅仅是一次火药装得不多的观察性的射击，那门老炮，老炮筒和炮车丝毫未损；只不过下一回说不定没有足够的火药先作一次测射紧接着又来一次正式规模的轰击了；——是为了这回事：狡狯、勇气与意志的线和他余下时日的线卷在同一个轴上，而那个卷轴离他很近，几乎伸手可及。可是这还不是严重的关注，因为它（那旧的逻辑，旧的道德，它迄今为止从不放过一次机会背叛他）已经成为模式，已经确切无疑地向他显示他一直是对的，正如他自己知道自己是对的那样，因此所发生的事仅仅是一个幻象，实际上并不存在）

"不，"施里夫说；"你等等。现在该让咱唱上一段了。却说，那沃许。他（那恶魔）牵了马站在那边，一匹备了鞍的战马，那把入了鞘的军刀，那身灰军服等着太太平平地放起来好与蠹鱼为伍，一切都已失去留下的唯有耻辱：接着开始这出戏也将结束这出戏的那位忠实的掘墓人[①]的声音从舞台侧翼响起如同莎士比亚他老人家自己在说话一样：'唷，上校，狗日的兴许能打败咱们可是他们杀死不了咱们，对啵？'——"这也并不是不客气。那也仅仅是用轻浮制成的保护色，在它后面躲藏着那种受到感动的年轻人的羞怯，昆丁也躲在保护色里往外说话，那是昆丁阴沉的困惑，那种（双方都是如此）油腔滑调，那种硬装出来的小丑模样，原因盖出于此：他们两人，不管他们对此清楚还是不清楚，在这个冰冷的房间里（现在真是相当冷了）致力于那种最出色的推论，说白了也和萨德本的道德化与科德菲尔德小姐的妖魔化非常相像——这个房间不仅仅是用来做这件事情的而且单单为了它而存在的再说用来做这件事也合适因为在这里而不是任何别的地方它（那逻辑与道德）做出的损害最最小；——这两个人背对着背仿佛站在最后一道壕沟里，说不，对着昆丁的密西西比幻影，他在生活中尽量少按逻辑与道德行动与不行动，他临死时全然摆脱了它，他死了仍然不仅对它满不在乎而且全然不顾，反倒是一千倍地更有生命力更加活跃。施里夫没有捣乱的意思，也没有起到这样的效果，因为昆丁连停顿都不停顿。他甚至都不计格式，连逗号、顿号或是段落都不用就快快地接上了施里夫的话头：

"——如今没有多余的火药可以打试测炮了因此他这回发射，就像轰荆棘

① 指沃许·琼斯。在这里他被比喻为莎士比亚《汉姆莱特》中的掘墓人。此处施里夫是以一种调侃的语气在叙述。

地里的兔子那样，捡起一小块干泥巴，用手扔出去。也许此时扔出去的是他和沃许的小铺里的第一串珠子项链，去店里他常跟他的顾客发火，那些黑鬼、穷白人和爱还价的人，把他们轰出去锁上门自己去喝个烂醉如泥。也没准是沃许自己把珠子送去的，父亲说，在大门口也就是他从前线骑马回家的那一天，在他和团队一起开拔后沃许就跟别人说如今是他（沃许）在看管上校的产业和黑鬼，在说了一阵之后这话连他自己都相信了。我奶奶说萨德本的那些黑鬼最初听到他这样说时，他们总在洼地通出来的路上截住他，萨德本让沃许跟他外孙女儿（当时大约八岁）住的那个旧鱼棚就在洼地里。黑鬼太多以致他无法挥鞭，或是试着，冒险试着挥鞭把他们轰走：他们会问他干吗不去打仗，而他总是说，'滚开，别挡道，臭黑鬼！'而这总招来开心的哈哈大笑，他们彼此互相问道（除非是没有别的黑鬼在只有他沃许）：'他什么人，还叫俺们黑鬼？'于是他就手拿棍子朝他们冲去而他们仅仅是稍稍挪动不让他打着，一点不生气，仅仅是哈哈大笑。他呢，仍然带着鱼和野物，那是他打的（还没准是偷的呢），还有蔬菜，给宅子送去，当时这几乎就是萨德本太太和朱迪思（还有克莱蒂）赖以为生唯一的东西了，而克莱蒂甚至都不让他提着篮子进厨房，她说，'就停在那儿，白人。就停在眼下你站立的地方。上校在的时候从没让你进过这扇门，你现在也不要进。'情况倒真是那样的，只不过父亲说这里还包含着某种骄傲呢：他确是从未试过要进宅子，虽然他相信若是他真的试了，萨德本也不会让妇女轰走他的；就像是（父亲说）沃许可能会这样对自己说我不想这样试原因倒不是我不想给哪个乌黑的黑鬼一个机会，跟我说我不能这么干，而是因为我不想逼托姆先生去咒骂那黑鬼，或是因了我而挨他老婆的骂可是他们会逢到星期天下午便一起在葡萄棚下喝酒，而在星期一到星期六他会见到萨德本（好神气的一条汉子呀，沃许总这么说）骑着黑公马，满庄园飞奔，而父亲说在这个时刻沃许的心里总是如何地感到安宁与骄傲，说不定他会觉得这个世界，在这个世界上，黑鬼们，照《圣经》的说法让上帝咒骂着创造出来是要当所有白皮肤人的牲口与奴仆的，可是他们却比他跟他外孙女儿供应得更好，住得更好甚至穿得也好一些——这个世界，去这里他走到哪里总是听到黑鬼哈哈大笑的嘲弄、讥刺的回声，他会觉得这个世界仅仅是一场梦与一个幻想，而真正的世界是那样的，在那里他自己那独一无二的偶像（父亲说）骑了那匹纯种黑马奔腾驰骋，没准沃许会这么想，父亲说,《圣经》说所有人都是按照上帝的形象创造出来的,因此在上帝的眼里所有人反正都是一样的,至少在上帝看来都是一样的,因此他会看着萨德本同时想一个多好多么骄傲的人哪。如果上帝他老人家想下凡在大自然土地上骑马蹓上一蹓,**他**想让自己显现的应该就是这副模样了。说不定送去那第一串珠子的甚至就是他自己,父亲还说没准还有此后三年所送的每一根缎带,在这段时间里那个姑娘发育得很快,这种人家的姑娘总是那样的;或者在见到她戴上缎带时他反正会知道或是认得出所有缎带里的每一根,即使她向他撒谎说是从哪里与如何弄来的,何况她大概也不会撒谎,因为她当然清楚三年来他每一天都在货架上见到这些缎带必定早就像熟悉自己的鞋子一样熟悉它们了。而且熟悉缎带的不仅有他,还有所有别的男人,那些顾客和游手好闲之徒,他们中既有白人也有黑人,在小店的廊子上或坐或蹲,看她走过,她对那些缎带和珠子不太反感不太畏惧也不太炫耀,但几乎是这样;对每一种态度都不全是但又都沾上点边儿:挑衅、厌烦和害怕。不过父亲说沃许的心没准仍然很平静在他见到那件衣服并且对它说了些话之后,说不定此时只不过有一点点严肃,他看着她那张隐秘、对抗与惊恐的脸,当时她告诉他(在他提问之前,也许这样自动未免过于紧张与急促)说这是朱迪思小姐给她,帮她缝制的:我父亲说没准沃许一下子突然明白了,没有受到警告就明白了,为什么他在廊下那些人跟前走过时他们的目光也都追随着他,这就是说他们早就明白他还以为他们脑子里没准在盘算的事。可是父亲说沃许的心仍然是平静的,即使是此刻,于是他回答了,要是他确实回答过什么的话,断然制止了外孙女儿的抗议与否认:'行了,不用说了。既然上校和朱迪思小姐要把这送给你,我希望你记得谢谢他们。'——没有感到惊恐,父亲说:仅仅是若有所思,仅仅是很严肃;接着父亲说那天下午爷爷如何骑马下乡去跟萨德本谈一件事,小店门口没人他正打算离开上宅子那边去此时他听见铺子后面传来声音于是他朝那边走去因此听到了那些话,在他能开始不听之前,也在他能让别人听到他叫唤萨德本的名字之前。爷爷还见不着他们,他甚至还未能走到他们能听到他声音的地方,可是他说他很清楚他们准是在何等样的状态中:萨德本已经说了让沃许去把酒壶拿来,此时沃许开口了,萨德本一点点把身子转过来,明白沃许不肯去拿酒非得先让萨德本明白自己要表达的意思,接着萨德本明白了那层意思,他仍然半转过身子,接着突然之间他身子往后仰了仰,把头猛地抬起来，盯着沃许，而沃许站定在那里，也不畏缩，做出一副倔强、平静一点也不畏缩的颤抖，此时萨德本说，‘那件衣服怎么啦？’爷爷说发出那样短促、尖厉的声音的竟是萨德本：而不是沃许；沃许的声音仅仅是平静与沉稳的，不是低声下气的：仅仅是很有耐心，慢腾腾的：‘我认识你到现在也快二十年了。你关照我的事我从来没有违背过。我是个迈过六十的人了。可她只不过是个十五岁的小姑娘。’于是萨德本说，‘你是说我伤害了这姑娘？我，一个年纪跟你一般大的人？’于是沃许说：‘倘若换了别的随便是谁，我会说是年纪跟我一般大。先不管老不老的，我反正不会让她留下从你手里得到的那件衣服或是任何别的东西。你跟别人不一样。’于是萨德本说：‘怎么不一样？’爷爷说沃许没有回答于是爷爷再次叫唤可他们谁都没有听到他；此时萨德本说：‘那么这就是你怕我的原因了吧？’而沃许说，‘我没害怕。因为你是勇敢的。倒不是说你一生中有过一秒钟、一分钟或是一小时是勇敢的因而从李将军那里拿到一张文书证明这点。反正你是勇敢的，就跟你是个活人能进气儿出气儿一样。不同的地方就在这儿。这不需要从谁那里拿到一张票子来告诉我这个。我也知道你那双手不管碰到的是什么，是一团兵还是一个傻丫头或者仅仅是一只猎狗，你都可以把它摆弄得服服帖帖。’这时候爷爷听到萨德本有个动作，突然而且猛烈，爷爷说他认为，他想，他想象沃许在想的是什么。可是萨德本仅仅说了声，‘去拿酒壶来。’——‘好咧，上校，’沃许说。

“于是那个星期天来临了，是那一天的一年以后也是他向罗沙小姐建议的三年之后，当时他建议让他们先试上一试，倘若那是个男孩而且能活下来，那他们就结婚。星期天早上天还没亮，他正等待他那匹跟黑公马配种怀上胎的母马下小驹子，因此那天早上天不亮他离开家时，朱迪思还以为他是去马厩呢，她父亲跟沃许外孙女儿的事她知道了什么，知道多少，这是谁都不清楚的，也不清楚她帮过多少忙但她要是知道也准是从克莱蒂必定知道的那里听说的（可能告诉她也可能不告诉她，不管克莱蒂自己知道不知道）因为这一带别的所有的白人和黑人都一清二楚但凡见到过那姑娘戴上他们都认得出的缎带和珠子招摇而过的，朱迪思又会在多大程度上拒绝打听，当她在丈量和缝制那件裙子的时候（父亲说那真的是朱迪思亲手做的；姑娘对沃许说的并不是瞎话：几乎有一个星期两人整天单独待在宅子里：至于他们必定会谈到什么，朱迪思必然谈了什么，在姑娘站过来扭过去身上就挂着叫作内衣的那点可怜东西时，她那张脸阴沉、对抗、警惕性十足，她又回答了什么，讲了什么朱迪思可能或可能不会闭眼不想看到的事，那就谁也不知道了）。因此一直到吃午饭他还没回来她便自己去或是派克莱蒂上马厩去，发现母马晚上已经下了驹子可是父亲并不在那里。这以后直到后半晌她才找到个半大不大的小子给了他个五分镚子儿让他到洼地的旧鱼棚那里去问沃许萨德本在什么地方，那男孩吹着口哨绕过那快朽烂的小屋的屋角，说不定先看到那把镰刀，也说不定是先看到躺在野草地里的尸体，那些草沃许还没顾得上割，他尖叫起来此时他抬起头来看到沃许站在窗子里，在看着他。这以后大约一个星期人们抓到了那黑婆子，那个接生的，她说那天蒙蒙亮时她压根儿不知道沃许是在那里，后来她听见马行走声然后是萨德本的脚步声，接着他走进来站在草垫上方，姑娘和婴儿就躺在草垫上，他说，'珀涅罗珀——（"也就是那匹母马"）——今儿早上产驹子了。是只倍儿棒的小雄马驹。会长得跟六一年我骑着北上时它爹那会儿活脱脱一模一样的。你记得不？'黑老婆子说她当时应了句，'可不是吗，老爷'这时他把马鞭朝草垫指了指，又说，'嗨？老黑皮：娃儿是公的还是母的？'她告诉了他而他站在那里足足有一分钟一动不动，马鞭贴在他大腿上，没抹泥的墙上漏过来的一条条阳光落在他身上，横在他那白头发和一点儿还没变花的胡子上，她又说她看到他那双眼睛接着又看到他胡子后面的牙齿，她说她一心想跑开就是动弹不了，像是没法让那双腿支撑自己站起来跑开去：接着萨德本看着草垫上的姑娘说，'唉，米利；太糟糕了你不也是一匹母马。要不我就可以在马棚里拨给你一间蛮不错的厩房了'说完便转身走出去。只不过黑婆子直到那时仍然动弹不了，而且她甚至都不知道沃许就在小屋外面；她光是听到萨德本说，'退回去，沃许。不许你碰我'：然后是沃许说话，他的声音轻轻的她都几乎听不真：'我今儿个就是要碰碰你，上校'：接着又是萨德本的声音了：'退回去，沃许！'现在声音很凶了，接着她听到鞭子抽在了沃许脸上不过她说不上来她是否听见了镰刀声因为这时她发现她能够动了，便爬起来，跑出小屋钻进野草地，跑啊跑啊——"

"等等，"施里夫说；"等等。你是说他终于得到了他想要的儿子，可是他仍然——"

"——为了叫接生的黑婆娘他走了三英里，半夜前才回来，便胡乱在塌陷的廊子上坐着直到天明，直到小屋里他那外孙女儿不再尖叫，有一瞬间他甚至还听到了娃娃的哭声，他是在等候萨德本。父亲说当时他心里还是很平静的，虽然他知道到天黑时分附近每座小屋里人们都会嘁嘁喳喳嚼什么舌根，就跟他清楚过去四五个月以来人们都在谈论什么一样，那时他外孙女儿的状况（他也从来没试着去掩盖）再没什么可怀疑的了：沃许·琼斯终于把老萨德本拿捏住了。他花了二十年才做到这一点，可是他终于捏住了老萨德本的把柄，萨德本在这处境下要就是得给撕掉一块肉要就是只能尖叫饶命父亲说他准是在这么寻思的当时他等候在廊子上，那黑老婆子叫他走开，命令他上外面去，他没准就站在那一根柱子的旁边，而那把镰刀就斜靠在这柱子上一点点生锈，都已经有两年了，与此同时外孙女的嚎叫一下下传来此时均衡得像只时钟，可是他心里很平静，压根儿不担忧也不惊慌；而父亲说没准他站在那里摸索着，探究着，有点迷迷糊糊（他的道德观和萨德本的很像，这种观念告诉他，在所有事实、习俗和其他一切的面前，他自己总是对的）那嚎叫不知怎的一直跟嘚嘚响的马蹄声混同起来都分不清楚了，甚至是再没人记得的古老太平岁月里的马蹄声，而在他没参加的那场战争的四个年头里，这马蹄声就变得更加英武、傲慢与有如雷霆了；——父亲说也许他得到了他的答案；说不定于黄黄的曙色前在马蹄声当中出现与变得清晰的是骑在那匹威风凛凛的公马上的那个威风凛凛的人的身影，而他的摸索与探究也变得清晰与自由自在了，倒不是找到了证明、解释借口或是遁词，父亲说，而是找到了偶像，那孤独的，可以解释得通的，超乎人间一切诋毁的偶像：他更了不起，比所有那些杀死我们和我们亲人的北佬，北佬们杀死了他太太让他女儿守寡使他儿子回不了家，偷走他的黑奴又糟蹋了他的田地；他更了不起，比起他为之战斗过的整个县，他为这个县偿债，只好开家乡村小铺让自己有口饭吃；他更了不起，比起像《圣经》里说的苦杯[①]那样塞到他嘴边来的讽刺和拒绝。我跟他挨近住了二十年，又怎么会不受他的影响起了变化呢？也许我不像他那么了不起，也许我从没骑马发出嘚嘚声。不过至少我是给拖着朝他去的地方靠拢的。我跟他仍然能够那样做，以后也一直能，只要他指给我看他让我做的是什么；说不定在萨德本走进小屋后仍然站在那里捏着公马的缰绳，仍然听到马蹄的得得声，看着那疾驰着的骄傲的身影出现与掠过，穿越过标志着年月、

① 见《圣经·新约·马太福音》第26章第39节：耶稣在客西马尼园里祷告："我的父啊！可能的话，求你使这杯离开我。"在这里，苦杯代表痛苦的命运。

时间的积累的一尊尊天神，直到美好的顶峰，在这里疾驰不感到疲惫也无进程，在挥舞的刺刀以及为子弹洞穿的旗帜下永远永远不死，在一片亮如雷电的天空下直向前冲；站在那里听萨德本在屋子里说他向外孙女儿说那唯一的一句既是问候、又是质询和告别的话，而父亲说片刻之间沃许必定是觉得甚至自己脚底下的土地都已不复存在，他看着萨德本手持马鞭从屋子里出来，沃许平静地思忖着，像是在一个梦里：我不可能听到我知道我方才确实是听到的话。我反正知道我不可能又想那就是使他早早儿起床的原因。是那匹小马驹。那不是我或是我的亲骨肉。使他起床的甚至不是他自己的亲骨肉没准感觉不到土地和那份坚实，连那都觉不出来，没准连自己的声音他都听不见此时萨德本见到了他的脸（对有这张脸的人，二十年来除了和对他所骑的公马一样下命令之外，他没有更多的举动）便停下脚步：'你方才说她若是一匹母马你还可以在马棚里给她拨一间不错的厩房'，说不定甚至都没有听到萨德本的话当时萨德本说，很突然也很尖厉：'退回去。你别碰我'不过这话他一定是听到的因为他对之作了回答：'我就是要碰碰你，上校'于是萨德本又说了'退回去，沃许'接着老太婆听到了抽鞭子的声音。只不过鞭子是抽了两下；那天晚上他们发现沃许的脸上有两道肿痕。没准那两鞭甚至还把他抽倒了；没准是他爬起身来时伸出手去摸到镰刀的——"

"等等，"施里夫说；"看在基督的份上等一等。你是说他——"

"——那整整一天坐在小窗户后面在那儿他可以看到那条路；没准把镰刀放下后便径直进入屋子，没准屋子里草垫上躺着的外孙女儿怨气冲天地问出了什么事而他回答说，'啥事？啥不对头，妞儿？'没准他还劝外孙女儿吃点东西呢——也许是他星期六晚上从店里带回家的咸肉要不就是糖果，说不定还是用来骗她的那一种呢——值不了三五个子儿的发陈的果冻般的粘糖，从一个蛇纹口袋里摸出来的，说不定他自己也吃接着便去坐在窗前，在那里他可以看到窗外草地里尸体和镰刀以远的东西，可以监视那条路。因为当那个半大小子吹着口哨绕过屋角看到他时，他就是坐在那里的。父亲说他当时准已经明白天黑后不用多久就会有事儿；他一准是坐在那里并且感觉到、体会到人们正在纠集马匹、猎犬与枪支——那些好奇心切复仇心切的人——也就是跟萨德本一类的人，他们过去跟萨德本一起坐在他桌子上吃他的，当时他（沃许）还没有到过比葡萄棚更挨近宅子的地方呢——这些人带过路，告诉过别人以及地位卑微一些的人仗该怎么打，他们没准手里也有将军们签过字的文件说他们实属最杰出、最优秀的勇士之列——在旧时代他们也曾傲慢、狂妄地骑在骏马背上在肥沃的庄园里驰骋——他们也是羡慕与希望的象征，又是失望与悲哀的工具；他想逃避开的正是这些人，当时在他看来没准他想逃开的也不见得弱于他肯定会撞上的那股子人呢；要是他跑，他仅仅是逃开一股喧闹、邪恶的黑影，撞向另外一股，因为他们（那些人）在他熟悉的这片土地上都是属于同一类的，而他老了，太老跑不了多远了，即使他真的跑他也永远无法逃开他们，不管他跑了多少路跑了多远；一个过了六十的人是没法指望他能跑那么远，能逃出这号人居住与规定生活秩序与规则的疆界的：父亲说没准在沃许一生中这是头一回开始明白北佬或是旁的什么军队怎么可能打败他们——打败这些英武、骄傲、勇敢的人；他们之中公认与首选的优秀人物全都有这股子勇气、荣誉感与傲气。此刻大概太阳快下山了，他没准感到他们已经挨得很近了；父亲说没准他觉得自己甚至都能听见他们的声音了：所有那些声音，那些超越眼前的狂怒的关于明天、明天，又一个明天的喃喃声：老沃许·琼斯终于栽了。他满以为自己捏住了萨德本的把柄，可是萨德本耍了他。他满以为他拿捏住了萨德本，可是老沃许，琼斯还是给人耍了接下去没准是大声说，是喊叫出来的，父亲这么说：'可是我从没想到会那样的呀，上校！你晓得的我从来没有呀！'此时说不定那外孙女儿烦躁不安地扭动起来而且再次嘟嘟哝哝地抱怨于是他过去安抚她接着又回到原处自言自语，不过此刻很小心，此刻他静悄悄的因为萨德本挨得很近可以毫不费力地听到他不喊叫说出的话语：'你知道我从来没有过。你知道我从来没有指望、要求或是渴望从谁人那里得到什么，你给我的就让我很满意了。不过我从来没有提出那个要求。我从来没有非分之想：我只不过是对我自己说我不必这样做的。像沃许·琼斯这样一个角色还用得着去问或是怀疑他吗？李将军还在一张亲手写的票子上说他很勇敢呢。勇敢'（说不定声音会再次大起来，又把这茬给忘了）'勇敢！要是六五年他们谁也没有骑马回来那就更好了，他想要是他那一种人还有我这一种人全都没有在这个世界活过，那就更好了。要是我们这些剩下来的人让一股风从地面上吹得一干二净那就再好不过了，免得有另一个沃许·琼斯看到自己整个一生给一丝一丝地剥掉并且抽缩瘪凹，像一蓬干枯的玉米皮似的给扔进火里此时那伙人骑马来到了。他准是在谛听着当他们从大路上走来，带着猎犬和马匹，他看到了灯笼因为此时天已经黑了。当时任保安官的德·斯班少校[①]跳下马来看到了尸体，不过他说他没见到沃许也不知道他在那里直到沃许从窗户里几乎直对着他的面轻轻叫他的名字：‘是你吗，少校？’德·斯班吩咐他出来他说沃许说他再过一分钟就出来说话的声音相当平静；声音未免太平静，太镇定了；是如此的过于平静过于镇定德·斯班说他一时之间都没有反应过来那也未免过分镇定过分平静了：‘就要一分钟。我安排好外孙女儿就出来。’‘我们会照顾她的，’德·斯班说。‘你快出来。’‘是哩，少校，’沃许说。‘就一分钟。’于是他们等候在黑屋子前，第二天父亲说有一百个人记起了有把屠夫用的刀，那是他藏起并磨得像剃刀般锋利的——在他懒散的生活里那是众所周知他唯一引以为傲或是上心的物件——只不过等到他们全都记起来时为时已晚。就当时来说他们不知道他要干什么。他们光是听见他在黑屋子里移动，接着他们听见外孙女儿的说话声，很烦躁不安：‘那是谁？灯点亮呀，姥爷’接下去是他的声音：‘亮光用不着了，妞妞。要不了一分钟的’这时德·斯班抽出他的手枪，说，‘嗨，沃许！快给我出来！’而沃许仍然不回答，仍然对着外孙女儿嘟哝：‘你在哪儿啦？’那烦躁的声音回答道，‘不就在这儿，我还能在哪儿啦？那是个啥——’此时德·斯班叫道，‘琼斯！’他已经在破台阶上摸着往上走了这时候外孙女尖叫了起来；此时所有在场的人都声称他们听到了刀子割断两个人颈骨的声音，德·斯班倒没听到。他只是说他知道琼斯出来到了廊子上，他往回跳此时才发现沃许并非冲向他而是朝廊子尽头尸体躺着的地方，不过他当时没想起那把镰刀：他只是跑着后退了几英尺，这时他见到沃许弯下身子又重新站直，现在沃许是朝他奔来了。只不过他是冲着所有在那儿的人跑来的，德·斯班说，是朝灯笼堆跑来的因此这时他们能看到那把镰刀举起在他头上；他们看见了他的脸，还有他的眼睛，他将镰刀举在头上朝前冲，直对着一片灯笼与枪筒，没有发出声音，没有嚎叫，此时德·斯班在他身前往后跑，一边说，‘琼斯！停下！停下，不然我要杀了你。琼斯！琼斯！**琼斯！**’”

“等一等，”施里夫说。“你是说他得到他想要的儿子，费了那么多的事儿之后，完了又转过一百八十度，把——”

---

① 当地的一个乡绅，在福克纳的《去吧，摩西》里多次出现。

“是的。那个下午坐在爷爷办公室里，他的头稍稍后仰，向爷爷解释，就像他会向当初上四年级的亨利解释算术题那样：‘你明白吧，我所需要的仅仅是一个儿子。这对我来说，我也参考了当今周围的情况，也不算是对自然或环境的一个非分的求赏嘛——’”

“你等一等行不行？”施里夫说。“——在他费了那么大的麻烦有了那个儿子就躺在他后面小屋里，他竟会辱骂那当姥爷的惹得他先杀掉他然后又杀死那孩子？”

“——什么？”昆丁说。“那不是个儿子。那是个女孩。”

“哦，”施里夫说。“——行了。让咱们离开这要命的冰窖上床去吧。”

八

今天晚上是不会有深沉的呼吸声的了。冰冷与空旷的四方院上面的这扇窗子会一直关着，院子对面那些窗子除了两三扇之外，都已经是黑黑的了；很快午夜的钟声会响起，音调悦耳、宁静，很轻也很清楚就像是这寒冷（雪已经停了）静谧的空气中玻璃脆裂的声响。“于是老头差黑鬼去把亨利叫来，”施里夫说。“亨利进来老头说‘他们不能结婚因为他是你哥哥’于是亨利说‘你胡说’就这样，如此迅速：没有空隙，没有间隔，这当中什么也没有就像你一揿开关房间就亮了起来。而老头光是坐在那里，甚至都没有动也没有揍他因此亨利没有重复‘你胡说’因为此刻他知道事情确实如此；他仅仅是说‘那不是真的’，不是‘我不相信这事’而是‘那不是真的’因为此时说不定他又能看清老头的脸了，不管他是恶魔或者不是那脸上显示出一种悲伤与怜悯，不是为自己而是为亨利，因为亨利确实是年轻而他（那老人）知道自己仍然有勇气甚至也还有全部的狡黠呢——”

施里夫站在桌旁，重又面对着昆丁虽然此时没有坐下。穿着那件套在浴袍外纽扣没对准的大衣他显得个头很大与没有样子，就像一只皮毛蓬乱的熊，他瞪视着昆丁（这个南方人，他的血流得很快这样才能凉下来，也更顺畅以适应，没准是，气候的剧烈变化，没准仅仅是流得更挨近表皮一些）昆丁耸起肩膀坐在他的椅子里，两只手插进口袋仿佛是想用胳膊搂住自己好暖和起来，在灯光底下显得有点衰弱甚至是苍白憔悴，玫瑰色的灯光此刻一点不给人以温暖、舒适的感觉，他们两人的呼吸在冰冷的房间里都成了淡淡白气，房间里此刻不是只有他们两人而是有四个人，呼气的两人如今不是两个个体而像是各自都成了一对双胞胎，年轻人的心和血（施里夫当时十九岁，比昆丁小几个月。他看上去就是十九岁的样子；他是那样一种人，他们的确实年龄你永远也看不准因为他们看上去就是这个年龄这就让你告诉自己，他或是她不可能是那样的因为他或她看去跟那个年龄太一致了反倒不可能利用自己的外表：因此你怎么也不敢死心塌地地相信他或她正是他们声称的那个年龄，要就是出于万般无奈他们只好承认的年龄，要就是那年龄是别人告诉他们的）足够强壮心气也足够高代表得了两个人，两千个人，所有的人。不是他们两人在新英格兰大学的一个起居室里，而是一个人，六十年前在密西西比州的一间书房里，那儿有冬青与槲寄生插在壁炉架上的花瓶里或是挤塞在墙上照片的后面，用以突出与渲染季节和时令的气氛，也有一两支装饰着办公桌上的那张照片，是张合影——母亲和两个孩子——那个儿子进来时父亲就坐在办公桌后面；他们——昆丁和施里夫——在想那位父亲说完并在他所说的不再使人惊呆与意思开始变得清晰之前，那个儿子以后会记得他当时怎样越过父亲的头顶朝窗子外面看去，看到妹妹和那位情郎在花园里慢悠悠地散步，妹妹的头低垂着是在倾听，情郎的头倾侧在妹妹脑袋上方，与此同时两个人慢慢地朝前走，以那种节奏，标志、控制其快慢与长短的不是眼睛而是心的跳动，他们慢慢地消失在一蓬灌木或某个小树丛的后面，树上星星点点地开着些白花——素馨、绣线菊、忍冬，也没准是数不清没有香味、无法采摘的切洛基玫瑰[①]——花名与开花的样子施里夫说不定从未听说过也没见到过虽然那空气先已吹遍他全身，空气也开始变软可以使那些花滋润了——当然这是无关紧要的，因为那个花园当时也正值冬季因此不会有花也不会有叶，即使这以后是有人在那里走过也被人见到过，由后来的事情判断，那花园当时应该是在夜里。不过这是无关紧要的因为事情已经发生了那么久。至少对于他们（昆丁和施里夫）来说是无关紧要的，他们可以不动，肉体上是自由的，如同那位下令禁止做这做那的父亲，那位拒绝听从并与家里脱离关系的儿子，那位默许顺从的情郎，那位并未丧失配偶的爱人，而且也无须作令人厌烦的移动，从壁炉和花园（就算是花园吧）移到马鞍上，已经在布满冰冻辙印的路上嘚嘚策马行进了，时间是那个十二月的深夜与圣诞节破晓时分，那是安宁与欢乐的日子，是冬青、良好祝愿以及往壁炉里添放木柴的日子；在当地

① 这种玫瑰刺特别多，梗极短，因此难以采摘。不过香味还是有的。切洛基是印第安人的一个部族。

当时也不是他们两人而是他们四人，骑着两匹马穿过铁一般的黑夜，至于是什么样的脸，他们说自己是什么名字又被人家怎么称呼，那也是无关紧要的，只要脉管里有血液在流动——血液，这不朽、短暂、新近停止流动的血液，它能保持荣誉不使其落入怠惰的无悔，高扬爱情使之超越脂肪和轻佻的羞涩。

“而邦当时并不知道此事，”施里夫说。“那老头一动不动而这一回亨利不讲‘你胡说’了，他说‘这不是真的’于是老头说，‘去问他好了。那就去问查尔斯吧’此时亨利知道这就是他父亲一直有意想做的而这也是当他对父亲说那是胡说八道时他自己想要做的，因为老头说的不光是‘他是你的哥哥’而是‘他很久以来一直知道他是你的和你妹妹的哥哥’。可是邦原来并不知道。听着，你不记得你父亲当时是怎么说的吗，关于他——那老东西，那恶魔——怎么一次都似乎不曾也起过怀疑，他另外那位太太在想办法找到他，要追寻他的踪迹，他像是一次也没有想过她这些年来一直在干什么，这段时间她是怎么度过的，这三十年，打从那一天，当时他跟她结清账目，也拿到收条，他当时是这样想的，并且亲眼见到单据给毁掉（他当时是这样想的），给撕碎并扔到风里去；从来也没有对此起过疑心，然而事实上她正是那样的，追查出了他的踪迹，很可能想这样做也乐于这样做，是吗？因此那不是她告诉邦的。她不会这样做，没准是因为她知道他——那恶魔——会相信她会这样做。或者说不定她没有想好怎么跟他说。没准她就是从未想到一个跟自己关系如此密切的人，根本就是自己身上掉下来的一块肉蛋蛋，可以却得去向他说自己怎样受过嘲弄吃足了苦头。或者没准是她早在他一点点小还不太懂话的意思时就已经一直在跟他唠叨这事因此等到他大到能理解跟他说的那些事时她已经说了那么多说得那么激昂慷慨以致词语对于她已经再也没有什么意义因为词语本来不是非得对她有意义不可的，于是她发展到这样一个地步：当她认为自己在说这件事时她却默不作声，而当她认为自己是默不作声时她却是充满憎恨与愤怒，是睡不着和不能忘记过去。或者说不定是她当时还不想让他知道。或者没准她是在调教他等到那个时候、那一个时刻来临，何时到来她无法预料不过她知道总有一天会来到因为它必然会来到，否则她就不得不像罗沙小姐所做的那样，拒绝承认自己存活过——到那个时刻他会肩并肩（而不是面对面）地与他父亲站在一起，在那个场合里其他的事将由命运、幸运或公道或是她称呼的任何别的什么来完成（事实上也确实是这样，比她所能想象、希望甚至梦寐以求的都要做得好，而你父亲说作为一个女人她说不定一点都不感到意外）——在亲自调教他，亲手培养他，给他梳洗，喂他吃东西，带他上床，给他糖果、玩具和别的孩子的乐趣、消遣与需要，一切都亲手按着剂量地喂给他，就像是让他吃药一样：并非因为她必须这样做，她有钱原是可以雇上十来个或是花钱让成百个人来帮她做的，这笔钞票是他（那恶魔）自愿交出来，自愿不要以做平自己道德上的账目：而是如同那个百万富翁，此人可以有上百个马夫和驯马师然而他只有那样的一匹马，那样的一个少女，那样的一个时刻，只有那样的一个瞬间的心力、肌肉和意志的一次较量，而他自己（那个百万富翁）极有耐心地穿着工裤，流着汗，待在厩房的污秽里，总之她亲手培养他直到那一个时刻，此时她会说'他是你的父亲。他把你和我撇在一边，还不让你用他的姓。现在去吧'于是坐下来让上帝完成其他的事：用手枪或是刀子或是拷问台[①]：其结果是毁灭或是忧伤或是痛苦：让上帝来下令射击或是转动轮盘。耶稣啊，你几乎眼睛一闭就可以看见他：一个小男孩，早在他学了自己的名字或他住的城镇的名字能记下或是会把两个名字说出来之前，他就明白并期待着，隔不多久自己总会在玩耍的半当中被揪出，被举起，被两只手紧紧捏住，这双手因为爱而恶狠狠（至少传到他身上的是这种感觉），顶在两只恶狠狠、僵硬的膝头上，那张脸猛然向他扑来，以一种炽烈的凝定，这张脸他在能记事之前就主宰着口腹肠胃方面所有动物性的欢愉：他把这种穿插视为理所当然的事，无非是生存的另一种形态；那张脸充满了狂怒与几乎不能忍受的不宽恕几乎就像发高烧（不是怨恨与失望：仅仅是想复仇的强烈意志）只不过是母爱的另一种表现形式——他不知道这究竟是怎么回事，他当然还太小无力从这狂怒、憎恨和让人摔跤的速度中梳理出任何有条理的头绪出来；他不理解也不在乎：仅仅是好奇，为他自己创造出（没有得到帮助因为谁会来帮他呢）他自己印象中的那个波多黎各或海地或是任何地方，他模模糊糊地明白自己来自那里，就像正统的孩子们印象中的天堂、菜地[②]或是他们来自的什么地方一样，不同的是他的是异乎寻常的因为你是绝对不可以（你母亲不愿这样做，至少是）回到那边去的（没准等你年纪如同她此刻一般大每当你发现自己思想深处还潜藏着想回去的一丁点气

① 一种刑具，架上有滚轮，受刑者之腕与踝缚于滚轮上，轮转动时，其关节即被拉扯。

② 在美国，当小孩子们问自己是从哪里来的时候，父母们常说，是从菜地里捡来的。

味或痕迹时，你也会惊恐万分）；至于你何时与为何离开老家那是你所不该知道的，你只知道你逃开了，知道创造出那个地方让你恨它的那种不知什么力量，也同样使你离开那个地方这样你才可以充分地恨它永远也不宽恕它，在宁静与单调中（虽然不完全是在你会说是平静当中）不宽恕它；知道你该感谢上帝因为你不记得有关那地方的任何事情然而同时你又不该，没准是不敢，忘掉它片刻——他甚至都不知道，没准他想当然地认为所有的孩子也都是没有父亲的，认为儿童生活的一部分就是几乎每一天都被揪出来，从任何一种无害的追求中，在这追求里你没有打扰任何人甚至连想都没想到他们，你被某个人揪走就因为那人个子比你大，力气比你大，你被抓紧，一分钟或五分钟，摁在某根渗水的水管底下，这水管代表着不可理喻的狂怒、强烈的渴望以及复仇与妒忌所致的盛怒，这种儿童生活孩子们的妈妈从她们的母亲那里接受过，而母亲的母亲也是同样接受过，在那个波多黎各或是海地或是那个不知什么地方，我们都从那里来但我们谁也没有在那里生活过：因此当他长大自己有了孩子时他也会把它传下去（没准到彼时彼地他认为有孩子过于麻烦也太累人于是决定他不要至少是希望不要）因为谁也没有父亲，没有一个属于自己的波多黎各或海地，而世界但凡存在的所有那些母亲的脸在那些几乎可以算出来的时刻都会扑下来出于某种隐晦、古老、普遍的侮慢与气愤，这是真正、活生生、能说会道的肉体甚至都没有经受过而仅仅是通过遗传而得的；所有能走动、呼吸的男孩肉体都枝蔓延伸自那一个暧昧、逃逸、黑黑的父亲的头因此在太阳底下任何地方都兄弟般相处长年如此到处这样——”

他们相互对看着——不如说是对瞪着，他们平静、规整的呼吸在如今像坟墓般的空气里淡淡、恒定地蒸发着。在他们相互对看的方式里有某种奇怪的东西，奇怪、平静以及深沉地专注，完全不像两个年轻男人会对看的那样而几乎像一个少年与一个非常年轻的少女以童贞的心态在相互注视——一种不出声、赤裸裸的注视，每一个眼光都负荷着年轻人难以追忆的萦系不带时间拖曳的重负那是老人生活的象征却显示出时间的流动：那是十五六岁少年所有失去的时刻的轻快脚印：“后来他长大了些便从她的围裙底下挣脱出来不管她（没准也不管他；没准两个人他全都不管），他甚至都不把她放在心上。他发现她在偷偷地干某件事而他不仅不在乎这件事，他甚至对自己不知道这是件什么事也并不在乎；长大了些发现她一直在改造和调教自己让自己成为她的手竭力想去做的某件什么事的工具，没准逐渐相信（或是看出）她哄他一点点接受要他当的那个形象与有的那种脾气，他对这一点也不在乎因为说不定在这个时候他已经懂得世界上只有三样东西别的都不存在，那就是：有呼吸、欢乐、黑暗；而没有钱那就不可能有欢乐，而没有欢乐那就连一口气儿都没有，有的仅仅是黑暗中盲目的无机体的原生质式的吸气与吐气，那里连光明都还未开始来临。而钱他是有的因为他知道母亲明白，钱是德比马赛日[1]到来时她能用来逼迫他哄劝他进入马栏的唯一的东西，因此她不敢对他硬来让他去参赛，而她明白他对此也是一清二楚的：因此没准他还讹诈她呢，用那样的方式钳制她：'我要多少钱你就乖乖儿地给，那我就先不跟你寻根问底。'或者没准为侍弄这匹马她正忙得不可开交到此时还顾不上想钱的事儿，说不定她压根儿没有多少时间想起它，数它或是盘算有多少，她除去憎恨与发火剩下的余暇实在不多，因此跟他总的结算钱有多少的准是那个律师而他（邦）学会的头一件事就是：他任何时候都可以到母亲面前去说那个律师的坏话，就跟百万富翁的那匹马一样，只要有一次回来时身上的汗水多了点儿，那么明天他[2]就该换一个新的骑手了。明摆着的，跟他算钱的准是那个人：那个律师，那个有他自己的疯疯癫癫的百万富婆得伺候的律师，这婆子没准对钱不太感兴趣在支票上签字时都懒得去看那上面还有什么别的字——在邦能记事之前邦的母亲就已经在思谋与策划邦的事（即使她不明确意识到这一点，或者不管是她知道还是不知道，是在乎呢还是不在乎）而那个律师，为了他应该快快地转化成一大堆肥沃与沤烂中的泥土的那一天，那律师早在那时就已经在同时耕耘、播种与收获邦这母子俩了就像他已经是——那律师没准在那个秘密的保险箱里有个秘密抽屉，里面有份秘密文件，说不定是张图表上面摁着五颜六色的摁钉，也就是将军们打仗时用的那种，而所有的符号都是加密的：今日他完成了从一个醉醺醺的印第安人手里掠夺到一百平方英里处女地的业绩，价值二万五千。今日两点三十一分从沼泽地运出盖房的最后的板材，价值与土地共计四万。今日下午七点五十二分结婚。重婚威胁价值小于零除非很快有买家。不准会有。自然同日与其妻结合。就算一年接下去说不定还

---

① 始于 1780 年的英国传统马赛，每年六月在萨里郡埃普索姆唐斯举行。另外，美国肯塔基州也有德比马赛。

② 指马，此处作者用的是指人的"he"。

记上日子和时辰：儿子。可能有内在价值但也不一定强迫出售房子与土地加上庄稼收成减去孩子的四分之一。情绪价值为加百分之一百乘以零再加上收成价值。就算十年，一个或再多些孩子。内在价值为强迫出卖房子与整治过的土地再加上流动资产减去孩子们的份额。情绪价值百分之一百乘以每个孩子每年的增额加内在价值加流动资产再加营运可得到的信贷说不定这里也加上了日期：女儿没准你甚至可以见到这后面和别的词语后面添上了问号：女儿？女儿？女儿？字迹越来越淡倒不是因为思想上一点点弱化了，而是正好相反思想就在当时已截然停顿，朝前回溯了一点并且铺展开来就像你放一根棍子在涓涓细流上，水会摊开慢慢升高在他周围不管木棍在何处，这样他就可以锁上门静静地坐着从邦母亲拥有的钱里减去邦花在他们娼妓、香槟上的那些，再计算到明天、下个月、明年或是一直到萨德本羽翼丰满时，钱还能剩下多少——想到邦正在一掷千金，把白花花好成色的银圆胡乱花在他的马匹、衣饰、香槟、赌博和女人上（他会早在那个母亲知道之前就打听到那个八分之一血统黑女人和那场身份不相称的婚姻[①]，如果这事也算是一件机密的话；没准他往卧房里打进去了一名间谍，就像他很可能在萨德本那里打入那样；没准这女的就是他安插的，他自言自语就像他在谈的是一条狗：他开始到处乱窜了。他需要有块木头绊住他。倒不是一根拴得紧紧的绳子：仅仅是某种轻木块，这样他就进不去有栅栏围住的地方了）只有他想核查，或者是就他所想的尽可能去查，而且不可能有多少进展，因为他也知道邦只需上他母亲那里去使使小性子，这匹赛马就会得到一只金子打的食槽如果他想要的话，而且，倘若骑手不小心，连骑手也可以换掉——计算钱有多少，估摸按这样正常的比率在往后几年里他能拿到多少，从到那时看来能剩下的钱里自己能捞到多少，同时又夹在让他挠头的两个问题里左右为难：是不是或许他应该做的是跟萨德本这一头撇清干系把残局收拾一下赶紧往得克萨斯州溜：可是每当他打算要那样做的时候他总无法不去想邦已经花掉的大把银子，要是他十年前、五年前甚至是早一年就去得克萨斯岂不更好：因此没准晚上在他等窗子开始灰蒙蒙变亮时他会像罗沙阿姨口中的那个她自己，而他简直没法承认自己是活在世界上（或者也许是他但愿自己没活在世界上）除了每个新年那内在价值

① 原文为“左手婚姻”，意思是婚后女方必须保留原有较低身份，子女亦不得继承父亲财产、头衔等。在举行婚礼时，新郎伸出让新娘握的是左手。

乘以百分之二百；——水因为木棍拦住一点点淤积、升高并且漫在他周边像光线一样稳定与平静而他坐在那里处于洞察力（或超人的预见或对人类不幸与愚蠢的坚信不疑或者是你想叫的任何想法）的确实存在的白色亮光之中，这洞察力正向他显示，不仅是可能发生的而且还有确实将要发生的，可他拒绝相信它将要发生，并非因为它以幻象的形式来到他面前，而是因为若是发生，它内里必须会有爱、尊严、勇气与骄傲；若是相信它可能发生，并非因为它合乎逻辑，有可能，而是因为对于所有多多少少有一点关系的人都会是一件最最不幸的事；而虽然你不显示给他看活动着的人便无法向他证明罪恶或道德或勇气或怯懦，正如不给他看到一具尸体也无法向他证实死亡，他倒是确实相信不幸的存在，因为他具有那种严酷、艰巨而又枯燥乏味的太监训练，这种训练教导说把人的好运与欢乐都交给上帝安排，而上帝为了报答好意就将人所有的灾难、愚蠢与不幸都拿去喂柯克[①]和利特尔顿[②]的虱子和跳蚤。而那个萨宾老太[③]——”

他们互相瞪视——互相怒目而视，他们的声音（现在是施里夫在说话，虽然存在着间隔的纬度所造成的轻微差别（[④]这差别不在发音或音调上而是在表达方式和惯用词语上），说话的可能是这个或是那个而且在某种意义上是两个人一起在说：两人像一个人那样思想，那声音恰好讲出了那个思想，只是思想变得可以听见，具有了人声；他们两人，在他们之间，从早年间故事和流言的陈谷子烂芝麻里，创造出了人物，这些人说不定在任何地方都从未存在过，他们是影子，并非存活过然后死去的血肉之躯的影子，而是原来就是阴影的东西（至少是对两个人之中的一个，对施里夫）的影子）很安静[⑤]，如同他们哈出的水汽里可以看出的耳语。钟声此时敲响标志子夜的来临，在关紧、雪封的窗户外显得慢悠悠与朦朦胧胧，很悦耳。“——那个萨宾老太，她死也不会告诉你、那个律师、邦或是任何别的人，她要的，指望的，希冀的是什

---

①② 均为英国古代有名的法学家，柯克，见第 72 页注②。托马斯·利特尔顿（1422—1481），代表作《租佃论集》是第一部印刷出版的关于英国法律的书。作者此处含意为：让法律的繁琐条文来解决。

③ 萨宾人是古意大利部落民，为古罗马所灭。法国 17 世纪画家普桑绘有油画《抢劫萨宾妇女》即表现罗马人劫掠萨宾女人的这一历史事实。施里夫这样称呼萨德本的第一个妻子是含有冷嘲意味的，因为她不是被夺而恰好是被弃的。

④ 原文如此。圆括号内套用圆括号，作者的特殊用法。

⑤ 此处接本段首行“他们的声音”。

么，因为她是一个女人，是不会需要，指望，希冀什么的，而仅仅就是需要那需要、指望与希冀本身（何况，你父亲说过，当你有许多上好、强烈的仇恨时，你是不需要希望的，因为仇恨本身就能给你提供足够的养分）；那个萨宾老太（其实也不算太老，可是她愿意让自己那样过下去，那意思就相当于你把轮机擦得干干净净加足油，在煤仓里存上最好的煤，不过却不用多费事，去擦那亮晃晃的铜饰件，也不必用磨石去给甲板抛光；反正让她自己在外面随便过得了。不胖；她养分消耗得太快所以胖不起来，咽下去还没到肚子就在食道那里销蚀掉了；咀嚼时没一丁点乐趣；嚼咽东西就跟吃药一般，同样，在穿衣打扮上也没有乐趣；就穿陈年旧衣服出去，非得挑选新衣服对她是又一件头疼的事：没有兴致保持好的体型，如同他——”他们两人都不提‘邦’的名字“定制正合他的腿的裤子，正配他肩膀的上好外衣那样，也不像他那样喜欢有比大多数人都多的表、袖扣、细内衣、马匹和车轮漆得黄晃晃的轻马车（更多的姑娘，那是不消说的），可是这一切也仅仅是一个不可避免的麻烦，是他能给她帮上点忙之前不得不摆脱掉的东西，就像为了能给她减少麻烦他不得不摆脱掉出牙、水痘和小男孩稚嫩的骨骼一样）——那萨宾老太从律师那里拿到一份份假报告，就像那是从前线发回到总司令部的战报，没准还往律师的接待室特地派去一名黑鬼这厮别的不干就只管送报告，没准两年里只有一次或者是两天里就有五次，视她何时开始对消息心痒难挠而且开始滋扰他而定——那份报告，那份战报，说明我们在他身后不远处追踪着他，在得克萨斯或是密苏里或是加利福尼亚（加利福尼亚该是不错的，那么遥远；蛮合适，光是那距离就是天生的证据，让人没法不接受和不相信）我们现在随便哪一天都可以追上他因此无须担心。于是她也就不担心，她一点儿也不担心：她仅仅是吩咐备好马车让她上律师那儿去，穿一身黑衣服冲进去活像是一节凹凹瘪瘪的炉子烟囱，没准连帽子都不戴仅仅是在头上包块围巾，因此唯一缺少的东西就是一个拖把一只水桶了——边冲进去边嚷道‘他死了。我知道他死了可他怎么能，他怎么能死的呢’，不是罗沙阿姨所指的那层意思：那些人在哪儿找到或发明出一颗子弹居然能把他打死呢而是他怎么能让自己死去却没有先认错吃苦头和感到后悔的呢于是在接下去的两秒钟里他们几乎抓住了他（他——那个律师——会把那封真正的信拿来给她看，是用她看不懂的英文写的，这信刚刚收到，她进门时他正要差黑鬼给她送去，那个律师早就练好了把需要的日期填在信上的本领所以此时能在自己背对着她的时候把日期刷地写上去，就在他把信从档案里取出来那两秒钟里）——抓住了他，和他挨得那么近完全可以放心他确是活着；真是很近，以致他都可以把她从办公室里拖出去，还不等她来得及重新坐进马车打道回府，在那里，处于佛罗伦萨镜子和巴黎帷帘以及打了绗的晨衣环境里，她仍然像是来拖地板的老妈子，那身黑衣服五六年前还是新的可就连那会儿甚至厨娘都不会对它看上一眼，她一只手拿着，攥着她看不懂的那封信（说不定唯一连她也能认识的字就是'萨德本'）用另一只手把编成根绳子的直直的铁色头发撂到后面去，她看信，不是像要读的样子就算她能看懂，而是朝它扑过去，对着它勃然大怒，像是知道她只有一秒钟可以解读这信，在她眼睛碰到它之后它只有一秒钟的时间能保持原状，再往后就会自燃起火再不能被细读而是会消失，让坐在那里的她手里捧着一团黑色细碎的什么也看不出来的灰烬。而他——"（他们俩谁也不提"邦"这名字）"——在那儿打量着她，他已经长大能明白他过去以为的童年时期其实并不是，明白别的孩子都是父亲母亲创造的，而他却是在他开始记事时起被崭新地制造出来的，重又变得崭新当他达到这个阶段时也就是他那身肉不再是一个婴儿而是成了个男孩，再次变新当他不再是男孩而是成为个大男人，夹在当中，一边是一个女人，他曾经认为这女人喂他、给他梳洗，送他上床，为他的味觉与欢愉寻找特别的刺激，因为他是他自己，直到他长得足够大，能够明白，她梳洗、喂给糖果与别的乐趣的完全不是他而是一个甚至还没有来到的男人，此人她甚至从来没有见到过，等真的来到时他会成为与那个男孩截然不同的人物，会像炸掉房屋、家庭甚至整个社区的炸药，而不是一张平和的旧纸，它没准宁愿随风漫无目的、轻轻地飘走，也不是那古老快乐的锯屑[1]或是古老、平静的化学物，它们宁愿安安静静地、不见光地待在静谧的地下，多年来它们就是那样的直到有一天那个捣蛋鬼带了十匹马力的怪物前来，把它们挖出使劲地又是揉又是搓；——制造出来，夹在当中，一边是这个女人[2]，另一边是个雇用的律师（这个女人，他此刻明白，在他记事前便已经在谋划他与调教他，为了某一个时刻，这时刻总会来临还会过去，在这之后，他看出，对她来说，他不会比与他等量的肥沃朽土更加

① 指某种硝化甘油炸药，用纸包成圆筒，当中填塞锯屑。

② 接本页"夹在当中，一边是一个女人……"

重要：还有那个律师，他此刻领悟，在他能记事前律师就一直在播种、栽培、浇灌他，给他施肥并且收获他，好像他已经是朽土了）：——他打量着她，没准穿着讲究的衣服懒洋洋地靠在壁炉架上，身上是一股人们称为'休闲圣洁'型的闺房香水味儿，打量着她盯着那封信的模样，心里甚至都没这么想*我真是把我妈看得透透的*因为若是她的憎恨是不加掩饰的话，她很久以来就让这透明的憎恨起着衣饰的作用，人们常说谦逊能打扮人，正是——

"就这样他走开了。二十八岁那年他出门求学。他不会知道也不在乎这件事：两个人里究竟哪一个——母亲还是律师——决定他该去上学以及为什么该去，因为很久以来他就知道他母亲有所图谋而那个律师也是有所图谋的，他都不太关心这两个人要达成的究竟是什么，他知道律师是清楚他母亲的意图的可是他母亲却不了解律师还有自己的打算，因此对于律师来说这样的结果会是合适的：他母亲可以达到她要的那个目的，只要他（那个律师）早一秒钟至少是在同一时间里得到自己所要的东西。他出门求学去；他说'好吧'便与那混血女人道了别上学校去了，在生下来整整二十八年里他可从来没有让人吩咐过，'像大家一样做；在明天上午九点钟或是星期五、星期天做完这事'；没准连那个混血女人都是他们（至少是那个律师）的工具——是那个律师安置在他脚上的轻木绊（还不是拴腿的绳子）免得他进入某个地方日后可能发现周围是有一圈栅栏的。没准那母亲打听出了混血女人、孩子以及那场婚礼的事，发现的情况还多于律师所掌握的（或是多于他愿意相信的，他认为邦仅仅是很乏味，傻倒不傻）于是便派人把他叫来，他来了仍然是懒洋洋地靠在壁炉架上，没准已经知道要出什么事，在她告诉他之前知道已经发生了什么，他懒洋洋地靠在那里脸上的表情有点像是微笑其实并不是，而仅仅是某种你无法看透或看清的神情，她打量着他，没准那股平直、铁灰色的头发又披下来了她此刻都懒得把它掠到后面去因为此时她并不是在看什么信而是眼睛对着他冒火，她的嗓门也想向他喷火，因为惊慌与恐惧使她迫不及待，可她还是把火压了下去因为她不能提背叛的事，她原本就什么都没跟他说过，而此刻，在这个关口上，她更是不敢冒这份险；——他打量着她，透过那层微笑，那其实不是微笑而仅仅是某种不让你看透的东西，他开口了，承认了那件事：'干吗不可以呢？年轻人都是这样做的。婚礼的事也是这样。我也不是有意要孩子，可是既然已经有了……况且这孩子也不坏'而她打量着他，瞪着他，却没法说出她想说的话，因为拖延了这么久此刻反倒没法说了：‘不过是你呀。这就不一样了’而他（其实她是无须说的。他肚子里很清楚，因为他已经知道为什么她叫他来，虽然他不知道也不在乎，在这次不顾一切地扔下这根或那根稻草；没准他走出去时心里在说她会去找他（那个律师）；要是我等上五分钟我准可以看到她披上头巾往外走。因此说不定到今天晚上我就可以知道——如果我有心想知道的话。也许到晚上他真的知道了，也许还不用到晚上倘若他们真的使劲儿找他，去把话捎给他，因为她是去找律师了。这倒是正投律师之所好。也许甚至还没等她开始好好讲那道柔和的白光便亮了起来就像你点燃了一根灯芯那样；也许他甚至能几乎看到自己的手在填那个空白，在女儿？女儿？女儿？从来没有清楚地显现出来的地方。因为说不定那正是律师一直在担心、着急和关怀着的事；自从她让他承诺永远也不告诉邦他父亲是谁那一刻起，他就一直等待着与盘算着怎样做这件事，因为说不定他知道要是他告诉了邦，邦可能相信也可能不相信，不过他肯定会去告诉他母亲说律师告诉他了而这下子他（那个律师）就会栽了，不是因为造成了什么损害因为本来就不会有什么损害，因为这件事不可能改变局势，而是因为冲撞了他那位得了妄想狂的主顾。说不定他会坐在他的办公室里加加减减结算他们能从萨德本那里搞到多少钱，此时（他从来没有担心邦发现后会做什么；说不定他很早以前就称赞过邦有思考能力，认为即使邦太迟钝或是太懒惰不会亲自猜疑或是发现他父亲的事，他也不至于那么笨，在一旦有人告诉他该怎么正确行动之后还不去利用这个局势；说不定如果他竟然匪夷所思，认为出于爱或是尊严或是天底下任何别的原因甚或是法理学方面的原因，邦不愿意或是拒绝这样做，那他（那个律师）甚至会提供他已经不再透露的证据）——说不定自始至终让他困惑难解的正是这一点：怎样让邦处在一个境地里，使他或是自己能发现真相或是别人——那位父亲或是母亲——将不得不告诉他。因此说不定她还没有完全走出办公室——或者至少是在他有时间打开保险箱朝那秘密的抽屉看去弄清楚亨利上的是密西西比大学——还不等他的手稳健、老练地在女儿？女儿？女儿？这几个字从未显现的空档里写下——此处也有日期呢：一八五九。两个孩子。就算是一八六〇年，二十年。增加每年的内在价值加流动资产再加信誉所赚乘以百分之二百。概算资产十八亿六千万。问题：重婚罪威胁，有或无。估计无。乱伦威胁：确信有而那只手在写上句号之前又回到前面去，把确信划掉，写上肯定，又在下面划上道道。

“而他对那事也并不在乎；他仅仅说，‘好吧，’因为说不定此时他已经知道他的母亲并不知道而且永远也不会知道她想要的是什么，因此他不可能击败她（说不定他已经从混血女人那里得知反正女人你是打不赢的，如果你够聪明，不想找不自在，不想大吵大闹，这事你就连试都不去试），而他知道天底下律师要的无非是钱；因此如果他只要不犯相信自己会取得全面胜利的错误，如果他只要记住必须沉住气必须机警，这样他就能在某些方面取得胜利。——因此他说，‘好吧’并让他母亲把考究的衣服和细布内衣装进旅行袋与他能记事之前，在他不管爱不爱就找了个女人之前，她一直在忙忙碌碌地追求什么）却说：‘为什么不可以呢？看起来，男人迟早总有一天不得不结婚的。这个女人我很了解，她不给我添乱。再说那个仪式，那份麻烦，也已经挨过了。至于有点儿黑人血液这个小问题——’也无须多讲，多说什么的，不需要说我像是出生到只有很少几个父亲的这个世界上来因此我活着的时候有太多的兄弟要去激怒和羞辱在我死去后则有太多的后裔要继承我那小份痛苦与损伤；不需要那样，仅仅说‘有点儿黑人血液——’接下去便观察那张脸，那份极端的急迫与恐惧，然后就离去，没准还吻她，也许是吻她的手那会是放在他的手里甚至是接触过他嘴唇的仿佛那是只死人的手，吻她，为了箱子，没准他懒洋洋地踱进律师办公室，透过也算是微笑的那层表情打量着，此时，律师胳膊肘乱划圈子做出姿态说是一定要将他那些马运上轮船去，没准还要花钱给他买一个特别的贴身佣人，还帮他安排银钱所需等等事项；透过微笑打量着，此时，那律师甚至在扮演责任重大的父亲的角色，谈到了做学问、提高文化修养、学拉丁文和希腊文，说这将能使他轻松愉快、漂漂亮亮地担当起未来在生活中的职务，还说只要有毅力，一个人当然也能在任何地方，哪怕是自己的书房里，学到这些；不过某种素质，某种文化气质，那是仅仅能得自于一所——也许没什么名气也比较小（可是品位高，品位高）的学院的僧侣式、修道院般的单调孤寂；——而他——”（他们俩谁也不说“邦”。像是任何时候都不会因为施里夫说的“他”指谁而引起任何混淆）“——有礼貌与安静地听着，在不让别人看透的那层表情的后面，终于问道，也许是打断了对方的话头，所以很有礼貌很和蔼，丝毫不带冷嘲热讽——‘你方才说的这所学院是什么名字？’：此时又是好一阵的胳膊肘乱画圈子因为律师要在纸堆里翻找出一张文件从那里他可以读出学校的名字，从头一回他和那位母亲提到这件事以来他就一直想记住这个名字：‘密西西比大学，在’——你说在什么地方来着？”

“奥克斯福，”昆丁说。“大约有四十英里，离——”

“——‘奥克斯福’。此时文件纸张又都可以安静下来了因为他要说话了：什么一所刚创办十年的小大学，那儿不会有分心的事儿所以能专心念书（在这里，这么说吧，智慧本身就是一位没开过苞的处女至少不是经过多道关卡的二手货）而他又如何能得到机会观察这个国家的另一个而且是边远的地区，这里将成为他高尚的理想（假定这场战争的结局没有问题，战争无疑迫在眉睫了，我们全希望它有成功的结局）也就是说于他母亲过世后他会成为那样的一个人物成为那样的经济力量的代表这样的高尚理想正是植根在这里；他则隐藏在那种表情的后面倾听着，并且说，‘那么你不推荐法律作为我的职业吗？’此时仅仅是有一瞬间的工夫那个律师会停下，但是并不长久；也许不够长久也不够明显能让人察觉，还不能算是停顿：他也会盯着邦：‘我从未想过你会对法律感兴趣’而邦说：‘我练剑时也从不对这事感兴趣。不过我记得在自己生命里至少有一次我对于练过剑感到庆幸[①]’于是律师说，很平静也很轻松：‘那就务请选读法律吧。你母亲会同样——高兴的。’‘那好吧，’他回答，没说‘再见’；他不在乎这一套；说不定甚至跟那个混血女人也没有道别，没有道别，与那些泪水和哀叹，说不定甚至还有死死的缠抱，那两只柔软、绝望、木兰色的手臂对他膝头的围绕，与那柔若无骨的钢铁桎梏三英尺半之上（就算这么高吧）的那副表情，不是微笑而仅仅是某种不让人看透的东西。因为你是不可能击败她们的：你只能逃开（还得感谢上帝你能够逃走，能逃开那堆五英尺厚长蛆的干酪般的密集体，它铺满在地上，而在泥土里，一对对一双双的男人女人铺排着，像滚球戏里的那些柱子；也不知哪位神道造出了男性那一双双臀部小小的上粗下细的尖桩，它们插进去很合适抽走也极其方便，打从把它们夹得紧紧的子弹夹般严丝密缝的女人腿部）；——没有道别：就这样：一天晚上他在两排火炬之间走上跳板，说不定只有律师在那里送他走，他

① 指与人决斗赢得胜利。当时新奥尔良还存在用剑或手枪决斗的风气。

来也不是为了祝他一路顺风而是为了确定他真的是上船了。那个特地派遣的新黑鬼在特等舱里打开旅行袋，把考究的衣服摊开来，女士们已经聚集在餐厅里等着开晚饭和男士们从酒吧里出来，准备用晚餐，可不是等候他；他独自一人，靠在栏杆上，说不定拿着一根雪茄，看着城市漂走、眨着眼，闪着亮，一点点沉入水中，这以后一切活动停止，这条船一动不动、毫不前进，由烟囱喷向天空的两根满是火花的烟雾所绞成的绳索拉扯着，悬吊在星辰之间。谁知道那是什么想法，什么样清醒的斟酌与舍弃呢，他多年来就已经知道他母亲有所图谋虽然他不知道（没准相信自己永远也不会知道）那是什么；知道那律师也有所图谋虽然他知道所图谋的无非是钱，但是他知道在他的（那律师的）已知男性的局限性之内他（那律师）可以几乎跟那未知的数量——也就是他母亲——一样危险；而现在又来了这一套——上学，进大学——而他已经二十八岁了。而且还不仅如此，还有这所特别的学校，他可从来没有听说过，十年前它甚至都还没成立；也知道为他挑选这学校的是那个律师——何等清醒，何等专注，何等样的几乎紧蹙眉头*为什么？为什么？为什么是这所大学，不要所有别的而单单要这一所？*——没准是孤身一人靠在那儿处于气喘吁吁的烟雾与轮机之间，几乎接触到了答案，理会到它那拼图猜谜游戏的完整画面等待着，几乎是潜伏着，就在他几乎伸手可及之处，乱成一团，纠结不清，仍然是不可认识，即将落入一个模式，那会让他豁然开朗，犹如电火行空，使他洞若观火，对自己整整一生的意义，对过去的一切——海地，童年时代，那个律师，作为他母亲的那个女人。说不定那封信也就在他脚底下面，在他所站立的甲板底下的某处黑暗之中——这信并非写给在萨德本百里地庄园的托马斯·萨德本而是奥克斯福左近密西西比大学寄寓之亨利·萨德本少爷的：有一天亨利把信给他看，当时并未显露温柔的逐渐扩散的微光而是出现了一道强光，一次眩目（他不仅仅没有看得见的父亲，而且发现自己，即使是孩提时代，就被缠绕在一根永不休眠的缆绳里，这缆绳显然执意要向他教导他从来就没有父亲，他母亲则出现自一次含混不清的遭遇中，从某种幸福的健忘状态，软弱的知觉能在那里藏身，以躲避软弱的人的肉体所不能忍受的无法无天的黑暗强暴势力，醒来时已怀有身孕，于是便呼天抢地复又捶胸顿足，不是因为畏惧十月怀胎的痛苦，而是抗议使她腹部隆起的这一暴行；而他在她身上成为人子不是经由那个自然的程序，而是所有非圣无法的恐怖、黑暗中那古老、邪恶、根深蒂固的男子至上主义把污点施之于她然后又从那里排除出来）他在那道亮光里站着，盯着比他差不多小十岁的青年的那张天真无邪的脸，与此同时他身上的一个部分在说我的前额我的头颅我的下巴我的那双手而另外那个部分则说等等。等等。你还不能够知道呢。你还不能知道你所领会的是不是就是你正在盯着看的或你正在相信的。等等。等等——那封信他——”现在他指的不是邦，然而昆丁又一次毫不使劲或困难就领会到他指的是谁“——写下，没准就在档案的最后一项空缺里填上女儿？女儿？女儿？这几个字之后他当时想现在他绝对不该知道，不能先听说，在他能抵达那边跟那个女儿——不记得他自己年轻时的青春爱恋方面的任何情况了，如果记得他也不愿相信真有这种事，然而却也很乐于利用这一点正如他会利用勇敢和骄傲一样，他想到的不是被压抑的狂热、骚动不已的血液与渴望抚摸的轻柔的双手，他想到的却是这一点：这个奥克斯福镇和这个萨德本百里地相距不过一天的骑马行程。而亨利已经在大学里站住了脚因此没准这律师有生以来都第一次相信起上帝来了：吾亲爱之萨德本先生：信尾签字者的名字先生无从得知，同样，写信者的地位与背景先生亦不可能有所知晓，尽管它们都反映了相当之价值与（吾深信）身份，二端均远非默默无闻，故而理应保证下述希望得以实现，即书信作者拟亲趋拜访先生或是烦请尊驾莅临一晤——上述之价值与身份盖得自二位出身与地位均不平凡之人物，其中之一系一位夫人亦为守寡之母亲，寓居发信之都会与夫人身份相称之某僻静角隅，另一则为年轻绅士亦即夫人之公子，在先生披阅此函或稍后，公子将与先生本人同样成为知识与智慧的法学之门的叩击者。本律师即代表此位青年绅士致上此函。然则非也：吾不欲称是代表，亦极不愿让尊贵的母亲与公子本人疑及吾如此自称，即使向一位，先生，尊属上好田产所在县份的首富之家的嗣裔。的确，倘若此函根本未写当对本律师更为适宜。然则吾既已写信；吾已如此行动；事至如今已无可逆转。倘若先生在信函中嗅出一丝谦卑气息，请弗视之出于母亲，自然更非出自公子，而是出诸某人笔底，此人担当了上述夫人与青年绅士法律顾问、经济咨询之微贱职司，其对主顾的忠诚与报答使对方慷慨解囊，向其提供（此处并非仅为承认，而是大声宣告）面包、肉食、炉火与避遮风雨之处所，时间相当长，足以使其对感激与忠诚有所领悟即使原先与母子二人并非故知，亦使其采取行动，手段固然拙劣目的却不可谓不高尚，原因是：行动者乃为其本色之人与宣告所是之人而非处心积虑欲做之人。因此务祈弗将此函，先生，目为从本律师此一不请自来的信息渠道发向先生之任意轻慢，亦弗视为某陌路人缓颊之申请，而是一次介绍（笨拙异常，诚然），向一位青年绅士，其地位在收信处无须胪陈亦不需概述，介绍另一青年绅士，其声名在发信处亦是人尽皆知，耳熟能详。——没有再见；就这样，他有过那么多父执以至既没有爱也没有骄傲可以接受或是施予，既没有荣誉也没有耻辱可以共享或是赠给；对他来说一个地方与另一个都没有什么不同就像对一只猫一样——十里洋场的新奥尔良或是田园式的密西西比：他自己继承得来也可以传让的佛罗伦斯灯具、镀金厕座、有垫衬的镜子，或者是一所创办不到十年、渺不足道的小大学；在混血女人闺房里呷香槟酒或是喝威士忌，酒瓶放在一个僧侣住的小房间简陋桌子上，酒友是一个乡村小伙子，这孩子显然是某田舍翁的继承人，没准来学校之前极少出门，在别处过夜不会超过十来次（躺在林中篝火旁倾听猎犬奔跑和衣而眠的那些夜晚也许除外），邦看着他在模仿自己的衣饰车马言词等等一切他（那青年）却全然不觉自己是在这样做，他（那青年）一天晚上伛身在一瓶酒上说，是脱口而出——不，不是脱口而出：准是在摸索，在探寻：而他（这位比这青年几乎年长十岁见过世面的人，慵懒地靠在什么地方，身上是他带来的丝绸袍子里的一件，这种睡袍那青年连见都没见到过，以为只有女人才穿）瞧着那青年脸色潮红、赤红、通红，但仍然面对着他，仍然直直地盯住他的眼睛，一面摸索着，探寻着，终于全然前言不搭后语地脱口说道：'要是我有兄弟，我不会希望是个弟弟'于是他说：'嗯？'那青年说：'不。我愿意他比我大'于是他说：'父亲有地产的人是不会希望有兄长的[①]'而那青年说：'可是我愿意'，直直地盯着另外那人，那个莫测高深的人物，那个耽于逸乐的人，如今他站起来了（那青年），腰板笔直，瘦削（因为他正年轻），他的脸涨得通红可是头昂得高高的，眼神坚定：'是的。我还愿意他就跟你一模一样'而他说：'是那样吗？威士忌在你那边，不喝的话就传给我。'

"好，现在，"施里夫说，"我们马上就要讲到爱情方面的事了。"可是他这也是没有必要说的，正如他不用特地说清当他说"他"时指的是哪一个他，

① 指长子继承权的做法，在这种情况下，小儿子往往得不到多少遗产。

因为他们俩都没有想到别的上头去；必须把过去发生了那么多的一切都翻过去，而又没有别人在场来翻这一页除了他们，正如在能点燃篝火之前总得有人来把叶子耙扫成堆。正因如此，他们俩都不在乎由谁来讲，因为不是单靠讲话能完成这件事，能把这一页翻过去，能做到功德圆满，而是要靠说与听的快乐结合，在这里每一个人面临要求和需要，得能原谅、宽恕与忘却另一个人的缺点才行——这错误既表现在创造他们所讨论的（或者不如说，所存在的）这个层面上，又表现在倾听与转移上，在抛弃错误保留可能的真实上，或是在与预先设想的不谋而合上——为的是能过渡到爱情上去，那里可能有自相矛盾与不一致之处可是绝不会有错误与虚假。“现在，讲到爱情了。他准是在见到她之前就已经洞知她的一切了——她长相如何，在外省妇女那样的世界里她个人时间的情况，对于这些即使是自己家里的男人也是不作兴知道得太多的；他准是一个问题都不用问便知道的。耶稣啊，那必定像水沸腾一般涌遍他全身。必定是一个又一个的夜晚，一方面，亨利从他那里学习怎样穿着像女人所用的睡袍与拖鞋在卧室里慵懒地四处乱靠，身上一股女用香水的淡淡的却是确切无疑的刺激性气味，抽一根雪茄那架势也跟女人的没什么两样，但以那么一种倦怠与不要命的自信神态，那是只有最最鲁莽的男人才会无端加以比较的，（‘而在他那方面，也没有想教诲、训练和当教师爷的意图——不过以后没准又想充当了；没准谁知道什么时候他端详着亨利的脸寻思道，不是在那里，除了我们并不共有的那份血液插进来的酵素之外，就是我的头颅，我的前额、眼窝、下巴与颏部的形状与轮廓以及在那后面我的一些思想，那是他从他的角度出发也可以由我脸上看出来的，如果他懂得像我那样明白怎样去看的话　而是　啊，就在稍稍后面一点，在为外来的血液弄得稍稍有点模糊不清的后面，而血液混合也是必需的这样他才可以生存，是那个人的那张脸，此人制造我们两个，从我们称为未来的盲目、不可捉摸的黑暗之中；哼——哼——在任何时刻，任何一秒钟，倚仗着意志、执着和可怕的需要的力量，我将朝那里直刺进去，把外来酵素的作用从它那里剥除，直盯着，不是对着我兄弟的脸，我过去并不知道我有这个兄弟因此也谈不上失去他，而是对着我父亲的脸，直盯着，从我精神上的死后状态从未逸出的阴影，这阴影因了此人的不在而形成；——在什么时刻寻思着，端详着那份并非低声下气的热切，那份并未丧失自尊的谦逊——精神上的彻底投降在这里那无意识的模仿衣饰、言词与举止仅仅是一个外壳——他想如果我愿意，对这副听凭摆布的血肉骨骼我有什么不能做到呢；这副血肉、骨骼与精神和我的来自同一个根源，可是它们跃动在静谧的和平与满足中，跑动在稳定甚至是单调的阳光底下，而那人遗传给我的那些却在憎恨、残暴与记恨中蹿，在阴影中奔突——用这团柔软、百依百顺的泥土我什么不能捏成呢，可他父亲本人却对此无能为力呢——趁还来得及，用那腔热血里可能会有、必定会有的东西，加上我身上那部分血里无法现成拿到与塑造的，去捏合成某种形态：或是在某个时刻，他会告诉自己，这都是胡说八道，这不可能是真的；这样的偶合只能发生在书里，他寻思着——心灰意懒，听天由命，这禀性难移的追求孤独的猫——那个乡下浑小子。我怎么才能摆脱开他呢：接下去是那个声音，那另外一个声音。你不是这个意思：接着又是他：不。我就是认为他是个乡下浑小子）以及那些日子，那些下午，他们一起骑马（而亨利在这方面也模仿他，其实亨利马骑得更好些，亨利也许没有邦会说是派头的那种东西，可是亨利骑马的机会更多，对于亨利，骑在马背上就跟自己走路一样自然，任何时候在任何地方骑任何牲畜，对亨利来说都不成问题）此时他准是看到自己被淹没、沉浸在亨利言辞的光辉、不真实的洪流里，挪移（他们三个：他自己还有亨利以及那位妹妹，他从未见过她也许甚至没有一点点好奇心想见见她）进了一个世界，那很像是在童话里，在那里别的什么都不存在除了他们三个，他骑行在亨利旁边，听着，无须提任何问题，无需用任何方式促进谈话的继续，听那青年说话，那青年甚至都没有怀疑过他和在自己旁边的那个人会是兄弟，每逢气息触动自己的声带那青年总说从现在起我和我妹妹的家就是你的家还有我的和我妹妹的生活也就是你生活的一部分，心里（邦的心里）在揣摩——或者没准根本不用揣摩——倘若情况颠倒亨利是那陌生人而他（邦）是那个继承人但仍然知道他在猜疑的事，他是否会说同样的话；后来邦终于同意了，终于说了，'好吧。我可以跟你一起上你们家去过圣诞节'，不是去看亨利的童话里的第三个人物，不是去见那位妹妹因为他一次也没有想到过她：他仅仅是听别人说她：而是这么寻思那么我终于可以见到他了，此人像是我长大了也永远不该指望能见到的，我甚至都学会了在没有这样一个人的情况下活下去，没准心里想他将如何走进宅子看到制造了他的那个人而这之后他就会清楚了；会出现那种强烈的闪光，那样无可置疑的双方之间的辨认于是他会很准确地知道永远知道——没准在寻思那就是我所需要的一切。他甚至都不用承认我；我会极其迅速地让他明白他不需要那样做，我并不指望那样，不会因为不那样而受到伤害，就像他会同样迅速地让我知道我是他的儿子一样，没准在寻思，没准重又带着那种表情你可以说是微笑其实不是，那只不过是甚至连一个纯粹的乡下小混蛋也不想看透的表情：我是我母亲的儿子，至少是：我好像也不知道我需要什么。因为他很准确地知道他需要什么；那仅仅是谈谈这件事——肉体上的接触，即使是秘密的，隐藏的——是对那个肉体的活生生的接触，这个肉体早在他出生之前就因为那种血液而变得温暖，这同一种血液遗传给了他使他自己的肉体温暖起来，再由他依次传给下一代，在脉管与肢体内奔流，热辣辣地，喧闹地，在那第一代与他自己的肉体都已经死亡之后。就这样，圣诞节来临他和亨利骑行了四十英里去到萨德本百里地，一路上亨利仍然在说个没完，仍然在不断吹气使那个童话般的气球－真空一个劲儿地膨胀、变轻与发出虹彩般的光晕，在那里面，他们三人存在、生活甚至还活动，以没有肉体的姿态——他自己、他的朋友以及妹妹，这位妹妹他的朋友从未见到过而且甚至都还从未想过（虽然亨利对之毫无所知）而仅仅是透过更迫切的思想在听着，而亨利说不定甚至都没有注意他们离家越近，邦话说得越少，在任何话题上都越来越没什么可说，而且说不定是听得越来越少（亨利肯定对此也是一无所知）。终于走进宅子：说不定看着他的某个人会见到在他脸上那种表情很像——那种主动的彻底投降，怀着谦卑然而也怀着骄傲——如他过去总在亨利脸上见到的那种，没准他告诉他自己我不仅仅不知道我要的是什么而且显然我还比我过去自以为的要年轻得多：接着面对面地见到了可能是他父亲的那个人，可是什么都没有发生——没有大吃一惊，没有热烈的肉体碰触，这是用语言阻拦都来不及的——不，什么都没有发生。他在那里待了十天，不仅仅充当了亨利在大学里就开始模仿的丝绸包镶的刀鞘里那柄秘传、高贵的钢刀，而且还是件艺术品，是形式与时尚的模型与镜鉴，萨德本太太（你父亲就是这样说的）就这样接受他而且坚持要（你父亲不是这样这样说的吗？）他充当这样的角色（而且愿意为此付出代价甚至愿把朱迪思作价码，倘若这四个人里没有别的叫牌者的话——你父亲不是这样说的吗？）他在她心目中一直保留着这样的形象直到他离去，把亨利也带走，此后她再也没有见到过他，她的时光为战争、苦难、忧伤和恶劣的食物所填塞以至在一段时间之后没准她都记不得自己印象里是不是有这么个人了。(而那姑娘，那个妹妹，那个黄花闺女——耶稣啊，谁能知道那天下午他们沿着车道骑马来近时她看到的是什么，又有什么样的祈祷，什么样少女沉思的梦幻涌起，出自什么样神话境界，那境界不在耀眼的火炉铁格栅上而是在那位将近三十岁的丝绸般温柔与悲惨的朗色洛①的身上，此人比她大十岁，因为某种经历与欢乐而感到厌倦与餍足，这种印象准是亨利的一封封来信为她创造出来的。)接着离开的日子到了还没有什么迹象，他和亨利骑马离去了而仍然没有迹象，分手时的迹象并不比他初次见到那张脸②时多一点点，在那上面，假若不是有那部胡子，他可以(他愿意相信)亲眼见到真实的情况因此也不需要迹象；在眼睛里也没有迹象，那双眼睛是可以看到他的脸因为并没有胡子隐藏迹象，如果真情在眼睛里的话是可以看到的：然而那里面没有任何闪烁：因此他知道那是在他自己的脸上因为他知道对方在脸上见到了，就如同亨利下一个圣诞前夜在书房里将知道他父亲并未说谎，凭据是这位父亲什么也没说，什么也没干。说不定他甚至寻思与琢磨，是不是也许那与胡子无关，没准那个人并没有单为这一个日子而在胡子后面有所隐藏，倘若那样，又是为了什么？为了什么？*寻思不过是为了什么？为了什么呢？*因为他要的是那么少，如果对方希望秘密传递信号他原是能够理解的，是愿意快快地乐于让它保持秘密的即使他无法理解那原因是什么，在这当中寻思*我的上帝，我还年轻，我还年轻，而我过去甚至都不知道这件事；他们以前甚至都不告诉我，因为我那会儿年轻，*感觉着那同样的失望与耻辱，就像你看着你父亲丧失了男子汉的勇气一样，寻思着*丧失勇气的应该是我；是我，我，而不是他，他来源自那种血液，这是我们两个人都继承了的后来才有可能被母亲身上的那种不知什么血液所腐蚀与玷污，而这是他所不能够容忍的。*——等等，”施里夫喊道，虽然昆丁并没有说话：而仅仅是在昆丁仍然松弛与伛偻着的身姿里有某种素质、某种聚集力预示着他会说话，因为施里夫早在昆丁能开口说话之前就喊出了*等等*。等等。“因为他甚至都没有正眼看她。哦，他自然是看过她的，那没错，他有很多机会这样做；他避免不了要这样做因为萨德本太太会留心安

① 亚瑟王传奇故事中最杰出、最英俊的圆桌骑士，王后格温娜维尔的情人。
② 指托马斯·萨德本的脸。下文中的“他”，有时指邦，有时指托马斯。作者是在刻意表现施里夫说话的口气。但细细品味还是能分清的。

排的——整整十天，把你个人的活动全都计划好、安排好并且如实执行，就像教案里历史上的将军们所进行的那些战役一样，上书房去客厅午后则驾马车出游——三个月前全都计划好了，那还是萨德本太太读到亨利写来第一封提到邦的名字的信那会儿，以致没准连朱迪思也开始感到自己像是一对金鱼里的那另一条了：而且他甚至还会跟她谈过天，或者说他搜肠刮肚能想出跟一个村姑谈的什么废话，这村姑没准从未见到过一个早也好晚也好都不至于会冒出一股粪肥味儿的男人，不论是年轻的还是年老的；跟她聊天那情况大致与跟在客厅坐在金色椅子里的一位老太太聊天相仿，不同的是在前一场合下他得一个人唱独角戏而在后一种情况里他甚至都脱不了身只好等亨利来把他解救出去。说不定到了那个时候他甚至还想过她；盘算过她，说不定在他会跟自己这样说的那个时刻不会是那样吧；倘若真是那样他不可能每天都这样看着我而不作任何表示呀他甚至会告诉他自己她会很好对付就像当你把香槟酒放在晚餐桌上正朝餐具架上的威士忌酒走过去的时候你正好经过在托盘上放着的一杯柠檬汁牛奶冻，你看看那杯东西告诉自己，那也会很好对付不过谁要它呢。——你听着觉得对头吗？”

“不过那不是爱，”昆丁说。

“那又为什么不是呢？因为，你听着。那个老太太，那个罗沙阿姨告诉你什么来着，有些事情是必须得有的不管它们存在还是不存在，必须比别的说不定更值得注意的什么事情更加耸人听闻，而且实际情况如何根本无关紧要，是不是这样？那件事正是这样。他真是还没时间顾及这件事。耶稣啊，他必定是知道事情会朝这上头发展的正如那个律师所想的，他也不是傻瓜；问题在于，他并不是律师所以为他是的那种非傻瓜。他必定已经知道那事总要来临。就像你经过那杯果汁奶酪时没准你知道你甚至会去到餐具架和威士忌跟前，可是你知道明天早晨你是会需要那杯奶酪的，接着你来到威士忌跟前而你知道你现在就需要那杯奶酪；说不定你甚至都不去餐具架那边了，说不定你甚至回过头来看看晚餐桌上放在肮脏的哈维兰瓷器与发皱的织花桌布之间的那瓶香槟，突然之间你知道你甚至都不想回到那儿去。那不是什么挑选的问题，你在香槟、威士忌与牛奶冻之间不是非得有所选择不可，而是突然之间（那时该是春天了，在那个他从未度过春天的地方，你说过密西西比北部要比路易斯安那州稍稍冷些，已经有山茱萸、紫罗兰和早春没有香气的花了，可是泥地里和夜晚仍然有些许寒意，赤杨、紫荆、山毛榉、枫树上少女乳头般坚实、包紧、发黏的花蕾，以及雪松上某些幼嫩的东西，都像是他从未见到过的）你发现你别的什么都不要单要那杯奶酪而且一个时期以来你一直强烈地需要的就是那个——此外你还知道那杯奶酪就在那里等着你去端起来。不是任何人都可以去拿而仅仅是让你去端，单是看看那个杯子你就知道它会像一朵花，倘若任何别的一只手伸过去采摘它上面会布满刺，可是对你的手却不会如此；而他对这一点不习惯，因为任何别的心甘情愿让他端起的杯子盛的不是奶酪而是香槟至少是厨房里用的酒。而且还不仅如此。还存在着知道他所猜测的可能是如此的情况，或是说不上来究竟是否如此的情况。而且谁能说那里是不是没准存在着乱伦的可能呢，因为此人（没有一个妹妹：别的我就不知道了）恋爱过却没有发现过肉体接触上空虚的昙花一现的感觉；他未曾不得不明白，当那短促的一切完事之后你必须从爱也从欢乐那里撤退，收起你自己的垃圾和脏东西——帽子、裤子、皮鞋等等，那是你穿戴着在世界上混的东西——匆匆退去因为神道们慈悲为怀这事他们自己也干，那梦幻般、宏大的交配，它忘掉一切，浮游在那延缓着、折磨人的一瞬间之上，这：没来：来了：完事了：这样的交配对于气球般没有重量的大象和鲸鱼们来说仅仅是小事一桩：不过没准如果这里也存在着罪恶的话也许就会不让你逃走，不让你不交配，不让你回去。——是不是这样啊？”他停住了；现在可以很容易打断他的话头了。昆丁此时原是可以说话的，可是昆丁没说。他仅仅是像原来那样坐着，双手插在裤兜里，双肩往里伛隆起了背，他的脸低垂不知怎么很古怪像是比原本的身架要小，由于他实际的高度和单薄的身架——骨骼、关节上他属于一种纤细的类型，即使到二十岁仍然有青春期的某些痕迹，某些残余——那是说，跟他对面这人小天使般的壮实相比，这个人显得年轻些，他的身板、块头上的优势使他显得越发年轻了，活像一个十二岁的胖男孩，这男孩即使在体重上二三十磅重于一个十四岁的男孩但仍然显得比十四岁的那个年轻，十四岁的过去也曾经胖过后来失去了脂肪，因为那种既非男孩的又非女孩的童贞状态而丢失了脂肪（也不管他同意还是不同意）。

“我不知道，”昆丁说。

“好吧，”施里夫说。“没准我也不知道。不过，耶稣啊，有一天你必定会坠入爱河。他们绝对不会用这个办法来整垮你的。那就会好比是上帝让耶稣生下来还想到让**他**拥有木匠工具然而又从来不给**他**任何材料可以使用工具来建造。你不相信会那样吧？”

“我不知道，”昆丁说。他一动不动。施里夫盯着他。即使他们没在说话他们的呼吸也在坟墓般的空气里柔和地、静静地蒸发着。半夜的钟声到现在准已经响过一段时间了。

“你的意思是，你根本无所谓？”昆丁没有回答。“很好。你不用说了。因为我准知道你是在撒谎。——那好吧。听着。因为他从来也不必为爱情操心反正它会自己管好自己的。说不定他知道有一种命运，一种厄运笼罩着他，正如那个罗沙老阿姨告诉过你的，说是有些事情是必须得有的不管实际情况如何，仅仅是为了让账面做平，在旧账页上写明已付字样于是不论管账的是谁此人就可以从架子上取下账本，把它烧掉，毁掉。说不定他当时就知道不管那个老头儿做了什么，不管是出于好意还是恶意，反正得还债的不会是老头儿；既然老头儿因为年龄上有所不逮而破产，不由他的子辈，他的后代那又由谁来还债呢，从前不都是这样的吗？那个老亚伯拉罕[①]年纪老迈，很虚弱，那时已经无能为力了，终于被揪住，那些百夫长与收税官说，‘老头儿，我们也不跟你算账’而亚伯拉罕会说，‘赞美上帝，我已经在我周围养大了我的几个儿子可以让他们来承担对我的不公正待遇和迫害；是的，也许甚至还能从掠夺者手上重新取回我的羊群和牛群：这样在我的灵魂离开躯壳时我可以让我的眼睛停留在我的货物与动产上，停留在他们这一代代以及增加了一百倍的后代身上。’他始终知道那爱恋是会自己照顾好自己的。也许这就是为什么他不必去想她，在从那年九月到那个圣诞节之间的三个月里，当时亨利跟他谈她，每次开口都对他说：*她跟我这两条命可都在你手上攥着了*；这爱情发生以后，在他身上产生了事与愿违的结果后，就不必再在上头费任何时间了，这就是为什么他从不费神给她写上片言只字（除了那最后的一封）这是她很想保存的，也是为什么他从来未真正向她求婚并送她一枚戒指好让萨德本太太到处炫耀的原因。因为那样的命运也笼罩着她呢：还是那同一个老亚伯拉罕，他如今如此耄耋衰弱都没有人要他亲自对债务负责了；没准他甚至都不必等那个圣诞节见到她才能明白这一点的；没准那就是亨利讲个没完而他听着却没听进去

① 典出《圣经·旧约·创世记》第 11—25 章。亚伯拉罕相传为希伯来人的鼻祖。

的那三个月所得出的结论：我正在听的并不是一个少女、一个处女的事；我在听的是关于一片狭窄、细巧、圈栏起的处女地，已经犁过做好了畦，因此我需要做的一切仅仅是播下种子，重新把它耙平，那个圣诞节见到了她确切知道然后又忘掉了，回到学校甚至他已经忘掉都记不得了，因为当时他没有时间；说不定只不过是你谈到过的那年春天里的一天，当时他停下来，说，很平静：好的。我要跟可能是我妹妹的那人上床。好的然后又把这话也给忘了。因为他没有时间。那就是说，他别的什么都没有只有时间，因为他必须等待。不过并非等她。那都是定好了的。等的是另外那人。没准每次那黑鬼骑马从萨德本百里地来到时他想那会在邮件口袋里，而亨利则相信他等的是从她那里来的信而此时他在想的则是说不定此番他会写信提这件事。他只需要写'我是你父。阅后即焚'而我会这样做的。或许不是那样，而是他手里拿到一张纸一张小纸片上面只有一个词儿'查尔斯'，我自会知道他是什么意思而他甚至都不用请我烧掉的。或者是一绺他的头发或是一小片他的手指甲我也会认出来的，因为我此时都相信我生下来就已经知道他的头发和他手指甲是什么样子，都能从一千份当中辨认出那绺和那片来。然而那也没有来，于是每两个星期他给她去一封信而她也回信给他，说不定他想哪怕是我给她的一封信不拆就退回来呢。那也是一个迹象呀。可是那样的事也没有发生：接着亨利开始谈到他回家路上不妨在萨德本百里地待上一两天他说这样也行，心想收到信的将会是亨利，信里说那样的时候我去不方便；这就明摆着他不想承认我是他儿子，可是那样至少我可以进一步逼他承认我是。可是那样的信也并未到来于是日期确定下来在萨德本百里地的那家得到了通知而那封信仍然没有来于是他想要到那时才有戏呢；我是冤枉他了；没准这正是他一直在等待的说不定此时他的心跳个不停，没准他说是的。是的。我要和她断绝关系；我要舍弃爱情以及一切；那很俗气，很低俗，即使他对我说'永远不要再崇敬地仰视我的脸；秘密地接受我的爱、我的承认，然后走开去吧'我也会照做的；我甚至都不要求他说清楚我母亲到底犯了什么错误，使他对她对我那样做自有道理。接着那个日子来到了他和亨利再次骑行了四十英里，进入大门步上车道来到宅子跟前。他知道那儿会有什么——那个他看到一次便已看穿的妇人，那个他甚至都不用看一眼便已看穿的姑娘，他每天都见到的男人，从他那需要出发紧紧地盯看（简直令人生畏）却从未把此人看透过；——那位母亲，她在那次圣诞节来访时他们到家还不到六个小时便已把亨利拉到一边报告给他订婚的消息，其实那时未婚夫还没顾上把那女儿的名字和脸联系起来呢：因此说不定甚至在他们重新抵达学校之前，亨利自己也不清楚他做了什么事前，亨利就已经告诉了邦他母亲脑子里是怎么打算的了（至于他自己脑子里怎么打算，他早就告诉过邦了）；因此说不定甚至在他们开始邦的第二次拜访之前——（此时该是六月，密西西比北部会是怎样的呢？你以前是怎么说的？木兰花盛开，嘲鸫成群，在他们开拔、战斗，输掉了那场战争又重新回到家乡的五十多年之后，献花日[①]到了，老兵们穿着刷得干干净净用铁熨斗烫得平平整整的灰军服，佩戴着一开始就一文不值的假冒铜勋章，挑选出来的少女们穿着白长裙腰间系着猩红缎带，乐队会演奏《迪克西》[②]，而所有站都站不稳的老汉会高声大叫，你原以为他们是连走到那里去的气儿都是没有的，他们甚至还徒步走到闹市坐到讲坛上去）——此时应该是六月，月光底下有木兰花和嘲鸫，帷幕在六月毕业典礼的空气里飘荡，音乐声、小提琴和三角铁的声音，则在旋转又一抑一扬的箍圈[③]间回荡：而亨利会有一点点僵，本该这样说‘我要求得知你对我妹妹的意向’可是并没有这样说，反而没准脸又红起来了即使是在月光底下，只是直挺挺地站着，脸红红的照说当一个人足够骄傲以致可以谦逊时是用不着畏畏缩缩（每逢气流经过他的声带他总是说我们是属于你的；你爱怎么处置我们都悉听尊便），说什么‘我过去总认为我会恨那样一个人的，这个人我每天都得看见，他每一个行动与姿态和言词都像是在对我说，我见到和摸触过你妹妹的身体的某些部分，那是你永远也不会见到和触摸到的：现在我知道我会恨他，这就是我要那个人就是你的原因’，知道邦会明白他的意思是什么，在试着说，把话告诉他，在寻思，在告诉他（亨利）自己：不单是因为他比我年纪大，已经知道的就比我今后将知道的都多而且记得的又是更多；不过因为我个人的自由意志，我当时知道那事与否是无关紧要的，我把我的生命与朱迪思的都给了他——”

“那仍然不是爱情，”昆丁说。

---

① 指南方邦联阵亡将士纪念日，在这一天，妇女们用鲜花装饰阵亡将士的坟墓。应是四月二十五日，施里夫把它说成是在六月。

② 南方各州流行的战歌。源出美国歌曲作家丹尼尔·D·艾梅特所作歌曲《迪克西地方》。

③ 指游行队列里手持箍圈的少女所作出的各种姿态。

“没错，”施里夫说。“你就给我听着。——骑行了四十英里进入大门步上车道。而这一回萨德本甚至不在家。而埃伦甚至都不知道他去哪儿了，信口喋喋不休地猜测说他去了孟菲斯说不定甚至因为生意上的事去圣路易了，而亨利和朱迪思甚至都不关心那么多，只有他，邦，知道萨德本去了哪儿，对自己说当然；他拿不准；他必须上那里去把事情弄个明白，告诉他自己此刻声音是那么大，很响而且还很急这样他才会不，能够不听到这样的想法，也就是可是倘若他怀疑，为什么不先对我说呢？换了我会那样做的，先去找那个人，此人有经过母亲身上不知什么成分污染和败坏的血液；接着还是大声与快快地告诉他自己是那么一回事；没准他是走到前面等我；他没在这里给我留下口信因为还没到让别人猜测的时候而他知道当我发现他走开了我就会马上明白他是在什么地方的，想到他们两人，一个是阴沉沉、复仇心切的女人那是他母亲，还有就是这个阴森森、铁石般的男子，十天里他每日都端详着自己表情却纹丝不变，这两人在几乎三十年后面对着面，处于阴郁的休战状态之中，在那幢房屋的华丽、巴洛克式的起居室里，他管那幢房屋叫家因为显然每一个人都好像必须有一个家，他如今敢确定就是他父亲的那个男人，即使此时也毫不低声下气（可他，邦，却为此感到骄傲），即使此时也不说我过去错了而是说我承认事情是这样的——耶稣啊，想想当时他的心吧，在那两天里，如今每一分钟那姑奶奶都把朱迪思往他这边扔，因为打从圣诞节以来她就一直在切切嚓嚓把订婚的消息传遍了整个县——你父亲不是说了她如何在春天带了朱迪思上孟菲斯去置办嫁妆的吗？——而朱迪思呢，既没有对这样的买卖加以配合，也没有抗拒，而仅仅是待着，活着，在进出气儿，像亨利那样，亨利没准于那年春天某一个早晨醒来，静静地躺着，心里在盘点，在做加法和做账，并且告诉自己，好吧。我正在努力使我自己成为我琢磨他要我做的角色；他可以任意摆布我，他只需告诉我得怎么办我就会照办；即使他要求我做的我觉得不正派，我仍然会去做的，然而朱迪思，因为是女的，可要比那样更聪明，甚至都不会去考虑正派不正派的问题：她会仅仅说，好吧。他可能提出要我做的事我全都会去做而正因如此，他永远也不会让我做任何我认为是不正派的事：因此（说不定那一次他甚至还吻了她，没准这是破天荒第一回她让人吻，而她过于天真不会装作娇羞或是腼腆的模样或者，她甚至都不懂人家是在敷衍她，说不定事后她仅仅盯着他以一种平静与茫然的惊诧，心想你的情郎吻你显然是头一回，可是怎么就跟你哥哥吻你一模一样呢——当然除非你哥哥竟然想到，能够发展到吻你的嘴）——因此两天的时间过去他再次离开时，埃伦冲着她尖叫，‘什么？婚约没有，盟誓没有，戒指也没有？’她甚至会过于感到意外以至于忘掉对这事编造谎言因为她也是头一回想到竟然没有求婚。——想想他当时的心态，当他骑马向大河边走去，然后登上轮船，他在船上的甲板上踱过来踱过去，透过甲板感觉到轮机正夜以继日越来越近把他带向那个时刻，他如今准已领会那正是他长大能懂事以来就一直在等候的一个时刻。自然，时不时他都非得快快地、大声地说这样的话，全部的情况也就是这样了。他就是要先把事情弄确定以便把旧的想法压下去可是为何用这种方式干这件事呢？为什么不在乡下家里做呢？他知道我永远也不会对他此刻所拥有的资财提出任何分成要求的，为得到这些他以何等的牺牲、忍耐和受嘲弄作代价（这是别人告诉我的；不是他：是人家）只有他自己才知道；知道得那么透彻以致他从来不会想到就像他知道我从来不会想到一样，这可能是他的理由，他不仅慷慨而且也很决断无情，他准是将把他和母亲共同拥有的一切全都放弃，给了她和我，作为与她离异的代价，不是因为以这种方式做这件事伤害了他，鄙视了他以及使他如此不必要的久久地处在悬念中，因为他不在乎这个；他究竟是给惹恼或者甚至因此受难，他都无所谓：他在乎的是这件事，即他不得不经常提醒自己，他自己是绝对不该用这个方式来做这样的事，然而他却承袭了这股血脉，虽说是在他母亲当了什么或是做了什么事把这血脉污染与败坏之后。——越来越近，越来越近，直到悬念、困惑、匆促以及一切，都像是合并成一种升华状态，被动投降的升华，在这状态里他唯一的念头就是好吧。好吧。即使是这种方式。即使是他要用这种方式来做这事。我也愿承诺永远也不再见她。永远也不再见他。接着他抵达家中。他始终没打听出萨德本来过了还是没有。他始终不知道。他相信来过，可是他始终不知道——他的母亲还是他九月离开时那样的一个阴沉沉铁了心的凶狠的妄想狂患者，从她那里他靠旁敲侧击是什么也打听不出来的而对她他又不敢开门见山地询问——说到他把那个律师很有技巧的提问看得透透的这一事实（什么他可喜欢学校和那地方的人啦还有他是不是——这不也是可能的吗？——也许跟那边的乡下人家交上了朋友啦）那只是更足以向他证明当时萨德本并不在那里，或者至少是那个律师不知道萨德本在，因为既然他相信他已经摸清律师当初把他专门送到那所学校去的意图，他就觉得再从那些问题里去探究律师后来是否得知任何新情况就毫无意义了。（同样没有意义的是他能从与律师会见中得知什么，因为那一定是一次短暂的会见；恐怕是他们之间发生过的第二短的会见，仅仅比最后那次稍长些，肯定是这样的，最后的一次将发生在下一个夏天，当时亨利将跟他在一起。）因为律师不会敢于直率地问他，就像他（邦）不敢直截了当地问他母亲一样。因为，虽然律师相信他与其说是迟钝或不开窍，还不如径直说就是个傻瓜，然而即使是他（那个律师）也从未相信过，即使是邦，也未必就会成为他将要成为的那种傻瓜。因此他什么也没告诉律师而律师也是什么也没告诉他，夏天过去九月来到那律师还是（他母亲也是这样）一次也没有问过他他要不要再回学校。因此到最后他只得自己开口，说他想回去；而说不定他知道这着棋自己已经输了因为律师脸上除了一个代理人的唯唯诺诺之外别的什么也看不到。于是他回到学校去，亨利在那里正等待（哦是的；是正等待）着他，甚至都没有说‘你没回我的那些信嘛。你甚至都没有写信给朱迪思’亨利已经说过我妹妹和我所有、所是的一切，都属于你可是说不定他此时真给朱迪思写信了，由直奔萨德本百里地的第一个黑鬼邮班带去，里面说过了一个平淡无奇的夏天因此实在没什么可写的，说不定有一个名字查尔斯·邦清清楚楚毫不缩节地写在信封的外面此时他寻思那是他一定会见到的。说不定他会把信退回来寻思说不定倘若它退了回来那就再没什么能阻挡我了因此没准我终于会知道我该怎么做了。可是信没有退回来。别的一些信也没有退回来。接着秋天过去圣诞节来到他们再次骑马去萨德本百里地而这一回他又不在那里了，他在田地里，他到镇上去了，他在打猎——反正是有点什么事儿；他们骑马抵达时萨德本不在家于是邦知道自己本来没有指望他会在家，自言自语地说哎。哎。哎。这下子事情要发生了。这一回准得来了，可我还年轻，还年轻，因为我仍然不知道我要做的是什么。因此说不定哪天薄暮时分他将要在（因为他当时知道萨德本已经回来了，此时就在宅子里；这事会像是一阵风，某样什么东西，黑黢黢冷飕飕的，吹到他身上于是他停住脚步，严肃、沉静、警惕，在寻思什么？那是什么？这时他会察觉；他能感到另外那人正走进宅子，于是他会让他屏住的呼吸静静地舒缓地吐出来，深深地舒了一口气，他的心也是平静的）花园里，当时他与朱迪思一起散步，跟她说话，殷勤、优雅也很自然

（而朱迪思寻思这件事就像她琢磨夏天那第一次接吻一样：那么也就是这么回事了。这就算是爱情了，再一次被失望打得发闷但仍然挺着）；——没准此时他在那里所做的就是等待，他告诉自己说不定即使如此他也会叫我去。至少跟我说一说那事儿即使他知道得更加清楚：他此刻进入书房了，他已经派黑鬼去叫亨利了，现在亨利正走进房间：因此说不定他会停住脚步面对着她，脸上有某种表情，现在可是微笑了，托住她的臂弯拨转她，很温和与轻柔，直到她面向宅子，于是说‘走吧。我希望独自待一会儿想想爱情的事儿’于是她走了就跟那天接受亲吻时一样，说不定带着他手掌轻轻、短暂地触碰过自己的背的余感。而他站在那里面朝宅子直到亨利出来，于是他们对看了一会儿什么话也没有说，接着便转身一起走着穿过花园，越过空地走进厩房，没准有个黑鬼在那里，没准他们俩自己给两匹马备上鞍并且等候在那里，直到那个干家务活儿的黑鬼过来带来两只重新装好的褡裢。说不定到这时候他甚至都没说一句，‘可是他没给我捎什么话吗？’”

施里夫停了下来。那是说，就他们两人，施里夫与昆丁所知，他停下了，因为就他们两个所知他从来就没有开始说过，因为两人中谁方才在说，那是无关紧要的（很可能他们俩都没觉察到这区别）。因此此刻不是两人而是他们四个人骑着两匹马于黑暗中艰难地走在那个圣诞前夜冻结的十二月车辙沟痕之间：他们四个人然后又仅仅是两个人——查尔斯－施里夫与昆丁－亨利，这两对人都相信亨利在寻思他（指他的父亲）把咱们全毁了，片刻也没有这么想他（指邦）准定是很早以来就知道至少是猜想到这件事了；这就是为什么他扮演着他一直扮演的角色，为什么夏天他不复我的信也不写信给朱迪思，为什么他始终不向她求婚的原因了；相信亨利必定是这样想的，显然，在那一刻，也就是亨利从宅子里走出来，他和邦默默无言对看了片刻接着朝厩房走去并且给马备上鞍之后，可是亨利还是不太当一回事，因为他仍然不相信虽然他知道那是真的，因为此刻他准已经怀着彻底的失望明白，自己在一年又三个月之前从第一个本能的时刻起对待邦的整个态度的秘密；他明白，然而他不相信，不得不拒绝相信。因此趴在两匹马的背上彻夜骑行接着又走了整整一个明亮、霜冻的密西西比州北部圣诞日的，朝大河边走去搭乘轮船的，是他们四个，跟一伙要饭的差不多，经过一幢幢种植园宅第，那儿的门环下塞着冬青枝，槲寄生浆果则挂在吊烛台底下，大厅的桌子上有一缸一缸的蛋奶酒与热甜酒，而奴隶住区泥砌的烟囱上则直立着无风的青烟。船上也过圣诞节：同样的冬青枝与槲寄生浆果，同样的蛋奶酒与热甜酒；没准，其实肯定是有的，会举办一次圣诞晚宴与一次舞会，只是并非为了他们：他们俩会在寒冷的黑暗中站在黑水高处的栏杆旁，仍然不说话，因为没什么好说的，亨利让他们俩（他们四个）维系在那种缓刑之中，悬念之中，他知道了可是仍然不能相信，他将有意把这看作以及向自己证明，施里夫和昆丁这样相信，是像死亡一样可以让自己玩味琢磨的东西。因此在新奥尔良下船的仍然是他们四人，这地方亨利从来没有见识过（他全部的外在经验，除住校那一段外，没准就是跟着父亲上孟菲斯去了一两趟，为的是买牲口或奴隶）如今也没有时间好好看看——亨利，他已经知道但是并不相信，而被康普生先生称之为宿命论者的邦，按照施里夫和昆丁的看法，却不拒绝亨利的判决与构想，原因是他长期以来就理解到他仍然不知道他自己将要怎么做；——他们四个坐在那幢巴洛克式、带霉湿味的华丽起居室里，这都是施里夫设想出来的不过没准确实是这样的，而此时那个海地出生的法国蔗糖种植者的女儿，也是萨德本第一个丈人告诉他有西班牙血统的那个女人（这个有点过时的女人有一头蓬乱、间夹灰丝的鸦羽黑发，粗糙得像马尾毛，皮肤颜色像羊皮纸，黑眼睛底下是两个无法掩饰的眼袋，只有这双眼睛显示不出岁月的痕迹因为它们没有显示出忘却，这女人也同样是施里夫和昆丁设想出来的不过说不定也很真实）什么都没告诉他们因为她没有必要因为她已经说过了，她不是说，'我儿子爱上你妹妹了吗？'而是说'这么说她爱上了他'说完就坐在那里用沙哑的声音久久地对着亨利大笑，亨利根本无法向她撒谎即使是他想这么做，人家连一声**是**或者**不是**都不要听他说。——四个人在那里，于一八六〇年在新奥尔良的那个房间里，在某种意义上也就像一九一〇年在马萨诸塞州这个坟墓般的房间里有他们四个人一样。而邦有可能，没准也真的是，带了亨利去拜访那个混血女人和那孩子，康普生先生是这样说的，虽然施里夫以及昆丁都不相信这次拜访对亨利的影响如康普生先生所想的那么大，事实上，昆丁甚至都没有告诉施里夫他父亲关于这次拜访所说的话。没准昆丁自己对康普生先生那天黄昏在家里的叙述（再创造？）没在用心听；也许那个炎热九月的黄昏坐在游廊上的那个时刻昆丁不当一回事甚至都没听见，施里夫也会这样的，因为他和施里夫俩都相信——而且说不定在这一点上也是对的——混血女人和孩子在亨利眼里仅仅是与邦有关的另一件事，对之妒忌大可不必，要学样则是可以的如果做得到，如果有模仿的时间与和平局势的话——不是同一种族、国家的男人之间的和平，而是两个年轻人对立的精神与使他们对立的不容置疑的事实之间的和平，因为亨利与邦不是最早这样的年轻人，昆丁与施里夫就更加不是了：相信（或者至少在这样假设的基础上行事），战争有时之所以产生，就是为了解决青年人的个人纠纷与不满这唯一的目的。

“就这样，那老太向亨利提了那样一个问题，接着便坐在那里对着他哈哈大笑，这时候他就明白了，他们两人也都明白了。因此这次会面很短，与律师的这次会面，是所有会面中最短的一次。因为那律师会一直在盯视着他；说不定那第二个秋天甚至去过一封信，当时律师在等待事态演变可是那边仍然像是什么都没有发生（而且没准律师正是邦从不回复那个夏天亨利和朱迪思来信的原因：因为邦始终没有收到信）——一封信，有两页说不定还是三页尽是您谦卑与恭顺的等等等等，压缩成十八个字[①]就是我知道你是傻瓜，可你想当什么样的傻瓜呢？而邦至少算得上是个非傻瓜够资格来做这个压缩。——是的，盯视着他，还没感到忧虑，仅仅是有点儿心烦意乱，留给邦足够的时间使他上自己这儿来，没准给他整整一个星期（他——那律师——先是处心积虑掌握亨利，了解到许多亨利正在想的事，而亨利自己都不知道）然后再处心积虑对付邦，没准谋划得那么好连邦也不会立刻知道将会发生什么。那准是一次短促的会见。此刻在他们之间不会有什么秘密；事情都是不言自明的：律师坐在办公桌后面（那秘密抽屉里没准还放着那本账簿他刚在上面加好去年一年的收益，那是实际所值与爱、骄傲讨价还价的结果再翻上一番）——律师感到烦躁，挠头，但一点儿也不忧虑，因为他不仅仅知道自己有的是办法，而且他仍然并不真的相信邦会傻到那个地步，虽然他对于愚蠢，至少对于迟钝的看法很快要多少作些改变了；——律师注视着他，说，甜腻腻还油腔滑调地，因为到这会儿事情也不是什么秘密了，他此时会知道，邦知道了他此前此后会知道或是需要知道以便采取突然行动的一切：‘你真是个了不起的幸运儿呀，你知道吗？对于我们大多数人来说，即使在我们运气足够好能够报仇雪耻时，我们也必须付出代价，有时还真的不顾血本，花掉大笔银子呢。

① 指十八个英语词（I Know You are a fool，but just what Kind of a fool are you going to te ？）。中译亦正好是十八个汉字。

可你处在你的地位上，不仅可以把仇报掉，能为母亲洗雪名声，而且你用来缓解母亲伤痛的药膏还有其附属价值，能转化成年轻人之所需，这本是你份内应得之物，而且，不管我们喜欢也好不喜欢也好，只有在换成响当当的钱之后才算真正拿到手——’此时邦没有说你这是什么意思？甚至没有动弹；那就是说，律师不会察觉他在开始移动，而是继续（那律师）轻薄、油嘴滑舌地说：‘而且不仅如此，除了复仇之外，还能附带得到一件小赠品，这是下午的一束花，是没什么香味的草原上的野花，但也楚楚动人不容忽视呀，与其让别人采走还不如让它开放在自己胸襟前呢；这是——你们年轻人是怎么说来着？——一个蛮够味儿的小东西嘛——’此时他会看到邦，没准是看到那双眼睛，没准他光是听到脚步移动的声音。而接下去，手枪（短筒的，马背上用的、左轮的，反正是某一种）什么的都拔出来了，他会蜷缩在墙根一把倾翻椅子的后面，嗥叫起来，‘别过来！站住！’然后尖叫道‘救命啊！救命！他——！’接着光是尖声嚎叫，因为不等他从枪把上松开手指，就已听到和感到自己骨头强烈扭动的声音还有他颈骨的声音，因为邦必定是用手掌掴了他的这个面颊又反手掴了另一边；没准他甚至能听到邦也在说，‘闭嘴。别作声了。我没打算废了你’没准是他身上的律师本色对自己说了声闭嘴，他听从了，也乖乖地重新坐回到那把扶好的椅子，半瘫在桌子上；他身上的律师成分警告他，让他不说你会为此付出代价这样的话而仅仅是趴在那里，抚摩包在手帕里被扭疼的手，此时邦站立着俯视他，捏住枪筒，把它贴在自己大腿上，说，‘假如你觉得自己需要得到满足，你当然知道——’[①]而那律师，此时身子坐直，在把手帕往面颊上按摩：‘我方才错了。我误解了你对此事的感情。我请求你原谅’而邦说：‘可以的。不过随你的便。本人接受道歉也行，接受一颗子弹亦无不可，悉听尊便就是’那律师（他面颊上会有淡淡的消退中的红痕迹，但也仅仅如此：可以说是不动声色）则说：‘我看你是打算拿我不幸的误解大做文章——甚至要拿我开心。即使我觉得权在我这一边（其实我不这么认为）我仍然不得不拒绝你的建议。在手枪方面我不如你’于是邦说：‘刀子或是佩剑如何？’而律师说，很轻松随便：‘刀子或佩剑也弱点儿。’因此这时候律师甚至都无须说你会为此付出代价了因为邦会代他说出这话，

---

① 意思是：如果律师想要决斗，可以提出，邦自当奉陪。

邦会站在那里松松地拿着那把手枪，心想可是只能用刀、手枪或是佩剑呀。这么说我是无法打败他了。我原可以开枪打他。我开枪打他时心里不会起一点点疙瘩就跟打的是一条蛇或是个让我戴绿帽子的野汉子似的。可是他仍旧会把我打败的。心想是的。他过去就打败了我此时他——他——（“听着，”施里夫说，喊出声来，“那得是在两年后他躺在科林斯[①]那幢私人房屋一个卧室里的当儿，匹兹堡登陆处那场仗打过了，他在等肩膀伤口长好，这时从混血女人处来的那封信（说不定正是附有她和孩子相片的那封）终于打动了他，信里哀求给她钱还告诉他那个律师终于跑到得克萨斯或墨西哥或是不知什么地方去了，而她（混血女人）也找不到他母亲，因此那律师必定是先偷走钱接着又杀了她，因此事情就很像是他们双双逃走或是一起被杀可供养她的费用却一文没给。”）——是的，他们此刻知道了。啊，耶稣啊，想想他，邦，他一直想知道，他一直有最正当的理由想知道，他就自己所知从来没有什么父亲可是却不知怎的给制造出来，一边是那个女人她老不让他跟别的孩子一起玩，另一边是那律师他甚至还特地关照那女人不管她每次回来是买了一块肉还是一个面包——两个人在把他生下时谁也不感到欢乐或是发现激情在他生下时也没有忍受痛苦付出辛劳——倘若两个人里有一个只要把真情告诉他，后来的事便全然不会发生；而另一方面，是这个亨利，他既有父亲、安稳、满足以及别的一切，却让他们两人告诉以真实情况，而他（邦）呢，却两人全都不对他说。再想想亨利，他起先说那不是真的，接着当他知道那是真的时他仍然说‘我不相信’，他甚至在那个‘我不相信’里找到足够的力量来抛弃家庭与血缘关系以支持自己的抗争，可是在这场抗争中他证明自己的论点错了因此就益发回不得家了；耶稣啊，想想他必须得承受的负担吧，出生自两个卫理公会教友之家（或者说其中之一是个古老、信心坚定的卫理公会世家）又是在闭塞的密西西比州北部长大，面临的是乱伦问题，在所有可能守在那里候着他的问题里不是别的，而偏偏是乱伦，这可是他全部的传统和教育原则上都绝对不能容忍的，而且又是在这样一个局面里，他知道，在这里不管是乱伦或是教育训练，都不会帮助他解决问题。因此没准那天晚上他们离开走在街上时，邦终于说，‘嗨，现在怎么办？’亨利说，‘等等。等等。

---

① 密西西比州东北部一城镇。邦联军在夏洛战役后退驻此地。

让我先适应适应。’没准又过了两三天，这时亨利说，‘你不可以。不可以的呀’这时候开口说话的是邦，‘等等。我是你的哥哥：你是对我说不可以吗？’没准是过了一个星期，说不定邦带亨利去看了那个混血女人亨利盯着她并且说，‘那对你还不够吗？’而邦说，‘你要它有个够，是吗？’而亨利说，‘等等。等等。我必须有时间来适应。你必须得给我时间。’耶稣啊，想想看亨利必定是如何讲啊讲啊，在那个冬天接着是那个春天[①]，当时林肯当选，亚拉巴马大会[②]召开，南方开始脱离联邦，接着美国有了两个总统，电报把查尔斯顿事变[③]消息传来于是林肯征集他的军队，局面定了，此刻已无可挽回了，亨利与邦无须互相商量便已经决定上前线去，他们即使各不相识反正也会去的现在更不用说了，因为说到底谁会白白放过一场战争呢，——想想他们必定是怎样讨论的，亨利会如何说，‘可是你非得娶她不可吗？你就一定得这样做吗？’而邦则会说，‘他[④]本该跟我说清楚的。他本应这样告诉我的，我自己，他自己。我对他一直是够公道，够仁至义尽的。我等待过。你现在明白我为什么等待了。我给过他每一个机会，让他自己告诉我。可是他没有这样做。如果他做了，我会同意和答应永远再不见她、你或是他的。可是他一直没有告诉我。我原先以为那是因为他不知道。后来我知道了他是知道的，我仍然等。可是他一直没有告诉我。他仅仅是告诉你，传了个口信给我，就跟你向黑鬼佣人传达命令，让一个乞丐、流浪汉滚开一样。这你看不出来吗？’而亨利会说，‘可是还有朱迪思呢。是咱们的妹妹呀。想想她吧’邦则说：‘很好。替她想想。然后又怎么样呢？’因为他们都知道一旦朱迪思发现真情之后会怎么样因为他们都知道女人会在几乎任何事情上都会显示出骄傲和尊严，除了在爱情方面，于是亨利说，‘是的。我明白。我理解。可是你必须给我时间好让我习惯。你是我的哥哥；这点小事你是能为我做的。’想想他们两人：邦，他不知道自己将要怎么做可是却必须说他知道，假装他知道；而亨利，他知道自己将怎么做却必须说他不知道。接下去又是圣诞节了，然后是一八六一年，可是他们没有从朱迪思那里得到什么音信因为朱迪思不确切知

① 指 1861 年春天。林肯是 1860 年 11 月当选的。

② 这是南方脱离联邦的各州的代表于 1861 年 2 月在亚拉巴马州召开的一次会议，会上决定通过宪法，成立邦联，另选总统，另行组阁。

③ 1861 年 4 月 12 日，南军进攻在查尔斯顿的萨姆特要塞。这是引起战争的首次冲突。

④ 指托马斯·萨德本。

道他们在什么地方因为亨利还不让邦给她写信；这以后他们听说了连队的事，大学灰衣连的事，是在奥克斯福组成的，说不定他们一直在等着那件事的出现呢。于是他们再次搭乘轮船北上，此刻在船上气氛甚至比过圣诞节还要热烈还要兴奋，一场战争刚开始时总是这样的，那时局面还没有被腥臭的血、受伤的士兵、孤儿寡妇弄得乱七八糟，而且他们此刻还没有参加进去而是再次站在栏杆旁俯临涡旋的水流，说不定要过了两三天，亨利才突然说，突然喊叫起来：'可是国王们也这样做的呀！连公爵们也是！不是有个叫约翰什么的洛林公爵[①]娶了他妹妹吗。教皇把他逐出教会可是毫无影响！毫无影响！他们仍然是夫妻。他们仍然活得好好的。他们仍然彼此相爱！'接着又说，大声地，快快地：'可是你必须等待！你必须给我时间！说不定战争会解决这个问题无须我们操心！'没准这还是你们家老爷子说对了的一处：于是他们骑马进入奥克斯福镇却没有沾萨德本百里地的边儿，他们在连队花名册上签字画押然后便躲在某处等待，而亨利让邦给朱迪思写了一封信；他们准是让人送去的，由一个黑鬼晚上偷偷潜入黑人区交给朱迪思的贴身丫头，朱迪思则送去装在金属盒子里的小照，于是他们骑马等在头里，连队好不容易才能脱身，它得赶做旗帜，还得骑着马全州到处走跟姑娘们道别，最后才出发上前线。

"耶稣啊，想想他们。因为邦会知道亨利在干什么的，正如从他们互相对看了一眼的头一天起他就一直知道亨利在想什么一样。没准他对亨利正在干什么只会知道得更清楚，因为他不知道他自己将要做什么，他不会知道，直到突然有一天他恍然大悟，那时候他会知道其实自己是一向很清楚事情会是怎么样的，因此大可不必自寻烦恼，他所需要做的一切仅仅是观看亨利如何努力调和他（亨利）知道自己将要做的与他的传统与训练所发出的全部声音，那声音说不。不。你不能。你绝对不可以。你万万不可。说不定他们此时甚至是在炮火底下，头顶有炮弹呶哨、轰隆地飞过与爆炸，而他们躺在地上等待冲锋，亨利会重又喊叫道，'可是那个洛林公爵是干了的！世界上必定有不少人这样做了只是大家不知道就是了，说不定他们为此受苦，死去此刻还因此在地狱里待着。可是他们当时那样做了如今也无所谓了；就连我们知道的那些人如今也只是几个名字，也无所谓了'而邦注视着他听他说话并且思忖

---

① 据查，并无洛林公爵娶亲妹妹为妻的史实。亨利可能是指领地在法国西南部的阿马尼亚克伯爵约翰五世娶妹妹伊莎贝拉并生下子女三人一事。

那是因为我将要怎么做连我自己也不知道因此他明白我犹豫不决并且不知道他是明白的。也许如果我现在告诉他我准备要做这件事，他便会清楚自己的想法并且告诉我你万万不能了。那么没准你们家老爷子这回是对的他们的确认为没准战争会解决这件事不必由他们自己操心，或者至少说不定亨利希望事情会这样因为说不定你们家老爷子在这件事上看法又是对的，因为邦不在乎；因为能够给他一个父亲的两个人都拒绝这样做，此刻他什么都不在乎了，复仇或是爱情或是所有别的事儿，因为此刻他知道复仇并不能给他补偿爱情也不能减轻痛苦。没准甚至都不是亨利不让他写信给朱迪思而是邦自己不写给她因为他已对任何事情都无所谓了，甚至也不在乎他还不知道自己将怎样做了。接着下一年来到此刻邦是军官了他们正朝夏洛进发这也是他所不知道的，他们在队列里行走时又重新谈起话来，小兵们排成行朝前走，这个军官落后几步走在队伍旁边，亨利又喊叫了，把他那不顾一切与急迫的声音压到有气无声的地步：'你仍然不知道你将怎么做吗？'而邦会对他看上片刻，带着那种也能算是微笑的表情：'要是我告诉你我不想回到她身边去呢？'亨利则会在他旁边朝前迈步，背着他的背包和那杆八英尺长的毛瑟枪，他会开始喘气，不断地喘气而此时邦注视着他：'我现在冲在前面的时候可比你多得多了；要投入战斗，冲锋，我会冲在你前面的——'亨利喘着大气说，'别说了！别说了！'邦注视着他，嘴巴、眼睛周围有那种淡淡的表情：'——以后又有谁会知道呢？就连你自己也不用弄得清清楚楚的，因为是不是在你扣动自己扳机的同一秒钟里甚或稍早一点点，一颗北佬的炮弹正好炸中了我，这有谁说得准呢——'于是亨利喘着气张望着，向天空瞪视，露出了牙齿，脸上冒出汗珠，捏在毛瑟枪把上的手指关节发白，他说，边喘着气，'别说了！别说了！别说了！别说了！'接下去是夏洛战役，第二天，战争失利，部队从匹兹堡登陆处后撤[①]——你听着，"施里夫喊道；"等等，先别说；等一等！"（瞪视着昆丁，他自己也喘起气来，仿佛他不仅仅得提供一个线索而且也需吐出气来才能让自己的色彩添加进去）："因为你们家老爷子在这一点上是：错了，又错了！他说受伤的是邦，然而不是的。因为是谁告诉他的呢？是谁告诉了萨德本，或者也告诉了你的爷爷，他们两人里面是谁被打伤了的呢？萨德本不会知道因

① 1862年4月7日，南军后援不至，博雷加德将军不得不下令让部队从田纳西河畔的匹兹堡登陆处撤至柯林斯。

为他不在，而你爷爷也不在场因为他就是在那个战场上挂的彩，他在那里丢了他的一只胳膊。那么是谁告诉他们的呢？不是亨利，因为他父亲从没见到过他除了那一次，说不定他们根本没有时间谈到受伤的事，而且一八六五年在邦联军里谈受伤，那简直就像煤矿工人会去谈烟灰；也不会是邦，因为萨德本压根儿再没见到过他因为他自己已经死去；——受伤的不是邦，而是亨利；邦终于发现了亨利他弯下身去把亨利抱起来而亨利抵抗，挣扎，一边说，'别管我！让我去死！那样我就不用非得知道不可了'而邦说，'那么说你不想要我回到她那儿去'亨利躺在那里挣扎，喘气，汗流满面，他咬破的嘴唇里牙齿上沾满了血，于是邦说，'就说，你不要我回到她那里去。没准这样我就不会那样做了。说呀'而亨利躺在那里挣扎，鲜血渗透了他的衬衣，他的牙齿露了出来，一脸是汗直到邦抓住他的胳膊把他弄到自己背上——"

起先，是他们中的两个，然后是四个；此时又是两个了。房间的确像是个坟墓：有一种陈腐、静止与奄奄一息的气氛而绝不仅仅是鲜活、动态的寒冷了。可是他们留在这里，虽然距离不到三十英尺便是床铺与温暖。昆丁甚至都没有穿他的大衣，大衣躺在地板上那是从施里夫所放置的椅子扶手上落下去的。他们没有在寒冷之前退却。他们两人都忍受着寒冷，仿佛对自己肉体故意摧残的那种心醉神迷能转化为另外两个年轻人的精神阵痛，那是在五十年前，或者不如说是四十八年前，接着是四十七年接着又是四十六年前，因为那是在一八六四年然后是一八六五年，那支军队缺吃少穿的残部不断退却，穿过了亚拉巴马和佐治亚又进入了卡罗来纳，被扫荡，倒不是被一支钉在屁股后的节节胜利的军队，更确切地说倒是被双方都是输家的那些战役一个高似一个的潮头——奇克莫加、富兰克林、维克斯堡、柯林斯与亚特兰大——战役之所以失败并不仅仅是敌众我寡、弹药粮饷不足，而是因为那些将军本不是当将军的料，他们当上了将军并非因为在现代作战方法上受过训练或是学习上表现出有特殊才能，而是因为一种绝对的等级制度授给了他们神圣权利，使他们可以说一声'给我上'；或者是因为打仗的那些将军活得不够长，没有能学会如何打人数众多、步步为营、蔓生枝节的战役，因为他们已经过时得像理查、罗兰或盖克兰[①]一样了，他们在二十八、三十或三十二岁时头戴羽饰，身穿镶大红滚

① 这三个都是中世纪英、法的军事领袖，曾被广泛颂赞。理查即"狮心理查"。罗兰为《罗兰之歌》的主人公。盖克兰是英法百年战争初期法国杰出的军事领袖，后被视为民族英雄。

边的披风，靠骑兵冲锋俘获了战舰[①]而不是谷物、肉与子弹，他们会在三天里用鞭子将三支军队赶拢来，然后拆下他们自己家的栅栏煮从自己家熏房里掠来的肉，他们在一个夜晚带一小队人马能豪气十足地点火焚毁有百万元物资的敌人供给要塞，而在下一个晚上却会被邻人发现跟邻居太太同床而眠而被枪杀[②]；——两人，四人，此刻重新成为两人，按照昆丁和施里夫的说法，两人四人两人仍然谈个没完——一个还不清楚自己将怎么做，另一个知道自己必须怎样做然而却说服不了自己——亨利引经据典证明乱伦无碍，讲他的洛林的约翰公爵，像是最好希望能把那个受诅咒、被逐出教会的幽灵召唤出来，亲自告诉自己这件事是正常的，就跟此前与此后，人在控制不住自己身上的某种腺体时总要设法召出上帝或是魔鬼，来证明自己正确一样；——两个人四个人两个人，在坟墓般的房间里面对着面：施里夫，那个加拿大人，暴风雪与严寒之子，穿了件浴袍外面再套了件大衣，领子竖到耳朵那里；昆丁，那个南方人，雨水和闷热的孤僻、娇弱的后裔，穿的是他从密西西比带来的单薄、紧身的衣服，他的大衣（也算是大衣但跟他那套西服一样单薄而不切实用）躺在地板上他甚至都懒得去把它捡起来：

（如今是一八六四年冬天，部队撤退穿过亚拉巴马，进入了佐治亚；此刻卡罗来纳就在他们的背后而邦，那个军官，在寻思‘我们要就是被抓获、消灭要就是老乔[③]将解救我们使我们可以在里士满前面与李[④]取得联系这样我们至少有投降的特权’：而接着有一天他突然想起，回忆起，他父亲如今在那里当上校的杰弗生团如今属于朗斯屈特[⑤]的军团，从那一刻起退却的全部目的对于他没准就像是把他带到他父亲的身边去，以便再给他父亲一次机会。

---

① 1864年10月，南军骑兵将领纳·贝·福勒斯特设计在田纳西河上俘获北军船舰，不过是用炮轰阻截的而不是如这里所说用骑兵冲锋。

② 此处所述与南军将领厄尔·范多恩的事迹大体相符。他于1862年12月战斗中俘获价值一百万元的物资与1500名北方士兵。为了不让物资落入敌手，他将大部分东西付之一炬，包括四千包棉花。1863年5月（不是“第二天”）他被一医生打死。医生声称将军与医生之妻私通。

③ 对南军将领约瑟夫·约翰斯顿的昵称。

④ 指南军总司令罗·爱·李。从1864年夏天起，他一直努力保卫南方首都里士满，不让格兰特的军队攻入。

⑤ 詹·朗斯屈特，南方将领。

因此此刻他似乎觉得，他终于明白为什么自己一直不能决定要做什么了。说不定他想了仅仅一秒钟，‘我的上帝，我仍然年轻；即使过了这样的四年我仍然年轻’不过仅仅是一秒钟，因为没准他一口气接下去说，‘好吧。那么说我年轻。可是我仍然相信，虽然我相信的没准是，战争、受苦以及让他[①]手下的兵活着和手脚麻利以便把血肉之躯的他们换到尽可能多的廉价土地的这四个年头，准已经改变了他[②]（我可知道并没有能改成）使他会对我说的不是：原谅我：而是：你是我大儿子。保护你妹妹；再也别来看我们中的任何一个人了：’接下去是一八六五年，西线部队的残余此时完全没有了战斗力除了能拖着步子慢慢地、固执地往回走，同时忍受着枪击与炮轰；说不定他们此刻甚至都不再在乎有没有皮鞋、大衣和食物了，正因如此他才能在给朱迪思的那封信里写到刷火炉的油漆这些战利品的事，此时他终于知道他最后将怎么做了他告诉了亨利而亨利说‘感谢上帝。感谢上帝，’自然不是因为乱伦而是因为他们终于将采取某种行动了，终于他可以成为某种人物了虽然那是对古老传统和训练的彻底背弃也是对永恒受谴的接受。没准那时他甚至可以停止谈论他那位洛林公爵了，因为他此时可以说，‘我们大家要去的并不是你的或他的也不是教皇的地狱：那是我妈妈的和她妈妈、爸爸的以及他们的父母的地狱，而且将要去的不是你，而是我们，三个人——不：我们四个。因此至少我们可以聚拢在我们该在的地方，因为如果只有他去那里我们也还是必须去那里的因为我们三个仅仅是他生下的幻想，而你的幻想是你的一部分正如你的骨骼、肉体和记忆一样，而且在痛苦中我们也是在一起因此我们将不需要记得爱和私通，而说不定在痛苦中你甚至都记不得你为何要在那里。而若是我们记不得这一切，那它也不可能成为多大的折磨了’。接下去他们是在卡罗来纳，一八六五年的那个一月和二月他们中剩下的人到此时已经朝后走了几乎一年了，他们与里士满之间的距离比他们走过的距离小得多了；而与他们和结局之间的距离相比那就更小了。不过对于邦来说那不是他们与失败之间的距离而是他和另外那个团，他和那个时刻、那个瞬间之间的距离：‘他连问都不用问我的；我只需与他身体有了接触便会自动把话说出来的：你只管放心；她永远也不会再见到我了。’接下去是三月，在加利福尼亚，仍然是慢腾腾一个劲儿

①② 此处指托马斯，萨德本，而前面的“他”指的是查尔斯·邦。

地往后退并且如今是倾听北边的声音，因为别的方向都听不到什么声音了因为此时在所有别的方向事情都结束了，而他们期待来自北方的一切也就是战败的消息。接下去有一天（他是个军官；他会知道与听说，李派了些部队前来支援他们；说不定他甚至在那些团来到之前就已经知道了番号和数目）他见到了萨德本。很可能那第一次萨德本真的没有看见他，说不定那第一次他可以告诉自己，‘原因就在这里；他压根儿没看见我’，因此他必须让自己出现在萨德本会走的路上，给自己制造机会和局面。接着他第二次看到那张没有表情、岩石一般的脸，看到那双暗淡、乏味的眼睛，那里没有一丝闪光，什么都没有，从那张脸上他见到了他自己的特征，在那里他见到对方是能认出他的，仅此而已。仅此而已，此刻再也没有更进一步的什么；说不定他仅仅是平静地吁出一口气，自己脸上带着那种表情，一眼看去可以认为是在微笑，此时他想，‘我原本可以逼他的。我原本可以上他那里去逼他的’，同时知道自己不会这么做的因为事情如今全都结束了，此刻全部的事态就是这样，终于是这样。说不定就在那同一个夜晚或者也许是一周后的一个夜晚，他们接到命令停下（因为即使是谢尔曼有时候晚上也是不得不停下来的）点燃了篝火至少是为了取暖因为至少取暖花费不了多少而且也不是老得消耗燃料，是在那样的一个夜晚邦说，‘亨利’又说，‘此刻事情快到头了接下去再不会有什么事了；甚至都没剩下什么要我们做的了，连为了一个理由，为了荣誉和残余的骄傲慢腾腾地往回走的特权也没有了。没有上帝；我们四年来显然不在**他**的保佑下做着一切，只不过**他**就是不想要通知我们一声，不仅仅是没有皮鞋和衣服甚至都没有了对它们的任何需要，不仅仅没有了土地甚至也没有了生产食物的任何手段，而且也没有了对食物的需求，因为我们连没有食物怎么活下去也都学会了；因此如果你没有上帝而又不需要食物、衣服和遮风避雨的处所的话，那就没有什么可以让荣誉和骄傲去攀登、支撑与发展的了。而倘若你不在乎荣誉和骄傲，那你就什么全都不在乎了。不过你身上有某种东西它不在乎荣誉和骄傲然而它活着，它甚至往回走了整整一年仅仅是为了活下去，说不定甚至在这场战争已经过去连失败都不见踪影的时候，它仍然不肯在太阳底下安安分分坐下来死去，而是会出去进入树林，四处寻找，在只有意志和坚忍力才撼动不了它的地方，去挖掘草根和这类东西——那块老迈、没有意识、有知觉却不做梦的肉，它甚至都不知道失望与胜利之间有什么区别，亨利’。而此时亨利会开始说‘感谢上帝。感谢上帝’一边喘气一边说‘感谢上帝’，一边说，‘别想办法去解释它。做你的就是了’而邦说：‘你授权给我啦？作为她的哥哥你允许我了吗？’而亨利说：‘哥哥？哥哥？你就是大哥：你为什么要问我呢？’而邦说：‘不。他从来没有承认我。他光是警告我。你才是那个哥哥和那个儿子。我是得到你的允许了吗，亨利？’于是亨利说：‘写信吧。写呀。写呀。’于是邦写了那封信，是在四年之后，亨利念了信把它发了出去。可是他们那时并没有退出队伍跟着信走。他们仍然往回走，慢腾腾地，很固执，他们朝北方倾听等待事情的结束因为当你在输掉的时候总是要有许多人物出来才能停下任何事情，而他们如今慢慢地后退都已经有一年了因此他们剩留的一切不是意志而是能力，那根深蒂固的求生存的习惯。接下去有一个夜晚他们又停下来了因为谢尔曼重又停下了，一个传令兵顺着露天营地走来终于找到了亨利，说，‘萨德本，上校让你到他的篷帐里去。’）

“于是你和那个老奶奶，那个罗沙阿姨，那天晚上下乡上那儿去，而那黑老婆子克莱蒂想拦住你，拦住她；黑婆子拉住你胳膊，说，‘别让她上楼，少爷’可是你也拦不住她因为她力气很大，积了四十三年的深仇大恨使她像是吃了四十三年的生肉一样，而克莱蒂有的仅仅是四十五或是五十年的失望与等待；而你呢，你一开始就是连去那里都不愿的。你也无法阻止她此时你看出克莱蒂的问题不是愤怒甚至都不是不信任；那是恐惧，害怕。而她没有用那么些言语告诉你因为她仍然在保守秘密为了也曾是她的父亲的那个人，也是为了那个家庭其实它已经不复存在，它那直到此时仍是不可侵犯的腐朽寝陵她仍然在守卫着；——没有用那么些言语告诉你，正如没有用那么些言语告诉你她如何在房间里当人们把邦的尸体抬进来，而朱迪思从他口袋里取走她给他的藏有自己小照的金属盒子；她没有告诉你，情况仅仅是从那份恐惧与害怕里泄露出来的，在她放开你去抓罗沙阿姨的胳膊之后，那个罗沙阿姨转过身子把她的手打开继续朝楼梯走去，而克莱蒂再次朝她跑过去这一回罗沙阿姨停下来在楼梯第二级上转过身挥动拳头把克莱蒂打倒，就像一个男人那样，接着又转身再往楼上走：而克莱蒂躺在那里的地板上，都有八十多岁[①]了，没有五

① 克莱蒂生于 1834 年，死于 1909 年，应是活了七十五年。施里夫讲得起劲，当然不可能考虑得这么周到。

英尺高，看上去像是一小团干净的抹布于是你走过去捏住她的胳膊搀她起来，她胳膊就跟一根柴火棍似的，像棍子一样轻一样干枯和发脆：这时她盯着你而你察觉那不是愤怒而是惊恐，而且不是黑鬼的惊恐因为不是她自己的事儿而是关于楼上的某件什么事情的，她藏藏掖掖都快四年了；她并没有真的用语言告诉你因为即使在惊恐之中她还在保守秘密；然而她告诉你了，或者至少是突然之间你明白了——"

他又停住了。那倒是更好一些，因为他根本没有听众。说不定他察觉出了这一点。接下去突然之间他也没有了讲述者，虽然可能他对此并无察觉。因为此刻他们两人都不在那里。他们都在卡罗来纳而时间是在四十六年之前，而且此刻甚至都不是四个人而是进一步作了组合，因为此刻他们两人既是亨利·萨德本同时又都是邦，两人中的每一个都在组合然而两个人又都不作组合，嗅闻着四十六年前吹开飘散的那一股烟，它来自在一丛松林中那些燃烧的篝火，瘦削、衣衫褴褛的士兵坐在或躺在火堆周围，没有在谈论战争却全都奇怪地（或者也许是一点也不奇怪）面向南方，在岗哨所站的暗处更远的地方——那些哨兵，遥望南天，能见到联邦军营火的闪烁和摇曳，那些营火星星点点、暗淡不清，在天边构成了一个半圆形，与邦联的篝火成十与一的比例，而在他们与它们之间（也就是叛军哨兵与北佬的篝火之间）北佬的哨兵也在守望着那片黑暗，两边的哨兵距离近得彼此都能听见对方军官巡视岗哨时所发出的口令声与一点点轻下去的声音：声音沉寂下去时，是看不见的、小心提防的，声音不大却传得很远：

——嗨，伙计。

——怎么着。

——你们这伙人上哪儿去？

——里士满呗。

——咱们也是。干吗不等等咱们？

——这不在等着吗。

火堆旁边的人不会听见这些交谈，虽然他们不久就会很清楚地听到那个传令兵的说话声，他经过了一个又一个的火堆，打听萨德本在哪儿，经过别人指点他终于来到那个火堆旁，这儿木块冒着青烟，他用单调的腔调说：'萨德本在吗？我找萨德本'直到亨利坐直了说，'有。'他瘦骨嶙峋，衣衫褴褛，胡子拉碴；因为这四年来吃的苦也因为这四年开始时他还没有长够个儿，他并未如自己所预言会是的那样长高两英寸，也没有增加三十磅的分量，如他在活过这四年后的几年内会增加的那样，倘若他真能活下来的话。

——有，他说。——什么事？

——上校要你去一下。

传令兵没有跟他一起回去。于是，他独自穿行在黑暗中，沿着一条布满辙印的路，那天下午炮车经过使这条路布满辙印，被切割翻搅得乱七八糟，他终于抵达营帐，现在营帐不多了，里面的烛光在帆布幕上闪出微光，还照出门口一个哨兵的身影，那哨兵喝住他。

——我是萨德本，亨利说。——上校叫我来的。

哨兵挥一下手让他进帐篷。他伛下身子钻进帐口，帆布在他身后落下时有个人，是帐篷里唯一的人，从放蜡烛的桌子后的一把行军椅上站起来，他的影子在帆布幕墙上高高、巨大地耸起。他（亨利）走过来敬礼，面对着一只镶有上校穗带的灰色袖子，一张留了胡子的面颊，一只鹰钩鼻子，和一片粗浓杂乱垂披下来的铁灰色头发——这张脸亨利不认识，不是因为有四年没见到了，也没预料会在这里和此时见到，倒更是因为他没有对着那张脸看。他仅仅是朝有穗条的袖口敬了个礼，便站在那里，直到对方说，

——亨利。

即使是此刻他也没有惊跳起来，他就那样地站着，两个人就那样站着，互相对看。是那个年纪大的先移动，虽然他们是在帐篷当中相遇，在这里他们拥抱接吻，此时亨利都没有察觉自己已经移动了，而且还将有动作，受到亲人血液的推动，这血液在做出反应的一瞬间错怪了也让步了，虽然它还不（也许永远也不会）原谅，此时他站着而他父亲将他的脸捧在手里，盯看着这张脸。

——亨利，萨德本说。——我的儿子。

接着他们坐下，在桌子的两边，在给军官预备的椅子里，桌子（上面有张摊开的地图）和蜡烛在他们之间。

——你在夏洛受了伤，威洛上校[1]告诉我的，萨德本说。

---

[1] 想必是领导亨利的那个团长。这顶帐篷就是他的。

——是的，长官，亨利说。

他几乎要脱口说是查尔斯背我下火线的可是他没有说，因为他已经知道将要发生什么了。他甚至都没有想显然朱迪思没有写信给他说那封信的事或是那是克莱蒂设法捎话给他说查尔斯给她写了信。这两层他都没有想到。对于他来说他们的父亲应该知晓他和邦的决定，这是合乎逻辑的也是很自然的：血缘上的那种和谐关系应该使邦决定写，使他自己对此加以同意，使他们的父亲知道此事，而且是在四年之后所有时间中的同一瞬间里。如今这一时刻来到了，几乎就在他知道它将来到的那一个瞬间：

——我见到查尔斯·邦了，亨利。

亨利什么也没有说。这一刻来到了。他什么也没有说，他仅仅是瞪视着他的父亲——这两个人都穿一身褪色树叶般的灰军服，在如豆孤烛的陪伴下，一顶粗糙的帐篷将黑暗围圈在他们之外，在黑暗中，警觉的哨兵面对着面，疲倦的士兵就在露天里睡觉，等待着破晓与开火，等待着疲惫的退却那是重新走回到开始的起点：然而在一秒钟里帐篷、烛光、灰军服以及其他一切都无影无踪，眼前是四年前萨德本百里地庄园装饰着冬青的圣诞节的书房，桌子也不是用来摊开地图的行军桌而是家里那张沉重、雕花的花梨木桌子，桌子上放着他母亲、妹妹和他自己的合影，他父亲坐在桌子后面而在父亲身后则是一扇窗子，外面是花园，在那里朱迪思和邦以那种慢悠悠的节奏在散步，心律和脚步的节奏正好合拍，眼睛也只需看着对方。

——你只好让他娶朱迪思了，亨利。亨利仍然不回答。这话以前都说过了，此刻他已有四年痛苦奋斗的经历，在这之后，不管他得到的是胜利还是失败，至少他是得到了，如今他有了平安，虽则这平安里大部分都是失望。

——他不能跟她结婚，亨利。

此刻亨利说话了。

——这话你过去就说过。我当时就告诉你了。而现在，现在，时间现在不会太长久了，到那时留下给我们的什么也不会有：没有荣誉、骄傲连上帝也没有因为上帝四年前就离开了我们只是他从来没想到有必要告诉我们；没有皮鞋没有衣服连对它们的需要也没有了；不仅是没有可以生产出食物的土地而且也没有了对食物的需要，而当你没有了上帝、荣誉和骄傲时，任何东西都无关紧要了除了还有个老迈、无思想的躯体，它甚至都不在乎是失败还是成功，它甚至也不死，它会摸到树林和田野里去，挖掘根子和野草。——是的。我已经决定了。是兄弟或者不是，我已经决定了。我会的。我会的。

——他绝对不能和她结婚，亨利。

——是的。我原先说了好的，可是我当时还没有拿定主意。我那时没有让他干。可是如今我有了四年的时间来作决定。我会。我将要那样做。

——他绝对不能和她结婚，亨利。他的外公告诉我她的母亲是个西班牙女人。我相信了她；一直到他生下来我才发现他母亲身上有黑人血液。

亨利从未说过他不记得离开帐篷的事。他记得这一切。他记得弯下身来重新钻出帐门和再次经过岗哨；他记得顺着那条被碾压得满是沟坎的路走回去，在黑暗中的辙痕间跌跌撞撞，此刻路两边的篝火都已经成为灰烬，因此他看不大清睡在火旁地上的那些士兵。时间准有十一点多了，他想。明天又要走八英里。要是没有那些该死的炮就好了。老乔干吗不把这些炮都给了谢尔曼呢。那样我们一天就能走二十英里了。那样我们就能跟李的部队会合了。至少李可以停下打上几仗。他记得这事。他记得他没回到自己的火堆边上去而是不久便在一个孤寂的地方停下，靠在一棵松树上，安静、轻松地倚靠着，头朝后仰这样他能仰望光秃秃、杂乱无章的枝条，它们像是一动不动地铺衬在早春眼眨个不停的寒星之前的熟铁铸的工艺品，心想我希望他记得谢谢威洛上校让我们使用他的帐篷，心里在盘算的不是自己想做的事而是自己不得不去做的事。因为他知道他会怎么做；事情如今决定于邦会怎么做，会逼迫自己做什么，因为他知道自己会干那件事的。那么说我必须上他那里去了，他想，心里盘算，现在准有两点多了，天快亮了。

接着天亮了，或者说几乎亮了，天很冷：一股寒流穿透了那身破破烂烂、打了补丁的薄军服，也穿透了疲惫和营养不良；穿透了被动的忍受能力，而不是主动的毅力；不知哪儿有些光亮，足以使他能从人群中分辨出邦的入睡的脸庞，邦裹在毯子里睡，上面盖着那件铺开的披风；光线亮得足以使他能把邦弄醒，足以使邦能辨认出他的脸（或者说不定是经由亨利的手传递的某种信息）因为邦没有说话，没有问他是谁：邦仅仅是爬起来把披风搭在自己肩膀上然后走到冒烟的篝火前，邦正用脚把火踢旺此时亨利说：

——等等。

邦停下看着亨利；此刻他看得清亨利的脸了。他说，

——你会着凉的。你现在就很冷。你没有睡，是不是？给你。他一转身把披风从肩膀上脱下并且递过去。

——不要，亨利说。

——要的。拿去。我去取我的毯子。

邦把披风披在亨利身上走过去捡起他乱成一团的毯子甩动着把它披在自己肩膀上，他们走到边上去坐在一根木头上。此刻天破晓了。东方灰蒙蒙的；很快就会出现樱草花的淡黄色然后是因炮轰的一片火红色于是疲惫的后退行军将再次开始，退却免得被歼灭，朝失败退去，虽然还不完全如此。曙色酝酿登场前还有一点时间，可以让他们并肩坐在木头上，一个披着披风，另一个裹在毯子里；他们的声音不比沉静的破晓本身响亮多少：

——那么说你不能容忍的是异族通婚，而不是乱伦。亨利没有回答。

——而他没有捎话给我？他没有让你叫我上他那里去？没有话要对我说，一句也没有？那就是此刻，今天，四年前或是四年来任何时候里他不得不做的唯一的事。那就是一切。他用不着为此非得求我不可，非要跟我要的。我会献出去的。我会说，我将永远也不再见她，还不等他开口求我。他没有必要这样做，亨利。为了阻止我他用不着告诉你我是个黑鬼的。他不这样做就可以阻止我的，亨利。

——不！亨利喊道。——不！不！我要——我要——

他跳起来；他的脸扭歪了；邦能透过遮盖着他凹陷脸颊的软胡髭看见他的牙齿，也能看见他的眼白，似乎眼球在眼眶里乱挣扎，就跟出不来的气儿在他肺里挣扎一样，——气不喘了，那口气屏着，双眼也俯视着坐在木头上的他，声音此刻并不比吁一口气响多少：

——你方才说，本来可以阻止你的。你这话是什么意思？

现在轮到邦不回答了，他坐在木头上盯着看朝他伛下的那张脸。亨利说，声音仍然不比吐气响一些：

——可是现在呢？你说你——

——是的。我现在还有什么别的办法呢？我给过他选择。我四年来一直都在让他选择。

——想想她吧。不是想我：而是想她。

——我想过了。想了四年。想你和她。现在我要给自己想想了。

——不，亨利说。——不。不。

——我不能吗?

——你不应该的。

——谁会阻止我，亨利吗?

——不，亨利说。——不。不。不。

现在是邦在注视着亨利；他又一次看到亨利的眼白，此时他坐着盯着亨利带着一种也能说是微笑的表情。他的手消失在毯子底下然后又重新出现，拿着枪管，把枪托朝亨利伸过去。

——那现在就干吧，他说。

亨利看着那把手枪；此刻他不仅仅是喘气，他是在发抖；此时他开口说话时那声音都不是气声了，那根本就是被哽咽与阻塞的朝里抽气：

——你是我的哥哥。

——不我不是的。我是将要和你妹妹睡觉的那个黑鬼。除非你把我拦住，亨利。

突然之间亨利抓住那把枪，从邦手里把它抽走，并且这样站着，枪捏在手里，喘呀喘个不停；邦再一次看见他转动的眼球里的眼白，此时邦坐在木头上看着亨利，眼睛和嘴巴周围有那种可以算是微笑的淡淡表情。

——现在就干吧，亨利，他说。

亨利旋转身子；在做这动作时他把枪扔了出去并且再次伛身，抓住邦的双肩，大口喘气。

——你不可以！他说。——你不可以的！你听到我的话了吗?

邦在捏紧他的那双手底下没有动弹；他一动不动地坐着，带着那种有点凝滞不动、像是扮鬼脸的表情；他的声音很轻，比松枝开始在里面轻轻摆动的早晨第一股微风还要轻柔：

——你得想办法阻止我才行，亨利。“而他再也没有溜走，”施里夫说。“他本来是可以的，可是他连试都根本不试。耶稣啊，说不定他甚至还上亨利那里去，说，‘我可要走啦，亨利’也没准他们是一起离开的，肩并肩地骑行一路躲避北军的巡逻队回到密西西比一直来到那扇大门前面；肩并着肩仅仅是到亨利策马赶到前面扭转马头面对亨利并且拔出手枪时，他们两人才第一次拉开距离；而朱迪思和克莱蒂听到了枪声，没准沃许·琼斯当时正待在后院某处，因此他在场可以帮克莱蒂和朱迪思把他抬进屋子安放在床上，接着沃许进城去告诉罗沙阿姨，罗沙阿姨那天下午气鼓鼓地下乡发现朱迪思站在紧闭的门前面连一滴眼泪都没有，拿着她送给过他的内有自己小照的那只金属盒子，不过此刻里面没有她的了却有那个混血女人和那孩子的。你们家老爷子也不会知道那一点的：为什么那黑杂种要把她的照片取出放那个混血女人的进去，因此他为这事构想出一个理由。可是我知道。你也知道。你知道的吧？你是知道的，对吧？”他瞪视着昆丁，此刻身子伛向桌子对面，穿着他褴褛般裹在身上的一件件外套，显得巨大、不成样子，活像一只熊。“你不知道吗？那是因为他对自己说，‘如果亨利以前那么说不是当真的，那就不要紧；我可以把它取出来撕掉。不过如果他当时那样说是当真的，那么我能给她的唯一说法就是，我以前很不好；不要为我感到悲伤。’是不是这么回事？是不是？看在上帝的份上，告诉我是不是呀？”

“是的，”昆丁说。

“来吧，”施里夫说。“让我们快离开这只冰箱，上床去吧。”

九

起初，在黑暗里躺在床上，像是比方才还冷，仿佛施里夫刚关掉的唯一的那只电灯泡还真有点儿可怜巴巴、微弱的热度似的，如今那铁硬、不可穿透的黑暗，已与松弛下来、穿了件薄睡衣准备入睡的肉体上所盖的铁硬、冰一般的被毯浑然一体。接着黑暗像是有了呼吸，在流回来；而施里夫打开的那扇窗子，在外面雪花那非人间的微光的映衬下，也变得清晰可见了，此时，在黑暗的重压下，血液涌动，流动，变得越来越温暖了。“密西西比大学，”施里夫的声音在昆丁右面的黑暗里响起。“巴耶德①把四十英里的路走得都不显长了（是四十英里，对不对？）；从那骄傲、自命不凡、一学期鹦鹉学舌的蛮荒②里走出来。”

“是的，”昆丁说。“他们是学校创办后第十届毕业班的学生。”

“我还没听说过在密西西比有十个学生是同时一块儿进学校的呢，”施里夫说。昆丁没有回答。他躺在那里看着窗户的那个四方形，感到血液在他周身血管里、他的胳膊和腿脚里涌动。此刻，虽然他暖和过来了而且方才他坐在冰冷的房间里也仅仅是轻微、持续地颤抖，可是此刻他却开始全身抽动，很剧烈，控制不住，到后来他都能听到床晃动的声音了，连施里夫都觉出来了，他用胳膊肘撑起自己（从声音里听得出来）看着昆丁，虽然昆丁自己一点没觉得有什么不对头。他甚至觉得挺舒服的，躺在那里以平静的好奇心等待着下一次没有预兆的强

① 此处戏指亨利。巴耶德原来是法国十六世纪军人，以英勇著称，按法语发音应为巴亚尔。福克纳将此名赋给他笔下沙多里斯家的几个人物；他们都很英勇，但因生不逢时而成为悲剧人物或是丑角。

② 这是在嘲弄密西西比大学，说它没有学术水平。

烈抽动的到来。“耶稣啊，你真有那么冷吗？”施里夫说。“你要我把两件大衣都盖在你身上吗？”

“不要，”昆丁说。“我不冷。我没事儿。我挺好的。”

“那你干吗要那样呢？”

“我不知道。我也控制不了。我挺好的。”

“好吧。不过如果你要盖大衣，告诉我好了。耶稣啊，要是我当初会知道得在这样的天气里待上九个月，我当然也会不愿意从南方出来的。很可能我怎么也不会愿意从南方出来，假若我能待在那里的话。等等。听着。我不是想故作惊人，自作聪明。我仅仅是想尽可能弄明白，我也不知道怎样把话说得更清楚些。因为那些事是我们那儿的人没有碰到过的。或者我们没准也遇到过，但都发生在很久很久以前而且隔着一大片水，因此现在再没有什么让我们每天见到能提醒我们的了[①]。我们不是生活在被挫败的老爷爷们与解放了的黑奴当中（我也许弄颠倒了，得到自由的是你们白人而黑人却输掉了？）也没有餐厅桌子上嵌进了子弹诸如此类的事，一直提醒我们永远也不要忘记。那是什么？是空气那种你在里面生活与呼吸的东西，还是一种真空状态，所充塞的极度愤怒、深仇大恨、骄傲、荣誉，冲着的与所以产生的都是五十年前发生与结束的事？一种由父亲到儿子再由父亲到儿子代代相传的对谢尔曼将军永不宽恕的天赋权利，是那样的绵延不绝以至于你们孩子的孩子再生下孩子而你们别的什么都不是而仅仅是马纳萨斯[②]一仗里皮克特[③]发起那次冲锋中死去的一系列上校的后裔？”

“是葛底斯堡，”昆丁说。“你不会理解的。你得在那儿出生才行。”

“那样我就会理解了吗？”昆丁没有回答。“那你理解吗？”

“我不知道，”昆丁说。“是的，我当然是理解的。”他们在黑暗里出气吸气。过了一会儿昆丁说：“我也不知道。”

---

① 施里夫这里指的是加拿大没有像美国南北战争这样的事。如果说有，也是很早以前，如1759—1760年发生的英法在北美的争夺战争，其结果是加拿大成为英国的殖民地。

② 马纳萨斯是弗吉尼亚州东北部一城镇，南北战争初期南军在此赢得一次胜利。葛底斯堡则是在宾夕法尼亚州南部。1863年在此地发生一次重要战役，是南北战争的转折点。此役双方损失极大。按说施里夫不至于弄混，他可能有意要激怒昆丁。

③ 南方将领。实际上这次发生在葛底斯堡战役第三天的冲锋由三位将军率领，皮克特仅是其中之一。

“是的。你不知道。你甚至都不理解那位老小姐，那位罗沙姨妈。”

“是罗沙小姐，”昆丁说。

“好吧。你甚至都不知道她的事儿。只知道在最后她拒绝做一个鬼。知道几乎五十年后她仍然不能因为他太平无事地埋在土里而放过自己。甚至在五十年之后，她不仅能够爬起来动身下乡去了结她发现自己未曾完全了结的事，而且她还能找到人跟她一块去，而且还闯进上锁的房屋，因为本能或是什么东西告诉她事情还未了结。你知道吗？”

“不知道，”昆丁心平气和地说。他能觉出尘土的味道。即使是此刻，带雪味儿的新英格兰空气那凛冽、纯洁的压力正朝他脸上扑来，他仍能尝到、觉察到那没有一丝风儿的（或者不如说，有火炉气息的）密西西比九月夜晚的尘土气味。他甚至还能闻到轻便马车里坐在他身边那个老太太的气味，闻到带霉味儿的散发出樟脑臭气的头巾甚至那在密不通风处放久的布伞，在那里面（他也是直到他们抵达宅子时才发现的）她藏了一把短柄小斧与一只手电筒。他能闻到那匹马的气味；他能听到马车轮碾在没有分量的蓬起的尘土时所发出的枯燥的抱怨声，他也似乎感觉到尘土本身迟缓、干燥地飘经他出汗的肉体，正如他好像听到干涸土地的痛苦那单独的一声深沉叹息朝不可估量的高高星空升去。此刻她说话了，是第一回自从他们离开杰弗生之后，自从她爬进马车，以一种笨手笨脚、摸摸索索和颤颤巍巍的急切（他原来以为那是产生自恐怖，惊惧，后来才发现自己完全错了）在他能扶她一把之前，接着老太太便坐在座位最靠外边的地方，缩得小小的，包着那块有霉味的头巾，捏紧了那把伞，身子往前靠仿佛往前靠了她便能快些到达，能紧跟在马儿后面立刻抵达而赶在他昆丁之前，赶在对她愿望与需要的预见能报告大功告成之前。“现在，”她说。“我们来到那块领地上了。他的土地上，他和埃伦的以及埃伦后裔的土地上。后来人们把土地从他们手里拿走了，我明白的。可是土地仍然属于他，属于埃伦和她的后人。”可是昆丁已经知道那些事了。在她开口之前他对自己说过，“来了。又来了”而（就像在那座阴暗、闷热的小房子里那个漫长、炎热的下午一样）在他看来似乎只要他停住马车倾听，他都可以听到疾驰的马蹄声；在当前的任何时刻都可以看见那匹黑公马和那个骑士在他们前面冲过大路继续朝前狂奔——这骑士一度拥有他从任何一个视点放眼看去所有的一切，一切的一切，那上面的每根小木棍每片树叶牲口的每只蹄子每个后跟，都提醒他（倘若他有片刻会忘掉的话）他是它们眼里，也是他自己眼里最大的活物；他去参加战争以便保住这一切可是输掉了这场战争，他回到家里发现他输掉的还不仅仅是那场战争，虽然不是绝对的所有一切；他说过至少我保全了性命。可是他没有生命有的只是衰老、苟延残喘、恐惧与嘲笑，惊骇和愤慨：留下的一切里仍然以未起变化的眼光仰望着他的是那个姑娘，他上次见到她时她还是个娃娃，她无疑在他经过根本没察觉到她时从窗口或是门口看他的，她仰望上帝时用的兴许就是这种眼光，因为她视线能及处所有的一切既属于上帝也都属于他。没准他还会在小屋前停下要点儿水而她就会提上水桶来回走一英里，去泉水处为他打新鲜、凉爽的水，绝不会想到用一句"水桶空了"对付他，正如不会对上帝那样说一样；——这就是那个不是绝对的所有一切，因为至少还有点人气儿。

此时昆丁又开始使劲呼吸，他方才在温暖的床上安静了一阵，此刻又用力把醉人、纯洁、风雪所生的黑暗吸进肺去。她（科德菲尔德小姐）那时没让他进大门。她突然说"停下"；他觉出她的手在他的胳膊上轻轻拍了拍，于是他想，'哈，她害怕了。'他这时候能听见她在喘气，她发出的几乎是一种缺乏自信然而又有铁一般决心的哭泣声："我不知道该干什么。我不知道该干什么。"（'我可知道，'他当时想。'回镇上去躺下睡觉。'）可是他没把话说出来。他看着星光下那两根巨大、半朽的门柱，门柱当中如今已没有可以转动的大门，心想那天邦和亨利到底是从什么方向骑来的，不让邦活着越过的又是什么东西投下的影子；是某棵当时活着至今仍然活着长有和落下叶子的树呢还是某棵如今已经不见，已经消失，多年前为了取暖、做饭而烧掉的树，或者是不为什么反正没了的树；或者是不是就是两根门柱本身里的一根，他想着，希望亨利此刻出现在那里，拦住科德菲尔德小姐让他们转身往回走，他告诉自己倘若亨利此时在那里，那枪声是不会被任何人听见的。"她是要想法子拦住我呢，"科德菲尔德小姐呜咽道。"我知道她是要的。没准在离镇子这么远的地方，半夜孤孤单单地在这里，她甚至会让那个黑男人——而你连手枪都没带一把。你带没带？"

"是没带，您哪，"昆丁说。"她藏在家里的是什么呢？那会是什么呢？那又有什么关系呢？咱们还是回镇上去吧，罗沙小姐。"

她根本没有回答。她只是说，"那正是我一直想找到答案的"，她在座位上往前挪了挪，这时候打起哆嗦来了，她朝树木成拱的车道看去，对着成了半朽空壳的房子的方位看去。"我马上会把答案给找出的，"她呜咽地说，怀着一种显出惊奇神态的自我怜悯。她突然移动身子。“来吧，”她悄没声地说，开始爬下马车。

“等等，”昆丁说。“咱们还是把车子赶到屋子跟前去吧。有半英里路呢。”

“不，不，”她悄声说，吐出的是强烈的气声，里面充满了同一种奇怪、惊恐然而又是无法平息的决断，仿佛非得去寻找答案不可的不是她，她仅仅是必须知道的某个人或某股势力的无可奈何的代理人。“把马拴在这儿。快点。”还不等他来得及过来扶她，她已经钻出来，笨手笨脚地爬下马车，手里还捏着那把伞。她挨近一根门柱等他，他像是仍然能听见她在那儿呜咽的出气声，这时候，他把母马牵下大路，把缰绳系在被野草堵得严严实实的沟里一棵小树上。他完全看不见她，她紧挨门柱站着：在他经过和朝大门里拐进去时她仅仅迈出一步就走在了他的身边，他们走上那条沟沟坎坎树木成拱的车道时，她的呼吸仍然是那种呜咽般的大口喘气。黑暗浓得化不开，她趺趺绊绊；他搀住她。而她就搂住他的胳膊，死死地紧抱着仿佛她的手指，她的手，是一团细铁丝。“我得拽住你胳膊才能走了，”她悄声说，呜呜咽咽地说。“你连把手枪都没带——等等，”她说。她停下脚步。他扭过身子；他看不清她可是他能听到她加快的呼吸声然后是布料的一阵窸窣声。这时候她把某件东西塞给他。“给，”她悄声说。“拿着它。”那是一把小斧子；不是看见的而是感觉出来的——一把小斧子，把儿沉沉的有点残旧，斧刃很厚有大缺口还长满了锈。

“是什么？”他说。

“拿着它！”她悄声说，发出了咝咝声。“你连把手枪都没带。这也能防防身。”

“松手吧，”他说；“等等。”

“嗨，”她悄声说。“你得让我拽住你胳膊呀，我抖得太厉害了。”他们接着往前走，她搂住他的一只胳膊，那把斧子在他另一只手里。“咱们没准得用它来进到里面去呢，至少是，”她说，在他的身边趺趺撞撞，几乎是吊挂在他的身上。“我就知道她躲在什么地方盯着我们，”她呜呜咽咽地说。“我能感觉到她。可是只要我们能去到房子跟前，能够进去——”那条车道像是永远也走不到头了。他来过这地方。小时候，当小男孩那阵，他曾从大门口走到房子跟前，那时距离就已经像是很长了（人长大后童年时长长的、密密实实的一英里路会变得比一石之遥还短）可是此刻他感到那幢房子像是永远也不会出现似的：因此接下来他发现自己竟在重复她说过的话：“只要我们能去到房子跟前，能够进去”，用那同样的气声在告诉自己，让自己恢复正常：“我不害怕。我只是不想在这儿。管她藏在这里的是什么我反正不想知道。”不过他们终于还是来到它跟前了。它黑压压，高高耸立，方方正正，庞然大物一个，那些烟囱参差不齐，一半坍塌了，屋顶那条水平线有些地方也凹陷了下来；有一瞬间，在他们朝它移动，急急忙忙地朝它靠拢时，昆丁透过房屋明明白白地看到一片支离破碎的天空，里面缀有三颗灼热的星星，好像这幢房子是只有一个平面的，是画在一块帆布帷幕上的，上面撕裂了一个口子；此刻，几乎是在那底下，他们移动在其中的那股腐朽的、火炉里喷出来般的空气，像是慢慢地、故意拖延地用力吹出的一股臭味，那是不住人和腐烂的气味，好像用来盖房屋的木料竟是肉体。此刻她是在他身边小跑了，她捏在他胳膊上的手不断地颤抖但仍然以没有生气和发僵的力量在紧捏着；没有说话，没有发出言语，可是却在发出一种持续的呜咽、几乎是一种呻吟的声音。显然，此刻她什么都看不见，因此他只得领着她朝他知道台阶所在的地方走去，然后又拉住她不让她向前，悄声地说，发出了嗞嗞声，自己也不明白怎么搞的，竟模仿起她那紧张、快晕过去的急躁劲头来：“等等。这边走。现在当心。它们都朽烂了。”他是几乎把她举上和抬上台阶的，就像抱个小孩那样从后面支撑着她的双肘；他能觉出有一种猛烈、无法消解、爆炸性的力量通过那两只细瘦、僵直的胳膊传入他的手掌并且通进他自己的胳臂；此刻躺在马萨诸塞州的床上时他记起当时他是怎么寻思、想通并且突然对自己说，‘哼，她可一点也不害怕呀。是有点什么。可是那不是害怕’，觉出她从自己的手里跑了出去，听到她的脚步穿过门廊，便去追上她，来到她此刻所站的那扇看不见的前门旁边，她在喘气。“现在怎么办？”他悄声问道。

“砸开它，”她悄没声地说。“它准是锁上钉死的。你不是有斧子吗。把门砸开。”

“可是——”他开始说。

“砸呀！”她嗞声说。“那是属于埃伦的。我是她妹妹，她唯一活着的亲人。砸呀，快点儿。”他推推门。门一动不动。她在他旁边喘气。“快点儿呀，”她说。“砸呀。”

“听我说，罗沙小姐，”他说。“听我说。”

“把斧子给我。”

“等等，”他说。“你真的要进去吗？”

“我就是要进去，”她哭着说。“把斧子给我。”

“等等，”他说。他摸着墙顺着廊子往前走，移动得很小心因为他不清楚哪儿会有烂掉甚至是空缺的地板，直到他来到一扇窗口前面。窗板关着而且显然是插上的，可是在斧刃的撬动下几乎立刻松开了，并未发出多大的声音——这道防线设置得松松垮垮，很不地道，要就是一个孱弱的老人——是老太太——干的，要就是没一点本事的人做的；他已经将斧刃插到窗扇的下面去了却发现窗子上根本没有玻璃，他现在只消从空窗框里跨进去就行了。接下来他在那里站了片刻，告诉他自己往里走吧，告诉自己他并不害怕，他仅仅是不想知道屋子里可能藏着什么。“怎么了？”科德菲尔德小姐在门那边悄声问。“你打开了吗？”

“打开了，”他说。他没有用耳语，虽然也没有特别大声地说；他面前的黑房间发出空荡荡的深沉回声，一个不放家具的房间总是那样的。“你等在那儿。我看能不能把门打开。”——‘这么说如今我必须得进去了，’他想，一边爬过窗台。他知道这房间必定是空的；他说话的回声告诉他这一点，可是跟在围廊时一样，在这里他挪动得很慢，很小心，用手在墙上摸着，墙拐弯他也拐弯，找到房门穿了出去。他现在必定是在门厅里；他几乎相信自己听见了科德菲尔德小姐就在他身旁墙外呼吸的声音。天墨墨黑；他什么都看不见，他知道自己看不见，然而却发现自己的眼睑和肌肉因为使劲瞪看而变得酸疼，聚拢与散开着的红点则在视网膜前游走与消失。他接着往前走；他手底下终于摸到那扇门了，此刻在摸索锁的时候他真的能听见门外科德菲尔德小姐哽噎着的呼吸声。接着在他身后，划点火柴的声音就像是一次爆炸，一次枪响；就在微弱的紧跟而至的亮光出现之前他所有的器官竟然都病态地朝上跳了跳；一下子他动都动不了，虽然一种理性的声音在他头颅里默默地吼叫道：‘不会有事的！倘若有危险，他是不会擦亮火柴的！’接着他可以动了，便转过身子看到一个小身影，头上包了块布，身穿多层宽松裙子，活像个小地精，那张枯瘦、咖啡色的脸朝他瞪视，那根火柴举在头上捏在一只咖啡色玩偶般的手里。接着他不是在看她而是去看在她手指间燃尽的火柴；他静静地望着此时她终于移动了，用第一根火柴去点燃了另一根并且转过身子；此时他看见墙旁边有个锯平的大木墩上面放了盏灯，她拿起灯罩把火柴凑到灯芯上去。他记得那情景，如今躺在这里马萨诸塞州的床上呼吸很急促，他平静、安宁的心态这会儿又不知去向了。他记得她怎样没对他说一个字，没问你是谁？或是你来这儿干什么？而仅仅是带着一串巨大、老式的铁钥匙进来，仿佛她早就知道这个时刻必定会来到而且也是无法抗拒的，她打开门在科德菲尔德小姐进来时往后退了一点。也记得她（克莱蒂）和科德菲尔德小姐彼此没搭一句话，仿佛克莱蒂只看了另外那个女人一眼便知道说话没用；她是转身向他，昆丁，并把手放在他胳臂上，说，“别让她上楼去那儿，少爷。”说不定还记得她如何看看他心里很清楚说也没用，因为她扭身去追上科德菲尔德小姐拉住她的手臂说，“你可别上那儿去，罗西”科德菲尔德小姐则一下子把她的手打开，继续朝楼梯走去（此时他看到她捏着只手电筒；他记得他当时是这样想的，‘那准是跟斧子一块儿放在伞里的’）克莱蒂叫了声，“罗西”，重又向她追去，科德菲尔德小姐却在楼梯上转过身来抡了个满拳，只有男人才会有那种动作，把克莱蒂打倒在地，接着又转过身去继续登楼。她（克莱蒂）则躺在墙皮剥落、空荡荡门厅的光地板上，像是一小团乱七八糟还满干净的破布。他走到她跟前时看到她很清醒，双眼大睁非常镇定；他站在她上方，心想，‘是的。她才是那个掌握着恐惧的人呢’。他扶她起来时觉得就像在捡起藏在一堆破布里的一束细木杆，她是那么轻。她站不住；他只好扶住她，察觉她四肢有些微弱的动作或是意向，后来才明白她是想在楼梯最低一级处坐下来。他把她放在那里。“你是谁啊？”她说。

“我是昆丁·康普生，”他回答道。

“对。我记得你爷爷的。你上楼去把她弄下来。把她从这里弄走。不管他干了什么，我、朱迪思跟他把债都还清了。你去，找到她。把她从这儿弄走。”于是他登上楼梯，那残破、没了地毯的踏板，一边是龟裂、剥落的墙，另一边是断断续续少了横档的栏杆。他记得自己如何扭过头去看到她仍然像他离开时那样坐着，而这时候（他没有听见有人进来）在底下门厅里站着一个大大蠢蠢、浅肤色的年轻黑人，穿着干净、褪色的工裤与衬衫，双臂悬垂着在轻轻摆动，那张马鞍色、嘴巴松垂的白痴脸上没显露出惊讶，没有任何表情。他记得自己当时想，‘是那个孑遗，那个后裔了，看样子很像（虽然并非显然是）’接着他听到科德菲尔德小姐的脚步声，看见手电光从楼上过厅朝他挨近，她过来经过他身边，有点跌跌撞撞又让自己站稳了还对准他细细打量仿佛以前从未见到过他似的——眼睛睁得大大的却什么也没看见就像是个梦游人，那张一向像蜡烛油颜色的脸此刻更添上了某种更深沉、某种几乎令人不能容忍的缺血的质地——这时他想，‘什么？现在又是什么？那不是惊愕。而且从来就不是恐惧。能不能算是得意洋洋呢？’接着她经过他身边继续前进。他听到克莱蒂对那汉子说，“把她弄到大门口，弄到马车上去”而他站在那里寻思，‘我应该跟她走的’接着又想，‘可是我此刻也必须见上一见的。我一定要的。没准到明天我会后悔，可是我必须要见’。因此当他走下楼梯的时候（他还记得自己当时是这样想的，‘没准我的脸看上去也跟她的一样了，不过那可不是得意洋洋’）门厅里只有克莱蒂，仍然坐在最低那一格，仍然维持着他离开她时的那副坐姿。他经过她时她甚至都没有对他看。他也没有撵上科德菲尔德小姐和那个黑人。天太黑没法快步走，虽然过不多久他就听到他们走在前面的声音。她此时没有用手电；他记得他当时想，‘自然她此刻是不会怕露出亮光让人家见到的’。可是她没有用手电因此他寻思她此刻说不定正拽住那黑人的胳膊呢；他正这么想这时候听到了那黑人的声音，很平，没显示出加重语气处或有兴趣的倾向：“过这边来路好走些”而她也没有反应，虽然此刻他离得很近足以能听到（或者是相信自己能听到）她那呜呜咽咽的喘气声。接着他听到了另一种声音便知道她绊了一下摔倒了；他几乎可以看见那个傻傻大大、脸部松弛的黑人站在原地一动不动，朝发出跌倒声的地方看去，等候着，没有一点儿兴趣与好奇心，此时他（昆丁）匆匆赶上前去，朝有说话声的地方赶过去：

“嗨，黑鬼！你叫什么？”

“都叫我吉姆·邦德。”

“拉我起来呀！你又不是萨德本家的！犯不着让我躺在土里的！”

当他让轻便马车在她家门口停下时这回她没有说自己下来就行。她坐在那里等他下车绕到她这边来；她仍然坐在那里，一只手捏住伞另一只手捏着那把小斧子，一直到他叫她的名字。这时她动了动；他扶她，抱她下来；她几乎跟方才的克莱蒂一样轻；她移动时就像一只带发条的机械玩偶，他只得扶住她帮她穿过大门走完那条短短的通道进入玩偶之家般的小房子，还为她打开灯，他盯着那张僵定的梦游者的脸，那双大睁着的黑眼睛，此时，她站在那里，仍然抓紧那把伞与那把斧子，那条头巾与黑裙子在她摔倒碰地之处都沾有泥土，那顶黑遮阳帽因为摔跤时的颠动扭歪了，扯低了。“你现在没事吧？”他说。

“是的，”她说。“是的。我没事。晚安。”——‘没说谢谢你，’他想：‘仅仅是晚安'，此刻他来到屋子外面，当他回到马车边上时他深深地、急促地呼吸，发现自己几乎想拔腿奔跑，他平静地想，'耶稣啊。耶稣啊。耶稣啊'，快快地、大口地把黑暗、死寂、锅炉喷出来般的空气吸到肺里去，把高处悬有灼烧星星的夜空吸进去。他自己的家黑黢黢的；他拐进巷子接着又走进厩房空地时仍然在用那根马鞭。他跳出来，把母马从马车上卸下，把马具从它身上退下，扔进堆挽具的房间，没有停下把它挂到墙上去，他在出汗，呼吸急促也很费劲；当他终于面朝家宅时他真的拔腿跑起来了。他控制不住自己。他那时二十岁；他不害怕，因为他在那边所见到的不至于伤害他，然而他奔跑；即使进入了那幢黑乎乎很熟悉的房子，手里拎着皮鞋，他仍然在跑，跑上楼梯进入自己的房间并开始脱衣服，很快，在出汗，呼吸急促。'我该洗个澡，'他想：接着他躺在了床上，光着身子，一个劲儿地用脱下的衬衫擦自己的身体，仍然在冒汗，在喘气：因此，他的眼睛肌肉因为朝黑暗使劲盯着而发酸，那件几乎已经干了的衬衫仍然捏在他手里，他说'我方才睡着了'当他这样说的时候情况还是一样，没有任何不同：反正不管醒着还是睡着了他总是在楼上过厅里继续往前走，两边是剥落的墙皮头上是开裂的天花板，最后一个房间的门缝里有微光漏出来他朝那里走去，在门口停下来，一边说'不行，不行'接着又说'可是我必须去。我不得不去'接着便走了进去，进入那个空荡荡不通风的房间那里连窗板也是关上的，在一张粗糙的桌子上另一盏灯在暗淡地燃烧着；醒着或是睡着了都是一样的：那张床，那黄黄的床单和枕头，枕上是那张病魇魇的黄脸，眼睑闭着但几乎是透明的，那双瘦骨嶙峋的手交叉地置放在胸前仿佛他已经是一具尸体；醒着或是睡着了都是一样的而且会永远一样直到他生命终止：

那么你是——？

亨利·萨德本。

你来到这里有——？

四年了。

你是回家来——？

等死。是的。

等死？

是的。等死。

那你已经在这里——?

四年了。

那么你是——?

亨利·萨德本。

此时此刻房间里很冷;一点的钟声任何时候都会敲响;这寒冷具有一种复合、凝聚起来的质地,仿佛有意迎接天亮前那个死气沉沉的时刻似的。“而她等了三个月才重新回去接他,”施里夫说。“她干吗要那样做呢?”昆丁没有回答。他静静地、僵直地仰卧着,新英格兰寒夜罩住他的脸而血液则在他发僵的躯体与四肢里温暖地涌动,他呼吸沉重但是很慢,他双眼大睁,对着窗户,心想‘平静永不再来。平静永不再来。永不再来。永不再来。永不再来。’[①]“你是不是认为因为她知道在她说了此事,采取了任何措施之后,将会发生什么事情,这以后这一页将翻过去,整桩事情将告一结束,而仇恨就跟酒或是毒品一样,那么久以来她已经习惯了有瘾了,以致她不敢冒险切断它的供应,摧毁它的来源,那罂粟本身的根和籽呢?”昆丁仍然没有回答。“可是最后她还是作了让步,为了他的缘故,为了拯救他,好把他带到镇上在那里医生可以救治他,因此那时候她把事情说出来,叫了急救车和医护人员上那儿去。而克莱蒂没准到此时在楼上窗子里蹲守了已有三个月:而且没准你们家老爷子这一回倒是说对了,当她看到急救车拐进大门她相信这就是她没准让那黑小子守望了三个月的那一辆黑囚车,是来把亨利押去镇上好让一群白人吊死他因为他枪杀了查尔斯·邦。而我猜也是他,很久以来就在楼梯下面壁柜里藏满了火绒与什物,就跟她吩咐他的那样,也没准他当时没弄到这些,而是照她吩咐的那样,把煤油和别的东西准备得足足的,已经等了三个月,直到那个时刻来临他能开始嚎叫——”此时钟声响了,是报一点的钟声。施里夫停住话头,仿佛他在等钟声停下或者没准还是在倾听钟声。昆丁也躺着不动,仿佛他也是在倾听,虽然他并没有,他只不过听而不闻,就跟他听施里夫讲也没听进去没搭腔一样,一直到钟声停下,消失在冰冻的空气

① 此处“永不再来”的原文是“Nevermore”。美国诗人爱仑·坡在他的名诗《大鸦》的叠句结尾中曾重复运用“永不再来”(nevermore)一词。

里，清脆、微弱、富于音乐性，好像是在击碎玻璃。而他，昆丁，也能见到那副情景了，虽然当时他不在场——那辆急救车，有科德菲尔德小姐坐在司机与另一个男人之间，说不定是个副保安官，科德菲尔德小姐准是包着头巾的，说不定甚至也带着那把伞，虽然这次不一定藏有小斧子和手电，车子开进大门，颠颠簸簸地在沟沟坎坎和冰冻（此时也只化了一部分）的车道上尽可能找平坦的地方行驶；很可能是白痴吼叫起来也可能是副保安官、司机或者是她头一个叫起来："房子着火了！"虽然她不大可能那样大叫的；她倒是会说，"快点儿。快点儿。"在这个车座上仍然是身子前伛——这个比小孩个子大不了多少的狂怒、阴郁、怨气难消的小妇人。可是在那条车道上急救车开不快；克莱蒂无疑知道这一点，早把这计算在内了；要足足三分钟车子才能抵达房子，抵达那怪物似的火绒般干燥的烂空壳，烟雾正透过挡雨板扭曲的裂隙往外渗透，仿佛房子是金属丝纱网编的，里面充满了吼叫声，而在房子外面某处潜伏着某个东西，它在叫，反正是人类的声音因为吼叫出的是人的语言，虽说这么认为理由不太充分。此刻副保安官和司机会跳出车子，科德菲尔德小姐也会从里面步履蹒跚地爬出来，跟随他们，同样是奔跑，也来到廊子上，那吼叫的生物也跟着他们来到那里，像是气极了，不像是真实的物质，透过烟雾看着他们，此刻那个副保安官甚至扭过身来轰他，而他退却着，逃开了，虽然那吼叫没有变弱甚至都好像没有走开多少。他们也都跑上了游廊，进入了正往外渗透的烟雾，科德菲尔德小姐厉声说，"走窗户！走窗户！"对着门边的第二个人叫喊。可是门没锁；它向里开了进去；一阵热气袭击他们。整个楼梯都烧着了。然而他们还得去抓住她；昆丁可以看见这副情景：那个又轻又瘦的狂怒人影此刻没发出任何声音，是在默默地极度气愤地抵抗，对着按住她的那两人又是拧又是抓又是咬，他们把她往后拖，拖下楼梯，这时候打开门所引进的那股气流在火焰包围中像火药那样爆炸了，整个门厅的下半部全都消失不见。他，昆丁，能够看到这情景，能看到副保安官抱住她，与此同时司机去把急救车退到安全的地方，然后走回来，三张脸此刻都有点癫狂因为他们准是已经相信她了；——这三个人瞪视、盯着那幢注定要灭亡的房屋：接着有一小会儿克莱蒂没准会出现在那扇窗户里，三个月以来白天黑夜她必定是持续不断地从那里监视着大门——干净头巾底下一张悲惨的地精般的脸，后面是火的红色背景，片刻间出现在两股烟雾的旋涡当中，她朝下看着他们，没准此刻甚至都不怀着胜利的情绪了，也不再怀着失望如过去那样，也许在烟雾再次卷过那张脸之前栖身在消逝中的木板高处还很圣洁呢。——而他，吉姆·邦德，那个后裔，他的血族的最后孑遗，此刻也看到那张脸了，此时是怀着人类理性在吼叫了因为到这时候即使是他也准已明白自己是为了什么而在吼叫了。可是他们捉不住他。他们能听见他；他像是始终没有走开多远可是他们也没有能更挨近他一点，而没准到后来他们连吼叫的方向也弄不清。他们——司机和副保安官——揪住挣扎着的科德菲尔德小姐：他（昆丁）能看到她，看到他们；他没在那儿可是他可以看见她，在挣扎和格斗，就像是梦魇里的一只玩偶，没发出声音，嘴角处冒出一点泡沫，她脸上甚至还有阳光，映白房屋坍塌并在轰隆声中消失时所射出的最后一片不可思议的血色反光，此时唯一残留的声音便是那白痴的嚎叫。

“那么说给放在急救车里送回到镇上来的是罗沙姨妈了，”施里夫说。昆丁没有回答；他甚至都没有纠正说，*罗沙小姐*。他仅仅是躺在那里对着窗子瞪视眼睛连眨都不眨，呼吸着凛冽、醉人、纯净、雪光映照着的黑暗。“而她上床了因为此时一切都结束了，再没剩下什么，此刻那里已一无所有除了那个小白痴潜伏在那堆灰烬和四根空荡荡的烟囱周围并且还嚎叫，一直到有人来把他赶走。他们抓不住他也没有人似乎能把他轰开多远，他仅仅是停止嚎叫片刻。可过了一会儿他们又开始重新听到他的声音了。而接下去她也去世了。”昆丁没有搭理，瞪视着那扇窗户；接着他都说不清真是那扇窗子呢还是映在他眼帘上的窗户灰蒙蒙的四方形轮廓，虽然片刻之后它变得清晰了。它开始以那同样奇特、轻盈、不受地心引力约束的形态出现——那折叠过的纸张，来自紫藤花开的密西西比夏季、来自雪茄烟味，来自飞东飞西的团团萤火虫。“南方，”施里夫说。“南方、耶稣啊。这就难怪你们南方人全都比你们的年龄显得更老，更老，更老。”现在正变得越来越清晰；他很快就能辨认出上面的字了，再过一会儿就可以了；甚至几乎就是现在，现在，现在。

“我二十岁时就比许多死去的人都老了，”昆丁说。

“更多的人还没到二十一岁就已经死去了，”施里夫说。此时他（昆丁）可以读了，可以把它念完了——来自密西西比那狂放、冷嘲味儿的斜体字，变瘦了，在进入铁冷的雪域之后：

——或者也许是有的[1]。显然这不会给任何人带来损害如果相信也许她全然未能逃避气愤、惊愕与不宽恕的特权，而是相反，她自己好不容易抵达那个地方或归宿，那儿愤怒以及怜悯的对象不再是鬼魂而是真正的人，真正可以接受憎恨与怜悯的人。这对希望来说是没有什么害处的——你看我写下的是希望，而不是思索。那么就让它是希望吧。——希望无疑理应受到谴责的人逃脱不掉谴责，而其他人则不再缺少怜悯，我们希望（当我们在希望时）他们是渴求怜悯的，哪怕仅仅是因为这一点：他们将得到怜悯不管他们想得到还是不想得到。那天天气好极了虽然很冷，他们为了挖墓穴不得不用铁锹把土刨开，可是在较深处的一个土块里我看到有一条红毛毛虫，在土块扔上来时显然还是活的，虽然到下午它又冻僵了。

“因此需要有查尔斯·邦和他母亲来弄掉老托姆，让查尔斯·邦和那混血女人来对付朱迪思，再由查尔斯·邦和克莱蒂去对付亨利；还让查尔斯·邦他妈妈和查尔斯·邦他姥姥来干掉查尔斯·邦。这么说得让两个黑鬼来对付一个姓萨德本的，是不是这样？”昆丁没有回答；显然施里夫此刻也不需要回答；他几乎不停顿地继续说：“那很正常，没什么不对头的；这就结清了整本账，你可以把所有的账页统统撕掉烧光，只除了一点。你知道那是什么吗？”没准这回他真的希望能得到回答，也没准他仅仅是停顿一下以加强语气，因为他并没有得到回答。“你们多出了一个黑鬼。是萨德本丢下的黑鬼。那就自然你们逮不住他了，你们连见都不总是能见到他，而且你们永远也无法利用他。可是你们那里至今还有他。晚上有时候你们仍然能听见他的声音。不是这样吗？”

“是这样的，”昆丁说。

“那么你可知道我是怎么想的？”此时他并不指望能听到回答，可是这一回他听到了：

“不知道，”昆丁说。

“你要知道我是怎么想的吗？”

---

① 此信前半段见第 131 页第六章第二段。

“不要，”昆丁说。

“那就让我来告诉你。我认为到时候那些吉姆·邦德们将征服西半球。自然还不会是在我们这一代里，自然在他们朝南北极蔓延过去时他们的肤色会重新变白，兔子和鸟儿不也是这样的吗，这样他们衬在冰雪之前对比就不会那么强烈了。不过，人仍然是吉姆·邦德；因此再过上几千年，我这个看着你的人也将从非洲国王们的下体里蹦出来。现在我只需要你再告诉我就一件事。你为什么恨南方？”

“我不恨它，”昆丁说，马上立刻脱口而出；“我不恨它，”他说。我不恨它他想，在寒冷的空气里，在铁也似的新英格兰黑暗里大口喘气：我不。我不！我不恨它！我不恨它！

2015年5月校阅　略有修改

——文俊

附　录

年　表

1807 年　　托马斯·萨德本出生于西弗吉尼亚[1]山区。出自苏格兰－英格兰血统穷白人家庭。家中人口众多。

1817 年　　萨德本一家迁至弗吉尼亚州泰特沃德，萨德本十岁。埃伦·科德菲尔德在田纳西州出生。

1820 年　　萨德本自家中出走。十四岁。

1827 年　　萨德本在海地娶第一个妻子。

1828 年　　古德休·科德菲尔德迁至密西西比州约克纳帕塔法县（县府杰弗生）：偕母亲、妹妹、妻子与女儿埃伦。

1831 年　　查尔斯·邦出生于海地。萨德本得知其妻有黑人血液，休弃妻与子。

1833 年　　萨德本在密西西比州约克纳帕塔法县出现，获得土地，建起其房子。

1834 年　　克吕泰涅斯特拉（克莱蒂）由一女奴产下。

1838 年　　萨德本娶埃伦·科德菲尔德为妻。

1839 年　　亨利·萨德本诞生于萨德本百里地庄园。

1841 年　　朱迪思·萨德本诞生。

1845 年　　罗沙·科德菲尔德诞生。

---

① 当时西弗吉尼亚作为一个州尚未成立，此地区还是弗吉尼亚州的一个部分。

1850 年　沃许·琼斯偕其女住进萨德本庄园一废弃鱼棚。

1853 年　沃许·琼斯之女生下米利·琼斯。

1859 年　亨利·萨德本与查尔斯·邦相遇于密西西比大学。是年圣诞节朱迪思与查尔斯见面。查尔斯·埃蒂尼·圣瓦勒里·邦出生于新奥尔良。

1860 年　圣诞节，萨德本阻止朱迪思与邦联姻。亨利放弃家庭继承权，与邦一起离开。

1861 年　萨德本、亨利与邦奔赴战场。

1863 年　埃伦·科德菲尔德逝世。

1864 年　古德休·科德菲尔德逝世。

1865 年　亨利于大门口杀死邦。罗沙·科德菲尔德迁去萨德本百里地居住。

1866 年　萨德本与罗沙·科德菲尔德订婚，对之不敬。她迁回杰弗生镇。

1867 年　萨德本开始与米利·琼斯亲密往来。

1869 年　米利产一婴。沃许·琼斯杀死萨德本。

1870 年　查尔斯·埃·圣瓦·邦来萨德本百里地作客。

1871 年　克莱蒂将查尔斯·埃·圣瓦·邦接至萨德本百里地居住。

1881 年　查尔斯·埃·圣瓦·邦偕其黑人妻子归来。

1882 年　吉姆·邦德出生。

1884 年　朱迪思与查尔斯·埃·圣瓦·邦罹黄热病去世。

1909 年

9 月　罗沙·科德菲尔德与昆丁发现亨利藏匿于大宅中。

12 月　罗沙·科德菲尔德下乡欲将亨利带至镇上，克莱蒂纵火焚毁大宅。

人物谱系

托马斯·萨德本

一八〇七年出生于西弗吉尼亚山区。苏格兰－英格兰血统穷白人家庭众多孩子中的一个。一八三三年在密西西比州约克纳帕塔法县建立萨德本百里地庄园。结婚：①与尤拉莉亚·邦，1827年，于海地。②与埃伦·科德菲尔德，1838年于密西西比州杰弗生。美邦联军密西西比第X步兵团少校，后为上校。一八六九年逝世于萨德本百里地。

尤拉莉亚，·邦

出生于海地。法国裔海地蔗糖种植园主之独生女。一八二七年与托马斯·萨德本结婚，一八三一年离婚。于新奥尔良去世，日期不详。

查尔斯·邦

托马斯与尤拉莉亚·邦·萨德本之子。独裔。入密西西比大学，在该处遇见亨利·萨德本并与朱迪思订有婚约。美邦联军第×步兵团第×连（大学灰衣连）列兵，后为中尉。一八六五年逝世于萨德本百里地。

古德休·科德菲尔德

出生于田纳西州。一八二八年迁至密西西比州杰弗生，经营小杂货商业。一八六四年逝世于杰弗生。

埃伦·科德菲尔德

古德休·科德菲尔德之女。一八一七年出生于田纳西州。一八三八年于密州杰弗生与托马斯·萨德本结婚。一八六三年逝世于萨德本百里地。

罗沙·科德菲尔德

古德休·科德菲尔德之女。一八四五年出生于杰弗生。一九一〇年逝世于杰弗生。

亨利·萨德本

一八三九年出生于萨德本百里地，托马斯与埃伦·科德菲尔德·萨德本之子。人密西西比大学。美邦联军密西西比第 × 步兵团第 × 连（大学灰衣连）列兵。一九〇九年逝世于萨德本百里地。

朱迪思·萨德本

托马斯与埃伦·科德菲尔德·萨德本之女。一八四一年出生于萨德本百里地。一八六〇年与查尔斯·邦订婚。一八八四年逝世于萨德本百里地。

克吕泰涅斯特拉·萨德本

托马斯·萨德本与黑女奴之女。一八三四年出生于萨德本百里地。一九〇九年逝世于萨德本百里地。

沃许·琼斯

出生日期、地点不详。为擅自进入者，占居属托马斯·萨德本所有一废弃鱼棚，为萨德本之“扈从”，一八六一——一八六五年萨德本离家参战时充当萨德本庄园帮工。一八六九年逝世于萨德本百里地。

梅利森德·琼斯

沃许·琼斯之女。出生日期不详。据传逝世于孟菲斯一妓院。

米利·琼斯

梅利森德·琼斯之女。一八五三年出生。一八六九年逝世于萨德本百里地。

无名婴儿

托马斯·萨德本与米利，琼斯之女。出生与逝世于一八六九年同一日，于萨德本百里地。

查尔斯·埃蒂尼·德·圣瓦勒里·邦

查尔斯·邦与其八分之一黑人血液情妇（名字未见于记录）之独裔。一八五九年出生于新奥尔良。一八七九年与一纯黑人血统女子（姓名不详）结婚。一八八四年逝世于萨德本百里地。

吉姆·邦德（邦）

查尔斯·埃蒂尼·德·圣瓦勒里·邦之子。一八八二年出生于萨德本百里地。一九一〇年自萨德本百里地消失。去处不详。

昆丁·康普生

托马斯·萨德本于约克纳帕塔法县结交之第一位朋友之孙。一八九一年出生于杰弗生。一九〇九——一九一〇年就读于哈佛大学。一九一〇年逝世于马州坎布里奇。

施里夫·麦坎农

一八九〇年出生于加拿大艾伯特省埃德蒙顿。一九〇九——一九一四年就读于哈佛。一九一四——一九一八年于法国为加拿大远征军皇家陆军军医团上尉。现为艾省埃德蒙顿一执业外科医生。